Florent Lenhardt

PAX EUROPÆ
2 – Furies

ISBN 978-952-7164-05-1

Les États-Unis d'Europe en 2033

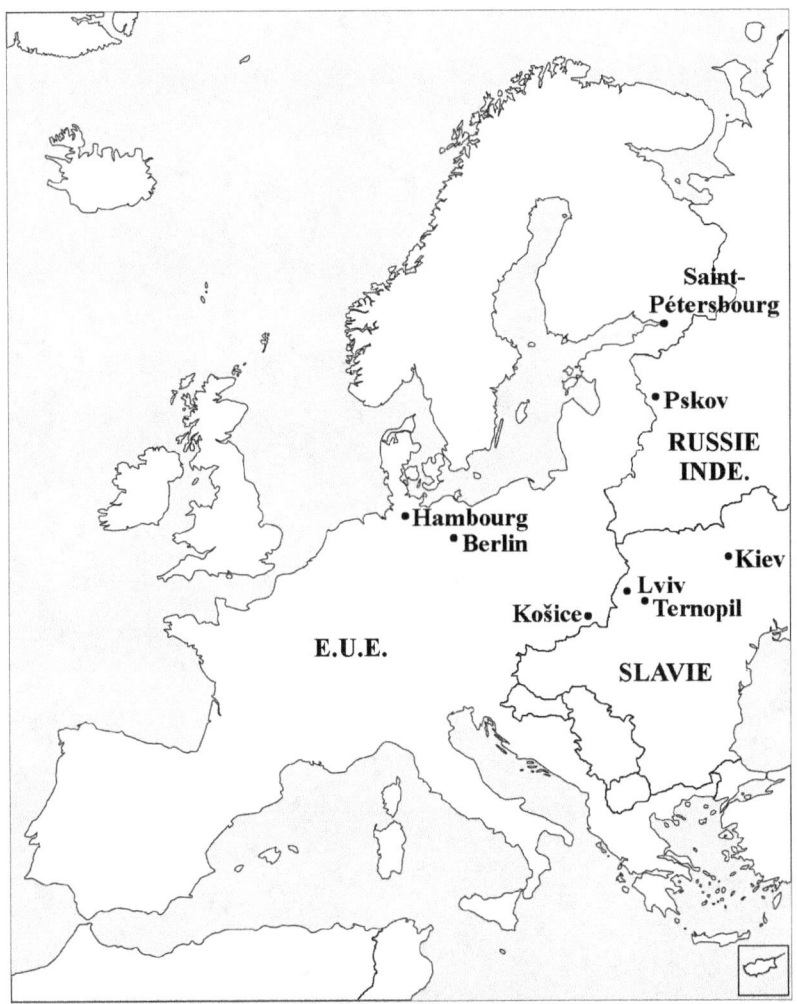

(Les frontières de cette carte reflètent la situation géopolitique précédent le début du conflit, et n'appliquent pas les fluctuations provoquées par les mouvements de troupes européens, russes et slavistes.)

« *Et de l'union des libertés dans la fraternité des peuples naîtra la sympathie des âmes, germe de cet immense avenir où commencera pour le genre humain la vie universelle et que l'on appellera la Paix de l'Europe.* »

Victor Hugo

MOUVEMENT 2

Prologue

Tout tremblait et secouait, constamment. Comme dans une voiture accidentée qui ne cesserait de faire tonneau sur tonneau. Et les lumières clignotaient aussi, en flashs inconstants et douloureux. Chaque fois qu'il tentait d'ouvrir les paupières, ses nerfs lui lacéraient le cerveau. La souffrance était insupportable. Comment ses yeux pouvaient-ils le torturer à ce point ? Et ces voix bourdonnantes, imprécises, irréelles. Des mains le palpaient, le soulevaient, enfonçaient des aiguilles dans ses bras. Mais Cyril Engström n'en avait cure. Rien ne pouvait être pire dans ce cauchemar sans fin.

Dans ses rares moments de lucidité, il avait reconnu l'intérieur d'un hélicoptère tanker européen, avec son matelassage et ses filets de chargement. Pourtant, après n'avoir fermé les yeux que le temps de quelques battements de cœur, lui semblait-il, l'habitacle de l'engin s'était transformé en un espace plus confiné, plus froid, et aux lumières orangées par trop familières. Une Furie. Puis l'obscurité, une fois de plus. Impossible de tenir le compte du temps qui s'écoulait, ou du nombre de personnes qui s'affairaient autour de lui. Impossible également de prononcer le moindre mot. La tête lourde et bringuebalante, Cyril ne pouvait que subir ce ballottage incessant. Son esprit tentait de repousser les vagues de douleur revenant comme des lames de fond en se concentrant sur ses derniers souvenirs.

Que s'était-il passé ? Il y avait cette tranchée slaviste, devant Lviv. Oui, il était là, à chercher des munitions parce qu'il avait la gâchette du Famas trop facile. Puis Erwin et Greg étaient partis avec un groupe, sans l'attendre, et il s'était mis à leur poursuite, plutôt énervé. Il se souvenait de

1

sa colère et de sa frustration. Et puis il y avait eu les cris, le vrombissement d'un rotor d'hélicoptère Skot… Le sifflement d'une roquette. Engström chercha à se souvenir. D'où était partie la roquette ? Il fourrait un chargeur dans son fusil d'assaut, le regard fou pour repérer l'appareil slaviste. Et il voyait la traînée d'une roquette européenne filer droit vers la silhouette émergeant de la fumée âcre du champ de bataille, tel un spectre. Ses pales tailladaient l'air chargé de l'odeur du sang et du kérosène, quand soudain ses canons se mirent à clignoter. Le crépitement de la mitraille s'en suivit, fauchant les pantins en uniformes bleus autour du jeune Cyril Engström. Puis la roquette passa au-dessus de lui, comme au ralenti, pour aller frapper cette machine de mort de plein fouet dans une gerbe extraordinaire. L'explosion ne faisait pas de bruit dans son souvenir. En revanche, il sentait encore le souffle incroyable et brûlant le soulever de terre et le propulser au loin comme un vulgaire mannequin d'entraînement. Et alors qu'il s'écrasait dans la boue, le sol se mit à crépiter sous une pluie de shrapnels et de débris battant la terre comme si les slavistes voulaient que leur carcasse soit leur ultime munition. Une pale tournoyant comme un soleil vint rebondir avec une force si brutale qu'elle sectionna deux fantassins avant de disparaître dans les flammes. Les flammes ! Un océan de feu, tout autour. Pas de son, pas de cris. Mais la chaleur. Et l'humidité.

Cyril se souvenait. Il revoyait le visage sans expression de cette moitié de corps, à quelques pas de lui. Et une jambe, juste à côté. Juste un mollet. Comment avait-il été à la fois sectionné en deux tout en perdant son mollet ? Et pourquoi se poser une telle question en un moment pareil ? Sa tête lui tournait. Sa vision se troublait. Il sentait qu'il fallait qu'il se relève pour continuer, car Erwin et Greg ne pouvaient pas être bien loin. Il pouvait encore les rattraper. Saisissant son courage à deux mains, le jeune homme se releva. Il s'était bien relevé, n'est-ce pas ? Pourtant il lui semblait toujours être là, à ramper sur le sol poisseux de Slavie. Étrange. Il réessaya, ne parvenant qu'à rouler lamentablement sur le côté en grognant. Un homme se précipita sur lui, lui aboyant des choses que le jeune Danois ne comprenait pas. Il n'y avait pas de son, à part son souffle rauque et ses éructations. L'inconnu le plaqua au sol, sans qu'il ait la force de lui résister. Ce fut en sentant cet étranger manipuler sa cuisse qu'il se força enfin à baisser les yeux vers ses jambes. Et ce qu'il vit lui arracha un cri d'horreur venu des tréfonds de sa poitrine.

Depuis sa plus tendre enfance, Cyril aimait la neige. Quand Kolding revêtait son manteau d'hiver cristallin, il savait que le meilleur moment de l'année était arrivé. Les décorations de Noël fleurissaient partout, lumières multicolores et sapins fraîchement coupés que les gens décoraient de drapeaux danois, comme le voulait la tradition. Évidemment, la fête n'avait plus rien de religieux. Lorsqu'il était plus jeune, les lois ultra-laïques n'étaient pas encore aussi sévères, mais le Danemark, comme les autres pays nordiques, n'avait pas attendu Mouvement Athée pour délaisser ses églises. La transition s'était faite naturellement, la fête assumant son caractère purement culturel – et commercial – sans autre prétention. Et Cyril trouvait ça très bien. Pas de prêchi-prêcha dans une église exceptionnellement bondée pour une fois dans l'année, pas de débat sur la représentation des divers groupes religieux, simplement les festivités, les bons repas, les cadeaux, et cette atmosphère incroyable. Avait-on besoin de célébrer l'anniversaire d'un Christ pour se réserver un moment en famille et entre amis et se chouchouter ?

Son père ne manquait jamais de raconter comment les choses étaient avant, comment les débats religieux empoisonnaient toujours tout, et comment on était mieux à fêter tout ça sans la messe. Et en faisant cela, ironiquement, il entretenait un sujet qui aurait dû disparaître de la salle à manger depuis des lustres… Sa mère se contentait de soupirer et de lui rappeler que si ça lui faisait tellement plaisir d'être débarrassé de la religion, on pouvait enfin passer à autre chose.

« Écoutes, Freja, répondait-il alors inlassablement, Cyril n'a pas connu ça, il faut qu'il comprenne. Si on ne leur apprend pas, à nos mômes, ils y reviendront. »

Et pour Magnus Engström, il était hors de question que son fils y *revienne*. Sa famille avait réussi à s'extirper des méandres de la classe ouvrière pour se tourner vers les études, la raison, la science, en s'ouvrant sur le monde plutôt que de se replier sur leur microscopique Danemark. Le futur, c'était l'Europe fédérale, une bonne éducation, la recherche. Et il fallait bien que Cyril se mette ça dans le crâne. Pourtant le garçon ne cessait de provoquer des crises dans son école par son comportement espiègle et rebelle. Une forte tête plus encline à explorer les bois environnants qu'à faire ses devoirs. Magnus avait tenté la manière douce, et la manière moins douce, aussi. Année après année, il lui achetait des livres, tout le temps, et l'interrogeait pour s'assurer que son fils les lisait. Des livres de science, des livres d'Histoire, de la politique pour en faire un parfait citoyen, bien armé pour son futur. Son fils serait éduqué et prêt à intégrer l'élite de la jeunesse européenne.

Un soir, Cyril rentra de son travail étudiant dans un fast-food, exténué et dégoûté par l'odeur tenace de friture qui imprégnait jusqu'à ses cheveux et les moindres pores de sa peau. Saluant ses parents qui regardaient la télévision dans le salon, il fit mine de se rendre directement à la salle de bain pour une bonne douche quand la silhouette droite aux épaules larges de son père passa juste derrière lui.

« Tu as reçu du courrier ! s'empressa-t-il d'annoncer avec une voix enjouée.

— Déjà ? s'étonna le jeune homme avec un élan d'adrénaline. Mais j'ai envoyé mes candidatures il y a deux semaines… aucune fac n'a pu me refuser en seulement deux semaines !

— Ce n'est pas une réponse de candidature, Cyril, se félicita son père, c'est plus important que ça ! »

À ce moment-là, le jeune homme comprit. Non, ce courrier n'avait rien à voir avec ses demandes de bourses d'études et ses candidatures d'intégration dans des universités aux quatre coins de l'Europe. Enfin si, quelque part. La main tendue de Magnus tenait une enveloppe bleutée que tous les adolescents des États-Unis d'Europe redoutaient. Et aujourd'hui, la sienne était arrivée. Le choc était rude, il n'osait même pas remuer le bras pour s'en saisir. L'émotion devait être palpable, puisque son père prit sur lui de l'ouvrir et de lui lire les grandes lignes de ce qu'il avait déjà compris.

« Je t'avais dit que tu avais bien fait de demander des facs prestigieuses et de t'en donner les moyens, se félicita-t-il en tenant la lettre devant ses yeux. Ils prennent tes vœux en compte avant même que tu sois accepté ! Du coup, tu peux faire ton Service Obligatoire pendant seulement un an, dans une Caserne d'Unités d'Assaut. Voilà qui sera vite plié, et ça devrait te muscler un peu, aussi », ajouta-t-il avec un rire un peu trop fort.

Freja avait surgi de nulle part pour prendre son fils par les épaules, et Cyril s'en félicita. Car ses jambes semblaient prêtes à l'abandonner, à le laisser choir misérablement devant son père triomphant. Pour Magnus, c'était le meilleur scénario possible : cela voulait dire que son fils irait probablement dans l'une des meilleures universités européennes après un passage dans l'une des meilleures casernes de l'Eurocorps. Que demander de plus ? Mais pour son fils, c'était l'annonce d'une année de cauchemar. Il avait pourtant demandé à faire de préférence un Service Civil, que l'on avait créé pour les femmes, mais qu'un garçon pouvait intégrer… néanmoins, l'Eurocorps avait décidé qu'il serait plus utile derrière un fusil d'assaut.

« Tu seras stationné à Hambourg, en plus, c'est tout près, tu pourras nous rendre visite quand tu auras des permissions ! Nos efforts ont payé, c'est vraiment une fleur qu'ils te font, Cyril. »

Une fleur ? Une fleur ! Les yeux verts bouillants de rage, le jeune homme se dégagea de l'étreinte réconfortante de sa mère et arracha la lettre des mains de son… de son… ses lèvres tressautèrent comme si toute sa bile s'apprêtait à déferler en logorrhée déchaînée sur son *géniteur*. Leurs efforts ? Est-ce qu'il parlait des coups de ceintures quand il faisait quelques bêtises ou des punitions pour ne pas avoir lu ses biographies stupides et ses pavés historiques imbuvables lorsqu'il aurait voulu jouer avec ses amis ? Ces efforts-là ? Sans même s'en être rendu compte, il s'était barricadé dans sa chambre, secoué par la colère et les larmes qui lui montaient aux yeux. Il ne voulait pas faire de Service Obligatoire, il ne voulait pas aller à l'armée. Il ne voulait pas apporter la preuve à son père qu'il avait eu raison de le dresser comme il l'avait fait. Car c'était littéralement du dressage et non de l'éducation que Cyril avait accepté pour maintenir le statu quo et éviter les disputes comme celle qu'il entendait à présent, étouffée par sa porte close. Cette lettre donnait raison à Magnus Engström, c'était son trophée. Et Cyril, qui avait déjà tant donné pour être enfin un adolescent parfait, n'avait pourtant pas fini de passer à la caisse.

Il s'effondra sur son lit, et ce ne fut qu'après un long moment qu'il réalisa que quelque chose n'allait pas. La clarté bleutée qui illuminait ses LEGO impeccablement alignés sur ses étagères, la sensation de froid… Relevant la tête, il vit que des flocons de neige dansaient devant sa fenêtre, ce qui n'était pas possible. Pas en été. Cyril se releva lentement, tendant l'oreille. La dispute de ses parents avait cessé. Les guirlandes colorées qui décoraient la maison voisine clignotaient de temps en temps à travers les flocons de plus en plus denses. Un vent sinistre hululait au-dehors, lugubre et menaçant, provoquant chez lui un frisson qui remonta son dos et le força à faire un pas.

CLONK.

Ce son. Un son de métal. Le sentiment de malaise qui l'habitait grandit lorsqu'il comprit qu'il n'était plus dans un souvenir ni complètement dans un rêve. Des flashs lui revenaient d'un sol boueux criblé de shrapnels. Une odeur de gasoil. Et du sang. Il voulait baisser le regard sur ses jambes, mais c'était comme si une force invisible maintenait sa nuque raide et paralysée. Il avait froid. Toutefois, ses yeux pouvaient encore rouler dans ses orbites, et du coin de l'œil il parvint à regarder par la fenêtre, réalisant que ce n'était pas les lumières des guirlandes de Noël qui clignotaient dans le blizzard.

Tout Kolding était en feu. Et il neigeait en réalité des cendres.

Sortir de l'inconscience ne se fit pas comme au réveil d'un rêve éthéré. Ce fut comme être arraché à un cauchemar par un seau d'eau glacée. Combien de secondes fallut-il à son cœur pour cesser de vouloir s'arracher à sa carcasse ? Combien de longues secondes de panique, les yeux exorbités alors que la minerve semblait s'enfoncer dans sa chair telles les mâchoires du loup Fenrir dans les légendes que lui lisait sa mère dans son enfance. Impossible de se dégager de cette emprise douloureuse, impossible de regarder vers cette foutue jambe. Une main douce mais ferme se posa sur son front pour l'obliger à se calmer. Une femme, une doctoresse. Elle fronçait ses sourcils blonds et baragouinait son jargon à un infirmier qui ne tarda pas à injecter à Cyril une dose de calmant dans la cuisse. Alors, comme une vague de chaleur, le produit envahit son corps et celui-ci s'apaisa enfin. Mais pas son esprit.

« Où suis-je ? » parvint-il à prononcer malgré le choc.

La femme en blouse lui sourit de cette moue aussi réconfortante qu'impersonnelle, comme les médecins seuls en ont le secret. Lorsqu'elle lui répondit, Engström détecta dans sa voix une pointe d'accent est-européen.

« À l'hôpital militaire de l'Euro Air Force de Košice, en Région Slovaque. Tout va bien, tout s'est bien passé.

— Quel jour sommes-nous ?

— Lundi 12 septembre. »

Le douze ? Cela pouvait-il réellement faire trois jours qu'il divaguait ainsi ?

« Ma… ma jambe.

— Les ligaments et le cartilage de votre genou, ainsi que les terminaisons nerveuses étaient en très mauvais état quand on vous a amené ici, expliqua-t-elle platement, nous avons dû remonter au-dessus du genou afin de nous assurer une connectivité maximale. La prothèse est donc un peu plus complexe, mais avec une connexion nerveuse aussi nette le succès est maximal. »

Maximal. Elle avait répété ce mot presque avec fierté. Pourtant le jeune homme avait compris que ce que cette toubib lui disait, c'était qu'ils avaient dû couper un petit bout de plus pour que la prothèse puisse être proprement rattachée aux nerfs de sa cuisse. Elle se lançait désormais dans les explications de la cicatrisation au laser dont il avait bénéficié en urgence pour éviter toute complication, comme s'il devait s'en estimer reconnaissant. Pourtant, ce n'était pas de la reconnaissance qu'il sentait monter en lui, mais une nausée. Il faillit lui intimer de se taire lorsqu'elle ajouta une dernière chose :

« Votre ordre de rapatriement a été signé et confié au docteur Iavrutšuk. Dès qu'il aura inspecté le résultat de l'opération et que vous aurez passé les tests de convalescence, vous pourrez rentrer chez vous.

— Comment… comment ça, chez moi ?

— Chez vous, insista-t-elle, un peu confuse devant l'étonnement du jeune homme. Votre Service Obligatoire est terminé, vous êtes exempté ! »

Comment pouvait-elle lui annoncer ça d'une voix si guillerette ? Cyril ravala une bouffée de colère mêlée d'appréhension. Inutile de déverser son fiel sur quelqu'un qui s'imaginait lui donner le passe-droit auquel tant de jeunes Européens aspiraient secrètement. D'une part elle ne pensait pas à mal, d'autre part elle ne comprendrait probablement pas…

« Je rentre chez mes parents, réalisa-t-il à haute voix.

— Et après une période de rémission, vous allez pouvoir enfin reprendre vos études ! Vous savez déjà ce que vous désirez faire ? »

Engström esquissa un « non » de la tête malgré la minerve. Lui pas, mais son père, certainement. Et ce dernier ne se priverait certainement pas de le lui suggérer dès son retour au bercail. Magnus en profiterait pour mentionner la bravoure exceptionnelle de son fils et le grand sacrifice payé en tribut à la défense des États-Unis d'Europe, comme pour prouver à tous qu'il avait réussi. Il était parvenu à faire du Cyril insouciant et turbulent un héros droit et responsable. Cela le conforterait qu'il avait bien fait, en fin de compte.

Papa a gagné.

Chapitre 1

Berlin, 14 septembre 2033. Début d'après-midi.

La voiture fonçait dans la rue à sens unique. Celle-ci étant bouclée pour l'occasion, elle n'était encombrée d'aucun autre véhicule, un vrai circuit de Formule 1 urbaine, façon Monaco un jour de Grand Prix. Pour une ville comme Berlin, habituée aux affres d'un trafic incessant, c'était surréaliste. La pluie tombait finement, le vent, lui, soufflait fort. Les feuilles recouvraient le sol d'une épaisse et glissante couverture orangée et morose qui tourbillonnait sur les trottoirs. Dehors, rabougris sous leurs parapluies, les gens marchaient à l'unisson, mimant le flot perpétuel d'une rivière, comme une mécanique bien huilée. L'habitude, le train-train européen, la décadence hyperurbaine, comme l'avait écrit un technophilosophe des années 20. Erwin Helm détourna son regard de ces masses dociles et crédules, uniformément groupées en une nation commune, où tout l'était d'ailleurs. La monnaie commune, la langue commune…

La pensée commune, songea Erwin.

« Votre conférence de presse est ajournée, lieutenant Helm », dit l'amiral Douglas Benz en raccrochant son téléphone portable.

Ça commence bien, rumina-t-il intérieurement. La voiture accéléra encore. Dehors, des gens s'abritaient sous les arrêts de bus dégradés par des tags antimilitaristes que des agents d'entretien de Berlin s'efforçaient de nettoyer dans leurs tenues orange réfléchissantes. Un message qui entourait une immense croix christique, sur le pilier d'un tronçon aérien du métro, attira l'attention du soldat. *La prière plutôt que la guerre*. La naïveté du slogan lui arracha un sourire amer ; comme si prier mettrait fin à l'ambition…

« Un souci ? »

Tentant maladroitement de se donner l'air confiant, Erwin ne pouvait pourtant pas s'empêcher d'agripper nerveusement l'accoudoir. Il sourit lentement pour se détendre, essayant de prendre un air sûr de soi. Ce qui, étant donné les circonstances, était parfaitement inutile. Il était tellement stressé qu'il en avait la nausée, et Benz n'était pas assez préoccupé pour ne pas s'en apercevoir. Il avait toutefois la politesse de n'en rien dire.

« Les Russes, commença l'amiral en hochant la tête. Ils ont contre-attaqué et leurs troupes ont fini par dépasser très largement Pskov. »

Erwin en fut complètement estomaqué. Comment cela avait-il pu arriver, avec l'armada mise en branle par la Fédération ? Et surtout : comment l'amiral avait-il pu garder cela pour lui jusqu'ici ? L'homme aux cheveux poivre et sel n'en semblait même pas troublé, du moins n'en laissait-il rien paraître. Un bloc du même granit que celui des monuments berlinois.

« Redites ça ?

— Les Russes nous ont fait reculer à Pskov, annonça froidement Benz. Le général Eggton, stationné à Lviv, avait déjà lancé un appel pour renforcer le front, mais nos troupes n'ont pas eu le temps de remonter toute la largeur de l'Europe ! Pensez-vous, si déjà notre logistique rame au point que près de la moitié de nos troupes foncent vers Kiev *à pied* !

— Comment ça, à pied ? Nous avons des camions, des VAB, des hélicos, c'est incroyable ! »

L'amiral le toisa d'un regard impérieux, le front bas, visiblement peu ravi d'avoir à expliciter son problème. Pourtant, on sentait également qu'il se forçait à rester cordial, évitant tant bien que mal de se montrer trop autoritaire. Avait-il l'impression de revoir Josch Helm au début de leur carrière ? Cela expliquerait son regard parfois fuyant, souvent nostalgique.

« C'est une façon de parler, évidemment. Notre logistique, comme je le disais, ne suit pas le mouvement.

— Évidemment, le blâma le jeune lieutenant. Vous préparez une contre-offensive sans avertir le Haut-Commandement pour surprendre les Slavistes, bravo ! Le problème, c'est que vous surprenez notre État-major, celui qui nous fournit notre matériel. Bien joué.

— En gros, c'est ça, répondit Benz calmement. La logistique ne pouvait pas prévoir…

— Excuse facile, la logistique. Une contre-attaque, ça ne se prépare pas au hasard, même pour surprendre son adversaire !

— Pour cela, ç'a tout de même été efficace, rétorqua soudain l'amiral. Et pour information, encore un mot sur ce ton et je vous ferais sanctionner, *lieutenant*. Je suis patient avec vous parce que je respectais beaucoup votre père et que je sais ce que vous avez traversé. »

Erwin hocha de la tête, mais Benz ajouta sur un ton plus ferme, presque menaçant :

« Néanmoins, n'en prenez pas l'habitude, je ne suis pas votre camarade de chambrée. La propension à l'indiscipline dont vous avez fait preuve dernièrement n'est pas la meilleure qualité de votre dossier militaire. Aussi, si un journaliste vous pose une question sur le front, l'attaque improvisée ou la *logistique*, votre réponse sera : "Tout s'est bien passé, pour autant que je sache." Vous saisissez l'importance de la consigne que je vous donne ?

— J'ai bien compris, oui, mais allez expliquer ça aux civils frontaliers de la Russie… Ceux qui voient arriver les colonnes de chars.

— La situation n'est pas encore aussi catastrophique, rétorqua-t-il avec un étrange regard. Nos hommes ont opéré un repli pour éviter des pertes trop lourdes, et se sont arrêtés au niveau de l'ancienne frontière, comme si rien n'avait bougé, informa le haut gradé. De là, ils attendront les renforts qui feront bloc. L'État-major, qui dirige encore les troupes sur le front russe, estime que la Russie n'osera pas s'aventurer davantage et acceptera de cesser son avancée à partir de l'ancienne frontière. Voilà *votre* réponse.

— Et je serai évidemment censé avoir l'air convaincu de ce que je dis ? ironisa Erwin en plissant les yeux. On rentre chez eux, on n'arrive pas à aller plus loin, trois petits tours et puis s'en vont ? Et eux ne réagiraient pas ? Avec tout le respect que je vous dois, personne n'avalera cette réponse bidon, amiral Benz... Dès que les Russes en auront l'occasion, ils fonceront dans le tas pour nous obliger à rendre le couloir de Saint-Pétersbourg... »

Comme les cours d'histoire et d'éducation civique d'Erwin s'en étaient toujours félicités, plusieurs régions et républiques russes avaient été acceptées dans la Fédération lors de la construction précipitée des États-Unis d'Europe. Non pas pour réunir les peuples européens, comme le disait le Président de l'époque, Victor Wilem puis son successeur Maurice Galligart, ou pour relier les pays du nord comme la Norvège et la Suède au reste des pays par la terre ferme et non juste par la mer du Nord et quelques ponts. Non, Erwin n'avait pas été dupe. Il s'agissait surtout affaiblir la Russie avant qu'elle ne puisse se reprendre. Les républiques séparatistes avaient organisé des référendums sauvages qui avaient été ratifiés par le Parlement européen en deux temps trois mouvements. *Au nom de la démocratie et du droit à l'autodétermination des peuples*, lui avait répété sa professeure de Terminale avec un index impérieux dressé, irréfutable.

Mais Saint-Pétersbourg, ironiquement la plus européenne des villes russes, avait d'abord refusé cette entrée « fraternelle et pacifique » aux États-Unis d'Europe. Restée russe, la ville était un îlot, loin de Moscou, isolé dans une bande européenne. Et le Kremlin avait maintes fois tenté d'annexer politiquement un passage vers Saint-Pétersbourg, comme les Allemands autrefois avec Danzig. Et chacun craignait que les Russes en viennent à employer la même méthode. La ville avait alors accepté de devenir européenne, et les Russes n'avaient plus d'autre idée en tête que de la regagner pour s'offrir une ouverture commerciale à l'ouest. Cet épisode-là, étrangement, était souvent expédié pour passer directement à la partie du programme où la Région Russe enfin complète avait le privilège de voir Saint-Pétersbourg devenir l'une des huit capitales itinérantes des États-Unis d'Europe, dans la joie et l'allégresse, cela allait sans dire. Lorsque Helm avait eu l'audace de critiquer les intentions européennes dans cette histoire et d'y ajouter ouvertement un parallèle prophétique avec Danzig, sa mère avait été convoquée pour présenter de plates excuses à un conseil scolaire lui rappelant que la propagande défédératiste n'avait pas sa place dans l'éducation fédérale. On avait finalement mis cette provocation sur le compte du traumatisme causé par la *disparition* de son père, et tout fut pardonné. Toute cette hypocrisie et cette mascarade dégoûtante à laquelle sa mère avait dû se prêter lui donnaient encore la nausée rien qu'à y repenser. En fait, ce jour-là était probablement celui où il s'était finalement décidé à ne plus jouer les faux-semblants, mais à affronter ce système qui avait assassiné son père et osait encore lui demander *à lui* de s'excuser de poser des questions.

« Ils iront jusqu'à Saint-Pétersbourg, trancha Erwin, sûr de lui. Aucun doute là-dessus. Ils attendent ça depuis trop longtemps pour louper cette occasion. Et les gens le savent, eux aussi.

— Quand bien même tenteraient-ils ce genre d'action, ils se heurteront à nos résistances. Nous les empêcherons de passer, asséna Benz presque pour lui-même, et ils n'auront aucune chance de nous faire ce petit numéro de libérateurs...

— Les troupes en Slavie sont au courant ? Je parle des généraux.

— Pas encore, pour la plupart. Le général Eggton a

envoyé ce message en entendant parler de mouvements de troupes russes qui remontaient de la frontière russo-slaviste. Il en a très vite conclu qu'il s'agissait d'une contre-offensive à Pskov. Le général Peterson est au courant, puisque les troupes qui partent vers le front russe auraient dû lui servir pour rejoindre Kiev – son but ultime s'il désire recevoir sa croix du dévouement.

— Il veut la croix du dévouement ? À quoi cela peut-il bien lui servir, s'il est général ?

Son supérieur le gratifia d'un ricanement blasé.

— Pour passer amiral, il y a deux solutions. S'engager dans une école militaire d'officiers, ou bien être général et mériter une médaille au combat équivalente au diplôme d'acceptation dans les ordres d'officiers supérieurs, l'informa Benz. Et la croix du dévouement fait partie de ces médailles équivalentes…

— Il veut passer amiral… Comme c'est original.

— Vous l'ignorez sans doute, mais il a dit lui-même s'engager pour devenir haut amiral et intégrer l'État-major, voire le Haut-Commandement. Il veut être là où se prennent les décisions, poursuivit-il d'un air entendu. Il veut faire *quelque chose de grand*...

— Il a le charisme d'un obus de 120 mm ! lâcha Erwin. Vous l'avez vu présenter sa Furie au public ? Un gamin devant son cadeau de Noël ! C'est un fou dangereux qui ne pense qu'à mettre en action ses précieuses Furies d'Assaut !

— Peut-être, mais il a commencé tout en bas pour en arriver là où il est, et il l'a fait sans sauter d'étape, *lui*. »

La réplique provoqua une poussée d'adrénaline chez le jeune homme qui ouvrit de grands yeux outrés. Il aurait aimé répliquer qu'il n'avait rien demandé à personne, mais il sut très exactement ce que l'amiral pourrait alors lui répondre : pourquoi ne pas avoir refusé ? Qu'il ait hoché la tête dans le feu de l'action était une chose, mais après ? Cette question le taraudait déjà depuis un long moment, et elle le submergea à nouveau, étouffant dans l'œuf toute répartie. Alors qu'il cogitait, la voiture franchit une passerelle au-dessus des triples voies et accéda à la bretelle qui la conduisait inexorablement à l'ancienne Chancellerie : le Reichstag, réaménagé depuis des décennies et restauré récemment. Une voie quittait la route aérienne principale pour descendre de la bretelle d'accès. Erwin jeta un regard vers les piliers immenses qui élevaient la route à une quinzaine de mètres au-dessus du sol. D'autres tags antimilitaristes les recouvraient également pour la plupart. Les slogans défédératistes s'y superposaient dans une bouillie colorée infecte. Voyant le regard soucieux d'Erwin, l'amiral hocha de la tête.

« C'est une plaie, murmura Benz les dents serrées. Les défédératistes ne nous comprennent pas. Les élections approchent et ils ne regardent que par le petit bout de la lunette. Et histoire de racoler la jeunesse dans leur club de voyous, ils promettent la fin du Service Obligatoire et la fermeture des Casernes d'Unités d'Assaut.

— Rien que ça. »

Helm n'aurait su dire s'il désapprouvait complètement la fin du SO, mais il paraissait évident que le contexte actuel ne s'y prêtait guère. D'un autre côté il comprenait parfaitement à quel point une telle carotte pouvait attirer un énorme électorat potentiel. Précisément à cause de ce même contexte.

« Nous nous battons pour l'Europe, soupira l'amiral, et eux… ils la minent de l'intérieur…

— J'essaierai de l'oublier quand je verrai mes camarades mourir pour eux. »

La voiture repartait rapidement, laissant les deux militaires et leur escorte réduite de deux jeunes soldats devant les imposantes et basses marches de marbre toutes récentes du Reichstag. Ce haut lieu historique devait être le lieu de la première conférence de presse, dans l'amphithéâtre aux sièges bleu nuit, le même *sini*[1] que le drapeau fédéral. Le bâtiment cerné de quatre tours carrées était massif, surmonté d'une coupole de verre somptueuse, et sur le toit claquaient deux grands drapeaux européens. Ici se tenait l'ancien siège du parlement allemand, de la victoire de 1871 à 1933, où il fut incendié par les nazis pour accuser les communistes et lancer leurs pogroms. Erwin ne put s'empêcher de penser à l'assassinat de Trovich, et l'idée que ce meurtre puisse être de la poudre aux yeux de la même façon lui traversa l'esprit, faisant naître un sourire cynique alors qu'il levait les yeux vers le fronton. Les lettres gravées dans la pierre résonnèrent dans son esprit.

Dem Deutschen Volke. Au peuple allemand.

Après la guerre froide, le Parlement allemand retourna où il était né, sous cette coupole. Jusqu'au 10 décembre 2006. Puis le Bundestag était devenu une assemblée régionale, le réel pouvoir se portant dans l'énorme Parlement européen qui lui faisait désormais face. Helm se retourna à mi-hauteur de l'imposant escalier pour se tourner vers la structure de verre et d'acier supportant le dôme du Parlement, à quelques centaines de mètres de là. La Terrasse de l'Europe séparait les deux institutions, avec ses bassins et son enceinte de murs en béton style néo-moderne. Parfaitement hideux. Mais Erwin n'eut pas le temps de s'attarder, l'amiral Benz le conduisait à grandes foulées entre les immenses colonnes devant des portes imposantes à la sécurité renforcée. Les gardes saisirent par deux fois la carte d'identité militaire à puce d'Erwin pour contrôler dans leur lecteur à écran tactile qu'il était bien envoyé par l'État-major. Benz, lui, se contentait d'agiter son badge d'amiral interarmées et franchissait les barrages de sécurité avec nonchalance.

« Avec ces histoires d'infiltration, ils sont tous sur les dents, point de vue sécurité…

---

[1] Sini : Mot d'origine russe, intégré à l'Européos, désignant une couleur particulière de bleu nuit.

« — Infiltration ? »

Alors qu'ils passaient dans la zone sécurisée d'où l'on pouvait déjà voir les portes de l'hémicycle où se tiendrait la conférence, Benz lui envoya un sourire entendu.

« Ne jouez pas celui qui n'a rien vu rien entendu, lieutenant. Vous savez de quoi je parle, mais je ne peux vous en dire plus.

— Très bien. Et si vous me parliez de Josch, menaça Erwin sans sourire.

— Non, n'essayez même pas. Je peux encore moins vous en parler que de cette… enfin, vous verrez. »

Ainsi, la taupe qui faisait trembler l'Eurocorps sur ses bases n'était rien comparée à l'affaire Josch Helm ? Était-ce une nouvelle tentative d'enfumage pour l'effrayer et tenter de lui faire lâcher prise ? Une intimidation détournée ? Persuadé que tout cela n'était qu'une exagération, le jeune homme décida d'en avoir le cœur net. Après tout, des chances telles que celle-ci de grappiller des informations autrement inaccessibles ne se présenteraient peut-être plus avant…

Jamais ?

« C'est si grave que ça ?

— De quoi parlez-vous ?

— Josch, évidemment.

— Oui, c'est grave, soupira Benz. Ce qu'il a fait l'est, en tous les cas.

— Vous le dites coupable… Vous étiez pourtant son ami ! »

L'espace d'un instant, le vieux militaire de carrière parut hésiter. Dans son regard, on pouvait voir les étincelles d'une mémoire cruellement taraudée. Il se souvenait probablement de cette époque lointaine, où Josch et lui buvaient leur café ensemble en discutant de leurs femmes, de leurs enfants, de leur dernier week-end, et du boulot, surtout, blaguant parfois. Il devait se remémorer les réunions à n'en plus finir, quand les blagues deviennent moins drôles et les rires plus nerveux. Et peut-être, aussi, le jour où la Police militaire était venue arrêter son ami pour l'emmener vers un procès fantoche, une farce destinée à organiser dans les formes une exécution pour Haute Trahison. L'avait-il regardé dans les yeux en lui jurant que tout irait bien, qu'il trouverait un bon avocat, qu'il s'occuperait de tout ? Ou bien s'était-il fait porter pâle ce jour-là pour ne pas avoir à lui faire face ? Savait-il seulement que les PM allaient débarquer au pied levé ? Que cachait le regard triste et mélancolique de Douglas Benz ?

« Il a fauté, je ne peux rien y faire ! »

Dans sa détresse teintée de reproches et de regrets, l'amiral semblait sincère, pourtant Erwin n'était pas prêt à lâcher le morceau. Cette enquête c'était sa vie, et ces derniers jours il avait réellement eu l'impression d'avancer à grands pas. Pour la première fois, il avait des bribes de gens qui connaissaient Josch, et il ne tenait pas à rater cette opportunité, cette chance qu'il n'espérait plus. Il fallait qu'il pousse son interlocuteur à lui en dire plus, quitte à s'engouffrer dans ce genre de brèche.

« Vous savez aussi bien que moi que son procès a été décidé à l'avance pour qu'il serve de bouc émissaire. D'ailleurs, si ça n'avait pas été lui, ça aurait été vous. Lorsque je prouverai son innocence et que j'aurai besoin de preuves, rappelez-vous-en, et faites ce que vous auriez aimé qu'il fasse pour vous !

— Vous faites erreur, ça n'a rien à voir avec un bouc émissaire – et puis bouc émissaire de quoi ? C'est plus complexe que vous ne le pensez. J'étais avec lui en Slavie, mais il n'a pas fait uniquement ce que nous devions y faire, lieutenant ! Je peux vous le jurer, il a eu ces fameuses entrevues secrètes ! Il a quitté l'hôtel au beau milieu de la nuit, j'étais là !

— Il allait voir l'ambassadeur ! Il l'a écrit à Holly avant son exécution !

« — Il s'est cherché une excuse, cracha Benz, rouge de colère. C'était ça ou avouer qu'il était coupable. Pourquoi rejoindre l'ambassadeur sinon pour nous trahir ? S'il voulait négocier, il pouvait le faire en mission officielle, en ma présence. Au lieu de ça, il a tout manigancé dans l'ombre. Et ces coups de téléphone mystérieux qu'il recevait avant de partir ? »

L'assurance du vieux militaire déstabilisait Helm plus qu'il ne voulait bien l'admettre. Soit il méritait une Palme d'Or pour son jeu d'acteur, soit il croyait réellement en la culpabilité de Josch. Un cas de figure qu'il se refusait à envisager, et pourtant... Cette impression tenace aurait d'ailleurs probablement miné Erwin s'il n'avait pas posé cette dernière question à laquelle le soldat avait une réponse à donner. Une réponse qui appelait un tas de nouvelles questions.

« Ils provenaient des États-Unis d'Europe...

— Ah oui ? C'est Holly qui vous l'a dit, ça aussi ?

— Non, asséna Erwin en serrant les poings. Je me suis renseigné auprès d'E-Telekom Military. »

Benz hésita. Non pas comme un menteur se sentant en difficulté, mais bien titillé par une certaine curiosité. Pour Erwin, cette fraction de seconde ne passa pas inaperçue. Savait-il quelque chose que l'amiral ignorait, en fin de compte ?

« C'est un opérateur militaire, européanisé depuis des lustres. Il ne vous a rien dit. Il n'a pas le droit.

— J'ai un ami qui travaillait dans les télécoms... Un certain Watson Ó Broin, qui travaillait à Hambourg.

— Ah oui, il était dans votre pseudo-dossier... Il a été muté dans la branche courrier des télécoms militaires si je ne m'abuse. Il ne pouvait pas vous dire...

— Il l'a été après m'avoir révélé d'où venaient ces coups de téléphone, contra Helm en élevant le ton dans le hall gigantesque du Reichstag. C'est d'ailleurs pour cela qu'il a été muté : ces renseignements étaient très compromettants pour eux !

— Mais qui, *eux* ?

— Ceux qui l'appelaient, je suppose…

— Parce que vous savez qui l'a appelé ? Depuis la ligne téléphonique de l'époque ? Cela fait déjà des années que…

— Ne vous en faites pas, ce numéro ne change pas tous les mois ! »

Rugissant, Benz s'approcha du lieutenant en gesticulant.

« Et il venait d'où, votre appel, *petit génie* ? »

Après avoir encaissé tout ce dédain, Erwin leva effrontément les yeux et sa voix s'alourdit de haine pour abattre sa carte maîtresse.

« D'ici même, gronda-t-il. Du Reichstag. »

Comme un coup de tonnerre dans un ciel d'été, la réponse enfiévrée du lieutenant roula en écho dans le hall de l'illustre monument. Benz accusa le coup et remarqua soudain que des dizaines de personnes s'étaient immobilisées pour observer le choc verbal des deux militaires. Des regards curieux et méfiants passèrent de l'un à l'autre. Un garde un peu trop zélé accourait déjà pour prévenir une hypothétique émeute. Finalement Douglas l'emmena à l'écart sur une petite passerelle où les touristes aimaient se pencher pour regarder les graffitis laissés sur les murs par les soldats soviétiques, en 1945.

« Parlons-en ailleurs, voulez-vous, *lieutenant* !

— Bien, *amiral*. Mais j'ai raison, et je peux le prouver. Vous serez obligé de dire la vérité…

— Insinuez encore une fois que je mentais et je vous mets aux arrêts et je vous dégrade complètement ! Est-ce clair, lieutenant ?

— Vous êtes aussi dans mes informations, et si je me mettais à parler de vos relations avec Zatovsk, ce fameux délégué Slaviste ?

— Relation d'émissaire à émissaire, lieutenant.

— Avec de bien somptueuses compensations. L'ambassade slaviste avait à cœur de bien vous accueillir.

— Josch a bénéficié du même traitement que moi. Si vous insinuez que j'ai été soudoyé, vous portez ces mêmes accusations contre votre père…

— Ce sont les plans d'épargnes sur vos actions boursières qui m'étonnent, amiral.

— Un pur hasard, contra Benz avec assurance. Ils ont misé sur une valeur sûre, le fait est que je possédais cette valeur. Aucune infraction là-dedans. C'était le boom économique après le Millenium Crash, tout le monde s'est enrichi, en Europe. »

Après avoir franchi une série de couloirs où s'entrecroisaient plusieurs députés régionaux en trop grande discussion pour leur prêter attention, ils furent approchés par autre gradé qui s'apprêtait visiblement à les accueillir. À voir l'énorme pochette qu'il tenait sous l'aisselle, il s'agissait probablement de l'officier en charge de le briefer et de le chaperonner durant la conférence de presse. Erwin savait qu'il ne devait s'entretenir sur *ce* sujet qu'avec Benz pour obtenir des révélations, et que d'autres gradés ne seraient pas aussi tolérants devant ses recherches. Il se tourna donc vers ce dernier et chuchota.

« Nous reprendrons cette passionnante discussion plus tard, je suppose…

— Ne comptez pas là-dessus. Je repars dès que je vous ai lâché. »

Erwin fut pris de court. Un hasard des plus étranges l'avait fait rencontrer un des seuls témoins qui puissent lui être utiles, et il allait bientôt le quitter. C'était trop bête. L'esprit bouillonnant, il se reprochait déjà d'avoir perdu tant de temps dans ces joutes verbales au lieu de jouer cartes sur table.

« Vous partez où ? s'enquit-il pour masquer sa frustration.

— Pskov. »

C'était donc cela. Ce regard étrange lorsqu'il lui avait rétorqué qu'il n'avait qu'à demander aux populations qui voyaient débouler les Russes… Douglas Benz n'en avait rien dit, mais c'était exactement ce que le HCS lui avait ordonné : affronter les divisions blindées envoyées par Moscou. Et après avoir tellement craché sur la logistique européenne boursouflée, tellement procédurière qu'elle en devenait sclérosée, le jeune lieutenant savait que pour Benz, il s'agissait d'une mission suicide – pour sa carrière, voire son intégrité physique. C'était une mission sans retour. Pourtant l'amiral n'en fit pas une montagne, il semblait même calme et résigné. Helm, quant à lui, se sentait un peu trop honteux de sa bravache pour insister et les deux hommes reprirent leur marche en silence.

Slavie.

Il fallait progresser, et vite. Voilà les seules consignes que la colonne de VAB devait suivre. Les blindés encadraient des camions de prisonniers de guerre – leur bouclier humain – le long d'une route nationale bordée principalement par des champs et de petits villages. Parfois, des fermes opposaient une vague résistance civile, sans qu'on puisse parler de soulèvement populaire. Maxime Troc avait du mal à comprendre pourquoi. Si les Slavistes étaient rentrés en Europe avec leurs chars et leurs hélicoptères Skot, le jeune soldat s'imaginait mal la population rester les bras croisés à regarder passer les blindés depuis leurs fenêtres. Ce qui, à son sens, confirmait bien une chose : Les Slavistes étaient bien contents qu'on vienne les libérer de leur dictateur. Comme il l'avait d'ailleurs formulé à Grégory Mertti d'un trait d'humour dont il était assez fier, l'Eurocorps était un peu comme un médecin glissant un suppositoire à la Slavie.
On leur met bien profond dans le cul, mais c'est pour leur bien !
Depuis le début des hostilités, Troc s'était accommodé des conditions difficiles avec plus de facilité qu'il ne

l'aurait cru. Ses notes d'entraînement n'étaient pas brillantes, il n'avait jamais spécialement apprécié dormir dans le froid et l'humidité, et pourtant... son esprit restait étonnamment imperméable à tout, comme s'il n'était qu'un observateur distant. Du coup les plaisanteries et autres piques sarcastiques s'échappaient de ses lèvres un peu trop régulièrement au goût de son camarade Grégory.

Ce dernier avait même du mal à le prendre au sérieux avec son air de préado presque poupin et un léger accent trahissant son origine française. Ses traits étaient trop fins, trop doux pour être ceux d'un soldat de l'Eurocorps. D'ailleurs beaucoup l'appelaient « le gamin », ce à quoi il répondait d'un hochement d'épaule ou, selon son humeur, d'un doigt d'honneur. Pourtant, Greg lui enviait cette nonchalance, surtout après tant de nuits sans sommeil ou presque, des rations insuffisantes et ces ordres incessants qui les poussaient toujours plus près du Mur, sans répit, sans pitié. Son casque dodelinant contre l'appui-tête, luttant pour ne pas s'endormir dans la soute exiguë du transport de troupes, il s'attendait à tout instant à ce qu'on leur ordonne de se déployer.

D'ailleurs, à l'intérieur du VAB de tête, un lieutenant leur confirma à tous via le microphone de leur casque qu'ils avaient rejoint la carcasse encore fumante de l'hélicoptère fraîchement abattu par une Furie d'Assaut. Les pales s'étaient rompues, le nez de l'appareil se retrouvait complètement écrasé contre le sol, tandis que la queue, brisée nette, continuait de se consumer à une dizaine de mètres de là, au milieu d'un champ. Où était ce « là » ? Ils n'allaient pas tarder à le découvrir.

Le transport blindé s'arrêta à bonne distance, un caporal ouvrit la trappe arrière et Grégory Mertti s'empara de son Famas posé entre ses genoux. Troc, lui, prit même le temps d'enfourner un chewing-gum dans sa bouche en souriant tandis que les hommes jaillissaient déjà du véhicule. Ils sautèrent à leur tour, derniers du groupe, avant de rejoindre les autres soldats qui entouraient désormais l'épave. Les armes étaient braquées sur le corps sombre et hirsute qui se dégageait de l'appareil fumant. D'un simple regard, Greg discerna le drapeau tricolore slaviste avec son aigle arrogant peint sur le métal. Maxime arracha rapidement son regard de la carcasse inintéressante pour contempler la ligne d'horizon magnifique, avec son relief distant qui retenait à peine des rouleaux de nuages bas comme un barrage prêt à céder. Il l'avait souvent répété à Grégory : le plus gros avantage de cette guerre, c'était qu'il voyageait à l'œil. Aujourd'hui il eut au moins la décence de ne pas dégainer son téléphone portable pour prendre une photo…

« Vos mains en l'air, faites pas de conneries ! hurla un interprète en saisissant un porte-voix.

— Il se rend ?

— Je ne sais pas, répondit l'interprète en européos.

— Alors, pose-lui *encore* la question.

— Rendez-vous ! reprit le traducteur en slaviste. »

Soudain un coup de feu retentit.

D'où venait-il ? Qui visait-il ? Impossible de se poser la question, Greg se jeta brusquement à terre et envoya un regard fou dans toutes les directions pour orienter sa couverture. Tirant par automatisme, les fantassins de l'Eurocorps abattirent aussitôt le rescapé et son corps sanguinolent s'effondra comme une masse contre le métal chaud. Les rafales continuèrent. Un attroupement de soldats en uniforme kaki surgi de nulle part se ruait soudain sur la colonne. Des grenades volèrent dans les airs, puis des boules de feu projetèrent au sol des hommes désarticulés comme des pantins grotesques.

« Slavistes ! »

Greg roule boula et tira à vue sur les formes menaçantes. Certains, fauchés en pleine course, s'étalèrent rudement face contre terre. Gémissant dans leur langage rude, ils tentaient de retenir le sang qui s'échappait de leurs blessures. Sans en tenir compte, Maxime dégoupilla de ses dents une grenade et la fit soigneusement rouler vers les Slavistes blessés. Un de leurs camarades s'était baissé vers eux pour les aider, et ne put qu'observer, glacé d'effroi, la boule métallique noire qui progressait vers lui. Lorsque Troc desserra les dents et cracha la goupille dans l'herbe touffue, ce fut pour mieux enfoncer une porte ouverte :

« D'où viennent-ils, putain ? »

Mais son cri fut couvert par l'explosion de la grenade. Peu importait, tous les Européens se posaient la même question en canardant les environs plus par réflexe qu'autre chose. Les VAB se mettaient en formation défensive sous le crépitement des rafales ennemies et le rugissement de leurs monstrueux pots d'échappement, leurs six roues trouvant sans problème leur chemin dans les sillons de terre grasse autour de la route.

« Attention aux prisonniers ! »

Le hurlement désespéré fut noyé par les rafales de balles qui crépitèrent contre les arceaux des camions. De jeunes hommes en chemisette kaki, aux bras encore marqués par leurs liens trop serrés, tiraient à tout va sur les Européens couchés dans l'herbe. Greg eut un réflexe de peur panique et sans cesser de mitrailler, il détourna son canon vers les prisonniers.

« Comment ont-ils fait pour s'échapper ? Et d'où ils sortent tout ce matos ? »

À la question de Troc, Greg n'avait aucune réponse. Il s'en moquait, il devait maintenant juste les empêcher de tuer d'autres Européens. L'air fut saturé de poudre, de balles sifflantes, de détonations. Le métal des carlingues se criblait d'impacts, la fureur montait crescendo.

Le Slaviste Gary Targatov semblait n'avoir aucune crainte. À genoux derrière une jeep dont le pilote gisait égorgé contre le volant, il tirait avec soin, éliminant toujours plus d'Européens à découvert. Son chargeur cliqueta.

« Passe-m'en un autre ! » ordonna-t-il à l'ami qui le

suivait comme une ombre, le visage tendu.

Le jeune homme s'exécuta et envoya un chargeur plein. En échange, le vide tomba dans ses mains. La sueur au front, Youri Barotov tremblait comme un enfant. Au fond, c'était un enfant. Gary, son ami, ne semblait pas aussi juvénile, lui. Son entraînement en Sibérie avait durci ses traits. Il faisait plus mature. Il était devenu un homme.

« Va chercher d'autres munitions si tu n'as pas d'arme ! »

Immédiatement, Youri détala pour se précipiter dans la jeep. Le conducteur avait déjà été dépouillé de ses cartouches. Son sang ruisselait sur le volant et gouttait sur ses jambes crispées. Après l'affront qu'il leur avait fait à Gary et à lui, lors de leur capture, ce n'était que justice. Son ami, celui qui avait, semblait-il, tenté de s'interposer, gisait quelques mètres plus loin, dans l'herbe. La lame qui avait tranché la gorge de son ami brillait d'une lueur pourpre dans son dos, enfoncée presque jusqu'à la garde. Sa face, écrasée dans la verdure, n'exprimait même pas la douleur. Juste la surprise.

Youri grogna en sentant son pantalon de combat humide, collant et sale. Il se dégoûtait. Ses mains crasseuses fouillaient le véhicule sans rien trouver. Une balle ennemie traversa les vitres et fila au-dessus de son casque. Par réflexe, il s'aplatit inconfortablement dans la voiture et resta immobile, la tête contre la cuisse du mort. Le levier de vitesse dans l'estomac, il se retint de hurler sa douleur croissante. Puis une grenade fracassa le carreau et tomba mollement devant son visage, sur le corps du conducteur. Elle roula sur la cuisse inerte et retomba lourdement aux pieds du mort.

Jaillissant de la voiture le plus vite qu'il put, Youri poussa un cri pour prévenir Gary. Ce dernier n'eut que le temps de jeter un regard en arrière avant que la grenade n'enflamme la jeep qui décolla un instant du sol. Le Slaviste, projeté par la déflagration, s'écrasa comme une masse, quelques mètres plus loin, les oreilles et le nez en sang. Il leva une main. Déjà des Européens affluaient dans leur direction, la mine mauvaise. Un coup d'œil rapide autour de lui permit à Youri de remarquer l'absence des autres prisonniers qui s'étaient libérés grâce au poignard habilement dissimulé par l'un d'eux. Celui qui brillait dans le dos du passager de la jeep.

« Où êtes-vous ? »

Une multitude de corps en débardeurs verts mouchetés de sang s'étalaient devant lui sous la pluie fine qui recommençait à tomber. Tous morts ? Non, la plupart gémissaient et avaient leur arme serrée dans leurs mains déjà glacées. Youri, pris de panique, ne put que lever ses bras d'un signe défaitiste. Puis soudain, sa peur se mua en surprise. Les Européens ne l'avaient pas vu. Ils ne prêtaient attention qu'aux blessés, plus loin. Abandonnant son pessimisme, il se rua sur son ami et le hissa sur son épaule. Il repéra un camion vidé de ses troupes, et une idée germa subitement dans son esprit.

Greg rampa un instant, exténué, déjà trempé par la pluie naissante puis se releva péniblement, soutenu par Maxime Troc. Il jeta un regard las sur la scène qui se présentait devant lui sans se soucier de l'eau qui gouttait de son casque. Un massacre de plus. À cause d'une négligence au niveau de la sécurité. Était-ce à cause du manque de repos, de la faim, de la lassitude, ou bien d'un manque d'implication ? Il serait toujours temps d'y réfléchir plus tard. Dans l'immédiat, il fallait rejoindre un camp européen. Il fallait vivre.

« On ne devrait pas les emmener, marmonna Troc pour lui-même, même pour se protéger des bombardements. Ici, c'est les otages qui te bouffent le convoi, c'est pas la peine. »

Un moteur rugit derrière eux. Le temps de se tourner vers le bruit, les deux compères purent juste apercevoir le camion qui fonçait sur eux à pleine vitesse. Dans un automatisme qui le surprit lui-même, Greg projeta Maxime de ses deux bras dans l'herbe avant de tenter de courir lui aussi hors de la trajectoire. Le véhicule le frôla et il sentit quelque chose claquer dans son dos. Une lanière ? Par un réflexe stupide, il se retourna promptement et se raccrocha à la corde de nylon qui retenait la bâche du côté droit. Aussitôt, il fut emporté par le camion, ses pieds raclant la terre humide.

Fouetté par les gouttes d'eau, les doigts mordus par le nylon, Greg poussa un rugissement pour apaiser sa douleur. Il souleva ses pieds du sol et se mit en tête de les bloquer également contre les fils. Il se contorsionna au-dessus de la piste qui défilait maintenant à toute vitesse sous lui. La saleté projetée par les roues du camion venait le frapper au visage. Son casque glissait lentement en arrière… Le Famas, pendu à son épaule par la lanière, se balançait dans le vide et le cognait au moindre cahot. Ces derniers enfonçaient plus encore le nylon dans les chairs du soldat comme une lente et horrible torture. Pourtant, lâcher prise serait encore bien pire : il serait tout simplement aplati par des roues si massives qu'il avait l'habitude de s'y accouder.

Mertti parvint enfin à se tenir convenablement à l'horizontale contre le flanc droit du camion, quand tout à coup, un crissement métallique devança un profond choc qui lui fit lâcher prise au niveau des bottes. À nouveau, ses pieds raclaient douloureusement la terre. À chaque petite pierre, ses jambes souffraient un peu plus. Il se laissa finalement lentement glisser vers l'arrière, les mains crispées sur les câbles qui retenaient la bâche ruisselante de pluie. Ses doigts glissaient sur le plastique et le métal. Ses yeux étaient brouillés par la sueur et l'eau sale qui coulait de son casque. Un bruit de moteur l'avertit alors que des voitures les suivaient.

« Rapprochez-vous de lui, fit Maxime au conducteur.

S'il tombe, il est mort ! »

Derrière le jeune soldat, un ami de Greg se rongeait les sangs en vérifiant une énième fois son fusil à lunette Famas G3 sniper. Le casque posé sur la banquette, les cheveux encore secs, le jeune homme à la mine sévère leva vers Maxime des yeux inquisiteurs.

« Ça va, Petros ? Vous êtes prêts ? »

Troc s'était retourné, arborant un sourire chaleureux. Petros Malovich lui renvoya son regard confiant.

« Pour l'aider, je ferais tout ce qui est possible, acquiesça-t-il. Toi, poursuivit-il à l'adresse du conducteur, passe par la gauche !

— Mais il est à droite ! s'écria Maxime.

— Mais le conducteur de ce camion est à gauche. »

Gary ne gémissait même pas. Avachi côté passager dans la cabine, il regardait la route fixement, comme mort. Mais son buste se soulevait péniblement, preuve que la vie habitait encore sa carcasse fortement brûlée. Youri jeta un coup d'œil dans son rétroviseur et vit une voiture s'approcher par la gauche. Un fusil à lunette reluisait dans la jeep, à travers le pare-brise. Tendu à craquer, Youri fit une spectaculaire embardée vers la gauche pour heurter le capot de la jeep.

Le choc faillit faire s'envoler Greg. Soulevé du flanc du véhicule, retenu uniquement par ses doigts serrés, il essaya d'en profiter pour se redresser et appuyer ses pieds contre le garde-boue des roues arrière. Malheureusement la collision fut si brutale lorsqu'il se heurta à nouveau au camion qu'il n'y parvint pas. Les énormes pneus labouraient le sol comme des roues dentées n'attendant qu'un moment de faiblesse ou une seconde d'inattention du soldat pour le transformer en viande hachée. Mertti atteignit enfin l'arrière du camion à la force des bras et lança ses jambes par-dessus la trappe métallique. Un nouvel écart du chauffeur faillit le faire lâcher prise et rouler dans la gadoue. Il tint bon, suspendu au-dessus de la boue, prenant garde à ne pas relâcher sa prise. Il se glissa enfin lentement sous la bâche, frappé par la pluie, les bras tremblants après l'effort. Il se laissa tomber dans la caisse et reprit lentement son souffle. Les manœuvres du conducteur l'envoyèrent bouler contre un banc.

Greg se releva enfin, douloureusement, en s'appuyant sur la planche de la banquette. Le souffle court et malgré ses mains en sang, il fit basculer son Famas de son épaule et vérifia combien il lui restait de munitions. Peu, mais assez. Il tituba vers l'avant et dégaina sa lame. D'un coup sec, il éventra la toile et put observer la minuscule vitre qui donnait sur la cabine. Il distinguait très bien le conducteur qui gardait les yeux rivés sur son rétroviseur extérieur. Sans réfléchir, il tira rageusement une courte rafale dans la vitre pour tuer le prisonnier évadé.

Putain ! Sur ces vieux camions de merde... ils ont mis une vitre pare-balles.

Youri sursauta en entendant le fracas des balles qui battaient furieusement la vitre derrière sa tête, qu'il n'avait même pas remarquée. Sa surprise lui fit faire un écart sur la droite qui permit à la voiture de revenir à sa hauteur d'une longue et puissante accélération. Un coup d'œil sur la route informa Youri qu'ils arrivaient à un poste de défense slaviste, construit sans doute à la va-vite durant la tentative d'encerclement et dissimulé derrière un bosquet. Le sourire aux lèvres, il poussa plus encore son moteur rugissant.

Les bras en compote, l'Italien décida tout de même de passer par le toit. D'un nouveau coup de lame, il fendit la bâche au-dessus de sa tête pour s'y glisser. La toile se déchira jusqu'à ce que les deux ouvertures se rejoignent et qu'un pan de bâche s'éplucha des arceaux pour claquer bruyamment contre le flanc gauche du camion. La pluie battit alors le plancher de métal et les banquettes en bois. Greg, trempé jusqu'aux os, se mit en tête d'escalader les arceaux mis à nu et entreprit de se jeter sur le toit de la cabine. Une petite voix à l'accent italien avait beau lui souffler que c'était une très, très mauvaise idée, l'adrénaline parlait plus fort. Au prix d'un effort surhumain, luttant contre le vent et la pluie de plus en plus dense, il parvint à se raccrocher et prit bien garde à ne pas déraper. Pour plus de sûreté, il se laissa glisser à plat ventre, son casque résonna contre le métal de la cabine.

Youri entendit des petits chocs sur le toit. Inquiet, il jeta un nouveau regard vers la vitre pare-balles. Il n'y voyait plus l'ennemi. Regardant à nouveau son pare-brise, il entrevit, en haut, le bout des doigts de l'Européen qui luttait pour ne pas glisser. Les essuie-glaces fonctionnaient à plein régime, et Barotov ricanait en songeant à ce qu'endurait cet arrogant adversaire. Alors comme ça il voulait jouer les *Captain Europe* ? Voilà qui lui servirait de leçon ! Toutefois, le râle plaintif de son compagnon le ramena à la réalité. Il n'avait pas le temps de jouer, il devait être efficace. Comme Gary l'eût été à sa place. Il fit de larges embardées de gauche à droite pour déstabiliser le soldat sur le toit, tout en défonçant toujours plus la voiture qui remontait lentement mais sûrement au niveau de la cabine.

D'un coup sec, il réussit soudain à faire décrocher le soldat de sa prise. Glissant sur le côté, il se retrouva à tenter de s'accrocher contre la portière côté passager. Sa main encore tendue pour se retenir au toit, l'autre main se tenant à la poignée de la portière. Laquelle s'ouvrit brusquement…

Greg glissa soudainement et sa main tombant du toit se cogna à la portière ouverte. Il se retrouva suspendu à une portière béante dans le vide. Le conducteur avait ralenti en retenant au dernier moment un corps qui allait glisser par la porte. Mertti saisit son Famas et tira au hasard des mouvements de la portière qui grinçait de plus en plus. Il avait beau savoir que c'était un engin solide, il lui semblait qu'elle n'allait pas tenir longtemps… La panique prenait lentement le contrôle.

C'est dans ta tête ! Concentre-toi !

Les balles ricochèrent sur le pare-brise. Mertti tenta alors de tirer à travers l'ouverture de la porte. Mais d'un coup de volant, le chauffeur fit se rabattre la portière qui claqua contre le canon de l'arme. Le Famas bondit dans les mains de Greg et lui frappa le buste. Dans un cri de douleur, Grégory lâcha la portière et se laissa tomber. Durant une fraction de seconde, il crut sentir les roues massives broyer ses jambes et l'entraîner vers une mort atroce. Mais cela n'arriva pas. Se sentant traîné dans la boue, ses bottes à quelques centimètres seulement de ces meules de gomme impitoyables, il souleva son casque pour voir ce qui le retenait. Et à la force qui tractait son épaule, il devina que la lanière du Famas était restée accrochée quelque part. D'un regard, il vit que la portière, en claquant, l'avait coincée. Et il se retrouvait valdingué par le camion, forcé de contempler sa mort horrible droit dans les yeux. Devant cette vision terrifiante, Grégory trouva la force de se hisser jusqu'au marchepied métallique en s'aidant de la lanière, priant en silence pour que son lien improvisé tienne le choc. Suant sang et eau, il réussit à saisir de sa main la plaque de métal glissante tandis que le camion fonçait toujours plus vite et que le sol défilait à une allure à donner la nausée. Il commença à se redresser et put finalement se trouver dans une position plus acceptable, accroupi sur le marchepied.

Enfin un instant de répit pour reprendre son souffle, blotti contre la portière comme une araignée sur un mur. Lorsque son cœur cessa enfin de s'emballer, il remonta son casque d'un geste de la tête pour ne pas lâcher ses prises. Puis il se décida à agir. Il attacha la lanière du Famas à sa jambe droite, puis plaça son pied gauche contre la partie saillante de la caisse et agrippa la base d'un arceau dont la bâche déchirée s'était étirée plus loin.

Comme à l'exercice, on pousse au-delà des limites...

D'un mouvement vif, il remonta contre l'arceau et de sa main libre, il ouvrit la portière. La lanière fut libérée et l'arme se balança au bout de son pied droit. Il plia le genou et, dans une position précaire, délia la lanière pour récupérer son arme. La main du conducteur se tendait déjà vers la portière pour la refermer mais d'une courte rafale, Greg lui en fit passer l'idée. Mieux encore, il crut discerner des mouchetures de sang sur la portière.

Il s'apprêtait à basculer vers l'intérieur de la cabine lorsque la voiture percuta le camion. Déstabilisé, il dérapa et se retint de justesse à l'arceau dans un véritable numéro d'équilibriste, luttant constamment contre la gravité. Dans le même mouvement, il prit pied sur la marche métallique et se prépara à ouvrir le feu.

Soudain, un impact brutal secoua violemment tout le camion et le pauvre Grégory fut projeté loin du véhicule comme une poupée de chiffon. La tête en feu, les étoiles dansant devant les yeux, il discerna juste des morceaux de bois peints qui voltigeaient en tous sens, des flammes, une voiture qui faisait des tonneaux. Une odeur d'essence. Le noir.

Petros réussit à ne pas céder à la nausée. Le crâne martelé de coups imaginaires, il tenta de se repérer. La jeep venait de percuter la borne antichar du poste de sécurité, et le camion s'était contenté de traverser les barrières de bois et de barbelés. Des projections vermeilles avaient éclaboussé la vitre de la voiture. Inquiet, il inspecta rapidement du mieux qu'il put le corps de Maxime, gisant évanoui. Mais un rapide coup d'œil au chauffeur lui confirma qui se vidait de son sang et de sa cervelle : l'homme avait traversé la vitre de sa portière. Mais il ne fallait pas s'attarder. Petros commença à frapper le carreau du pied pour pouvoir s'échapper de la carcasse. Puis un déclic résonna plusieurs fois autour de l'épave.

« Sortez les mains en l'air ! Vous êtes les prisonniers de la Principauté slaviste au nom du prince Zwiel. Soyez coopératif, ou nous ouvrons le feu. »

Petros parlait le slaviste. Il savait ce qui l'attendait.

Chapitre 2

Berlin. 14 septembre 2033. Reichstag.

Après deux heures de questions-réponses aseptisées dans une salle de conférence du Reichstag, Erwin avait enfin pu en finir avec les journalistes qui l'insupportaient au plus haut point. Les sujets abordés étaient si… loin de ce que Helm aurait voulu évoquer. L'insistance toute particulière à vouloir évoquer l'état de la Slavie Post-Zwiel et ses impressions vis-à-vis du système politique slaviste cumulée à la demande avide de détails sur d'éventuelles exactions lui avaient donné la nausée. Beaucoup avaient également tenté leur chance dans le domaine de la politique intérieure sur laquelle le lieutenant avait reçu la directive expresse de ne rien « commenter ». Le rôle du ministère de l'Éducation vis-à-vis des compétences régionales ? Sans commentaire. La peine de mort par référendum ? Sans commentaire. Le retour aux privatisations et le risque de voir revenir le lobbying en force ? Sans commentaire… Durant ces deux heures interminables qui lui avaient donné un mal de crâne épouvantable, tous ses efforts furent principalement destinés à s'empêcher de tapoter des doigts sur la table en signe d'agacement. Les caméras ne rataient jamais ce genre de détails, les commentateurs sur Euronet non plus.

Une fois avalé son café au lait au prix exorbitant, il s'était rendu dans un vestibule richement décoré dans des tons bleus, l'antichambre d'un des bureaux présidentiels, où on lui avait demandé d'attendre. Ce qu'il faisait désormais depuis un long, long moment. Il respira profondément et baissa les yeux vers le tapis qui, à lui seul, devait dépasser sa solde mensuelle. Un motif complexe s'attardait sur les bordures pour former une rosace au centre. Le soldat suivit distraitement les lignes des yeux pour tromper son angoisse.

Au fond de la petite pièce, devant la porte, un homme en arme et treillis de combat veillait à sa sécurité. Ou peut-être à ce qu'il ne s'échappe pas.

Pimpant dans son uniforme de parade non assorti à son grade, Helm se sentait vraiment mal à l'aise. Son grade représenté par de simples barres colorées brodées sur sa veste brillait légèrement sous la lumière du lustre doré qui pendait majestueusement au plafond. Tout dans cette pièce évoquait le luxe et l'aisance. Le Reichstag avait tout pour être le haut lieu de la capitale européenne, bien plus beau que le véritable Parlement européen de Berlin. Le Reichstag n'était que le bureau présidentiel, bien que l'hémicycle servît encore aux sessions de l'assemblée régionale, mais semblait être le cœur vibrant de l'Europe, avec ses couleurs bleu et or comme le drapeau des E.U.E. Les étoiles et la rose des vents étaient d'ailleurs présentes partout dans le bâtiment. Cette impression n'était toutefois pas dénuée de vérité : cela faisait longtemps que le pouvoir décisionnel glissait du Parlement à la Présidence, inexorablement, élection après élection. C'était peut-être la première chose qu'Erwin avait appris à regretter.

Jusqu'aux prochains scrutins, ce serait le bureau de Markus Tramper. Et lorsque le Parlement serait renouvelé, il en irait de même de la capitale. D'ici là, Berlin resterait la ville dominante du continent. Il était présentement assis au centre du monde. Et à des centaines de kilomètres de là, une autre capitale devait trembler en ce moment même des pas de l'armée européenne remontant vers elle en ordre de marche.

Kiev.

La capitale slaviste était en ligne de mire de l'Eurocorps. La Slavie se faisant pacifier toujours plus loin d'heure en heure, Kiev n'allait pas tarder à apercevoir le premier blindé marqué des douze étoiles et de la rose des vents. Mais avant cet instant historique qui gonflait d'avance le cœur de la plupart des soldats de l'Eurocorps, un obstacle presque naturel empêchait cette progression monumentale. Cet obstacle occupait tellement l'esprit d'Erwin qu'il en perdait l'appétit. Si jamais les Slavistes y avaient caché des bunkers, des canons et des mines…

Cet obstacle était ce que tous surnommaient le Mur.

Les médias évoquaient souvent le projet comme une chaîne de montagnes artificielle, mais c'était essentiellement un mur de 250 mètres de haut. La particularité de cette construction, c'était qu'elle partait de Grodno, en Russie, pour descendre en oblique vers Brest, une ville à environ 200 kilomètres de Varsovie, à la frontière entre la Russie, l'Europe et la Slavie, qu'elle longeait la frontière russo-slaviste jusqu'à la célèbre ville de Tchernobyl pour bifurquer vers le sud, couper la Slavie en deux et descendre jusqu'à Odessa, une ville portuaire, sur les rives de la mer Noire et qui abritait une prestigieuse académie navale slaviste. Cette chaîne de montagnes protégeait donc Kiev de l'avancée européenne comme un barrage protégerait un village du flot impétueux d'un fleuve en pleine crue.

Dans les années 2010, lorsque l'Union européenne ne s'était pas encore fédérée depuis assez longtemps pour pouvoir relancer seule son industrie, que la Slavie n'était encore qu'une multitude de pays autonomes et belliqueux, comme la Roumanie, l'Ukraine, la Bulgarie et bien d'autres, un programme de construction d'une frontière « naturelle » entre la Russie, l'Europe et l'Ukraine, alors en mauvaises relations diplomatiques, fut proposé par la Russie, qui se considérait comme Russie Indépendante – terme qui fut réutilisé pour les pays qui ne se fédérèrent pas par la suite. D'ailleurs, l'utilisation du terme Russie *Indépendante* s'opposait aux républiques « traîtresses » qui avaient fait sécession pour rejoindre les E.U.E. Erwin s'était toujours demandé comment cette sécession avait bien pu ne pas finir en guerre ouverte, mais son père ne lui avait jamais vraiment parlé du Crash et des années sombres qui avaient suivi. Pour beaucoup de familles européennes, c'était un sujet sensible, presque tabou. Beaucoup de choses avaient été dites et faites au nom de l'urgence sociale, de l'avenir des générations futures, et de la lutte contre l'obscurantisme religieux.

Mais lorsque Josch Helm avait été muté en Slavie comme ambassadeur militaire – un terme étrange mais qui allait avec son temps – le major avait bien été obligé d'expliquer à son fils aux questions pressantes pourquoi il devait partir si loin et les laisser seuls, lui et sa mère. À son plus grand regret, Erwin ne parvenait pas à se souvenir exactement de leur longue discussion ni même du visage de son père. Seule subsistait cette impression de gravité qu'il n'oublierait jamais. La nouvelle frontière dont la construction avait été entamée avant sa naissance, lui avait-il dit d'un ton professoral, devait mettre fin aux incessantes incartades des différents pays voisins qui revendiquaient les villes frontalières pour agrandir leur territoire et stimuler leur économie en chute libre. La Région Russe, la fameuse « traîtresse », posait à ce titre un gros problème du fait que Pskov avait refusé la fédération, coupant l'ex-région administrative russe en deux. Une toute petite part était désormais européenne, mais la frontière y était extrêmement floue. Et ce n'était qu'un exemple parmi tant d'autres des motifs qui imposaient aux trois blocs de poser une bonne fois pour toutes les lignes de leurs cartes par la construction du Mur. Mais pour beaucoup, il s'agissait surtout d'un énorme et très coûteux cache-misère. À vrai dire, son père ne l'avait peut-être pas expliqué ainsi, mais c'était le souvenir qu'il s'en était inventé pour compenser ce vide, ce trou noir.

« Combien de temps encore ? finit-il par demander au garde alors que le temps semblait s'allonger au-delà du raisonnable.

— Je l'ignore, lieutenant. »

Erwin grommela et aussitôt ses pensées revinrent

tournoyer obsessionnellement autour du Mur. Il se souvenait de ses cours d'Histoire Européenne où un professeur à moitié chauve leur avait inculqué que l'Europe avait d'abord refusé en bloc cette proposition en soulignant le besoin d'unité du continent, et que l'absence de réelle frontière naturelle avait été jusque là une bonne chose. À cette époque-là, on baignait encore dans l'euphorie de l'européisme triomphant, ça Erwin s'en souvenait parfaitement, et un souvenir en appelant un autre, les classeurs du collège semblèrent se rouvrir dans son esprit : l'Ukraine d'abord réticente à cette idée qu'elle jugeait matériellement impossible, non seulement accepta le projet, mais alla jusqu'à construire la partie qui traverserait le pays. Ce tronçon supplémentaire qui venait s'ajouter au tracé initial n'avait aucun sens pour le jeune Helm. Marquer la frontière clairement entre Russie Indépendante, Europe fédérée et Slavie, il pouvait le concevoir. Mais cet ajout en plein cœur de la Principauté ? Pourquoi ? Et cette animosité dans les médias, il s'en souvenait fort bien également. Aucun ouvrier russe ne devrait pénétrer en Ukraine. La Russie – ayant absorbé la Biélorussie dans une alliance économique – avait déjà bâti les fondations d'une sorte de mur de béton qui fut traité de nouveau rideau de fer par les Ukrainiens. Forcément, dans un tel contexte, les dérapages de politiciens se succédaient à la télévision.

Il s'agissait du plus grand ouvrage humain de l'Histoire, dépassant même par ses dimensions colossales la Grande Muraille de Chine. Mais un doute demeurait. Un doute qui se réveillait dans l'esprit du lieutenant, bien des années après son passage par le Collège Européen.

Les armées russes et ukrainiennes – et pourquoi pas européennes – pouvaient-elles dissimuler des *choses* dans la Montagne ? Des bases militaires étaient-elles entièrement enterrées, comme les Suisses l'avaient déjà fait depuis longtemps dans les Alpes ? Avec la largeur variable du monument, on pouvait largement rester dans le doute.

Erwin avait trouvé plusieurs indices dans le dossier Josch Helm, et le terme ambassadeur *militaire* revenait régulièrement le titiller dans ses réflexions. Il savait bien que les États-Unis d'Europe s'étaient officiellement préparés à cette éventualité et avaient créé les casernes d'unités d'assaut, comme Hambourg en Région Allemande ou encore Lódz en Région Polonaise. Dans des Régions proches de la frontière russe ou ukrainienne. Région Tchèque, Région Autrichienne… La tension était devenue si forte qu'un colloque eut lieu, photos, images satellites et relevés thermiques à l'appui, afin de prouver l'inexistence de toute cavité au sein du Mur… ce qui n'excluait pas la présence de bunkers et d'armes à sa surface.

Bien avant cela, pourtant, et ce avant même la fin des travaux, les Slavistes avaient déjà pris de l'assurance. Ils commencèrent à gagner en puissance – et en arrogance – dès les premières années de la Principauté. La Slavie fraîchement née déclara qu'elle fournissait la plus importante somme d'argent et d'ouvriers sur le chantier et revendiquait comme sienne la partie qui longeait la frontière russo-slaviste. Jusqu'à Brest. Mais dans ce cas, une minuscule section de cette muraille longeait la frontière européenne. Une section qui, à l'époque, était encore loin d'être achevée !

D'abord indignée, la Russie Indépendante faillit envoyer balader un prince Zwiel à peine élu. Les États-Unis d'Europe retenaient leur souffle quant à savoir si la Slavie allait posséder une partie de forteresse directement devant leurs fenêtres, envisageant sans doute tous les moyens en leur possession pour empêcher cette situation – ou porter des représailles. Durant quelques mois de tensions et de relations diplomatiques houleuses, la situation sembla pencher en faveur de la Russie qui parvint presque à faire oublier les arguments de Zwiel et à remettre la muraille entre les mains internationales sous l'égide de l'ONU. Erwin s'était enorgueilli auprès de ses copains de classe que ç'avait un peu été grâce à son père. Aujourd'hui, ce souvenir lui arrachait un sourire doux-amer. Il était trop immature pour comprendre que l'ONU ne représentait déjà plus rien, le nouveau système politique international l'avait rendu obsolète.

Pourtant, de façon incompréhensible, la Russie avait abdiqué et abandonné à la Slavie une section de plus de 600 kilomètres de bunkers en surface. Procédures slavistes, recours européens, tensions militaires... l'ONU ne put rien y faire, et après cet ultime échec, trois ans à peine après le démarrage des premiers chantiers, elle fut dissoute, minée par les peurs d'une guerre de Bloc contre Bloc. Les alliances ne valaient plus rien, et personne ne voulait plus prendre le risque de tenir les rênes d'un conflit inévitable aux airs de déjà-vu. La mère d'Erwin passait beaucoup de temps au téléphone avec Josch, la mine sombre. Les journaux titrèrent avec enthousiasme qu'un Conseil International de Sécurité allait bientôt la remplacer en s'adaptant à la situation de grands blocs continentaux, mais tout réel pouvoir s'en était allé.

Après 18 années de travail acharné qui permit aux peuples russes et ukrainiens de retarder la crise de l'emploi après la guerre civile américaine, le résultat prit la forme d'une muraille de béton compacte et massive, recouverte de terre, sur laquelle poussait déjà de l'herbe, où des arbres avaient été plantés. Une fois la Montagne terminée, chacun des constructeurs resta de son côté, et il ne fut plus possible pour l'un ou pour l'autre de revendiquer un nouveau tracé des cartes pour intégrer telle ville supplémentaire. Les limites étaient fixées par l'accord de Minsk, en ex-Biélorussie.

Les années passèrent, Erwin grandit en observant les relations entre les trois voisins s'effilocher à nouveau, s'envenimer. Des crises politiques et des luttes d'influences se jouaient entre Kiev et Moscou, alors qu'à leurs frontières les États-Unis d'Europe avaient affirmé leur statut de première puissance mondiale, attirant jalousie et convoitise, écrasant les Slavistes et les Russes de leur supériorité économique et commerciale. Puis il y eut les premiers attentats slavistes, les accrochages entre soldats slavistes et russes. La situation repartit de zéro quand le débat sur la possession du Mur reprit entre les deux forces en présence.

Consternés par ce retour à la case départ, les États-Unis d'Europe avaient péniblement entamé un colloque sur la légitimité de cette possession. Un attentat mit tragiquement fin à cette concertation, et les débats eurent lieu à huis clos dans une ambiance tendue et glaciale. La Russie ne vint plus aux réunions lorsque les enquêteurs européens déclarèrent le terroriste comme russe. La Slavie répliqua par le mépris. L'Europe semblait à la traîne politiquement, et son prestige s'effritait comme celui de l'ONU par le passé. Des attentats de représailles commencèrent à frapper les E.U.E.. Les États-Unis d'Asie restreignirent leurs relations diplomatiques en constatant l'embargo économique de l'Europe sur la Slavie qui ne répondait que par un long silence borné. Il fallait que les États-Unis d'Europe répliquent de façon nette et sans bavure.

Edmund Trovich, ministre de l'Intérieur et ancien ministre de la Défense et de la Guerre, fit plusieurs déclarations à l'assemblée fédérale dans le but d'harmoniser la réaction face à la Slavie dans les multiples ministères en relation avec la Slavie ou la Russie, et ce pour éviter toute bavure politique. Son dernier discours semblait attaquer de façon indirecte, mais non moins virulente, la Russie Indépendante. Il avait répondu aux attaques et aux reproches sur cette Paix Européenne que Berlin semblait vouloir imposer dans ce conflit. Mais il avait été assassiné une semaine plus tard à peine. Par un Russe, encore une fois.

C'est là qu'Erwin se posait le plus de questions, quand venait le problème des représailles, bien qu'il y ait réfléchi presque chaque jour depuis ces incidents. En effet, les États-

Unis d'Europe avaient répliqué par un bombardement massif de cette frontière naturelle. Ce bombardement avait permis de révéler la présence effective d'armes défensives nombreuses sur la surface de la Montagne, lui-même l'avait vu sur Euromédia. Mais l'attaque avait été perpétrée quasiment à la jonction entre la partie russe et la partie slaviste de cette montagne artificielle, une zone d'autant plus floue qu'elle était justement contestée par les deux pays.

Cette ambiguïté sur la cible réelle du bombardement aurait dû prévenir le monde entier de ce que préparaient en fait les États-Unis d'Europe. Une pacification de la Slavie, pour qu'enfin cessent les rivalités en Europe. Tout le monde n'était pas de cet avis, d'où la vitesse impérative de l'action. Et rien de tel qu'une démonstration musclée avant de se lancer pour espérer une capitulation rapide. L'Europe avait montré qu'elle n'oubliait pas la Slavie dans sa recherche de paix européenne. Ce que Trovich avait appelé la *Pax Europæ*...

Pourtant la capitulation ne venait pas, au contraire. Erwin doutait de la réelle capacité du gouvernement européen à résoudre une crise dans laquelle il ne faisait que s'incruster à un stade à la limite de l'explosif. Le simple conflit russo-slaviste s'était mué en guerre européenne. Helm réalisait qu'avec seulement trois nations, tout un continent était en guerre, même si le champ de bataille se limitait à une bande de terrain en Slavie. Et tout cela au départ parce que deux pays désiraient récupérer quelques kilomètres carrés de terrain. Et le plus fou, c'était que les deux pays belligérants d'origines allaient se retrouver alliés pour combattre les E.U.E., qui avaient mis leur grain de sel une fois de trop dans les affaires d'autrui.

Ayant rassemblé toutes ses pensées sur ce Mur infranchissable qui l'angoissait tant et dont l'existence même était une aberration politique dont lui et ses camarades devaient désormais payer le prix, Helm n'avait qu'un seul mot à l'esprit.

« Hallucinant », dit-il seulement.

Le garde qui était resté immobile tourna les yeux vers le lieutenant. Probablement avait-il interprété ce mot comme un rappel de sa présence après une attente trop longue, et c'est presque en s'excusant qu'il répondit :

« Ne vous inquiétez pas, vous serez reçu dans moins d'une heure maintenant, je pense. »

Erwin hocha la tête et repensa au bloc de béton gigantesque qui barrait la route à ses amis lancés vers Kiev. Le travail allait être pénible. La résistance slaviste devait certainement être au-delà de l'imaginable, car Erwin le savait, les Slavistes avaient un courage incommensurable lorsqu'il s'agissait de leur patrie. Des siècles de guerres intestines entre ces peuples avaient toujours fait échouer les tentatives d'unions qui, le plus souvent, s'étaient faites par la force. Ergovich Zwiel avait réussi pacifiquement, et chacun là-bas priait pour que cela dure.

La guerre contre l'Europe mettait cette stabilité sur un échafaud. Le peuple Slaviste devait rapidement s'en rendre compte, et Helm croisait secrètement les doigts pour que les civils de Slavie poussent leur prince régnant à abdiquer et capituler. Ils n'auraient de toute façon pas le choix, c'était cela ou la destruction, et les Slavistes n'opteraient jamais pour la seconde solution, Erwin y aurait mis sa main à couper. Mais il savait également que jamais ce peuple fier n'opterait pour une absorption par les États-Unis d'Europe. Le problème risquait d'être épineux.

Avant de tirer des plans sur la comète, mieux valait-il encore prendre Kiev pour réfléchir. Ce devait être son travail, à lui, le lieutenant Erwin Helm, du Bataillon C-3 de Hambourg. Et peut-être, espérait-il, du futur véritable Bataillon Furie. Il en ferait la demande, le groupe semblait efficace. Pour le moment, il devait se concentrer. Non pas sur ces lignes obsédantes du tapis de soie dans ce vestibule doré, mais sur sa rencontre surbriefée avec le président des

États-Unis d'Europe en personne. Quelques photos pour la propagande, et il repartirait en Slavie avec ses amis, Greg, Petros, et les autres… Et il retrouverait Cyril.

Cyril. Était-il mort ? Blessé ? Ne pouvant répondre à cette question, Erwin ruminait de sombres pensées, même si une part de lui-même était certaine que son ami proche avait survécu. Et Balder ? Où était-il ? Son groupe de moindre qualité avait-il été décimé ? Faisait-il partie des troupes réduites à néant à Ternopil, lors de la contre-offensive slaviste ? Trop de questions pour Erwin, et si peu de réponses. Son esprit divaguait sur les champs de bataille fumants, au milieu des carcasses de Furies enflammées, des corps froids et rigides, de la terre glaiseuse. Le brouillard slaviste d'automne ; le brouillard de guerre…

« Lieutenant Helm ? »

Le garde avait décroché son téléphone miniaturisé sans que Helm ne s'en aperçoive.

« Un homme dit qu'il doit vous parler, continua le soldat en treillis. En principe, je n'ai pas le droit de vous passer ce genre d'appel, mais là, ça vient du bureau du ministère de l'Information. »

De la désinformation, rectifia Erwin intérieurement.

Le lieutenant se leva et saisit l'appareil des mains du garde qui ne put que bégayer un son indigné vite réprimé par un geste de la main de Helm.

Le grade a un certain avantage.

« Erwin Helm. J'écoute… Qui êtes-vous ? »

Il se plaqua la main sur l'oreille libre pour n'entendre que la voix de son interlocuteur.

« Vous savez pour Josch ? Vous lui avez parlé ? »

Puis, un long monologue de l'interlocuteur.

« Je comprends. Je vous remercie. »

Il coupa le signal et rendit l'appareil au garde confus. Avec un sourire, Erwin lâcha un simple mot gonflé de soulagement :

« Merci. »

Markus Tramper avait une sorte d'aura imposante. Élu avec une majorité contestée, mais dirigeant de talent, il succédait à Maurice Galligart à la présidence des États-Unis d'Europe. Son corps exprimait son goût de la bonne chère sans être particulièrement gras. De forte carrure, son visage renfermé et à la fois sympathique lui conférait une photogénie digne de l'homme le plus important de la planète. Il incarnait la fédération européenne en chair et en os.

« Bienvenue, lieutenant Helm, commença-t-il en préambule. Je suis honoré de faire votre rencontre.

— Monsieur le président, fit humblement Erwin en courbant poliment la tête, n'osant pas son salut militaire.

— Vous venez de Slavie, m'a-t-on dit. Il m'intéresserait de savoir comment cela se passe là-bas. »

Son sourire était assez amical, mais on devinait que ce n'était qu'un sourire de politicien. Erwin était dans l'embarras. Devait-il lui dire exactement ce qu'il pensait ou bien ce que l'amiral Benz l'avait autorisé à débiter ? Dans le doute, Erwin hésita un instant et laissa son regard errer sur les peintures, les dorures, les fenêtres qui donnaient sur un Berlin noyé sous la pluie. Un bureau magnifique, remarqua-t-il. Il ne regrettait pas les mesures de sécurité qui l'avaient fait venir ici et non au Parlement lui-même.

« En fait, débuta-t-il, notre progression se fait sans accrocs majeurs, Monsieur. »

Il avait opté pour ce qui était écrit sur la feuille de l'amiral. Le président sourit.

« Laissez tomber, lieutenant. Les instructions que l'on vous a remises concernent ce que vous direz aux journalistes, pas à moi.

— Vous…

— J'ai pratiquement écrit ce document moi-même, lieutenant, je sais de quoi il en retourne, expliqua calmement Tramper. À l'inverse, mes généraux en Slavie ont opté pour une manœuvre assez hasardeuse, et je veux savoir si elle est efficace.

— Vous ne dirigez pas les actions en Slavie ? s'étonna Erwin. Pas du tout ?

— Non, avoua sans ciller le président. Le général Peterson a pensé qu'une attaque sans concertation préalable empêcherait l'élément contrariant de connaître nos actions. C'est diplomatiquement assez difficile à avouer, mais si la méthode s'avère fructueuse je pourrais mettre un semblant de crédibilité dans mes propos. Allons, parlez-moi de la Slavie », l'invita-t-il.

Élément contrariant ? Drôle de façon de désigner la taupe que l'amiral Benz avait évoquée. Et pourquoi Tramper s'aventurait-il à autant de franchise de but en blanc ? Helm s'obligea à réprimer son froncement de sourcils coutumier, mais se décida à jouer le jeu.

« C'est très dangereux, m'est avis, répondit-il d'un ton neutre. Par exemple, notre logistique n'a pas pu suivre le mouvement et nous nous sommes retrouvés parfois avec des quantités insuffisantes de savon ou de ravitaillement alimentaire, au point que nous devions rationner nos sandwichs qui dataient de notre débarquement ! Sans parler des rations sous vide qui n'arrivent pas…

— Je sais, répondit le président en lui faisant signe de s'asseoir. Prenez place, lieutenant Helm.

— Merci… La logistique ne peut donc pas suivre une invasion sans plan d'attaque précis. Je ne sais pas où le général Peterson a fait ses études mais...

— À Oslo, dans la meilleure Académie Militaire d'Europe, le coupa le président. Il a commencé tout en bas de l'échelle jusqu'au concours des officiers pour lequel il a étudié trois ans en Région Norvégienne. Il n'est pas aussi benêt que vous semblez l'estimer. »

Une remise en place sèche mais néanmoins courtoise. Pas de menace directe, une invitation à continuer. Erwin encaissa cette gifle sans broncher. Il s'était emporté avec

Benz parce qu'il s'était relâché, hors de question de commettre la même erreur avec quelqu'un comme Markus Tramper.

« Oui, Monsieur le président, pardonnez-moi, je n'ai pas dormi assez longtemps, je crois…

— Je comprends bien, la fatigue, le stress… »

Le lieutenant hocha de la tête, trop heureux que l'homme d'État lui tende une perche pour enchaîner sans malaise. Mais il n'était pas idiot, cette conversation n'était pas anodine. À lui de découvrir les intentions de son illustre interlocuteur… tout en ne perdant pas de vue qu'il tentait de lui tirer les vers du nez.

« Mais s'il a agi comme cela, poursuivit Tramper, c'est qu'il y avait des chances que cela fonctionne. D'ailleurs le but recherché a été atteint : l'élément contrariant a été devancé, et la *pacification*, et non l'invasion, laissez-moi vous corriger, est un succès. La logistique n'est qu'un détail. »

L'élu s'était assis dignement, sans un bruit, et avait pris une position avantageuse. Il semblait l'évaluer du regard, ou peut-être cherchait-il à se souvenir de quelque chose… ou quelqu'un… Sur son bureau, à côté d'un immense écran tactile et d'un range-dossiers trônait une photo de lui enlaçant une jeune femme. Helm ne peut s'empêcher de remarquer ses vêtements courts et son physique svelte. Trop jeune pour être sa femme. Sa fille, peut-être ? Un sentiment de gêne s'empara de lui et lui enflamma les joues. Et s'il contemplait la pouliche de luxe du président ?

« Oui, acquiesça Erwin en arrachant son regard de la photographie. Mais les conditions de vie sont vraiment difficiles. »

Cette fois, il comprit que le président cherchait probablement à le titiller pour qu'il se laisse aller à ses penchants excessifs. Le fameux rapport épais comme un bottin le concernant devait insister sur cette faiblesse du jeune homme. À sa charge de ne pas laisser un vieux roublard comme lui se glisser dans cette faille. Il se força donc à conserver un calme poli, serrant les dents en imaginant ses amis aux prises avec ces problèmes *logistiques*.

« Nous manquons de tout et le manque de coordination met en pagaille le rationnement de la nourriture, de l'eau, des produits d'hygiène…

— Vous êtes militaire, rétorqua Tramper sur le ton de la conversation. C'est votre lot, vous êtes entraînés et payés pour cela, non ?

— Oui, monsieur le président.

— Nous sommes en guerre, lieutenant Helm, vous en êtes vous bien rendu compte ? Ce n'est pas un petit conflit comme les Balkans, l'Afghanistan, la Crise Maghrébine, l'Iran et j'en passe. Nous sommes en guerre ouverte avec la Slavie et la Russie Indépendante. Notre position est bien pire que délicate, et l'opinion publique n'est pas vraiment de notre côté…

— J'ai vu ça, en effet, grommela Erwin en changeant de position sur son siège. Des graffitis défédératistes partout… Il faut dire que les journaux ne sont pas très indulgents… Les récents articles ont beaucoup miné le moral des hommes.

— Mon ministre de l'information s'occupe de cela. La méthode douce a échoué, mais ce ne sera bientôt plus un problème, ajouta-t-il avec un sourire entendu. Ça a déjà commencé.

— La propagande n'est pas le moyen idéal pour arriver à vos fins, contre-attaqua Erwin conscient de sa naïveté. Les Européens ne sont pas idiots.

— Je vous avouerai que ça dépend desquels. Avez-vous entendu les discours défédératistes de Nils Abrazo ? Ou ce parvenu de Kévin Kiffer ?

— Non, admit Erwin d'un ton plus posé… Je n'ai pas beaucoup le temps en ce moment, ajouta-t-il avec un pauvre sourire que lui rendit le politicien. Veuillez me pardonner pour mon audace, mais… comment allons-nous justifier l'attaque de la Slavie pour un acte commis par un Russe ? enchaîna pourtant le soldat pour tenter de prolonger la conversation. C'est dans les instructions mais… avec tout mon respect… je ne sais pas comment avoir l'air crédible en disant ça. »

Ayant lâché ces mots qui sonnaient à ses oreilles comme une grossièreté dans un dîner mondain, Helm fixa alors ses bottes les joues encore plus enflammées qu'auparavant.

« Mais vous ne savez pas ? »

Son air conspirateur fit immédiatement comprendre au lieutenant que son interlocuteur aurait réponse à tout, toujours.

« En réalité, expliqua le président, les Renseignements ont pu prouver que le terroriste se faisait passer pour un Russe afin que les retombées de son acte ne pèsent sur la Russie. Mais il était Slaviste, et souhaitait se débarrasser de ses deux ennemis qui s'entre-déchireraient. Encore un fanatique patriote. »

Erwin s'étouffa une seconde et se reprit.

« C'est la version officielle ?

— Il n'y a pas de versions officielles ou officieuses. C'est toujours la même histoire, mais racontée autrement. *Verum scriptum est*, rappela-t-il avec ironie. Cela passera comme une lettre à la poste fédérale dans *l'Europæn Tribune* et le *Federal Post*.

— Mais la Slavie et la Russie ne sont *plus* ennemies !

— Vous voyez cela d'un point de vue post-représailles, lieutenant Helm. En réalité, leurs relations n'ont cessé d'être tendues jusqu'à ce qu'elles se découvrent un ennemi commun. Nous leur avons donné une raison de s'allier, mais elles ne pouvaient pas se voir en peinture. Lisez les journaux, de temps en temps, jeune homme. »

La réflexion fut un véritable boulet en plein dans son ego. Lorsqu'il s'agissait de déstabiliser son adversaire, Markus Tramper était un tireur d'élite. Calme, méthodique et précis.

« J'y songerai, grogna Erwin en grimaçant.

— Cette tension date déjà d'un certain temps, exposa Tramper d'un ton professoral pour enfoncer le clou. Kiev reproche à Moscou d'être l'Homme Malade des nations slaves survivant seulement par le souvenir poussiéreux de l'ancienne gloire soviétique, et se verrait bien prendre le contrôle de toute la clique à la place des Moscovites nostalgiques – qu'importent le prix et les méthodes. C'est d'ailleurs pour cette raison que votre père est parti en Slavie avec le général Benz – qui est amiral, maintenant, si je ne m'abuse. Il devait représenter l'Eurocorps dans les relations diplomatiques militaires. Alors que les Russes et les Slavistes se disputaient la légitimité de l'héritage slave à couteaux tirés, chacun se défendant contre les ambitions de l'autre, il devait éviter au conflit politique de virer à la guerre, alors que la Montagne était en construction. Mais malheureusement… Enfin, c'était il y a si longtemps. »

Erwin serra les dents, mais savait qu'il ne pouvait pas parler de cela avec le président des États-Unis d'Europe. Pas depuis ce coup de téléphone. Pourtant Tramper l'avait aiguillé dans cette discussion. Il savait très bien qui il avait en face de lui et le mettait à l'épreuve, d'abord en l'échaudant sur des sujets prompts à le mettre hors de lui, puis en glissant négligemment son père dans la conversation. Erwin devait jouer finement avec le président qui, visiblement, connaissait très bien cette affaire. La question était de savoir : pourquoi jouer à ce petit jeu ?

Il veut peut-être s'assurer de ce je sais et ce que je ne sais pas, se dit-il. *Si je m'emporte, je lâcherai le morceau en un rien de temps et il le sait.*

« Vous connaissez cette histoire ? se contenta-t-il de demander avec un détachement qui le surprit lui-même.

— Bien sûr, répondit-il. Naturellement. Ce genre de dossier est communiqué d'un président à un autre tant qu'il n'est pas réglé. »

Erwin se pencha en avant, sourcils froncés.

« Je croyais qu'il l'était ? L'amiral Benz me l'a encore affirmé ce matin ! »

Contrôle-toi, bordel ! s'asséna-t-il mentalement.

« À votre niveau, répliqua le président, il l'est. Vous ne connaissez certainement pas les détails de cette affaire, ce qui explique vraisemblablement votre insistance à remuer tout ça. La réalité est que le major Josch Helm s'est très largement détourné du droit chemin, au détriment des États-Unis d'Europe. Que vous l'acceptiez ou pas. Écoutez, reprit-il après un silence pesant, je me doute bien que vous n'attendiez que cet entretien pour me poser des questions là-dessus. Je me doute bien qu'à la minute où l'on vous a informé que vous rencontreriez le président des États-Unis d'Europe, vous avez pensé à toutes les questions que vous pourriez me poser face à face. »

Erwin planta son regard aiguisé dans celui très sombre de son interlocuteur. L'aura du politicien était désarmante, toutefois la volonté du lieutenant était forgée dans des années de souffrance. Elle tiendrait bon. Elle devait tenir.

« J'avouerais volontiers que cette analyse est proche de la vérité. Mais je ne m'attendais pas à autant de révélations. »

Le cynisme de Helm n'échappa pas au président, lequel planta ses coudes sur son bureau de bois précieux. Ses mains se croisèrent sous son menton, et le lieutenant sentait bien que l'entretien touchait à sa fin. Le sujet était vraisemblablement délicat, et Erwin se retrouvait conforté dans ses opinions. Ce cher Markus tendait un piège, il lui tenait tête, balle au centre. À son tour de servir.

« Vous voyez de quoi je parle, n'est-ce pas ? insista-t-il, encouragé par le soudain arrêt des faux-semblants. Vous savez que l'amiral Benz n'est pas blanc comme neige, même si le président Galligart a officiellement pris sa défense... (Et avec un sourire en coin irrépressible, il conclut) Mais je ne suis sûr de rien... J'ai lu ça dans les journaux. »

Il réalisa que ses mots avaient dépassé la barrière qu'il s'était lui-même fixée, pourtant il devait bien commencer à prendre des risques. S'il ne tentait rien, s'il ne mettait pas son adversaire à l'épreuve, il ne tirerait rien de cette entrevue. Or, une chance pareille ne se reproduirait jamais plus. C'était maintenant ou jamais.

« Votre impertinence me choque, lieutenant, en profita malheureusement Tramper d'une voix posée. Cet entretien prend donc fin, je suis enchanté d'avoir pu échanger ces quelques mots avec vous. »

Ainsi donc les règles étaient claires : Helm n'aurait même pas droit à un échange de balles. Il se leva et força calmement Erwin à faire de même, le fixant du regard d'une façon qui montrait au lieutenant que son président n'était pas enchanté du tout.

« À vous de jouer maintenant, fit-il en désignant les journalistes qui se pressaient sous la pluie, derrière les immenses fenêtres du bureau. Je vous accompagne pour la photo... »

Les deux hommes arrivèrent devant les colonnes de pierre, et les flashs crépitèrent dès leur sortie sur les marches du Reichstag. Ils portaient de longs manteaux, mais c'étaient des gardes du corps qui leur tenaient le parapluie. La foule des journalistes qui n'avaient pas été convoqués pour la conférence de l'hémicycle se pressa autour d'eux pour les photographier sous tous les angles. Tramper et Helm se serrèrent la main.

« Au revoir, lieutenant. Bonne chance en Slavie. Vous avez toute ma confiance, et celle de tous les États-Unis d'Europe. »

Le jeune homme commençait à peine à réaliser que l'entrevue touchait à sa fin sans qu'il ait appris la moindre chose, si ce n'était qu'en haut lieu on était fermement décidé à lui maintenir la tête sous l'eau. Peut-être était-ce pour cela que Markus Tramper l'avait ainsi aiguillé. Ce n'était pas un test, mais une leçon. Assailli de regrets, mais conscient que son rôle n'était pas terminé dans cette mascarade, il fit mine de se gonfler d'orgueil et se tourna vers la horde de journalistes. Tout ce qu'il parvint à dire en dépit de l'amertume qui le submergeait fut ce que les instructions avaient imprimé dans sa mémoire.

« Encore merci, Monsieur le président... Je saurai m'en montrer digne. »

Le politicien rentra sobrement, tandis qu'Erwin, en bon soldat docile, descendait d'une marche pour se prêter au rituel. Il faisait ce qu'il honnissait à longueur de temps, il rampait pour eux avec pour seul horizon, au-delà de la Terrasse de l'Europe, le Dôme de verre du Parlement qui semblait le moquer silencieusement. La honte l'envahit alors qu'il prenait conscience à quel point il se laissait humilier avec pour seul résultat... néant...

Alors les questions fusèrent.

« Comment est le moral des troupes en Slavie ?

— Où en est l'avancée des troupes ?

— Comment osez-*vous* agir comme des criminels au nom de *notre* démocratie ? »

Cette gifle-ci, Erwin n'était pas prêt à la laisser passer. Il se raidit en entendant la question – non, l'accusation. Il planta son regard dans la journaliste qui visiblement avait atteint son objectif : attirer son attention. Faisant une pause dans sa descente des marches, le lieutenant s'approcha d'elle sans tenir compte de son garde du corps qui lui intimait le contraire, et se dressa devant son micro marqué du logo d'Euromédia. Toute la peine des derniers jours, cumulée à la frustration de l'entrevue bouillonnaient dans son crâne. Et tout sortit de sa bouche comme un volcan.

« Comment osez-*vous* traiter de criminels les jeunes hommes de *vos* familles qui obéissent à un ordre qui n'est pas de leur ressort, mais justement de celui de garants de notre Démocratie tant louée ? Je parle de vos pères. Vos frères, vos cousins. Je vois tous ces gens cracher leur venin et je me demande… Est-ce qu'ils ont ouvert eux-mêmes la boîte aux lettres ce jour-là et lancé en rentrant : "Hé ! Petit frère, tu as reçu du courrier ! Tiens, c'est l'Eurocorps, tu dois donner un an de ta vie à l'Europe. Obéis bien, sois un bon Européen, rends-nous fiers." Et quand nous faisons exactement ce qu'on attend de nous, ces mêmes personnes se dédouanent de leurs responsabilités et pointent du doigt, accusent… Je dis que c'est trop facile, madame. Comment pouvez-vous juger ceux qui sont morts pour vous, tout en sachant pertinemment que vous les méprisez ? Nous lisons vos journaux, continua Erwin plus acide. Nous connaissons votre opinion, et pourtant nous continuons, et pourquoi ? Pour nous ? Pour la gloire d'un uniforme bleu qui finira par avoir notre peau ? Non… C'est pour *vous*, conclut-il en pointant vers elle un doigt accusateur, vous qui avez élu, avec *vos* voix, ceux qui nous ordonnent de faire ce dont vous nous blâmez. Essayez de ne pas l'oublier. »

Il se détourna de la journaliste, ébahie de recevoir une réponse loin des scripts habituels, pour replonger dans la masse de reporters et de tous ces gratte-papier qu'il abhorrait, plus amer encore qu'après sa sortie de l'édifice. Derrière la foule grouillante qui lui semblait si hostile se dressait toujours la silhouette massive du Parlement européen et de son dôme. Cette vue ne lui inspirait guère l'espoir qu'elle aurait pourtant dû évoquer, seulement un profond sentiment de gâchis…

Slavie. 120 kilomètres avant Kiev. Beaucoup plus tard.

Les Furies d'Assaut striaient le ciel et larguaient leurs bordées de missiles sur les cibles marquées au laser par l'infanterie. La technologie européenne écrasait largement les faibles ressources militaires déployées sur le trajet. Répandue sur des kilomètres, la vague de soldats à pied et de véhicules bondés semblait recouvrir les prairies slavistes.

Sur les décombres des villes qui avaient résisté, comme sur les hôtels de ville de celles qui s'étaient rendues sans combats, le drapeau aux étoiles et à la rose des vents sur fond bleu flottait au vent. La pluie sembla résister vaillamment elle aussi, frappant durement les casques bleu sombre des combattants de l'Eurocorps qui marchaient, encore et toujours, avançant par la seule motivation de venger les morts de Lviv. Ces cadavres inutiles, coupés de la vie dans une ridicule tentative d'opposition du prince Zwiel. Ce dernier paierait cela très cher. Les pas enragés des soldats faisaient d'ores et déjà trembler les portes de Kiev.

Les hélicoptères slavistes se faisaient rares. Il allait sans dire qu'ils se regroupaient pour défendre le seul obstacle qui put encore être d'un quelconque secours à Zwiel : la Montagne Artificielle. Lentement, sous forme de repli, les troupes slavistes se groupaient pour constituer un formidable barrage humain et matériel. Un bunker de plusieurs centaines de kilomètres de long pour 250 mètres de haut. Des munitions affluaient de toute la Slavie pour protéger la capitale, tandis que le reste du pays n'opposait le plus souvent qu'une résistance passive. Tout allait très vite, la Slavie était rapidement envahie.

Dans quelques heures, l'Eurocorps atteindrait la Montagne. Les Slavistes civils avaient déjà les volets clos au passage des colonnes de blindés devant leurs fenêtres. Les bottes martelaient les pavés des villes et villages. Les ombres des chars glissaient lentement sur les murs décrépis au son des chenilles. Les casques défilaient devant les portes verrouillées de civils dépités et amers. Les drapeaux slavistes étaient en berne lorsque les soldats européens arrivaient aux préfectures. Préparés à être dominés un temps, les Slavistes couchaient eux-mêmes le drapeau pour ne pas voir les ennemis le faire. Sur un mur de la préfecture de Zhitomir, un tagueur avait marqué en européos à la bombe de peinture :

Celui qui avance précipitamment reculera encore plus vite.

Peterson, raide sur son siège, écoutait rugir le moteur de son 4X4. Ses mains gantées tremblaient d'impatience sur sa carte de la Slavie. Son regard passait sur les kilomètres de la ligne européenne qui glissait comme un couperet. Son cœur, gonflé d'orgueil devant cette magnifique et incroyable démonstration de puissance, battait la chamade sous ses décorations de général. Il ne manquait plus qu'une croix du dévouement brillant sous le soleil brouillé par la fumée des décombres de Kiev. Et il serait amiral. Voire haut amiral de suite, pour une prise de cette importance.

Et il ferait partie de l'État-major.

Et puis quelle différence entre aujourd'hui et demain. Il y était déjà. Oui, il faisait d'ores et déjà partie du Haut Commandement Suprême. Il était le plus important général européen. Son armée, oui son armée à lui, marchait déjà sur Kiev. Il ne pouvait en aller autrement. Les Slavistes ne le combattaient même plus, ils se contentaient de se rendre, ce qui évitait de causer d'importants dommages. La plupart du temps, les villes et villages étaient intacts, ou balafrés de rares impacts de balles. Les villages rasés étaient loin derrière. Peterson les prenait entiers, sans bavure, à de rares fermes résistantes près. À y repenser, il avait *concrètement* sa place dans l'État-major. Et dans le Haut Commandement Suprême.

Mais entre lui et ce poste, il y avait au loin, à peine visible, un obstacle de taille.

La Montagne Artificielle allait lui poser le dernier souci de sa vie de général. Le premier de celle d'amiral.

Chapitre 3

Berlin, 15 septembre 2033

Le monde se réveillait avec le goût amer de la guerre dans la bouche. Les États-Unis d'Europe étaient en plein branle-bas de combat, leurs casernes s'agitaient. Les médias internationaux peinaient à expliquer ce qui se passait en Slavie, peu d'informations concrètes, mais des images en boucle : des colonnes de chars traversant le pays, les images nocturnes striées par la lumière blanche de la mitraille, des fantassins de l'Eurocorps se regroupant pour l'assaut final... Les journaux disponibles dans le hall de l'hôtel se ressemblaient tous, hormis *De Euro-economist* qui semblait bien plus passionné par le succès grandissant des Corporations Arabes sur les marchés que de l'utilisation en pratique de l'industrie militaire européenne. Toutefois, aussi étrange que cela ait pu lui paraître, cette impression de lire un gros titre aussi hors de propos avait presque soulagé Erwin Helm. Cela lui donnait l'impression de revivre, pour quelques instants, un moment de quiétude qu'il n'avait pas connu depuis des lustres. Malgré tout, il s'était tourné vers les affaires qui le concernaient directement, vers les unes tapageuses sur la guerre contre le terrorisme russo-slaviste, et la morosité lui était revenue en une seconde.

Plusieurs blocs exprimaient leur inquiétude devant l'hostilité des E.U.E. vis-à-vis de leurs voisins, il y avait même eu quelques déclarations, mais globalement l'heure était à la neutralité. Le Bulletin Régional offrait un sondage exclusif où les Européens pouvaient exprimer leurs craintes concernant l'image des E.U.E. à l'étranger, ce qui fit doucement rigoler le lieutenant. Certes les États-Unis d'Asie ou la Ligue d'Amérique Latine – toujours de connivence lorsqu'il s'agissait d'ennuyer les Européens à ce

59

qu'il semblait – posaient des questions épineuses, mais sans grande conviction. Qui pouvait défier frontalement les États-Unis d'Europe ? Et quand bien même quelqu'un essaierait, tous savaient qu'il serait seul. Et dans de sales draps. L'image des E.U.E. ne changerait pas à cause de cette crise, l'image des E.U.E. avait déjà changé depuis longtemps, sans même que les Européens eux-mêmes ne s'en aperçoivent.

Néanmoins, le président Markus Tramper faisait conférence sur conférence depuis la veille pour justifier cette invasion aux yeux du monde. L'assassin d'Edmund Trovich était en réalité un Slaviste, avait-il déclaré. Ce dernier espérait faire s'affronter l'Europe et la Russie Indépendante pour l'emporter sur les ruines de ses deux ennemis.

Toutefois, l'invasion a priori illégitime de la Slavie par l'Europe risquait de déclencher un incident diplomatique majeur : deux des plus importantes puissances au monde allaient s'opposer ouvertement, disait-on. Le conflit serait de taille. Assisterait-on à une nouvelle guerre bipolaire ? Les médias vidéo en faisaient leurs gros titres en prévoyant des scénarios plus catastrophiques les uns que les autres. Le *Federal Post* estimait l'hypothèse plausible, bien que prématurément alarmiste. *L'Europæn Tribune* rayonnait littéralement de confiance en une résolution prompte, propre, et efficace, comme toujours.

Helm feuilletait le *Post* avec intérêt, et tout particulièrement leur dossier sur les acteurs d'une crise bipolaire. Les États-Unis d'Asie affirmaient apparemment leur neutralité, désireux de calmer le jeu médiatique. Néanmoins, ils condamnaient vigoureusement toute violence, de quelque bord que ce soit. Leur rang de deuxième puissance mondiale pesait lourdement dans les débats. Les États Arabes Unis critiquaient la politique d'expansion toujours plus vorace des États-Unis d'Europe, tout en rappelant l'instabilité causée par le terrorisme slaviste, mais soulignant qu'il n'y avait pas de fumée sans feu – bref ils disaient oui et non, soufflaient le chaud et le froid, pour au final ne prendre aucune mesure. La Grande Inde se permettait de souligner ses incertitudes sur la gestion du conflit, selon les propres mots du Premier ministre Indien Bahaï. Pourtant, aucune condamnation de sa part, la Grande Inde restait un allié sûr. Seule l'Union Africaine semblait encourager les États-Unis d'Europe dans leur *pacification*. Ce n'était guère étonnant, lorsqu'on connaissait le montant catastrophique de la dette qu'elle entretenait vis-à-vis de l'Europe. Les E.U.E. avaient été profondément engagés dans le processus de construction africaine en finançant le projet *Green Reborn* qui avait permis d'améliorer l'agriculture à une échelle spectaculaire. Mais ce service n'était pas gratuit.

La pire réaction – tout en étant la plus prévisible – était celle de la Russie. Réagissant à la tentative de renversement de Pskov, elle avait repris la ville, puis progressé encore et encore jusqu'à dépasser l'ancienne frontière et occuper des territoires de l'Europe. Cette contre-invasion était tout autant contestée que l'invasion européenne en Slavie. Un accord d'entente liant désormais la Slavie à la Russie, l'Europe entière était en train de s'engouffrer dans un conflit qui ne se limitait plus vraiment aux frontières depuis sa prodigieuse progression en Slavie. Mais la reprise du dialogue et de la Paix pouvait encore s'effectuer lors du colloque mondial pour la Paix qui devait se tenir en Asie au début de l'année suivante. D'ici là, la Slavie, les États-Unis d'Europe et la Russie auraient sûrement déjà trouvé un terrain d'entente.

Une semaine à peine avait passé depuis la déclaration de guerre des États-Unis d'Europe à la Russie et à la Principauté Slaviste. Les médias ne diffusaient que depuis la veille des images des villes conquises. Avant cela, les journalistes avaient craint de se retrouver comme l'équipe qui avait filmé l'impact de la bombe K, lors des représailles.

À savoir morts. Aucune information médiatique ne s'était donc propagée. Désormais, les trois pays en guerre avaient sélectionné leurs images et se mettaient à les diffuser. Dans des journaux à grand tirage, on pouvait voir en Europe les réfugiés slavistes récupérés dans la centrale nucléaire de Lviv, et en Slavie les dernières images de Ternopil, complètement rasée. Des chiffres étaient annoncés officiellement. Mais tous n'étaient encore que des estimations.

Erwin ne cessait de penser au front. Ses camarades occupaient une place croissante dans son esprit, et chaque nouvelle lui causait un profond malaise. Bien sûr, chaque information devait être épluchée, décryptée, transcrite afin d'obtenir un semblant de vérité. Les estimations européennes étaient à la baisse, celles slavistes à la hausse.

Helm s'était levé de bonne heure. Sachant qu'il repartirait après un dernier rendez-vous avec un journaliste du *Federal Post Journal*, premier quotidien des ventes européennes, il devait profiter de son temps libre pour envoyer les lettres confiées discrètement par Greg. Il avait des personnes à prévenir, et il ne fallait pas que cela passe par la poste militaire, qui était systématiquement contrôlée depuis que les États-Unis d'Europe étaient en état d'alerte permanente. Sans parler des vidéoconférences systématiquement espionnées par mots-clefs, et ce même sur leurs appareils numériques personnels... La sécurité avant tout. Ces lettres, Helm les avait donc conservées à l'abri des regards et désirait encore les envoyer, malgré l'intense surveillance dont il faisait l'objet, comme il avait fini par le constater.

Et cela ne concernait pas seulement le policier en civil qui ne le lâchait pas d'une semelle, mais également l'interdiction faite à l'amiral Benz de le rencontrer à nouveau. Erwin en avait conclu qu'il avait touché la corde sensible et que ses questions étaient pertinentes. Benz lui avait fait ses adieux polis en lui annonçant l'arrivée prochaine d'un nouveau « guide ». Puis il lui avait donné sa date de départ. Il partait à la frontière russe le 17. Erwin retournait en Slavie le 16. Ils ne pourraient plus se parler entre-temps, et ce n'était pas le fruit du hasard. Quelqu'un voulait qu'Erwin s'enlise dans son enquête. Qu'il abandonne.

Assis à une table du café de l'hôtel où il avait déjà discuté avec Benz, Erwin avait désormais fini d'éplucher le *Post* que son intervieweur lui avait gracieusement offert et parcourait à présent l'*Europœn Tribune*. Il y paraissait déjà l'interview dite « exclusive » qu'il avait donnée lors des conférences de presse à répétitions la veille. Il avait pensé que cela ne finirait jamais : le crâne en compote, il avait dû subir les interrogations des journalistes sans pitié, mitraillé par les flashs et bombardé de micros. Les cartes de presse pleuvaient sur la table à laquelle il avait pour ordre de rester assis durant les 4 heures d'entrevues.

Plus qu'une et on retourne chez les camarades, songea-t-il.

Les nouvelles du front slaviste en perpétuelle progression étaient bonnes, selon toute vraisemblance. Ou alors le ministère de l'Information mentait de façon éhontée. Mais à un point tel, c'était invraisemblable. Erwin en avait déduit que sur ce point, les États-Unis d'Europe devaient être vraiment confiants. Aujourd'hui même, les troupes de l'Eurocorps devaient buter contre la Montagne. Si la chance continuait à sourire à Peterson, l'instigateur de cette progression chaotique et anarchique. Car les troupes avaient avancé vite, très vite, de façon surprenante, si l'on considérait le nombre trop insuffisant de véhicules et transports par rapport aux besoins réels. Beaucoup de troupes devaient faire le chemin à pied, ce qui ne semblait pourtant pas ralentir l'avancée de Peterson. Les hommes alternaient la marche et les transports. La logistique semblait improviser autant que les généraux, et le tout s'accordait vraisemblablement au maximum. L'ordre subsistait presque en Slavie. Euronet et ses communications cryptées n'y étaient pas étrangers...

Pour la Russie, c'était autre chose. Surpris malgré l'avertissement d'un général nommé Eggton – Erwin se demanda s'il l'avait déjà croisé, puisqu'ils venaient tous deux de Hambourg bien qu'il n'ait jamais vu que Peterson – l'Eurocorps devait reculer encore et toujours, lentement mais sûrement. Les frontières actuelles étaient sécurisées, selon les médias, mais Erwin comprenait qu'elles allaient elles-mêmes reculer dans les heures qui venaient, si ce n'était pas déjà le cas. L'envie de la Russie avait toujours été de récupérer un lien entre Saint-Pétersbourg – qui restait à reprendre – et le reste du pays. Et Helm savait que maintenant qu'elle en avait les moyens, la Russie Indépendante n'allait pas se gêner. L'effroi le gagnait lorsqu'il songeait que les Russes pouvaient également reprendre Gatchina et Vyborg, deux villes qui se situaient sur les côtes du golfe de Finlande qui offriraient à la Russie une plus grande largeur de côtes sur la mer Baltique. Jusque là, Saint-Pétersbourg était le seul port sur cette mer qui ait fait l'objet de ses convoitises, mais posséder plusieurs ports éviterait à la Russie de devoir payer des taxes faramineuses pour utiliser ceux des E.U.E.. Les objectifs du Kremlin étaient donc évidents.

En feuilletant les pages interrégionales, le jeune homme fut surpris de lire un petit article sur des troubles entre Défédératistes en Région Belge. Apparemment des Ultra-Régionalistes souhaitaient non seulement sortir la Région Belge des E.U.E., mais également la diviser encore en deux par la suite. Ce genre d'ineptie était habituellement l'apanage des Régions d'Ex-Yougoslavie, des pays en crise au moment des débats fédéralistes et intégrés à la va-vite aux États-Unis d'Europe pour « assurer la paix et maintenir l'ordre », et qui n'étaient vraiment pas les mieux loties parmi les Régions Européennes. Les politiciens de l'époque, Wilem, Galligart et tous les autres avaient vu trop gros, trop vite… Il faudrait suivre cela de près… A part cela une jeune chanteuse de la Région Slovène était pressentie comme prochaine gagnante du concours de l'Eurovision tandis qu'une autre, Tchèque celle-ci, s'était humiliée dans un live absolument atroce. Passionnant. Devant le contenu assommant des pages « people », Helm se dit qu'il valait peut-être mieux lire l'article du Post qu'il avait sauté au sujet d'un religieux illégal prêchant la bonne parole plutôt que les scandales sexuels de l'équipe européenne de handball.

La clochette de la porte du café tira Erwin de ses pensées moroses et il abandonna sa lecture au beau milieu d'un pavé sur la réforme de l'Éducation Européenne, cheval de bataille des fédéralistes pour les prochaines élections. Il leva les yeux vers la personne qui venait de pénétrer dans l'établissement. Voyant entrer une femme fluette et en civil, il se replongea dans son journal, rassuré. Pourtant, du coin de l'œil, il la vit chercher quelqu'un et la surprit à errer entre les tables, ses fins sourcils froncés. Il n'y prêta pas trop attention, jusqu'à ce qu'elle se dirige d'un pas assuré vers le coin sombre où il se tapissait, dissimulé derrière une plante verte et un portemanteau.

« Vous êtes Erwin Helm ?

— Bonjour, la reprit-il poliment. Vous me cherchez ?

— Donc vous êtes Erwin Helm, fit-elle en tendant la main. Enchantée. Emma Cardin. »

Erwin bascula sur sa chaise pour observer son interlocutrice. Son air sérieux contrastait avec sa silhouette légère. Une journaliste en quête d'un entretien à la sauvette, certainement… Il tenta de tenir un décompte mental du nombre de « sans commentaires » qu'il allait encore devoir proférer avant d'avoir la paix.

« Vous désirez ?

— On ne vous a pas prévenu ? Je suis ici pour remplacer l'amiral Benz. »

Cette fois Helm eut peine à retenir un hoquet de surprise,

mais son visage le trahit.

« Ça vous étonne que je sois une femme ?

— En fait, il me semblait que l'armée européenne ne recrutait plus de femmes pour les dispenser des travaux pénibles, bredouilla Erwin en repliant son journal.

— Vous devez bien être le dernier Européen à croire à cette excuse machiste », lui renvoya-t-elle au visage avec une voix glaciale.

Erwin se sentit rougir et décida d'éluder le sujet. Histoire de ne pas démarrer cette relation sous les plus glauques auspices, il était probablement inutile de parler de la trop fameuse Affaire des Viols dès sa première véritable conversation avec une femme depuis... son entrée à l'Eurocorps ? Il s'étonna intérieurement en constatant à quel point son univers s'était étriqué ces dernières années...

« Vous êtes donc civile ?

— Je fais partie du département censure du ministère de l'Information. Je vais vous ramener dans le droit chemin, lieutenant Helm. D'ailleurs, nous allons commencer par votre établissement. »

Le militaire regarda autour de lui, sans comprendre.

« Ce café-bar m'a l'air très bien.

— Ce café-bar est public.

— Ça me semble logique. Un café-bar interdit au public, c'est une salle d'état-major. »

La jeune femme sourit, mais ne répondit rien là-dessus. Erwin remarqua cependant que ses lèvres fines étaient séduisantes... Mais il se reprit aussitôt en se disant que c'était peut-être également une raison du choix de son chaperon. Puisque les menaces et la fermeté de Benz avaient échoué, ils espéraient peut-être le maintenir par le charme. Ils avaient tort... ou bien ? Quoi qu'il en soit c'était assurément l'occasion de se relâcher un peu... Les réflexions de ses camarades de chambrée lui revinrent en mémoire, notamment cette petite pique de Grégory : « Tout le monde a la tête à ça ». Il fallait avouer que sortir de ce cercle exclusivement masculin après une si longue immersion commençait à lui faire comprendre le point de vue de son ami italien.

« Je dois vous emmener dans des lieux moins fréquentés. Nous craignons que des antimilitaristes s'en prennent à vous en tant que symbole.

— Chaque médaille à son revers, philosopha le lieutenant. Cependant, je pense maîtriser l'art du combat de rue. Une petite frappe armée d'un cutter ne m'impressionne plus beaucoup. »

Ce qu'il n'ajouta pas, c'était que la poche intérieure de sa veste contenait la matraque électrique récupérée après l'assaut sur la centrale nucléaire de Lviv, et que Grégory lui avait confiée avant son départ, au cas où. D'autant que posséder une telle arme dans le civil était probablement interdit, et qu'annoncer à sa nouvelle chaperonne qu'il était dans l'illégalité avant même d'apprendre à se connaître, cela ferait désordre.

« En fait, contra-t-elle sèchement, une boutique du quartier de repos de la caserne Heydrich, ici même, à Berlin, a été plastiquée cette nuit. »

Erwin se renfrogna avant de sourire. La civile portait également un agréable parfum, rien n'était laissé au hasard. Tout en choisissant une position plus confortable, il se dit qu'il était temps de mettre ce nouveau chaperon à l'essai. Allait-elle résister plus longtemps que l'amiral à ses accusations et son sarcasme ?

« Ce n'est pas un agent secret russe déguisé en slaviste pour faire porter le chapeau à la Ligue d'Amérique Latine ? A-t-il pensé à laisser une vidéo sur Euronet pour signer son crime de la façon la plus évidente possible ?

— Je suis sérieuse. Vous risquez d'être agressé à tout moment. Et ils ont des fusils automatiques.

— Les rues ne sont plus sûres, répondit-il le sourire aux lèvres, mais que fait la FedPol ?

— Inutile de me faire le Helm-Show, l'interrompit-elle

67

calmement en levant une main impérieuse. J'ai lu votre dossier, je sais ce que vous êtes en train de faire. Vous savez, je pensais qu'ils avaient exagéré, mais en réalité vous êtes exactement comme c'est écrit dans votre fiche.

— Dérangeant ?

— Immature. »

Le jeune homme avala la répartie avec un haussement de sourcil et une moue exagérée. Quels bons augures... Cela faisait tellement longtemps qu'il n'avait pas parlé à une jeune femme qu'il avait l'impression de rencontrer un étranger sans pratiquer correctement sa langue, s'en rendre compte donnait le vertige. L'Eurocorps l'avait habitué à un univers exclusivement masculin, il y avait oublié que les relations avec le sexe opposé étaient plus compliquées qu'il n'y paraissait. Et que les règles d'engagement n'étaient pas les mêmes qu'avec des camarades de chambrée.

« On vous a parlé du coup du pistolet ? » grommela-t-il avec appréhension.

Elle le dévisagea longuement. Cherchait-il à se vanter de sa stupidité, maintenant ? C'était encore plus pénible qu'elle ne s'y attendait ! Pour la cinquième fois de la journée, elle regretta que Nicolaj n'ait pas été choisi à sa place.

« Payez les consommations, ajouta-t-elle en désignant la chope de bière où ne subsistait qu'un échelonnage de mousse. Nous changeons d'établissement.

— Et où va-t-on ? »

Il se redressa et fouilla sa poche à la recherche d'un billet de cinq euros.

« La cafétéria du Parlement européen de Berlin, si vous souhaitez continuer votre *Bierprobe* ! »

Tiens, tiens. Pour quelque chose d'aussi trivial qu'une dégustation de bière, elle n'avait pas utilisé le terme européos *Beerprobæ*, mais le mot allemand original dont il était inspiré, ce qui ne manqua pas de titiller la curiosité du soldat.

« Vous parlez allemand ? s'exclama-t-il, surpris. C'est

curieux, je suis allemand d'origine.

— Je sais, je l'ai lu. Je n'ai appris l'allemand qu'en première langue régionale – juste après l'européos – en étudiant à Stuttgart, rien à voir avec mes origines. »

Et pourtant elle avait frelaté son européos parfait. Pour toute professionnelle qu'elle en donnait l'apparence, Erwin venait de trouver une première aspérité sur cette surface lisse et froide. La trace d'un être humain sous le costume impeccable de l'administration européenne. Satisfait, il abandonna le cabotinage et la suivit avec un petit sourire en coin.

Briser la glace allait pourtant s'avérer difficile. Chaque phrase qu'elle prononçait restait strictement professionnelle. Et Erwin en était horripilé à tel point qu'il finissait par devenir nerveux. Pourtant ses formes étaient appréciables, et le chaperon ne semblait pas être inculte. Jeune, avec une lueur d'intelligence dans le regard. Voilà qui le changeait. Il était fortement mal à l'aise entre son attirance physique et son rejet psychologique. Dans sa tête, il se persuada que tout était une histoire d'hormones. Et le pire étant que c'était probablement calculé par ceux qui l'avaient mise sur son dos.

Elle, à l'inverse, restait parfaitement calme et détachée. Elle mena le lieutenant jusqu'au Parlement en traversant la Terrasse de l'Europe, longeant les bassins aux jets éteints, l'eau stagnante agitée par la bruine. Erwin observait les lieux avec un certain émerveillement devant la structure colossale du bâtiment. Bien plus imposant qu'à la télévision, le parlement s'enorgueillissait d'une toute récente pyramide de verre et de métal qui en dominait une partie, et il affichait sans problème sa double décennie d'existence. Pourtant le clou du spectacle restait le titanesque dôme de verre qui abritait l'hémicycle principal.

« Ils ont rasé l'ancienne Maison des Cultures du Monde pour le construire, l'informa-t-elle comme un guide touristique. C'était un centre pour l'exposition et la promotion des cultures non européennes.

— Ils ont rasé les cultures non européennes de la capitale pour installer le siège de la fédération, alors ? ricana le lieutenant qui se délectait du cynisme de cette décision. Charmant.

— La Maison existe toujours, riposta la jeune femme avec un soupir exaspéré. Ils ont déménagé l'institution, c'est tout. Pourquoi faut-il toujours que vous releviez ce genre de choses dès que je vous explique un truc ? L'europhobie, c'est une obsession, chez vous ? »

La réplique cloua le bec du soldat qui regretta d'être peut-être un peu trop prompt à la gouaille en cet instant, et il opta pour le mutisme afin d'éviter tout nouveau faux pas. Après tout, si elle avait accès à son dossier, elle risquait potentiellement d'y ajouter ses propres observations, et le terme « europhobie » y ferait très mauvaise figure. Après tout, en 2033, c'était presque un crime…

Il se concentra sur la cime des arbres de la forêt du Tiergarten qui s'étendait au-delà du Parlement et qu'on apercevait derrière les structures les plus basses. Sur leur droite, un grand pont moderne en forme d'arche ondulante, comme un immense squelette de serpent mythique, enjambait la Spree pour rejoindre le parvis, permettant un accès rapide et direct à la Gare Centrale de Berlin.

« Votre dernière entrevue se déroulera dans trois heures, l'informa Emma de son ton faussement détaché, mais soudainement réellement agacé. C'est une entrevue importante, vous aurez affaire à Michael Kith, perturbateur notoire. Il est retors et sait *exactement* comment piéger ses interlocuteurs. Vous aurez besoin de moi. »

Helm tiqua en entendant le nom.

« Kith ? Il n'a pas écrit quelque chose sur les défédératistes religieux dans le *Post* du soir ? »

Elle soupira, réfrénant visiblement un commentaire acide.

« J'ai passé la nuit à organiser votre… séjour… Je n'ai pas eu le temps de faire la revue de presse. Votre paquetage a été préparé à l'hôtel et vous serez dès lors prêt à partir, dès que le journaleux vous lâchera. Je vous accompagnerai en Slavie, à bord de la Furie Officielle. »

Erwin nota qu'elle avait utilisé un nom péjoratif pour ce journaliste. Intéressant. Encore une aspérité inattendue.

« Ils ont peur que je m'égare en chemin ? »

Cardin le toisa d'un regard presque surpris. Visiblement il ne lui avait même pas traversé l'esprit que cette seconde mission puisse être en rapport avec Helm. Pour elle cette petite escapade berlinoise semblait n'être qu'une commission entre deux *vrais* dossiers. Erwin hésitait entre s'en vexer ou s'en féliciter. Elle ne le menaçait pas, ne sous-entendait rien, et n'évoquait pas constamment à quel point « il ne savait pas où il mettait les pieds ». En fait, Emma Cardin semblait ne rien savoir du dossier Josch Helm. Et pour une fois, le jeune soldat trouvait cela rassurant. Rafraîchissant.

« Non, je dois juste reprendre contact au passage avec le général Peterson, pour vérifier qu'il ne fait pas n'importe quoi !

— Bonne chance pour raisonner ce bourrin, grogna-t-il, acerbe. Et en attendant cette nouvelle mission, pourquoi le Parlement ?

— Le Gouvernement a réuni un conseil extraordinaire et invité les représentants des pays émettant des réserves concernant la stratégie européenne, nous pourrons assister aux débats. Le président va essayer d'expliquer tout ce foutoir avant que les États Arabes Unis ne mettent leurs menaces à exécution.

— Quelles menaces ? »

Une goutte d'eau frappa la veste de cuir d'Erwin. Puis une autre et encore une autre. La bruine se changeait en pluie.

« Dépêchons-nous, fit-elle en accélérant rapidement le

pas, je vous en parlerai au sec ! »

Ils avaient traversé le parvis et atteint la longue rangée de drapeaux des États-Unis d'Europe qui s'alignaient au garde-à-vous devant l'une des trois grandes entrées de l'édifice. Alors qu'ils s'approchaient d'une des arches au design pur, Erwin ne put s'empêcher de marmonner un commentaire :

« Le Temple de la Pensée Unique.

— Je vous en prie, soupira Emma en trottinant sur les pavés glissants, épargnez-moi vos convictions politiques !

— Je me parle à moi-même, c'est vous qui tendez l'oreille. »

Le Parlement européen de Berlin était réellement majestueusement planté sur les bords de la Spree. Le fleuve s'écoulait sous l'immense arcade de métal aux reflets bleus, qui était en réalité une terrasse couverte offrant une vue admirable sur la capitale. Cette arcade magnifique toute de verre et d'acier s'adossait contre le bâtiment aux formes rondes et agréables, cerné par un parc d'arbres importés de toutes les Régions européennes au sein du Tiergarten. Le parc s'étendait devant le Parlement et accueillait la célèbre Pyramide de Berlin, semblable à un cristal colossal, illuminée la nuit de milliers de fibres optiques qui représentaient une voûte céleste. Le parlement berlinois était appelé par les Strasbourgeois le Pavé, et ce par pure jalousie. Ces derniers n'attendaient qu'une chose, que le Premier Parlement revienne à Strasbourg. Mais Berlin défendait son symbole, et les Européens appréciaient ses formes dynamiques, l'éclat bleuté de ses panoramas vitrés, et ses structures internes, complexes et brillantes. Et plus encore l'immense dôme, telle une sphère de verre incrustée dans le bâtiment gigantesque.

Ils passèrent les postes de sécurité renforcés pour l'événement sans même être fouillés, au grand soulagement du lieutenant qui avait oublié qu'il portait le bâton électrique confié par Greg. La vue des officiers de la sécurité palpant des visiteurs lui envoya une bouffée d'adrénaline, mais avant qu'il ait pu prononcer un mot, Cardin avait déjà flashé son multipass ministériel d'un air blasé. Sourire crispé aux lèvres, Helm franchit la barrière en tourniquet en retenant son souffle. Lorsqu'il contempla enfin le hall de l'édifice, ce souffle sortit de ses poumons en un sifflement impressionné. Tout ici était grandiose.

Le parlement contenait en son sein une rotonde colossale pour l'Assemblée européenne. Des colonnades sculptées de style antique cernaient les fauteuils garnis de velours bleu-marine. Un pupitre en bois de hêtre sans dorure dominait l'assemblée au fond de la salle circulaire. Des projecteurs habilement disposés dans la pièce titanesque diffusaient une lumière agréable. Les couloirs tapissés d'œuvres d'art classique ou contemporain s'allongeaient en tous sens, montant et descendant. Des escalators se croisaient dans le hall d'accueil. D'immenses plantes vertes égayaient l'endroit largement éclairé par la lumière filtrant au travers des vastes baies vitrées. Lorsqu'il faisait beau.

La pluie tambourinait désormais furieusement contre les vitres suffisamment ruisselantes pour empêcher quiconque d'y voir quelque chose au travers. Le chauffage avait été poussé pour procurer un certain réconfort à qui pénétrait le hall bondé d'une foule compacte. Les conversations se chevauchaient dans un tumulte insoutenable. Erwin s'y sentait un peu comme dans un hall de gare ou pire, d'aéroport. Il y avait même les annonces des séances dans des microphones inaudibles.

Erwin grimaça.

« C'est comme ça tout le temps ou c'est juste pour moi, histoire de me laisser un bon souvenir ? »

Emma roula des yeux exaspérés.

« Il y a une session des ambassadeurs des Grands Blocs. C'est une sorte de préparation au colloque de la paix de fin d'année... Vous m'écoutiez tout à l'heure ou pas ?

— C'était de l'humour, fit Erwin avec une moue prononcée. Visiblement j'ai bien fait de préférer la carrière militaire à celle de clown. »

Emma sourit poliment. Elle n'était pas spécialement heureuse de s'être vu assigner cette tâche, cela crevait les yeux, mais elle faisait tout de même son boulot. Et rien que son boulot. Devant sa retenue et ses efforts, il décida d'abandonner les boutades pour un temps et de faire la paix.

« Je prends un cappuccino, vous en voulez un ? Je vous le paye pour me faire pardonner mes lourdeurs…

— J'accepte volontiers. »

Il jeta des regards aux alentours pour trouver un distributeur à café et remarqua soudain une boîte aux lettres, près des guichets de la poste fédérale où les touristes philatélistes se fournissaient en plis spéciaux et tampons commémoratifs. Il nota ce détail dans sa mémoire et tâta sa poche par réflexe comme pour s'assurer que les lettres de Greg étaient toujours là. Il devait détourner l'attention.

« À quelle heure commence cette réunion ?

— Dans une petite heure, l'informa-t-elle en dégainant sa carte magnétique. Vous pourrez la suivre en vidéoconférence dans la cafétéria, si vous le désirez.

— On ne peut pas rentrer dans la rotonde ?

— Bien sûr que non, la sécurité est tellement renforcée qu'il n'y aura que des journalistes agréés et triés sur le volet par le ministère de l'Information ! Et puis de toute façon, on ne rentre pas à l'Assemblée du Parlement européen comme dans un moulin !

— Dites-moi, qu'est-ce qu'ils attendent, tous ces gens ? fit-il en désignant du pouce la foule qui grouillait dans le hall central.

— Ils espèrent serrer la main au président… ou l'insulter », pouffa la jeune femme.

Mais elle se reprit très vite.

« A propos, comment s'est passé votre entretien ?

— Passionnant. J'ai bien fait de faire le voyage.

— Vous avez été privilégié, insista la jeune femme en méprenant sa réponse pour du sarcasme. Il n'a pas beaucoup de temps en ce moment. Avec ces réunions cadencées à la seconde près et ces journaleux qui le guettent à la moindre phrase… Il n'a pas trop le temps de… »

Encore une fois, elle avait été dépréciative...

« De ? S'intéresser aux soldats du front, demanda-t-il aigrement, les gens du dessous ? Il n'a pas le temps d'essayer de comprendre la merde dans laquelle il nous met le nez ? »

Emma jeta des regards gênés aux alentours, mais personne ne semblait se soucier d'eux. Ils avaient pris l'escalator pour se rendre dans le café qui se trouvait en partie dans le pont ondulé et s'apprêtaient à prendre place près d'une des vitres donnant sur la Spree.

« Il n'a pas le temps, répéta-t-elle sèchement, de bavarder sur des sujets sur lesquels il reçoit déjà des centaines de dossiers. Vous savez, lieutenant Helm, vous avez été choisi par pur hasard. Vous avez agi bravement à Lviv, et cela doit servir d'exemple aux civils qui ne comprennent pas la politique de pacification… Rien de plus. Cet entretien avec le président était un luxe, et c'est Markus Tramper lui-même qui a insisté pour vous recevoir. Il n'est pas aussi détaché et désintéressé que vous le pensez. »

Désintéressé il ne l'est certainement pas. Mais l'a-t-il fait pour moi ou pour Josch ?

Le militaire tint parole et fit semblant de ne pas remarquer les tarifs abusifs lorsqu'il acheta deux cappuccinos servis dans des gobelets recyclables.

« Je peux vous poser une question ? » susurra-t-il après un silence, comme un comploteur.

Elle soupira une énième fois, mais ne résista pas à son regard suppliant.

« Allez-y...

— Vous y croyez vraiment, à la politique de pacification ? »

Elle hoqueta de surprise et le foudroya du regard. Dire

qu'elle était payée pour supprimer ce genre de questions des articles de journaux ! L'aspect de chaperonnage devenait de plus en plus complexe avec ce soldat. Pas défédératiste, pas fédéraliste… Mais alors qu'est-ce qu'il était ?

« Vous ne comprenez pas non plus ? éructa Emma hors d'elle. Pourquoi d'entre tous vous ont-ils choisi *vous* ?

— Par pur hasard, vous l'avez dit vous-même. Et pour répondre à votre première question, je le conçois plutôt comme une politique d'expansion, s'expliqua Erwin en baissant la tête comme s'il se mettait à couvert.

— Ah, lança-t-elle comme si elle venait de résoudre un mystère. Oh, ce n'est qu'une façon de voir les choses…

— Vous m'avez emmené ici exprès pour cette conférence ? Je veux dire, vous vouliez que je voie le débat, n'est-ce pas ?

— Comme je vous l'ai dit, oui, bredouilla-t-elle, je trouvais que vous faire visiter l'endroit serait intéressant, si déjà vous êtes à Berlin, et…

— Et puis, cette conférence m'aiderait certainement à comprendre pourquoi nous avons engagé un conflit.

— J'avoue que j'avais pensé que le débat pourrait vous intéresser, puisque vous en ressentirez les conséquences d'ici peu. »

Erwin touilla le gobelet de café pour mélanger le sucre et leva les yeux vers elle pour répondre.

« Sauf si le général Peterson continue à jouer les cow-boys ! S'il ne vous écoute pas sous prétexte que la tactique doit rester aléatoire ?

— Alors nous le démettrons de ses fonctions de général, trancha-t-elle. Le président est d'accord pour la tactique changeante, mais pas pour l'anarchie. Venez, dit-elle enfin après un silence prolongé tandis qu'elle buvait son cappuccino du bout des lèvres. Il nous faut une place, maintenant. »

Košice.

Lorsque Cyril revint de sa série d'exercices avec le docteur Iavrutšuk chargé de valider son retour à la vie civile, deux piles de linge propre avaient été soigneusement pliées puis posées au bout de son lit d'hôpital. À côté de son uniforme lavé et repassé, il reconnut immédiatement les quelques vêtements civils de son paquetage, qu'il avait fourrés dans son grand sac à Hambourg, avant leur départ pour le front. La logistique se chargeait toujours de leur amener leurs affaires dans leurs casernes d'affectation, et ce sac avait dû être récupéré quelque part en Slavie avant de lui être renvoyé ici. D'un regard rapide vers la salle de bain, Cyril aperçut la forme grossière couleur bleu nuit, et le badge à code-barre qui en faisait *le sien*. Son code, son numéro de matricule. Un simple chiffre et quelques pixels qui le définissaient à l'Eurocorps…

A côté du linge il y avait aussi son téléphone portable, probablement préalablement inspecté par la Police militaire pour s'assurer qu'il n'avait pris aucun cliché compromettant. Maintenant qu'il allait retourner à la vie civile, il pourrait à loisir surfer sur Euronet, appeler qui il voulait, quand il le voulait, mais certainement pas raconter ce qu'il voulait. Tout ce qui concernait la Slavie était tabou, on le lui avait répété à l'envi. De toute façon, Cyril n'avait personne à qui en parler : ses seuls amis n'avaient droit ni aux appels ni aux visioconférences. Ils étaient loin, ils avaient froid, ils avaient mal.

Les quelques pas qui l'amenèrent du seuil de la porte où l'avait abandonné l'infirmier jusqu'au lit aux draps changés semblèrent figer l'instant dans le temps, comme une torture mentale interminable. Chaque fois que sa prothèse émettait ce petit chuintement mécanique, si léger soit-il, Engström grimaçait. Les puces de micro-Intelligence Artificielle intégrées à sa jambe de métal et de plastique composite calculaient et prédisaient ses mouvements avec une acuité presque terrifiante, « pensant » ses gestes alors qu'il se mouvait, et ce qu'il avait cru se transformer en mois de rééducation n'avait pris que quelques jours d'adaptation. En toute honnêteté, ces prothèses faisaient des merveilles, il marchait presque comme avant. Mais ce son… Comme le zoom d'un appareil photo combiné au moteur électrique d'une petite voiture téléguidée. Le son d'un gadget électronique. Et ce chuintement était aussi bruyant qu'un vacarme à ses oreilles. Le docteur lui assurait que bientôt il ne l'entendrait même plus, mais Cyril en doutait. Au contraire, son attention ne cessait de se focaliser sur le moindre frémissement que pouvait émettre la prothèse. Sans compter sur l'aspect esthétique… Heureusement, sa salle de bain n'avait qu'un petit miroir qui ne lui renvoyait pas cette vision de cyborg dès qu'il prenait une douche.

Histoire de se changer les idées, il décida donc de saisir son téléphone pour faire le tour des actualités européennes. Sur l'écran tactile défilaient des nouvelles sur la Slavie où l'Eurocorps avait finalement réussi à prendre Lviv sans lui, sur un grand colloque international des Grands Blocs à Berlin, une affaire de corruption en Région Irlandaise, et beaucoup de potins de stars qui n'auraient pu l'indifférer plus. Pourtant, alors qu'il faisait machinalement défiler les titres racoleurs de son pouce, une photo le frappa en plein cœur.

Erwin.

Erwin ? Qu'est-ce que son ami pouvait bien faire dans les actualités fédérales ? Aussitôt les mots-clefs éclairèrent sa lanterne : Lviv, victoire, courage… Engström n'en croyait pas ses yeux. Comment pouvait-il être « lieutenant » comme le déclarait l'article ? Les journalistes devaient en avoir inventé la moitié, ce n'était pas possible autrement…

Dévoré par la curiosité, Cyril fut immédiatement tiré de sa morosité et se mit à lire rapidement l'interview que donnait un journal en ligne de celui qu'ils appelaient le *symbole de la jeunesse européenne*. Apparemment, Erwin avait même été invité à Berlin pour faire des interviews après avoir brillé à Lviv, et avait réussi jusqu'à relever le défi impossible de rallier les européistes convaincus à sa fougue et sa passion de l'Europe, ainsi que la jeunesse critique et mécontente par quelques saillies bien senties. Un petit sourire narquois naquit sur les lèvres du jeune homme.

« Ça, c'est bien toi », ricana-t-il non sans fierté avant de remarquer qu'il y avait une vidéo filmée la veille, à Berlin. L'image n'était pas très stable, probablement filmée caméra à l'épaule. Erwin sortait tout juste d'une entrevue avec le président – ce que Cyril avait du mal à réaliser – lorsqu'une journaliste l'interpella sur un ton nettement hostile, arrachant à Engström un soupir exaspéré.

Ces journalistes, toujours dans la provocation… Quand on pense que…

Il ne finit pas sa pensée. La répartie d'Erwin, claire et dure, même sur un écran aussi petit que celui du Nokia de Cyril, fit l'effet d'une bombe. Ses mots claquaient comme la mitraille slaviste, ses arguments frappaient comme les Sukhoï russes. Il venait de leur mettre le nez dans leur merde, il venait… Il venait de parler de lui.

Cette évidence agrippa le jeune homme, lui serrant la gorge et amenant à ses yeux des larmes difficiles à contenir. Derrière ces mots, il devinait qu'Erwin avait repensé à ce que Cyril lui avait raconté. Pour autant qu'ils aient réussi à en savoir avec Greg et Balder, Erwin n'avait eu aucun problème à rentrer dans l'Eurocorps. Il savait néanmoins que d'autres n'avaient pas reçu la lettre bleue avec la même résignation. D'autres avaient subi cela comme une punition civique, et presque personne n'avait choisi d'être en Slavie aujourd'hui. Les seuls responsables ne portaient même pas l'uniforme. Et cette simple constatation, émanant d'un jeune soldat défendant pourtant les États-Unis d'Europe comme le faisait Erwin, semblait avoir touché une corde sensible chez le lectorat. Des pages de commentaires et de débats s'enchaînaient après la vidéo que les gens partageaient en masse. Aussi incroyable que cela puisse paraître à Cyril

Engström, son meilleur ami venait de cristalliser le questionnement de la jeunesse européenne, et devenait une icône populaire.

« Pas mal pour quelqu'un qui déteste la masse des moutons », plaisanta-t-il à haute voix comme il l'aurait fait avec ses camarades de chambrée. Mais personne ne lui répondit, nul ne roula des yeux au ciel en feignant l'agacement. Car il était seul dans cette chambre froide et impersonnelle, habillé de son pyjama d'hôpital d'un vert maladif. Au moins il flottait dans les chambrées de l'Eurocorps cette légère odeur musquée des couvertures de l'armée, il y avait toujours ce petit relent de cirage, le piquant métallique des armoires, même l'humidité des salles de bain ! Ici, tout était aseptisé, et en dehors des produits nettoyants, cette chambre ne sentait rien, ne vivait pas. Les murs pâles, le sol plastifié, les néons froids, tout en cet endroit respirait la mort et la solitude. Il se sentait terriblement isolé du monde, loin de ses amis, et presque trop proche de l'alternative…

Assis sur le bord du lit, il posa le téléphone et prit délicatement les vêtements civils déposés par le service hospitalier. La pile lui semblait si légère, comparée au treillis qu'il avait désormais l'habitude de porter. Le pantalon et la chemise lui rappelaient le genre de piliers de bar qu'il avait pris l'habitude de provoquer la nuit en compagnie de Grégory… pas lui-même, pas Cyril Engström. Lorsqu'il pensait à lui-même, il se voyait en bleu de la tête aux pieds, les pieds bien serrés dans ses rangers. Ses cheveux blonds et fins allaient bientôt repousser, les laisserait-il faire ? Probablement pas. Le demi-centimètre lui convenait bien. Pourtant il devait bien finir par l'accepter, il retournerait à Kolding, puis irait dans une fac, quelque part en Europe, pour devenir… quelqu'un d'important, quoi que cela veuille dire. Il pourrait cacher sa jambe artificielle dans des costumes hors de prix, s'il pouvait trouver des mocassins adaptés. Tout serait pour le mieux. Gagné par une bouffée d'appréhension, il posa le linge à côté de lui, sur sa gauche. Comme pour le tenter d'un choix qu'on ne lui offrait pas, son uniforme semblait l'appeler sur sa droite. Assis entre ces deux mondes, il ne pouvait que baisser la tête et penser à ses amis. Greg, probablement toujours en Slavie à se battre contre la dictature du Prince Zwiel, et Erwin qui devenait par quelque improbable revirement de son destin un véritable héros.

Sans lui.

Chapitre 4

Berlin.

L'immense rotonde était pleine de monde. Les ambassadeurs et parlementaires s'interpellaient dans la plus grande cohue. L'ordre que l'on aurait pu attendre de cette élite tirée à quatre épingles ne tenait qu'à un fil tendu, et l'organisation chaotique laissait entendre une situation de crise. Jusque là, le conflit avait été pris de façon mondaine. Après tout, qu'est-ce que le monde pouvait bien avoir à redire sur la première puissance mondiale réglant une affaire locale en quelques jours ? Pourtant, ce n'était pas ce qui s'était produit, et les récents succès russes avaient poussé les critiques hors du bois. Certains s'étonnaient même désormais de la façon dont l'invasion avait été déclenchée dans l'indifférence générale. On parlait de remédier à l'absence d'opposition…

Le pupitre de l'orateur demeurait désespérément vide. Le retard du président se prolongeait mortellement. L'auditoire, loin d'être dupe face à cette mise en scène, commençait à perdre patience, et des cris tentaient de surpasser le brouhaha indiscipliné des représentants étrangers indignés par ce qu'ils appelaient une provocation mesquine. Les caméras de télévision étaient montées aux endroits stratégiques, et des journalistes se plaçaient près des fauteuils où les réactions risquaient d'être les plus vives. En particulier près des positions des représentants des États Arabes Unis. Ces derniers, coiffés pour certains d'un Keffieh tandis que d'autres affichaient un style plus occidental, exprimaient leur agacement par des tapotements de doigts un peu trop près de leurs micros.

À quelques rangées d'eux, les représentants iraniens en costards sobres étaient également une délégation sur laquelle la presse misait de grandes déclarations. Cet Indépendant avait profité de la disparition de l'ONU pour retrouver sa gloire perdue en avalant lors de son expansion les Indépendants voisins tels que l'Ouzbékistan, le Tadjikistan, le Turkménistan et le Kirghizstan, créant ainsi un État riche en ressources naturelles, ce qui en faisait à la fois un allié de poids et une cible de premier choix. Jusqu'à ce jour, le pays avait travaillé en collaboration avec tout pays respectant ses honoraires, sans distinction d'alliance ou d'appartenance, étendant ses gazoducs et ses oléoducs dans toutes les directions. De plus, sa politique était marquée d'une quasi-neutralité qui n'avait d'égale que celle du Canada, qu'on surnommait la Nouvelle Suisse. Cette dernière n'avait d'ailleurs même pas été invitée.

C'était que, contrairement au Canada dont le rôle à l'international était négligeable – et négligé – l'Iran protégeait fermement ce statut de neutralité par un arsenal nucléaire important et une armée professionnelle bien équipée. Et rompue à l'exercice de la guerre contre son seul rival, avec lequel il s'était déchiré le Pakistan : la Grande Inde. C'était la raison pour laquelle l'avis du Shah parlementaire Iranien était attendu : l'Iran romprait-il sa neutralité pour prendre parti pour son voisin et bénéficiaire important de son réseau de pipelines, les États Arabes Unis ? C'était peu probable, car le pays était encerclé de grandes puissances : la Grande Inde justement, avec qui les relations n'étaient jamais au beau fixe, et surtout les États-Unis d'Asie, ainsi que la région la plus active de la Russie Indépendante. Mais pour les journalistes avides de sensationnel, rien n'était jamais impossible, et si les Iraniens devaient sortir de leur position, ils voulaient n'en rien manquer.

Soudain, les lumières baissèrent et une sorte de sonnerie sourde résonna dans l'immense salle. Les voix diminuèrent en intensité. Une relance de la sonnerie finit par couper court à toutes les conversations isolées. Dignement, mais pressant tout de même le pas, Markus Tramper fit son apparition pour gravir les marches qui l'amenèrent au pupitre, suivi par le pinceau de lumière d'un spot. Il tapota le micro qui pendait devant son visage et fit un signe à une personne restée dans l'ombre. L'hymne européen fut entonné par un orchestre situé derrière le pupitre, dans une fosse spécialement aménagée. L'effet était magistral, et contribuait donc largement à la guerre de l'image que se livraient Zwiel et Tramper.

Un tonnerre d'applaudissements patriotes s'éleva des rangs européens, un silence poli y répondit des fauteuils étrangers. Des hommes debout criaient des vivats et saluaient leur président. Tramper maniait si bien son image qu'il déclenchait une ferveur européenne sans pareille. Et il savait en jouer, d'autant plus en période de crise.

« Mes chers concitoyens, débuta-t-il lorsque l'orchestre se tut et que les bancs européens se furent calmés. Chers amis venus de l'étranger. Soyez les bienvenues à Berlin en ces heures pénibles. Comme vous l'avez tous appris, les États-Unis d'Europe ont déclaré la guerre à la Slavie et à la Russie Indépendante pour le bien de… »

Des huées montèrent des tribunes arabes et le président attendit patiemment le retour du calme. D'entrée de jeu le ton était donné : les États Arabes Unis entendaient se poser en porte-à-faux. Au moins les choses étaient-elles claires.

« Pour le bien, disais-je, de notre continent. En effet, dois-je vous rappeler que la Slavie, depuis sa création même, n'a cessé de tenter des renversements dans les pays frontaliers dans le seul but de s'agrandir, en n'hésitant pas à s'infiltrer dans ces pays pour tenter de provoquer des révolutions ou des coups d'État ? Je pense à la Croatie Libre, entre autres ! Et que dire de sa guerre contre la République de Rostov qu'elle a en partie annexée ! »

Des faits bien établis, premier score dans l'assistance. Personne ne pouvait nier que la Slavie s'était montrée elle-même très agressive envers ses voisins plus petits et plus faibles. La voix du président, vibrante d'intensité, ne trahissait aucun sentiment autre que le regret profond et la tristesse. De suite, il s'était approprié l'attention d'une grande partie de l'auditoire par son charisme surprenant. Cet homme était fait pour gérer les foules. Pour ne pas dire manipuler. Mais la chance pouvait toujours tourner en des situations périlleuses comme celles d'aujourd'hui. Il enchaîna donc sans attendre :

« La Slavie est une menace pour la stabilité politique de notre continent, poursuivit-il avec fougue. Elle n'a jamais hésité à recourir au terrorisme contre les États-Unis d'Europe ! Elle nous a agressés bien des fois, nous harcelant sans cesse et laissant planer une insécurité croissante sur la vie de nos concitoyens européens. Nous nous sommes montrés patients durant toutes ces années, en accord avec les lois du CIS, maintenant il suffit. Cela ne peut plus durer. Il faut mettre fin à cette dictature ! Lorsque mon ministre et ami… (Il marqua une pause théâtrale particulièrement émouvante)… lorsque Edmund Trovich a été assassiné par un Slaviste se faisant passer pour un Russe, méthode de déstabilisation typique de notre adversaire, nous savions que le vase avait débordé. »

Hochements de tête, personne pour remettre en doute le deuil européen. Il y avait bel et bien eu meurtre, et ce n'était pas la première fois. Si Tramper l'avait voulu, il aurait pu faire diffuser derrière lui les photos des flaques de sang sur le bitume après les diverses attaques à la bombe subies à la frontière Est. Mais c'était inutile, le monde entier avait suivi ces tragédies en direct, attentat après attentat.

« Toutefois, bien que la Russie, qui devait porter le chapeau, ne s'avère en rien liée à cet assassinat odieux, elle n'est pas non plus étrangère au chaos qui gangrène lentement mais sûrement l'Europe de l'Est. Moscou a également de grandes ambitions, notamment en ce qui concerne le Passage de Saint-Pétersbourg. Elle ne cesse de tenter par tous les moyens d'asservir les villes et villages qui la relieraient à son ancienne ville portuaire, n'hésitant pas à violer notre espace aérien et provoquer des crises justifiant la renégociation des frontières. Son avancée actuelle nous le prouve une fois de plus : mon homologue Mikhaïl Tukerov est un opportuniste qui s'apprête à fondre sur le golfe de Finlande. Et contrairement à ce que veut la rumeur, ce ne sont pas les États-Unis d'Europe qui ont attaqué Pskov, mais un bombardement aux mortiers dissimulés derrière les lignes russes qui ont déclenché des représailles. Encore une fois, le même schéma se répète : provocations, déstabilisation ! Nous n'avons jamais attaqué, harangua-t-il. Nous n'avons jamais fait que riposter à de lâches agressions. Contrairement à nos ennemis, nous agissons au grand jour et pouvons nous expliquer devant le monde. C'est le but de cette réunion aujourd'hui.

— Représailles, lança un délégué des États Arabes Unis, représailles… Vous n'avez que ce mot-là à la bouche ! »

Frisson dans l'assistance. Tramper fronça les sourcils et, les mains enracinées dans son pupitre, gronda :

« J'ai été élu pour représenter et défendre mes concitoyens ! C'est mon devoir de pacifier des régions belliqueuses et dissidentes face à la Paix que les États-Unis d'Europe tentent d'appliquer au continent depuis presque trente ans ! L'Europe n'attend que la paix, après des siècles de guerres sanglantes. Ce continent est celui qui a subi la plus grande partie des plus violents combats des deux guerres mondiales, et si nous souhaitons mettre un terme aux violences qui ont caractérisé ce continent depuis tant de siècles, il faut s'employer dès aujourd'hui à remédier aux dictatures et aux gouvernements trop gourmands.

— Déclencher une guerre pour en empêcher d'autres ? Curieuse politique, vous ne trouvez pas ?

— J'en déclenche une pour barrer la route à toutes celles qui couvent… La situation en Europe est tendue depuis le Millenium Crash de 2006. C'est un fait, et je ne nierai pas que les États-Unis d'Europe ont participé un temps aux prises de bec qui ont conduit à bâtir la Montagne. Mais ce temps se doit d'être révolu. Les marges de manœuvre, lorsque vous siégez à côté d'une poudrière, sont très minces. Nous avons pris les devants pour qu'elle ne nous explose pas au visage. »

L'assistance européenne approuva, rejointe par les Océaniens et les Américains. Quelques membres de l'Union Africaine affichèrent même leur soutien à la politique préventive d'un « Oui ! » sonore.

« Comment comptez-vous régler le problème de l'avancée russe ? demanda un représentant asiatique. Riposterez-vous une fois de plus en envoyant des troupes repousser vers l'intérieur la frontière actuelle ? »

La remarque fit retenir son souffle à l'auditoire. C'était une autre question fâcheuse à laquelle tous n'étaient pas certains de vouloir entendre une réponse honnête. L'air devint lourd.

Le bon vieux cliché des Européens colonialistes, ricana intérieurement Tramper.

« Non, rétorqua Tramper. Nous nous contenterons de retourner aux frontières initiales. La Russie n'est pas notre ennemie, si elle demeure dans son territoire et renonce au Passage de Saint-Pétersbourg. Il nous suffit de la remettre à sa place.

— La remettre à sa place ? »

Silence de plomb l'espace d'un battement de cœur.

« Revenir aux frontières initiales, répliqua le président d'un ton sec. Uniquement. »

Désormais, tout le monde s'épiait en silence pour guetter les réactions adverses. Voilà tout à fait ce que l'on pouvait s'attendre à recevoir comme réponse du président européen. Et cette répartie semblait trop politiquement correcte pour être honnête. Derrière l'évidence, que se cachait-il réellement ?

« Et la Slavie ? insista l'Arabe, le regard suspicieux.

— Le prince Zwiel n'a pas encore daigné répondre à nos

offres. Il se borne à vouloir combattre jusqu'au bout. Mais la population est bien plus compréhensive. Elle nous accueille presque à bras ouverts dans certaines villes. Notre progression est très rapide. Le conflit ne va pas tarder à se calmer. Le rebondissement de l'encerclement de Lviv a rendu cette affaire impressionnante, mais il n'en est rien. Ce n'est pas plus grave qu'une autre mission de pacification, telle que celles l'Europe avait déjà dû pratiquer du temps de l'Union européenne. Ou bien après, dans le cadre du Conseil International de Sécurité ! »

Cette dernière affirmation provoqua une onde d'acquiescement dans la plupart des gradins. Le rôle de bras armé du CIS avait bien des fois fait de l'Europe fédérée le dernier espoir de la Paix dans des crises explosives. Et avec succès. Encore une fois, Markus Tramper marquait des points. Plus il en parlait, plus la situation se normalisait. L'Eurocorps ne faisait que son travail de gendarme du monde, comme on le lui avait si souvent demandé. Pourtant, certains diplomates ne lâchaient pas le morceau si aisément.

« Ça n'en reste pas moins une véritable guerre, insista l'Asiatique. Les États-Unis d'Asie ne sont pas d'accord avec cette politique de conquête. Ils souhaiteraient que vous cessiez votre invasion et que vous régliez cela par la voie des traités plutôt que celle des armes. Si vous poursuivez dans cette voie guerrière, nous nous verrons dans l'obligation d'appliquer des sanctions jusqu'à ce que l'Europe se décide à reprendre ses esprits.

— Depuis quand les Asiatiques se soucient-ils des Russes à qui ils ont volé Vladivostok ? ricana un Européen dans la salle.

— Les États Arabes Unis sont du même avis, lança leur délégué. Le gouvernement arabe se déclare même prêt à mettre fin à toutes ses relations amicales, qu'elles soient économiques ou diplomatiques, avec l'Europe si le conflit ne cesse pas immédiatement. Il faut comprendre que ce qui se trame en Europe est une guerre de grande envergure qui se déroulerait juste sous nos fenêtres. Nous ne voulons pas finir dans la catégorie des dommages collatéraux.

— Vous insinuez, reprit Tramper point déconcerté du tout, que vous prendriez les armes contre nous plutôt que de nous voir nous battre à votre frontière ? Le fait d'avoir les États-Unis d'Europe comme voisin vous pose-t-il un si épineux problème ?

— En réalité, ricana le délégué, cela nous incommoderait de partager avec vous encore plus de frontières terrestres que nous n'en avons déjà, eu égard à votre manie de trouver à redire à chacun de vos voisins. La Méditerranée et la Slavie nous séparent, et c'est très bien ainsi : nous préférons conserver une zone tampon. Ce rôle convient très bien à la principauté qui est un gouvernement légitime, quoi que vous en pensiez. Le fait que les pays qui la forment aient refusé d'entrer aux E.U.E. est leur droit. Votre comportement antidémocratique nous porte à croire que vos intentions sont belliqueuses, et nous craignons que notre réserve de pétrole n'attire de trop l'attention de vos armées qui, tout en marchant vers Kiev, se rapprochent de nous. »

Une voix agressive monta des gradins européens, exprimant la colère qui y montait après cette rafale d'insultes. D'autres blocs échangeaient des regards offensés. L'attitude des Arabes Unis les surprenait par son agressivité.

« Vous osez sous-entendre que notre seul but est de vous envahir ? Pour une énergie fossile passéiste, oserai-je dire archaïque ? »

Le représentant arabe ne cilla même pas, il ne jeta aucun regard à ses papiers, se contentant de lui renvoyer un regard déterminé et glacial.

« Nous ne sous-entendons pas, nous le déclarons. Votre objectif nous semble clair : vous foncez vers nos puits. Vos troupes pénètrent en Slavie et poursuivent leur invasion vers le sud, tandis que dans votre Région Grecque des troupes se mobilisent massivement, sous nos fenêtres, à notre frontière, menaçant notre intégrité territoriale. Nous nous souvenons de 2006 ! Et nous la défendrons jusqu'à la mort. Nos ressources pétrolifères sont notre propriété, et s'il faut nous battre pour les conserver, nous n'hésiterons pas. Les États-Unis d'Europe ne sont pas les seuls prêts à prendre des mesures préventives. »

Des huées troublées montèrent de tous côtés.

Le doute envahit soudain la rotonde.

« Si les États-Unis d'Europe ne stoppent pas leur avancée dans notre direction et ne démobilisent pas leurs troupes en Région Grecque, nous prendrons cela pour une agression. Néanmoins, nous pouvons encore rester en bons termes. Prouvez-nous seulement que les États Arabes Unis n'ont pas à craindre l'Eurocorps. Prouvez-nous que vos intentions ne sont pas belliqueuses. Arrêtez-vous à la Montagne Artificielle. »

Dans le tollé provoqué par sa tirade, le délégué arabe et ses conscrits se levèrent et quittèrent rapidement la salle, acclamés ou hués selon les gradins. Les parlementaires appelaient au calme. Les angoisses éclataient au grand jour.

« La parole est au représentant de la Grande Inde. »

Un homme en costume impeccable se redressa et ne jeta même pas un coup d'œil sur ses notes. Il en jeta toutefois un au gradin iranien.

« Nous n'avons aucune déclaration à faire concernant notre position, déclara-t-il de son accent prononcé. Nous ne sommes pas concernés par cette guerre, cependant en tant que membre du Conseil International de Sécurité nous condamnons la méthode de pacification européenne en Slavie, sans cependant remettre en cause son utilité. »

De nouvelles huées l'interrompirent. Peu goûtaient au double discours de la Grande Inde alors qu'on attendait d'elle une réponse ferme. À ce stade du débat, on devait être du côté des E.U.E., ou de celui de la Slavie et de la Russie Indépendante.

« En effet, poursuivit-il sans parvenir à dissimuler

complètement son courroux, sa position géopolitique et son instabilité en font une région dangereuse pour la paix internationale. La Grande Inde est bien placée pour savoir les problèmes que peut poser un voisin belliciste. (Huées ou rires selon les représentants) Je laisse la parole au représentant *iranien…* »

Une réplique bien acerbe et lancée à brûle-pourpoint que le représentant en question avala d'un œil mauvais. Il adressa à son homologue un sourire glacial.

« *Merci…* Je serai bref, annonça-t-il comme pour se démarquer de son adversaire. Neutralité. En cas de conflit nous ne voulons pas menacer les frontières de notre pays, c'est pourquoi notre armée est d'ores et déjà en état d'alerte sur nos frontières arabes et en Mer Caspienne, en cas de besoin défensif. Nos hommes ne sortiront pas de nos frontières, harangua-t-il avec un violent signe de la main, mais soyez sûr qu'aucun soldat étranger n'y entrera. »

Une vague de rumeur qui s'élève dans la salle, des journalistes qui grattent leurs blocs de leur stylo ou tapotent sur leurs claviers.

« Et les autres frontaliers des Arabes Unis ? Qu'en pense la Coalition Saharienne ? » demanda un délégué européen.

La Coalition en question se trouvait au nord-ouest du continent africain et séparait largement la Région Espagnole de la frontière Arabes-Unis. Le représentant saharien, la peau d'ébène et le regard vif, s'approcha de son micro et attendit que le calme revînt avant de prendre la parole :

« En cas de conflit ouvert entre les États-Unis d'Europe et les États Arabes Unis, mon gouvernement m'informe de sa totale neutralité, aussi bien politique qu'économique. Nous ne voulons pas d'une guerre sur le continent africain maintenant qu'il commence à émerger ! »

Ses déclarations reçurent l'approbation de la plupart des représentants et diplomates, en particulier ceux de l'Union Africaine. Malgré l'europhilie de ces derniers, la défaite passée de l'Union contre les Arabes Unis, qui avait entraîné pour les Africains la perte du Maghreb, restait profondément ancrée dans les mémoires. Et même l'esprit de revanche ne pouvait effacer le souvenir du désastre.

« De plus nous craignons que notre prise en étau ne se transforme en dépeçage comme l'a connu la Pologne, enchaîna le Saharien. Le risque est réel, et nous en tenons soigneusement compte.

— Voyez, entonna le représentant asiatique. Voyez les États-Unis d'Europe qui se targuent d'être les garants d'une paix continentale ! Vous déclarez nous protéger de la Slavie. Mais qui nous protégera de *vous* ? »

L'hémicycle bourdonna de consternation face à cette saillie des moins courtoises. Le titan asiatique bandait ses muscles face au titan européen, il était temps de prendre les paris. Tous les représentants et émissaires se jetaient des coups d'œil anxieux.

« Rafraîchissez-moi la mémoire, déclara soudain le représentant indien. L'Europe vous a-t-elle manqué à ce point de respect lorsque vous avez tenté d'annexer le Népal ? Ou encore pendant la Crise de Vladivostok où vous êtes cette fois parvenus à vos fins en dérobant la ville à la Russie Indépendante ? »

Les rangées européennes ricanèrent, et certains représentants de l'Union Africaine applaudirent de voir l'Asie remise à sa place. On pouvait presque sentir dans l'air le parfum des basses vengeances et percevoir, en tendant l'oreille, le tintement des couteaux tirés.

« Je m'étonne d'ailleurs, insista l'émissaire, que vous reprochiez aujourd'hui à l'Europe ce que vous-même avez toujours pratiqué, par la voie des armes ou la voie du commerce. En tant qu'Indien j'ai eu moult fois une question en tête : qui me protégera des États-Unis d'Asie ? »

Applaudissements et huées se répondirent dans l'hémicycle. Tramper sourit intérieurement en remarquant que cette tirade avait sorti certains blocs de leur réserve. La Grande Inde avait ouvert la brèche. Feu à volonté.

« Et que dire de votre union ? contre attaqua l'asiatique. Votre petite guerre personnelle avec l'Iran a dépecé le Pakistan. Vous déstabilisez cette région, vous, mais aussi l'Iran, ne l'oublions pas. Qu'est-ce qui peut nous prouver que vos ambitions ne se portent pas vers la Birmanie ? Le Laos ? »

Markus attendit patiemment que l'affrontement gagnât la plupart des grands blocs afin de l'interrompre au moment opportun. Il avait laissé le sujet dériver pendant plus de deux heures pour observer ses alliés potentiels. L'assistance était maintenant à couteaux tirés. La Ligue d'Amérique Latine allait plus ou moins dans le sens de la Grande Inde, qui elle-même avait fini par soutenir la légitimité de l'Europe à se protéger du terrorisme. L'Océanie, représentée par seulement trois émissaires, n'avait pas pipé mot pour essayer de se faire oublier, la Coalition Saharienne ne prenait pas part au débat, sans surprise elle comptait rester neutre. L'Asie finit par plaider la neutralité... C'était le moment.

« Mesdames et messieurs, chers invités, je pense que cette séance nous a déjà donné beaucoup à réfléchir, tranquillement, à tête reposée. J'ajourne la séance, nous reprendrons demain matin. »

Affalé dans un des bancs molletonnés de la cafétéria, face à l'écran plat qui avait diffusé le débat en direct, Erwin avait le visage enfoui dans ses mains, dégoûté. Emma ne comprenait pas pourquoi exactement, mais elle ressentait le trouble du lieutenant, allant même jusqu'à prendre place à ses côtés sur la banquette. Le jeune homme allait subir sur le terrain les conséquences de ce débat. Et les préparatifs n'avaient rien de réjouissant. Mais après tout, c'était son travail. Il avait été entraîné pour cela, avait subi des manœuvres sur le terrain, et le combat ne lui était plus inconnu. Il ferait son boulot comme les autres. Mais pour la première fois, Emma sentit quelque chose de différent chez

Erwin. Elle repoussa ces pensées alors que sa main allait caresser les cheveux du jeune homme, réflexe d'empathie généralement réservé à son ami Nicolaj. Elle suspendit son geste, consciente que ce serait une faute professionnelle de lui montrer des sentiments quelconques. Surtout de la pitié.

« Mes amis sont encore là-bas, marmonna sombrement Erwin, et ils ne savent même pas comment les décisions sont prises. Ils ne voient pas ça ! S'ils savaient... Ce blabla hypocrite, ces bassesses, ces potins mondains qui se transforment en guerres de chiffonniers. Ce n'est pas possible, reprit-il en relevant la tête. Des milliers d'hommes marchent dans le froid et sous les balles, autant tremblent dans leurs foyers. La peur, le sang, la pluie... Et tout ça parce que... »

Il désigna vaguement l'écran qui avait retransmis la séance.

« Ils n'ont aucune idée de ce qui se passe, ajouta-t-il entre ses dents. Ils crachent leur venin dans leurs costumes hors de prix, mais pas une fois ils n'ont parlé des combats.

— Ce sont des politiciens, répondit Emma. Ils ne parlent pas de combat. Et vous êtes un soldat, ce n'est pas à vous de parler politique.

— Vous êtes sérieuse ? » S'étrangla Erwin en ouvrant de grands yeux.

Elle réalisa que ses paroles tenaient plus de la leçon de morale que du soutien.

« C'est une situation de crise comme il ne s'en est pas produite depuis des lustres, expliqua-t-elle d'une voix douce pour l'apaiser, sans toutefois montrer de signe extérieur de compassion. Laissez aux politiciens le temps de s'y faire. »

Depuis des lustres en Europe, rectifia Erwin mentalement. *Où étiez-vous ces vingt dernières années ?*

« Le temps qu'il leur faudra pour s'y faire, mes amis seront tous morts et enterrés. »

Emma secoua négativement la tête, une fine mèche blonde tombant devant son visage fermé. D'un côté il lui

94

semblait que son protégé en faisait un peu trop, de l'autre, elle avait déjà entendu trop de rumeurs au sein du ministère sur les pertes *réelles* de l'Eurocorps pour lui donner tort. Helm dut remarquer son trouble puisqu'il enchaîna soudain d'un ton plus léger :

« Remarquez, je me demande si je ne préfèrerais pas retourner en Slavie plutôt que de participer à une foire d'empoigne comme celle-là. »

Cardin lui renvoya discrètement son sourire, mais n'y ajouta rien. Elle se contenta de reprendre son attitude professionnelle. Le sourire de ce jeune homme était décidément charmeur, quand il le voulait... Elle n'était pas beaucoup plus âgée que lui, elle devait *réellement* se méfier. Pour y parvenir, Emma relut mentalement sa fiche et se concentra sur leurs premières conversations. Immature, agressif, instable, et profondément paranoïaque. Voilà de quoi la dissuader de se laisser piéger comme une écolière par quelques sourires.

« Pas de remarques là-dessus dans votre interview, compris ? » dit-elle en reprenant son ton ferme.

Un hochement de tête scella cet accord. Il regarda son chrono-bracelet, puis la pluie dégoulinant sur les vitres de la cafétéria.

« Encore 40 minutes, acquiesça-t-il avant de ricaner. J'ai hâte d'y être. »

Mais je dois d'abord passer par la poste...

« Mettons-nous déjà en route, nous devons rejoindre l'hôtel où se déroulera l'entretien.

— Oui, pour pouvoir tout récupérer ensuite et repartir plus vite », maugréa Erwin en se levant.

Emma hésita.

« Votre place est là-bas », répondit-elle d'une voix étrange.

Sa place... Le ton qu'elle avait employé... Pensif, le lieutenant fronça discrètement les sourcils. Était-ce de... la compassion ?

L'assemblée se dispersait dans l'hémicycle, mais les principaux représentants d'importance avaient été conviés à un débat à huis clos et en toute discrétion dans une petite salle de conférence feutrée, le vestibule aux orateurs de la rotonde. Sans faire de chichi, les invités s'installèrent autour de la table polie sous un éclairage tamisé. Tramper fit mentalement le compte, tous ceux qu'il voulait voir étaient là. La séance *off* pouvait commencer.

« Reprenons, dit-il sèchement. Et épargnez-moi vos problèmes personnels, je vous ai invités pour parler de la Slavie. Je serai ravi de m'étendre sur d'autres sujets lors de la conférence du CIS. »

Tous comprenaient qu'après avoir joué des conflits régionaux de chacun pour légitimer sa propre intervention, l'Européen ne souhaitait plus s'éloigner de son sujet. Un Asiatique au visage râblé haussa un sourcil.

« Vous excluez autoritairement les autres représentants pour forcer notre décision ?

— Ceci n'est pas une réunion du Conseil International de Sécurité, je vous le rappelle. Cette conférence je l'ai organisée pour m'entretenir avec des personnes compréhensives et civilisées, Monsieur Ay Goshi. »

L'homme, petit au teint sombre, faisait peur à voir. Son regard inquiétant, ses yeux cernés sévèrement bridés aux pupilles ténébreuses, les cheveux aussi noirs que son costume impeccable. Sa voix acérée mais pas du tout agressive semblait plus charismatique qu'autoritaire. Son influence, en tant que représentant des États-Unis d'Asie, n'était pas négligeable. Il fallait composer avec sa forte présence.

« Ce qui exclut les dignitaires Slavistes et Russes, à ce que je crois remarquer. »

Sa voix ironiquement détachée était dégoulinante de mépris. Le président européen sourit intérieurement, il avait anticipé cette réflexion.

« En effet, répondit Tramper avec un sourire tout aussi acide. Je les ai invités, ils ne sont pas venus. Quant à vous, Goshi, je vous suggère de ne plus mettre le feu aux poudres lorsque l'auditoire ronge déjà les bancs des négociations. »

Comme si cela ne vous avait pas servi, sembla rétorquer Goshi d'un simple regard en biais.

« Quelles négociations ? Vous deviez nous expliquer le but de votre invasion… Nous vous avons écouté parler, mais on ne nous a pas demandé notre avis. Par ailleurs, personne n'est dupe de votre écran de fumée.

— Parlez pour vous, cracha Nelson Manford, représentant océanien. Monsieur Tramper a le droit de réagir à l'agression permanente de la Slavie, et si vous lisiez le rapport européen sur les attaques…

— Je l'ai lu, cingla l'Asiatique. Je viens d'avoir le ministre asiatique des Affaires étrangères, et il refuse de modifier notre déclaration ne serait-ce que d'un alinéa. Le texte complet de notre proposition est… (Il tira de son attaché-case un bloc de feuilles assez épais et relié dans une pochette rouge sang)… sur papier, le voici. »

Il fit glisser le dossier sur la table cirée autour de laquelle personne ne s'était encore assis. Chacun, debout, fixa le tas de papier et Tramper fut le premier à réagir.

« Qu'est-ce que c'est exactement ? Votre mise en garde ? Vous comptez réellement appliquer des sanctions diplomatiques si nous poursuivons notre pacification. »

Ay Goshi sembla sourire, révélant des dents éclatantes.

« Non seulement diplomatiques, mais aussi économiques. Nous ne sommes pas obligés de tenir compte de votre marché, nous avons d'autres alliés commerciaux… L'avantage d'avoir vu l'ancien système boursier s'effondrer est d'en avoir conçu un plus… malléable.

— De quoi parlez-vous ? Votre programme de supériorité informatique vous a totalement ruiné ! »

Le ministre des Affaires étrangères de l'Union Africaine n'avait fait qu'énoncer une plate et embarrassante vérité.

Pour se tirer de la crise économique de 2006, l'Asie avait parié sur la micro-informatique et l'électronique. Mais leur programme intensif de recherche avait été un gouffre financier, et n'avait pas rapporté de bénéfices. Aucun produit des nouvelles technologies développées n'était un succès commercial, et ce en partie à cause de l'actuelle domination européenne sur la plupart des marchés et bourses mondiaux. L'Asie avait fabriqué en masse des satellites de communications si coûteux qu'elle avait dû utiliser des lanceurs européens pour les mettre en orbite. Résultat de l'opération, personne n'achetant d'actions des télécoms asiatiques, le principal bénéficiaire du marché des communications par satellite asiatique était... l'Europe fédérée ! La déclaration selon laquelle l'Asie n'était pas forcée de tenir compte du marché européen sonnait creux aux oreilles de tous. Pour la plupart des membres de ce comité réduit, ce n'était que vent et bluff.

« Nous ne sommes pas sans ressources, murmura l'Asiatique d'un ton presque comploteur. Mais maintenant que je vous ai remis ce document, poursuivit-il, et que les États Arabes Unis semblent de notre avis, je pense que vous avez effectivement *matière à réfléchir*, Monsieur Tramper. »

Il se leva et s'apprêta à sortir, puis, s'arrêtant, il se tourna vers l'assemblée restreinte.

« Avec tout notre respect, déclara-t-il en souriant. Nous nous reverrons en janvier. D'ici là, je prie pour que les balles aient cessé de siffler en terre slaviste. »

Il quitta la salle alors qu'un homme de la sécurité entrait par une autre porte. Le talkie-walkie attaché à l'épaule de sa veste aux bandes réfléchissantes crachotait sans interruption, et son visage exprimait une grande... contrariété.

« Monsieur le président, messieurs les représentants, je dois vous faire évacuer ce bâtiment par les sorties de secours ! Nous avons des mouvements populaires qui submergent les forces de l'ordre et se dirigent sur le Parlement ! »

Évidemment, songea Tramper. Les débordements lui pendaient au nez, mais il fallait qu'ils choisissent ce jour, précisément. Ce n'était pas faute d'avoir largement renforcé les moyens de la police pour accueillir ses hôtes dans les règles, et si les manifestants étaient parvenus à alarmer la sécurité, c'était qu'il s'agissait d'une situation bien plus grave qu'attendu. S'il n'était même pas capable de faire respecter l'ordre dans son propre pays, comment les états voisins pouvaient-ils le respecter ? Il fallait montrer un exemple de fermeté et de rigueur. Tandis que les diplomates étaient escortés en lieu sûr par des membres des CMO, le président réfléchissait à sa réponse.

« Si nous devons faire évacuer le Parlement, j'imagine que ce mouvement est important...

— Entre 25 000 et 26 000 personnes à la Porte de Brandebourg, annonça l'homme au talkie-walkie. Il y en a de toute l'Europe qui sont venus pour manifester *pacifiquement* contre l'attaque en Slavie... Le service d'ordre a été totalement débordé, nous avons des casseurs fichés en Région Italienne qui ont été repérés dans l'avenue Unter den Linden. Nous pourrons les bloquer en bouclant la Terrasse de l'Europe, mais le mouvement en provenance de la Gare Centrale n'aura qu'à traverser le pont...

— Déployez toutes les brigades de CMO à disposition, ordonna Tramper après une pause de réflexion feinte, qu'elles viennent en renfort de la police fédérale. Je veux qu'ils neutralisent les meneurs en priorité, proprement. Si une véritable guerre doit avoir lieu, elle ne se fera pas à Berlin, et encore moins par des civils européens. »

Pourtant, autour de l'immense édifice, c'était bien une petite armée qui se rassemblait, arrivant de toutes parts comme des torrents se jetant dans un fleuve que le faible barrage de police ne saurait contenir bien longtemps. Non pas que les forces de l'ordre aient négligé leurs effectifs, mais la vague qui s'apprêtait à déferler sur eux était sans commune mesure avec les estimations que leur avait fournies le Ministère. Quelque chose n'allait pas.

Des banderoles pour la paix et la cessation des hostilités en Slavie étaient bel et bien présentes, cependant c'était la forêt de drapeaux régionaux qui mettait immédiatement la puce à l'oreille, majoritairement allemands, mais aussi italiens, slovènes, finlandais, français, polonais... Bien plus qu'une manifestation pour la paix, c'était une véritable démonstration de force des défédératistes.

Tandis que les policiers renforçaient leur cordon de sécurité aux entrées du bâtiment, les spectateurs de cette marée humaine commençaient à comprendre que les événements n'allaient pas tarder à prendre une tournure... déplaisante. Saisi par un réflexe qu'il ne se serait pas attendu à avoir dans le civil, Erwin fit brutalement demi-tour dans le hall du Parlement lorsqu'il remarqua à son tour la masse qui fondait droit sur eux derrière les vitres des portes coulissantes. Ayant descendu en compagnie d'Emma les interminables escalators qui les emmenaient de la cafétéria au hall principal, il avait entendu de loin les grondements d'une foule montant comme le tonnerre d'une tempête qui allait s'abattre sur eux d'un instant à l'autre. La très large passerelle qui surplombait à la fois la Spree et les voies ferrées était noire de monde, banderoles et fumigènes s'agitant en tous sens. La violence qui s'annonçait faisait se raidir les cheveux de sa nuque.

« Ils ont regardé la télé aussi, on dirait, grommela Erwin en saisissant Emma par le bras alors qu'elle marchait toujours en direction des grandes portes vitrées.

— Non, les manifestations pacifiques durent depuis trois jours, et il y a de plus en plus de monde... Mais là... Il y a autre chose. »

Les autres personnes présentes dans le hall jetaient des regards inquiets en direction de la horde hurlante qui approchait sous la pluie qui redoublait d'intensité. Au loin, les sirènes des véhicules de police fédérale se mirent à lancer leur appel lancinant. Des slogans antimilitaristes commencèrent à devenir audibles malgré les appels au calme des forces de l'ordre se répercutant par mégaphones interposés. Puis brusquement, la quiétude paradoxale qui régnait encore dans le hall déjà bondé éclata en même temps qu'une vitre traversée par un pavé. Des cris de terreur et de panique se mêlèrent aux hurlements de colère des manifestants.

« Manifestation pacifique, hein ? ricana Erwin en se lançant vers l'escalier qui conduisait à la rotonde. Ces gens demandent la paix comme des généraux de l'Eurocorps !

— Où allez-vous ? »

Glacée d'effroi devant la barbarie de la foule qui lapidait le bâtiment à coups de pierres et de bouteilles, elle ne put que se jeter à sa suite. Des éclats de verre s'envolèrent dans le hall, du sang goutta sur le sol impeccable, et la pluie pénétra à travers les vitres explosées. Le cordon de policiers qui séparait la masse hystérique se préparait clairement à un choc frontal, les premiers fumigènes laissaient déjà des traînées en spirale au-dessus des barrières. D'un seul coup d'œil, Helm sut que ces quelques gardiens de la paix ne feraient pas long feu face à la horde furieuse qui leur renvoyait déjà leurs propres grenades de gaz.

« À l'abri : là où il y a une *vraie* sécurité. »

Derrière eux, des bruits de lutte résonnèrent alors qu'ils tournaient à droite dans un couloir qu'une masse de politiciens bien habillés empruntaient frénétiquement dans l'autre sens. Suivant la flèche murale indiquant la rotonde, Erwin accéléra encore le pas, ne prêtant pas attention à Emma qui s'essoufflait à tenter de la suivre. Pour lui, plus ils se rapprochaient du gratin en costard, plus ils seraient en sécurité. Et justement, un homme vêtu d'un manteau long et coiffé d'un Fédora vint à leur rencontre et l'interpella calmement.

« Si vous venez pour la séance, c'est trop tard. »

Le visage rosi de Cardin s'illumina en le reconnaissant. Car celui que le duo venait de rencontrer n'était autre que son ancien professeur et mentor. Elle savait qu'il allait être présent, mais elle ne s'attendait certainement pas à le croiser au détour d'un couloir ! Et comme toujours, voir le sourire affable de son ami leva en partie la tension qui s'était emparée d'elle.

« Michael Dalendel, présenta Emma avec fébrilité, délégué européen. Et mon ancien professeur à l'université de Stuttgart.

— Boulot, boulot, à ce que je vois, dit ce dernier en montrant qu'il était pressé d'un geste sur le cadran de sa montre. Désolé, mais il y a urgence, je ne peux pas bavarder, on nous a demandé d'évacuer.

— Vous ne devriez pas emprunter ce chemin-là, murmura Erwin en désignant de son pouce le fond du couloir. Vous risqueriez le lynchage, surtout en tant que délégué… »

Michael Dalendel soupira et se remit en marche.

« J'ai été prof sur le campus de Stuttgart, des manifs, j'en ai vu des pires. »

Avec un sourire un coin répondant à cette forfanterie, Erwin se pressa contre l'homme et lui tendit discrètement l'enveloppe de Grégory.

« Déposez ça s'il vous plaît, je vous en prie, discrètement. »

L'homme happa la lettre et hocha la tête d'un air entendu.

« Qu'est-ce que vous faites ? intervint immédiatement Emma en retournant Erwin.

— Je lui donnais un dernier conseil de soldat... Il va en avoir besoin »

Cardin voulut insister, mais le parlementaire avait déjà disparu en lançant un dernier « à plus tard, Emma ». Les deux jeunes gens s'empressèrent alors de rejoindre la porte béante qui leur donnait accès à la rotonde. À leur grande surprise, aucun gardien ou membre de la sécurité ne vint à leur rencontre. Sourcils froncés, le jeune lieutenant s'engouffra dans le passage où quelques marches obscures l'amenèrent au beau milieu des gradins. Emma le rejoignit aussitôt.

« Bon, ici, il y a un service de sécurité. Ce sera mieux que rien en attendant les CMO… »

La jeune femme se sentit un peu plus à l'aise en songeant aux Commandos du Maintien de l'Ordre. Cette élite de la police fédérale était spécialement formée pour faire face aux batailles de rues comme il s'en était tant produit aux États-Unis d'Amérique lors du Millenium Crash. Totalement anonymes, leurs fichiers personnels évacués des dossiers publics pour intégrer les dossiers secrets du ministère de la Sécurité intérieure, ces hommes étaient des soldats de l'ordre sans noms, des fantômes sans papiers officiels, mais redoutablement bien formés.

Ces pensées la rassuraient suffisamment pour qu'elle ne remarque pas immédiatement l'absence de tout agent en uniforme. Ce fut son protégé qui le lui fit remarquer et effectivement, l'hémicycle était désert. Et que cela voulait dire qu'il fallait changer de plan.

« Venez ! »

Saisie par le bras, Emma fut entraînée dans les méandres des bancs et fauteuils pour venir se tapir avec Erwin sous un pupitre, au milieu des gaines de câbles des micros. Une chaise mal rangée était la seule trace d'une présence humaine quelques instants plus tôt.

« Vous savez, lui admonesta-t-elle en se dégageant de son étreinte, il suffit de me dire où nous allons, inutile de me traîner comme une enfant.

— Restez sous la tablette et ne bougez plus, ordonna-t-il de son ton de lieutenant sans prendre la peine de lui répondre.

— Où allez-vous ?

— Juste voir où en sont nos amis manifestants.

— Je ne dois pas vous lâcher d'une semelle ! » l'avertit-elle en faisant mine de se redresser.

Erwin lui envoya un regard narquois, la jugeant en silence. Qu'elle était attendrissante, à croire que c'était elle qui le protégeait lui. Elle n'avait probablement jamais eu à se battre et pensait certainement que la FedPol viendrait faire son travail proprement, en distinguant les « bons » et les « méchants ». Pour le lieutenant, une autre réalité s'imposait : quand les CMO allaient débarquer pour faire le ménage, mieux valait se trouver loin, très loin de leurs matraques.

« Écoutez, je n'ai aucune raison de m'enfuir, je reviens de suite ! Je vais vérifier si on peut opérer une sortie à travers la foule…

— Opérer une sortie ? Vous vous croyez en zone de guerre ?

— Vous n'avez pas idée. »

Elle réfléchit longuement puis hocha la tête avant de se caler sous la tablette de plastique. Visiblement, elle n'était pas si rassurée que cela.

« Vous avez cinq minutes de liberté », dit-elle.

Le lieutenant débaula dans le couloir et sprinta vers un escalier. Arrivé à la balustrade qui surplombait le hall, il découvrit la vision de chaos d'une foule en furie.

« Où sont les flics quand on a besoin d'eux ? »

Mais les sirènes des renforts semblaient s'approcher, et des lueurs vertes et bleues apparaissaient au dehors, entre les arbres du parc jouxtant le Parlement. Erwin dévala les marches et se fondit dans la foule qui fracassait tout ce qu'elle pouvait, difficilement retenue par les renforts du service d'ordre qui accourait à peine pour prêter main forte à leurs collègues, largement débordés.

Une poubelle s'écrasa devant Helm qui bondit en arrière pour éviter le projectile. Il repéra rapidement l'homme au chapeau qu'il recherchait. Jouant des coudes, profitant de ne pas être en uniforme pour sembler être un manifestant, il se fraya un chemin jusqu'à Dalendel, pris à partie par des casseurs. Erwin les prit par surprise en dégainant le bâton électrifié que Greg lui avait remis. Deux chocs propulsèrent les casseurs dans le décor floral. Voyant le regard enragé du lieutenant, ils ne demandèrent pas leur reste et s'enfuirent dans le chaos généralisé.

« Merci, jeune homme, fit le délégué en se relevant péniblement. Il semblerait que j'aie sous-estimé la situation... Où est *Emma* ? »

Il a l'air bien familier avec son ancienne élève...

« En sécurité... Je voulais juste être certain que cette lettre partirait.

— Vous êtes... (Il lut le nom derrière l'enveloppe) Grégory Mertti ?

— Non, son ami, Erwin Helm. »

Le délégué fit une grimace d'incrédulité, cependant il se reprit vite en observant les alentours comme un animal traqué. Pourtant, Erwin ne voyait autour d'eux que des gens excités qui en venaient à craindre l'arrivée des CMO. Dalendel commença à se fondre dans la foule, ajoutant seulement avant de disparaître :

« Votre lettre partira, *lieutenant.* »

Stupéfait, Erwin comprit alors que cet homme était celui qui l'avait contacté avant son entrevue présidentielle...

Les camionnettes fendirent la masse de manifestants, crissèrent des pneus et s'immobilisèrent derrière la foule. Alors que des VAB de police équipés de rampes poussefoule faisaient inexorablement reculer les émeutiers à grand renfort de canons à eau, les portes des véhicules coulissèrent pour déverser un flot d'hommes en uniformes bleu marine aux plastrons et protections renforcées. Le casque intégral masquait leur visage. Leurs yeux étaient dissimulés par une visière argentée et semblant totalement opaque. À l'intérieur, l'homme distinguait cependant sur une lentille des données techniques qui s'affichaient, provenant d'une banque de données commune remise à jour en permanence. Les CMO venaient de passer à l'action, serrant contre eux leur Défenseur : une arme à feu spécifique tirant aussi bien des balles de caoutchouc que des balles réelles.

Les boucliers de plexiglas renforcés de limaille de fer se dressèrent devant le premier rang de CMO qui avança minutieusement, couchant au sol ceux qui avaient l'audace de ne pas s'enfuir. Des insultes anonymes fusèrent. Les balles de caoutchouc répondirent. La meute civile se dispersa rapidement devant les légions de CMO qui les prirent toutefois en tenaille et procédèrent aux arrestations nécessaires. Les coups de matraque calmèrent la foule hargneuse. Les plus réticents tentèrent de fuir vers la Terrasse de l'Europe, mais une véritable armée de policiers les obligea à se replier malgré tout vers l'arcade d'entrée et le hall dévasté du Parlement, le tout dans la plus grande panique. Dehors, tous tentaient de s'échapper. Des renforts arrivaient à l'instant, et les portes du Parlement furent condamnées par un rang de policiers d'élite. Les gyrophares peignaient la bataille de leur halo bleuté comme un artiste emporté par l'extase de la création.

Erwin, voyant que les escalators avaient été arrêtés, remonta l'escalier de métal que beaucoup empruntaient pour déguerpir face à la menace répressive. Il eut juste le temps de voir les policiers dégainer des bâtons électriques semblables à celui qu'il venait d'utiliser pour aider Dalendel. Le but était clair : arrêter des émeutiers en flagrant délit au sein du Parlement européen pour leur imposer les peines les plus dures. Répondre à la démonstration de force défédératiste par une fermeté exemplaire. Des cris de panique s'élevèrent derrière lui tandis qu'il se jetait vers les portes de la rotonde. La salle était maintenant envahie par des civils en tous genres. Mais plus aucun ne souhaitait casser. Tous voulaient fuir.

Les CMO traversèrent les couloirs au petit trot, leurs bâtons crachant de petits arcs électriques qui illuminaient sinistrement l'extrémité de ces armes élégantes. Ils arrivèrent bientôt devant la porte qui menait à la rotonde. Une barricade de fauteuils bloquait l'accès à la grande salle. Des cris de civils apeurés par les conséquences de ces émeutes leur parvenaient très distinctement. Cependant, professionnels sans pitié, ils formèrent un rang de chaque côté du couloir pour laisser passer l'artificier de la petite section d'une douzaine de commandos.

L'homme déposa un boîtier de plastique noir et mat au milieu du bois des fauteuils. Il jeta un coup d'œil à son bracelet électronique, hochant légèrement la tête dans son uniforme rembourré et protégé de plaques pare-balles. Il fit un signe de sa main gauche et les autres commandos s'éloignèrent au pas de course.

Erwin avait eu de la peine à retrouver Emma, tétanisée sous la table de bois. Clairement, elle était loin de son milieu naturel, et la voir en boule sous le pupitre renvoya Erwin au souvenir de son propre baptême du feu, en Slavie. Il se baissa et se cacha à ses côtés pour lui expliquer la situation, bien que lui-même se crût en plein délire. Les CMO semblaient se moquer des dommages collatéraux, forçant leurs proies à se terrer dans le Parlement comme pour dire « vous l'avez voulu, vous l'avez eu ». Les bras d'Emma s'enroulèrent autour de son épaule quand une forte détonation leur frappa les tympans.

« Cela fait un moment que nous craignons des mouvements de masse comme ça, dit-elle dans un souffle saccadé. Des émeutes incontrôlées, comme aux États-Unis d'Amérique pendant le Crash.

— Incontrôlées, fit Erwin avec une certaine moue dubitative… Je pense avoir remarqué quelques chauffeurs, si vous voyez ce que je veux dire. Je doute que tout ceci soit tout à fait spontané.

— Vous pensez que les défédératistes en viennent à provoquer des émeutes pareilles ?

— Je suis un soldat, et on ne me demande pas de penser, » répondit-il pour lui rappeler ses propres paroles.

Elle était peut-être moins froide avec lui, mais elle restait tout à fait professionnelle, au service d'un ministère aux aguets. Il fallait surveiller ses paroles avec attention lorsqu'il parlait avec elle. Ne surtout pas perdre de vue qu'elle travaillait pour le gouvernement, à la censure. Sa méfiance se réveilla alors à l'idée qu'elle puisse être là pour l'espionner. Pourtant, à sa plus grande surprise, elle rétorqua :

« Moi, je vous le demande ! »

Un nouveau vacarme assourdissant résonna soudain dans la salle de conférence. Erwin jeta un œil par-dessus la table et ne vit qu'une fumée âcre s'élever des portes d'accès à la rotonde. Quelque chose parut se mouvoir dans cette brume irrespirable. Des formes humaines, déformées par les gaz et rendues effrayantes comme des anges mortels. Des éclairs électriques parcoururent des rangées de sièges dans les gradins opposés à ceux qui abritaient Erwin et Emma.

« Vos amis les CMO, maudit-il en se tournant vers elle. Vous avez un moyen d'éviter le coup de voltage ?

— J'ai ma carte du Ministère, oui…

— Ça ira pour moi aussi ? s'enquit-il, la sueur au front.

— Je ferai le nécessaire. »

Les haut-parleurs de la salle crachotèrent, puis une voix atone lança un appel au calme.

« Ici le brigadier Ludwig Spender, de la sécurité. Les CMO tiennent le bâtiment. Cessez tout mouvement sans panique afin d'éviter toute violence inutile. »

Les voix civiles moururent pour laisser la place aux ordres secs et impitoyables des CMO investissant la rotonde. Précis et efficaces, ils débusquaient tout civil tentant de rester dissimulé. La vision infrarouge disponible sur leurs lunettes de vision améliorée – semblables à celles de l'Eurocorps – leur permettait une action sans faille. Ils étaient presque mécaniques. Ce que les soldats de l'Eurocorps étaient amenés à devenir si la mentalité ne changeait pas rapidement, Erwin le savait. Une fois de plus, il songea à ses amis en Slavie…

« Pourquoi ils ne les envoient pas à Kiev au lieu de bastonner des civils ? ricana-t-il, nerveux. Ils font du bon boulot.

— Des protestataires violents, répliqua Emma sans vraiment y penser, presque par réflexe.

— Mes excuses, j'oubliais que j'étais surveillé par le ministère de la Propagande. »

Le regard de la jeune femme s'assombrit. Elle assumait parfaitement son rôle de censure, indispensable outil pour qui voulait éviter des dérives dangereuses. Comme le Défédératisme. Et ce chaos qui s'abattait sur eux aujourd'hui semblait lui donner raison et légitimer la nécessité de son travail, non ? Mais s'il y avait bien un mot qu'elle honnissait quand elle parlait de son travail, c'était bien le mot propagande. Son courroux semblait vouloir s'échapper de ses yeux pour fondre sur Erwin qui la fit taire avant même qu'elle ne parle en posant simplement, avec un sourire, son index contre ses lèvres. Elle recula vivement pour couper court à ce contact et le dévisagea en silence.

« Évitons toute violence inutile, répéta le lieutenant. C'était de l'humour. Maintenant j'espère que vous n'avez pas égaré votre multipass du ministère, ajouta-t-il en levant brusquement les yeux. Vos amis sont arrivés. »

Chapitre 5

Slavie. 16 septembre 2033

Petros rouvrit les yeux et y ressentit la brûlure de l'éclairage brut des néons. Se frottant le visage pour en chasser l'épuisement, il tenta de recouvrer son sens de l'orientation. La cellule blanchâtre n'incluait aucun détail permettant de se repérer, pas de fenêtre, à peine une ventilation au centre du plafond. Juste quatre murs aux taches sinistres et une lourde porte en métal.

Le militaire eut une brève nausée. L'air vicié qu'il avait respiré toute la nuit était devenu irrespirable. Une infecte odeur de renfermé lui montait aux narines, sa tête bourdonnante tournait. Il se redressa de sa paillasse en tissu synthétique délavé et se dirigea machinalement vers la porte, palpant sa surface intégralement lisse, cherchant peut-être un défaut, une faille... Mais la plaque d'acier était impénétrable. Le vertige le reprit, comme si tout le sang de son crâne avait été soudainement drainé vers ses jambes, ne laissant qu'un étrange fourmillement et des flashs lumineux devant ses yeux.

Il fallait qu'il se rassoie, ce qu'il fit plus en se laissant glisser contre le béton qu'en pliant réellement les genoux. Sa tempe collée à la paroi froide, il écouta le son sourd qui résonnait à travers les murs, évoquant un vieux moteur diesel démarrant dans un froid glacial. Petros analysa la situation et tenta de rassembler ses souvenirs. Il resta prostré l'oreille contre le mur jusqu'à ce qu'un cliquetis résonnât derrière la porte. Aussitôt, il se décollé du béton et se plaça au milieu de la pièce, arrogant, les bras croisés dans le dos. L'explosion dans son crâne reprit de plus belle et toutes ses forces lui furent nécessaires pour ne pas chanceler. Il savait ceux à qui il avait affaire, et comment les choses se dérouleraient.

La plaque de métal cria sur ses gonds et la silhouette d'un homme en uniforme apparut dans le chambranle. L'air calme et posé, l'homme aux épaules larges et au nez épaté releva la tête pour laisser découvrir ses yeux sous le rebord de sa casquette de commandant. Un pistolet démodé pendait à son baudrier de cuir noir. Ses bottes fraîchement cirées grincèrent alors qu'il pénétrait dans la cellule.

« Ça sent le fauve, ici », remarqua-t-il en slaviste sans qu'un seul muscle autre que ses lèvres ne tressaille.

Le gradé était bâti comme une armoire à glace, son uniforme faisait ressortir sa musculature et ses mains épaisses semblaient extraordinairement grandes. Voyant que son prisonnier venait de le jauger du regard, il planta son regard acéré dans celui de Petros. Leur duel pouvait commencer.

« Vous allez me donner votre nom, grade, et également d'autres petites choses qui m'intéressent. »

Malovich eut du mal à grimacer son sourire effronté. Mais l'idée y était.

« Vraiment ? poursuivit l'homme en uniforme, toujours sur le ton de la conversation. Je vous assure qu'il serait dans votre intérêt personnel d'être… coopératif. La convention de Melbourne nous interdit de maltraiter un prisonnier européen, et ce pour conserver une bonne… *entente*… entre nos deux pays. »

Il s'avança d'un pas supplémentaire. Nonchalant en apparence, mais bel et bien menaçant.

« Or, dans la situation de crise actuelle, vous conviendrez qu'un crime de guerre de plus ou de moins ne fera pas grande différence. »

Il asséna à Petros son premier coup dans le thorax. L'Européen s'effondra à genoux. Sans élan, sans amplitude, et pourtant quel choc ! La puissance de ce poing lui avait arraché tout l'air de ses poumons, sans même que son tortionnaire n'ait l'air de faire le moindre effort. La séance s'annonçait bien plus corsée que ce à quoi Malovich s'était mentalement préparé.

« Commençons. »

Berlin.

« Voilà le topo… »

L'officier de la FedPol fumait anxieusement une cigarette sans filtre qui empestait toute la pièce. Les yeux gonflés de fatigue, Erwin tapota du doigt l'accoudoir de la chaise de bureau comme si cela pouvait accélérer la procédure. Le commissariat central berlinois de la Police fédérale n'avait vraiment rien de gai. Malgré les murs vitrés, on pouvait entendre les appels incessants d'un hystérique jurant par tous les saints qu'il était innocent. Mais ici, le simple fait de jurer par un saint faisait de lui un coupable.

« J'ai reçu en mains propres un avis de recherche lancé à votre encontre il y a de cela une heure… Vous deviez prendre un avion pour vous rendre en Slavie, c'est ça ?

— Pas exactement un avion, mais quelque chose de ce goût-là...

— Et vous ne vous êtes pas rendu à l'aéroport… Et ça se comprend, vous étiez dans une fourgonnette de CMO… j'en ai froid dans le dos. »

En réalité son ton morose tendait à prouver qu'il n'en avait rien à faire. Il poursuivit donc sur la même intonation :

« Mais le ministère de l'Information a démenti être responsable de vos mouvements à partir du moment où vous deviez être dans l'avion… »

Il laissa tomber la cendre sur le parquet crasseux.

« Donc, je dois vous remettre votre visa de séjour militaire d'une durée de 2 jours à compter de maintenant. (Il jeta un œil paresseux sur l'horloge murale) Il est 8 h 12, dans deux jours vous devez être en Slavie. »

Erwin ouvrit des yeux hagards.

« C'est une plaisanterie ?

— J'ai la tête de quelqu'un qui plaisante ? »

L'officier inclina légèrement la tête sur le côté et ses yeux verts se fixèrent sur un document posé devant lui. Aucune lueur de malice, simplement une once de suspicion. Erwin comprit que le policier saisissait vaguement que quelque chose n'allait pas, mais qu'il préférait taire son incompréhension de la situation. Par intelligence ou par fainéantise. Les États-Unis d'Europe étaient connus pour leur administration tatillonne – Abrazo les surnommait même l'État Kafka – et voilà qu'un papier l'absolvait miraculeusement de ce qui aurait dû lui valoir plusieurs jours d'arrêt au mieux, l'ouverture d'une procédure d'Eurostracisme dans le pire des cas. Et Helm se savait dans le pire des cas.

« Tout ce qu'il faut c'est que vous signiez ce papier-là pour confirmer que vous n'êtes pas en désertion. Inscrivez l'adresse de votre logement.

— Je suis dans un hôtel au…

— Parfait, l'interrompit le policier avec l'air de celui qui se porte mieux lorsqu'il en sait le moins, notez l'adresse et vous êtes libre de sortir de mon bureau. »

Le militaire s'avachit sur sa chaise. Le ministère de la Propagande l'avait chaperonné tout du long jusqu'à l'incident au parlement où les CMO l'avaient arrêté comme un vulgaire casseur, et brusquement, il était libre de ses mouvements ? Décidément trop beau pour être vrai, et honnêtement douteux. Erwin devinait l'embrouille, mais se dit que finalement, ce serait deux jours à mettre à profit. Quitte à devoir se plier aux règles du chat et de la souris, autant tirer son épingle du jeu.

« Et la jeune femme qui m'accompagnait ? »

Emma était passée au travers des arrestations grâce à son multipass, sans pouvoir en faire bénéficier le lieutenant. Ils avaient donc été séparés par des colosses en uniforme, et elle avait juste eu le temps de lui lancer un « désolée » qui semblait sincère.

« Aucune idée, répondit l'officier déjà plongé dans un dossier en retard. Elle appartenait au ministère, donc elle a été rappelée par le Ministre pour un compte-rendu, j'imagine… »

Un compte-rendu…

« Mais je dois vous prévenir que ces deux jours ne sont pas négociables. Passé ce délai, si vous n'êtes pas en Slavie, vous serez considéré comme déserteur. Crime militaire en temps de guerre, comme vous le savez. Faites-moi plaisir, ne vous sentez pas obligé de vous faire fusiller pour trahison… »

La remarque mit Erwin mal à l'aise. Ce policier avait l'air de savoir quoi dire exactement, sûrement avait-il été briefé. Pourquoi toute cette comédie ? Pourquoi évoquer la trahison avec insistance ? À croire que tout le monde était au courant sauf lui ! Ou bien devenait-il complètement paranoïaque ? Cela lui rappela qu'en parlant de trahison, il avait des recherches à faire. Surtout maintenant qu'il avait l'occasion de se balader dans les rues de Berlin durant deux jours et qu'il avait établi un contact… Et c'était certainement ce qu'ils attendaient. Mais qui, *ils* ? Il n'avait jamais été aussi près du but, et pourtant le mystère s'épaississait…

« Pas d'inquiétude, répondit Erwin. Je compte bien rester dans l'Eurocorps le plus longtemps possible. Où puis-je récupérer mes effets personnels ?

— Troisième porte à droite en sortant.

— Merci, au revoir. »

Pour la première fois, l'officier de la FedPol lui adressa un vrai sourire pour lui répondre :

« Adieu, si possible. »

Erwin hocha la tête et sortit dans le couloir, cherchant du regard la porte en question. Il put observer comment deux policiers fédéraux emmenaient par le coude un homme menotté, le visage tuméfié. Le prisonnier ne leva pas les yeux vers lui, mais malgré son nez cassé et son œil violacé, Erwin eut la nette impression de le connaître. Les trois hommes disparurent dans le couloir et, tel un flash, le jeune soldat reconnut les traits acérés d'oiseau de proie du fameux journaliste Michael Kith. Il se précipita alors dans la pièce qu'il venait de quitter et héla le policier :

« Hé ! C'est pas Kith qu'on emmène ? J'étais censé avoir ma dernière entrevue avec lui, qu'est-ce qu'il fait là ? »

L'officier de la FedPol leva des yeux lourds de fatigue vers lui et fit la moue.

« Vous ne lisez pas le *Post* ? C'est lui qui a provoqué cette foutue émeute avec son article sur les religieux. Qui aurait cru qu'un mec comme Kith irait jusqu'à défendre ces fanatiques ? »

Il soupira et eut un pauvre sourire.

« Au moins cette fois, il va comprendre son erreur… »

Helm fronça les sourcils et bascula sa tête dans le couloir, mais le journaliste avait disparu corps et âme. Il n'aimait guère le ton du policier et comprenait parfaitement ses implications. On n'allait plus lire les chroniques de Michael Kith avant un très, très long moment. Que cet incident soit ou non une mise en scène à son attention, elle prenait des allures d'avertissement solennel, et après un dernier adieu poli, Erwin s'empressa de quitter le commissariat.

Il poussa la porte de la chambre de son hôtel. Pour le moment, il n'avait nulle part ailleurs où aller et ne connaissait rien ni personne à Berlin. En sortant du poste de police, Erwin s'était posé la question de savoir où se rendre pour continuer ses recherches. Il avait eu ce coup de fil anonyme d'une personne ayant la possibilité de joindre un garde par téléphone… Puis cette même personne s'était révélée être un délégué du Ministère de l'Information, ce qui avait le mérite d'expliquer son influence. Mais après cette émeute au Parlement, il était douteux que cette personne se risque à rencontrer en public un spécimen des personnes les plus méprisées par une frange agressive la population.

Un militaire.

Il passa devant le présentoir à journaux dans le hall de l'hôtel et ricana en voyant sa photo sur plusieurs unes. L'entretien que le président lui avait accordé faisait les gros titres dans la presse interrégionale et le *Federal Post Journal*, tandis que *l'Europæn Tribune* avait préféré les émeutes du Parlement. Il n'en prit aucun et monta directement à sa chambre.

Une sensation étrange assaillit aussitôt Erwin. Le portier lui avait juré que personne ne s'était rendu à sa chambre ou ne l'avait demandé. Pourtant, la désagréable impression que sa chambre avait été visitée ne quittait plus le jeune soldat. Les objets étaient tous à leur place, les vêtements n'avaient pas bougé… Ce fut finalement une enveloppe de papier kraft qui donna raison à Erwin. Posée sur la table de chevet, elle était vierge de toute inscription. Aucun timbre, aucun tampon. Elle avait été apportée directement de l'expéditeur à cette chambre.

« Curieux », se dit Erwin en soupesant délicatement l'enveloppe.

Il l'ouvrit avec précaution et en sortit une petite liasse de papiers. Des feuillets recouverts d'annotations manuscrites au stylo à encre noire et quelques photocopies de documents administratifs marqués des étoiles européennes et de la rose des vents. Un post-it coloré était maintenu avec le reste des feuilles par un trombone : « Vous êtes surveillé. »

Et une autre enveloppe, cachetée celle-ci, s'échappa et tomba sur le tapis de luxe. La ramassant, Helm eut un léger hoquet de surprise. La lettre qu'il avait donnée à poster dans la confusion pour la petite amie de Grégory Mertti.

Généralement, les brainstormings en compagnie du président Tramper se résumaient à une succession de menaces et de mécontentement, en introduction, avant que les choses sérieuses ne commencent. Une façon pour l'Autrichien de donne le ton : il n'était pas satisfait, et voulait des résultats. Toujours des résultats. Il n'aimait guère s'entendre répliquer les mots « contretemps » et « inattendu ». Or, aujourd'hui, ces deux mots résumaient parfaitement le compte-rendu de David Agota.

« Je croyais que la population devait renverser Zwiel par un vote dès que nous arriverions, s'impatientait Tramper. Qu'en est-il ? »

Le Premier ministre faisait face à son président avec un certain malaise qu'il semblait peiner à garder pour lui. Il devait certainement commencer à subir la fatigue et la pression, mais c'était surtout l'enchaînement d'éléments imprévus, trop d'éléments en réalité, qui semblait le préoccuper. Tramper saisit son verre d'eau gazeuse et l'avala d'un trait, les yeux divaguant sur Berlin comme si la ville pouvait lui être d'un meilleur conseil que les délégués aux palabres sans fin et ses ministres incompétents.

« Nos prévisions ont été trop optimistes, répondit froidement David Agota. La population slaviste est plus embrigadée que nous le pensions. Ils acceptent notre arrivée en se cloîtrant chez eux, mais aucun ne trahirait le Prince Zwiel même pour la totalité de la Banque centrale européenne.

— Laissez-moi en douter…

— En Hongrie, cependant, ajouta Agota avec un soupçon d'optimisme, des réseaux europhiles sabotent les infrastructures de Zwiel pour nous faciliter la tâche. Tout cela est clandestin et limité, bien sûr, mais c'est encourageant. Le Haut Commandement Suprême a bon espoir que la Roumanie suivra ce schéma. Les "traîtres" que dénonce Zwiel depuis des années n'ont certainement pas dû apprécier d'être slavisés de force… Nous pourrions orchestrer une campagne pour capitaliser sur ce sentiment et provoquer des révoltes à plus grande échelle ? »

Tramper fit mine de soupeser l'idée et hocha la tête. Le Ministère de l'Information devrait pouvoir organiser cela rapidement, car ces réseaux, il les connaissait bien. L'erreur d'Ergovich Zwiel se retournerait contre lui : lui qui avait forcé des peuples non slaves à adopter sa culture allait en subir le retour de flamme. Parfait, parfait. Markus imaginait déjà les formules de son discours lorsqu'il aurait à offrir sa « deuxième chance » à la Hongrie, puis ouvrir ses bras à la Roumanie... Il faudrait s'assurer que ces régions de la Slavie seraient rapidement soutenues par un grand plan sanitaire, pour renforcer l'aspect libérateur. Excellent. Un poids considérable venait de s'évanouir de ses épaules. Les choses se déroulaient, contre toute attente, comme elles avaient *toujours* été prévues.

« Faites donc ça », murmura-t-il avec un sourire satisfait qui rassura son ministre.

La salle de conférence de la nouvelle aile du Parlement était assez vaste, mais maladroitement éclairée. Heureusement les architectes avaient compensé ce défaut en creusant dans les murs de larges baies vitrées qui donnaient sur la ville agitée. Par opposition, Tramper et son ministre, seuls, formaient un duo apparemment paisible, les yeux rivés vers les blocs de béton et d'acier qui s'élevaient vers le ciel.

« D'après nos premières informations, Monsieur le président, les Slavistes ont renforcé la Montagne. Ils s'attendaient à notre arrivée en force, ça nous le savions, toutefois il semblerait qu'ils aient également prévu le fait que nous nous échappions de l'encerclement de Lviv et se sont barricadés derrière la Montagne Artificielle. Nous savions qu'elle n'était pas vide, ajouta-t-il, Helm le savait. Mais qu'ont-ils vraiment dedans *aujourd'hui*, ça nous l'ignorons...

— Ne me parlez pas du dossier Josch Helm, s'agaça-t-il, j'ai justement parlé à son fils qui continue à soulever la merde, alors que nous avons d'autres chats à fouetter. A-ton idée de l'étendue des fuites sur notre stratégie, s'inquiéta vivement Tramper en relevant son front plissé par la tension ?

— Si je peux me permettre, je pense que nous pouvons considérer toute notre stratégie comme éventée. »

Cette conclusion jeta un froid et lourd silence sur les deux hommes. Ce n'était pas un scoop, songea Markus avec amertume, mais jusqu'ici tout le monde s'était bien gardé de prononcer à haute voix ce que chacun se tenait pour dit, plus par politesse que par déni. Il était temps de voir la réalité en face. Tramper inspira et élargit légèrement le col de sa cravate.

« Cependant, des initiatives comme celles du général Peterson ont permis de poursuivre les opérations. Ils opèrent une tactique changeante et différente pour chaque général. C'est très risqué, mais cela fonctionne. Ils se coordonnent à peine et pourtant enfoncent la Slavie de toutes parts.

— Peterson ?

— Oui, il est aux portes de Kiev. Au pied du Mur. »

Le jeu de mots le fit ricaner sombrement. La plaisanterie ne fut en revanche pas du goût de Markus Tramper qui réprima à peine un tic d'agacement.

« Nous aussi, grinça-t-il. Cette technique est trop risquée. On ne ramène pas la stabilité en Europe par des méthodes anarchiques.

— Jusqu'ici, ce sont les seules qui soient efficaces, objecta Agota.

— Mais elles sont dignes des Défédératistes, et elles peuvent se retourner contre nous. Je ne souhaite pas me mettre à dos les États Arabes Unis, Agota. Je dois entamer le dialogue avec les Arabes avant que la situation ne dégénère. Elle est déjà allée trop loin. »

Il réfléchit longuement, faisant les cent pas auprès de son ministre. La guerre éclair n'avait pas réussi, il fallait trouver d'autres alternatives pour mener le projet à bien.

« Dites-lui de stopper.

— Je vous demande pardon ? hoqueta le ministre. Monsieur le président, il peut prendre Kiev demain !

— C'est justement ce que je ne veux pas. C'est trop tôt.

— Démobilisons les troupes en Région Grecque en signe de bonne foi et d'apaisement, suggéra David sans chercher à cacher sa surprise. Ça les calmera, je suis sûr que c'est la seule chose qui les préoccupe *réellement*. Ils se foutent de la Slavie comme de l'an 40 ! »

Tramper secoua la tête. Les menaces des États Arabes Unis lors du colloque avaient été bien trop assurées, trop explicites, pour être un simple bluff ou une crise de panique passagère due à quelques divisions blindées. L'Émir Al'Darbi était vraiment sur ses gardes, s'attendant au pire. Mieux valait ne pas entretenir l'illusion et lui tendre une perche qu'il ne saurait refuser. Markus savait qu'il devrait jongler entre les armes et la diplomatie s'il espérait mener son projet à bien.

« Si nous entrons en conflit avec les États Arabes Unis, cette pacification deviendra un conflit Arabo-Européen. Je souhaiterais épargner ça au Conseil International de Sécurité, admonesta-t-il comme s'il improvisait une future version officielle. Ne nous aventurons pas sur une pente savonneuse, à insister trop lourdement quelqu'un pourrait retrouver des traces de... »

Tramper se tut quelques secondes en observant la pluie sur les vitres. Il contemplait le Berlin d'aujourd'hui, mais sa mémoire revenait plusieurs années en arrière. Maurice Galligart, dans le bureau présidentiel d'Athènes, observant les travaux de modernisation de la ville à travers une baie semblable à celle-ci et lui expliquant comment l'Europe Fédérale n'était pas au bout de son périple, comment les E.U.E. ne devaient être qu'une étape, et comment, un jour, le continent entier pourrait profiter de la Paix Européenne. La Paix, envers et contre tout, qu'importe le prix, était le seul objectif valable. Alors que Markus avait poliment opiné du chef sans vouloir froisser l'un des Pères de l'Europe, Galligart s'était tourné vers lui avec un regard à la fois triste et déterminé, et avait ajouté non sans amertume : « Malheureusement, les efforts de certains nous poussent à recourir aux vieux adages que nos ancêtres n'ont que trop employés. *Si vis Pacem, Para Bellum.*[2] ». Markus comprit ce jour-là que les desseins militaristes des E.U.E. n'étaient pas ce qu'ils semblaient être, et lorsqu'il avait organisé cette conférence internationale, le souvenir d'une lettre de Maurice n'avait cessé de le hanter. Un courrier privé où, à l'instar de son meilleur ami Victor Wilem, Galligart avait cité un discours de Victor Hugo. Non pas les grandes envolées fédéralistes dont Wilem avait tendance à abuser, mais un autre, tout aussi européiste, mais empreint d'un pragmatisme essentiel : « Pour la guerre dans le présent, et la paix dans le futur »...

Les forêts de grues au-dessus de la métropole grecque se dissipèrent et l'esprit de Markus retrouva la grisaille berlinoise, non sans ce pincement au cœur qui revenait à chaque réminiscence de feu son mentor.

« J'ai mes raisons, conclut-il en se retournant vers Agota.

— Je sais. Ah, avant que je n'oublie, la réunion du CIS contre l'invasion se déroulera dans une semaine, le temps que le Conseil trouve l'accusation exacte à nous porter. Et en janvier le colloque pour la paix...

— Pas d'inquiétude, le Conseil est déjà gagné à la cause européenne, quoi qu'en dise Goshi, ce qui m'ennuierait serait les conséquences médiatiques. Mais il sera vite convaincu : au prix d'une guerre nous le soulageons de perpétuels conflits frontaliers. Il a tout à y gagner. Et si Goshi nous fait la morale, nous lui rappellerons comment les Asiatiques ont ramené la paix quand ils ont fait la guerre à la Russie Indépendante et dérobé Vladivostok. Je suis certain qu'il sera ravi de ressortir ses propres squelettes de son placard.

---

[2] Si tu veux la paix, prépare la guerre.

« — Et pour Helm ? »

Agota savait qu'il venait de nommer la plus forte crainte de Tramper. Le grain de sable tant redouté. Et il l'avait fait en toute connaissance de cause, pour titiller ce sens aigu de la superstition qui paraissait animer le président dès que le dossier Helm revenait sur la table. En effet, David avait remarqué que Markus préférait éviter de le nommer, préférant des surnoms comme « le gêneur » ou de vagues allusions. Un comportement irrationnel que le ministre jugeait un peu trop semblable aux anciennes croyances païennes poussant les premiers Européens à taire le nom des bêtes sauvages, comme les loups ou les ours, de peur que d'exprimer leurs véritables noms à haute voix ne les fasse apparaître, comme une incantation. Retrouver ce genre de niaiserie chez un homme aussi éduqué que Tramper en ces temps de science et de savoir amusait Agota autant que cela l'agaçait. Avec le temps, néanmoins, son interlocuteur s'en était aperçu et prétendait lui prouver son tort.

« Quelle ironie, fruit du hasard qui pousse dans la lumière des médias le fils de *Josch Helm*, dit-il doucement. Vous croyez au hasard, David ?

— Je ne crois en rien d'autre, Monsieur le président. »

L'homme d'État ricana doucement. Son visage s'était calmé, néanmoins son sourire était celui de l'aigreur.

« Ah ! plaisanta-t-il avec une pointe de cynisme. Voilà l'ex-Ministre de la laïcité qui parle, le militant de Mouvement Athée. Quand je pense qu'à l'époque vous nous aviez fait chanter pour obtenir ce poste… Et vous voilà, ici, avec moi, partageant un sandwich à la merde dont chacun de nous devra se taper une bouchée. Helm, les Slavistes, les Arabes unis… »

Agota n'exprima rien sur son visage mais il rétorqua :

« J'ai fait ça pour le bien des États-Unis d'Europe, Monsieur. Nous devions bannir toute religion de notre continent si nous voulions la Paix. En fait, nous nous sommes fixé le même but, seules nos méthodes diffèrent. »

Les méthodes et les cibles, objecta mentalement Markus. Cette obsession à traquer des signes de ferveur ou de foi dans les moindres aspects de la société européenne avait rendu Agota particulièrement insupportable aux yeux du président, mais il était doué pour organiser et gérer les détails, ce qui rendait l'« arrangement » avec l'ex-militant tolérable. Au moins, quitte à subir le chantage d'un corbeau, ne perdait-il pas le choix de son ministre aux dépens de la compétence. Il devait seulement faire avec cette personnalité reptilienne et pernicieuse.

« Vos amis de Mouvement Athée ont depuis longtemps jeté l'éponge, David. Le temps des pogroms et du terrorisme antireligieux est révolu, il faut *progresser* maintenant. »

Agota avala la remarque avec dédain, comme si cette diatribe ressortait aussi vite qu'elle était entrée, d'une oreille à l'autre. Mouvement Athée datait du Millenium Crash et s'était rapidement propagé dans le monde sur ce simple credo : pas de religions, pas de guerre. David Agota avait été un temps un membre influent du mouvement. Mais avec le temps Mouvement Athée avait subi le revers de la médaille, et comme toute mode il s'effilocha puis disparut officiellement par dissolution des réseaux. Cependant il avait réussi, laissant en héritage l'ultra-laïcité aux États-Unis d'Europe et à la plupart des grands blocs. Et tout le mépris de *monsieur le président* n'y changerait rien : ils avaient déjà refaçonné le monde pour le mieux.

Mais pas encore pour le meilleur.

Car il avait lu cet article de Michael Kith, avec le plus grand intérêt qui plus est. Le baratin larmoyant autour de ce Père Manfred lui avait arraché un rictus méprisant. Ils jouaient les victimes, aujourd'hui, feignant d'ignorer qu'ils avaient été les bourreaux d'hier, brûlant des soi-disant sorcières, coupant les têtes des infidèles... et si Mouvement Athée n'avait pas pris les choses en main, ils seraient arrivés à leurs fins : ramener dans les écoles la Terre Plate, le créationnisme, Adam et Ève, et tout un tas de conneries inventées dans le désert trois mille ans plus tôt. Ils pouvaient venir pleurer aujourd'hui d'être « incompris » et « opprimés », David n'oubliait pas qu'ils étaient – et avaient toujours été – les hérauts de l'obscurantisme, les ennemis des Lumières et des sciences. Des hommes préhistoriques que le Mouvement avait renvoyés dans leurs cavernes en pensant qu'il avait fini le travail. L'article de Kith lui avait rappelé qu'il avait eu tort. Le travail n'était pas terminé, et l'infestation proliférait désormais dans les cavernes, les grottes, les sous-sols, les caves…

« Assurez-vous qu'il ne soit plus en possession du dossier, ordonna Tramper pour le sortir de ses pensées. Il a dû faire des copies. Trouvez-les, détruisez-les. »

Le Premier ministre hocha la tête. Cependant il ne pouvait ignorer un petit inconvénient : la soudaine popularité du lieutenant. Par une série de vidéos partagées sur Euronet, son image de héros « hors de la boîte » s'était répandue comme une traînée de poudre.

« Oui, mais lui. Sa petite saillie après votre entretien l'a propulsé sur le devant de la scène, il est devenu un symbole pour toute une tranche de la population, nous ne pouvons pas…

— Trouvez un moyen ! rugit brusquement Tramper, les mains agitées dans son dos tandis que son regard errait sur Berlin. Je ne veux pas que cette affaire s'ébruite. Si le moindre élément de ce dossier venait à réapparaître alors que notre action est d'ores et déjà critiquée, ce serait la fin de ce gouvernement, vous comprenez cela, Agota ? Comme je l'ai déjà dit, la situation est allée trop loin, nous risquons de nous trahir à chaque action. Vous saisissez ? Bien… Dans ce cas, rappelez ce type, là, cet agent Archange.

— Oui, monsieur. »

Le président soupira longuement.

« Ne peut-il pas se taire et se satisfaire de la réhabilitation de son père ?

— Cette réhabilitation n'a pas eu lieu, officiellement. Nous pensions pouvoir étouffer la soif de vérité d'Erwin Helm, mais nous nous sommes fourvoyés. Notre petite attention ne lui a pas suffi.

— Peu m'importe ce que *vous* n'avez pas su faire ! »

Sa voix s'emballait, il se mit à faire nerveusement les cent pas. La sueur faisait briller son front soucieux, ses mouvements devenaient rapides et secs. La pression qui pesait sur ses épaules depuis qu'Helm avait sous-entendu en savoir beaucoup sur son père devenait chaque minute plus oppressante. Il était très inhabituel qu'il se mette dans un tel état, brisant son masque flegmatique. La face cachée de sa personnalité.

« Nous ne pouvons pas échouer maintenant !

— Je comprends monsieur. J'envoie l'agent en question. »

Le président plaqua son regard de fauve traqué sur la table de bois, la nuque courbée par la peur. Son astuce avait fonctionné une fois de plus. Une simple mention au moment opportun et c'était la crise de nerfs, comme un bouton sur la nuque de Markus Tramper pour initier l'autodestruction. Sans doute la blessure encore ouverte d'erreurs passées et de l'échec de son mentor qu'il ne parvenait pas à digérer. La peur de marcher dans ses traces peut-être ?

« Le plus vite possible. La situation nous échappe, et la Russie progresse au lieu de reculer.

— Oui, confirma sombrement le Premier ministre. J'ai reçu un rapport plus qu'inquiétant qui annonce la perte d'un escadron complet de Furies avec leur porte-Furie. Nos troupes reculent pour éviter toute perte inconsidérée. Nous n'avons pas encore *trop* de morts, une cinquantaine, au grand maximum. Néanmoins nous perdons du terrain.

— Combien ?

— Je dirais 100 à 150 kilomètres. »

Le président hocha pensivement la tête. Cette situation était loin des simulations que le Haut Commandement

Suprême lui avait fournies. Mais Markus Tramper n'était pas arrivé à son poste en se roulant les pouces, et très rapidement il reprit son calme olympien. Agota l'avait également remarqué, car son visage affichait un sourire de satisfaction.

« Saint-Pétersbourg. Ils veulent annexer le passage de Saint-Pétersbourg. »

Sa phrase resta en suspens.

« L'ordre de rappel des dormants est en place ?

— Oui monsieur. Nous devrions atteindre les 3 millions de soldats à la fin de l'année, et dans un mois les appelés au Service Obligatoire seront opérationnels, soit 300 000 soldats formés en plus. Bien entendu nous n'avons presque pas mobilisé nos soldats de carrière hors Casernes d'Unités d'Assaut, bien que je ne sois pas sûr de vos motivations. Ne serait-il pas plus rapide et plus sûr d'envoyer nos meilleurs éléments pour régler la question ? »

Le président attendait ce genre de question dans la presse, autant profiter de cet entretien pour trouver de bonnes phrases à ressortir dans ses discours.

« Nos forces de carrière n'entreront en jeu que si la situation l'exige vraiment, je préfère impliquer la jeunesse européenne dans le conflit pour offrir à ceux qui n'ont pas connu le Millenium Crash l'occasion de voir quel chaos menacerait notre Paix Européenne si jamais nous cédons aux terroristes. Ou aux défédératistes. Il faut leur rappeler que le confort dans lequel ils vivent depuis leur enfance ne s'est pas fait en un claquement de doigts, il faut également qu'ils réalisent que leur mode de vie ne leur est ni dû ni acquis. Tout peut basculer si on se contente de cracher dans la soupe. »

Tramper conclut sa tirade par un petit claquement de langue très sec et enchaîna.

« Nous avons un mois pour éradiquer le Kremlin et laver cet affront… Mais pour cela il faut que nous tenions debout médiatiquement durant un long, long mois. Retrouvez

Erwin Helm, envoyez-le devant le Mur, ou n'importe où !
En première ligne. Je me fous qu'on ait le nom d'un martyr
à graver à Oslo sur les plaques des soldats d'honneur de
l'Eurocorps, mais faites-le taire ! »

Chapitre 6

Slavie. Banlieue de Zhitomir.

Efthimios Zaratis se para d'un large sourire. Le journal venait d'arriver en cartons énormes. Aidé de quelques camarades armés de cutters, il ouvrit un des cubes de carton et en saisit un paquet de feuilles de piètre qualité. Le journal du front, comme il s'appelait, et qui prenait tout son sens aujourd'hui.

Depuis la veille, quatre Européens avaient disparu en poursuivant des fuyards slavistes échappés d'un convoi. Les autres prisonniers avaient été transférés dans une prison de la ville de Sopron, comme tous les prisonniers militaires. Ce qui attristait Zaratis, c'était que trois des quatre Européens étaient ses amis… aussi étrange que cela lui paraisse. Ils ne se connaissaient presque pas deux jours auparavant, n'étaient pas de la même génération, n'avaient pour ainsi dire rien en commun. Et aujourd'hui, l'homme mûr considérait cette bande de gamins – ils n'avaient même pas tous la vingtaine ! – comme ses amis. Tout ce qu'il pouvait espérer était qu'ils se soient pas morts. L'avancée se poursuivrait jusqu'au Mur, la Montagne, et on réussirait certainement à les retrouver, retenus prisonniers dans un cabanon par quelques partisans de Zwiel, sans aucun doute.

A condition qu'ils soient encore en vie.

« Zeus ! l'appela Simon Tardel de l'autre côté de la toile de tente. Dépêche-toi si tu veux qu'on ait encore des rations au bœuf ! »

À ces mots, le Grec jaillit de deux pans de toile pour rejoindre son camarade et se mettre en mouvement vers les drapeaux de la Croix Rouge flottant au milieu du campement. Les bâches et les véhicules se regroupaient en effet près de la localité de Zhitomir en vue d'y installer une

128

caserne à long terme. Les troupes s'y regroupaient pour préparer l'assaut contre le Mur désormais à environ 120 kilomètres à l'est. La plus grande partie des troupes de pacification de la région s'étaient rejointes. Celles qui descendaient en Slavie profonde étaient dirigées par l'amiral Swan, lui-même secondé par le colonel Daniel Andersen qui revenait à peine de Lviv.

Évidemment, pour tromper les tacticiens Slavistes, les généraux avaient trouvé excellente l'idée d'envoyer plus de rations et de paquetage de « confort » à Swan, laissant ainsi penser que les troupes de Peterson n'avaient pas à se préparer, et donc resteraient un moment tranquilles. Les rations arrivaient discrètement et en nombre trop insuffisant, les barquettes de bœuf devenaient un luxe. Les soldats trop occupés pour sprinter à la distribution dès la première heure devaient se contenter de sachets lyophilisés et autres gelées peu ragoûtantes. Nutritives, certes, mais immangeables.

« Dépêche-toi, vieux, sinon on aura encore ce truc synthétique !

— *Vieux* ? Le mot respect te dit quelque chose, *malakas* ? »

Simon leva exagérément ses yeux verts au ciel avant de reprendre sa cavalcade. Il savait bien que son camarade feignait l'offense lorsqu'on évoquait son âge et s'était pris au jeu des faux-semblants et des regards en biais. Le tout en tentant de masquer les sourires qui ne tardaient pas à poindre aux coins des lèvres. Tout comme ce surnom de « Zeus » que Grégory avait trouvé en remplacement d'« Efthi » : personne n'était dupe de l'ironie, et s'il était vrai que la barbe blanche y était pour beaucoup, le commentaire de Zaratis lui-même sur son « corps de dieu Grec » avait scellé l'affaire dans un grand éclat de rire général.

« Tu me remercieras quand je t'aurai évité la bouffe de secours ! »

Non pas que Tardel ait l'habitude de faire la fine bouche ou soit inconscient de son statut de privilégié d'être né aux E.U.E.… Il savait bien qu'en des temps plus sombres tels qu'Efthimios les avait connus, cette « bouffe de secours » était naturellement un délice, mais n'était-on pas en Europe ? N'était-on pas au XXIème siècle ? Ne pouvait-on pas réclamer le minimum que même les Indépendants pouvaient se permettre ?

« Non, pas par là ! cria l'aîné à son jeune compagnon qui sautait par-dessus des câbles enroulés de dépanneuse militaire. On aura plus de chance par la droite ! »

Leur course effrénée les conduisit au travers des caisses de munitions fraîchement arrivées par Cargo-Furie – des Transports Furie évidés, en réalité – et des mitrailleuses lourdes au Kalanium qu'on débarquait de camions civils. Ils sautèrent, glissèrent, dérapant dans les flaques de boue, trébuchant dans les fils de tente, heurtant sans ménagement le personnel technique qui s'affairait autour des derniers arrivages de matériel. Des convois exceptionnels apportaient des chars de l'Eurocorps, effilés et mortels, ainsi que des motos et des jeeps, d'antiques P4 améliorées et leur nouveau modèle, la P4 de Europæn Motors Ltd.

« Pas de Furie, haleta Simon tout en enjambant un carton à toute vitesse. On ne va quand même pas attaquer la Montagne au mortier !

— D'après ce que je sais, lui répondit Efthimios dans son dos en évitant le même emballage, les Furies de Swan viendront après le début de l'assaut ! Mais je ne suis pas sûr de ça, il y a plein de rumeurs qui courent pour embrouiller la taupe. »

Enfin, ils arrivèrent à une large tente prévue pour une cinquantaine de personnes et la contournèrent pour découvrir une file déjà imposante de soldats exténués, mais ravis de recevoir bientôt de la viande brûlante et des légumes.

« Bon, dit Simon en reprenant son souffle, arqué, les

mains sur les genoux. On va faire la queue, alors… »

Un homme en uniforme, très jeune, sortit du rang et les rejoignit. Son casque portait la croix des aides médicales. Simon remarqua immédiatement les larges traces de sang séché sur le pantalon de treillis, mais se força à ne pas cramponner son regard à cet augure funeste.

« Vous me reconnaissez ? On a parlé brièvement, je m'appelle Yoann Kreel, je suis un ami d'Erwin.

— Je vous reconnais, répondit Zeus en tendant sa main. Vous êtes au courant pour Greg ?

— Oui, je suis désolé… J'ai appris ça en le cherchant partout : j'ai de nouvelles informations sur Cyril Engström, celui qui a disparu et qu'on cherche partout.

— Oui ? Où est-il ?

— Je me suis renseigné auprès d'un des médecins qui vient d'arriver, il revient directement du camp de Kovel… Il semble que votre ami soit sur la liste des rapatriés d'urgence, envoyés à l'hôpital militaire de Košice, dans un état grave apparemment, il aurait perdu beaucoup de sang. Je ne sais pas ce qu'il lui est arrivé ensuite, ni même s'il… s'il a… »

Les derniers mots refusèrent de sortir de sa bouche, par gêne plus que par émotion. Ce qui laissait à penser que les risques qu'Engström soit décédé en chemin soient conséquents. La nouvelle était tout aussi embarrassante pour Efthimios : comment allait-il annoncer ça à Erwin lorsque celui-ci rentrerait de Berlin ? Et Grégory, quand on l'aurait retrouvé… Si on le retrouvait. Décidément, le futur était trop incertain au goût du Grec. Le jeune brancardier sortit de sa veste râpée un papier froissé et taché d'hémoglobine qu'il lui tendit piteusement.

« Ce n'est rien, dit-il en désignant les mouchetures pourpres du menton. J'ai dû me trimballer avec la liste tout le temps où je soignais les blessés en route…

— Déjà des blessés ?

— Quelques embuscades, des attaques, des fermes

résistantes… Et bien sûr la fusillade où Grégory a disparu…

— Petros a disparu également, ajouta Efthimios un peu trop sèchement avant de se reprendre. Mais j'oubliais, tu ne peux pas le connaître.

— Si ça peut vous rassurer, j'ai entendu dire qu'une équipe de secours est partie les retrouver. »

Zaratis hocha la tête et inspecta la file d'attente. Une moue circonspecte déforma sa bouche lorsqu'il constata que la camaraderie fraternelle de l'infanterie venait de trouver ses limites.

« Vous avez perdu votre place, constata-t-il.

— Pas vraiment », fit l'autre avec un sourire canaille.

Ils revinrent ensemble vers la queue et s'y engagèrent sous les grognements et les plaintes vite éteintes des autres soldats.

« Konrad me gardait la place. C'est un ami brancardier. »

Zeus et Simon saluèrent ce Konrad sans poser de question.

« Désolé, dit alors Simon d'une voix embarrassée, mais nous allons rejoindre le bout de la file. Ce ne serait pas juste de rester là.

— Comme vous voulez… »

Efthimios songea un instant à attraper son jeune ami par l'épaule et le convaincre que profiter de ses relations « à la grecque » n'était pas toujours une mauvaise chose, quand son commentaire intérieur sur la camaraderie sembla soudain revenir en écho avec sa propre voix. Il soupira et sourit. Simon avait bel et bien raison, ce ne serait pas juste. Il le suivit de bon gré au bout de la file qui s'était déjà considérablement allongée, mais se sentit obligé d'ajouter tout de même un commentaire.

« T'as trop de scrupules pour un jeune de ton âge. »

Simon ne répondit rien, secouant sa tête avec un maigre sourire.

« Comment avez-vous réussi à vous échapper ? »

Youri avait la tête lasse, le menton contre la poitrine. Bien que libres, ses mains restaient accolées l'une à l'autre sur ses genoux. Ses yeux se fermaient malgré lui, sa langue était pâteuse, mais l'officier responsable de son interrogatoire ne cessait de le tourmenter avec les mêmes questions.

« J'ai répondu déjà trois fois à la question, Monsieur… Je suis fatigué, j'aimerais boire quelque chose.

— Bien sûr, approuva l'autre. Qu'on apporte un verre d'eau à notre ami… »

Un garde en uniforme kaki sortit de la pièce éclairée de six tubes de néon à la lumière crue. L'autre garde resta impassible, les yeux rivés sur le mur du fond. Ce mur était blanc et propre, presque brillant, comme les trois autres. Le sol était impeccablement brossé. Le plafond n'avait pas une seule tache. Le blanc. La luminosité causait au soldat un mal de crâne abominable, ses contusions lui faisaient souffrir le martyre. Il n'était pourtant pas un soldat européen ? Alors, pourquoi ce traitement ?

« J'ai suivi mon ami Gary Targatov, nous avons dérobé un camion et j'ai été poursuivi par une voiture européenne. J'ai essayé de les semer en traversant de force un poste de sécurité et ils se sont retournés. Je me suis donc arrêté et j'ai appelé les gardes civils au secours.

— Votre ami était blessé. Pourquoi ? »

Il y eut un silence et le jeune garçon releva la tête. La lumière lui scella les paupières.

« Je ne sais plus trop bien, c'était la panique, ça explosait de partout, je ne pensais qu'à m'échapper… »

Le garde rouvrit la porte, un grand verre d'eau à la main. Youri le but d'une seule traite, ressentant la fraîcheur lui rendre ses esprits. Face à lui, son interrogateur eut un sourire entendu, le premier depuis le début de leur petit entretien.

« Bien. Je pense que vous dites vrai, vos propos collent avec ceux de votre ami.

— Je peux savoir où il se trouve ?

— Bien sûr, fit l'autre en se levant de sa chaise de métal. Il est à l'infirmerie au niveau 12. Vous pouvez lui rendre visite si l'envie vous prend. L'interrogatoire de routine est fini, vous êtes libres d'évoluer ici à votre guise, soldat. »

Youri leva des yeux interrogateurs.

Cinq heures de questions pour un interrogatoire de routine ? maugréa intérieurement le jeune homme. Il avait l'impression d'être traité comme un Slaviste de seconde zone : un Roumain ou un Hongrois… Ou pire, traité comme un Russe. Avec une froide politesse, mais sans respect.

« Raccompagnez-le à ses nouveaux quartiers, niveau 4, section 703 », ordonna le supérieur avant de se retirer sans bruit de la cellule d'interrogatoire.

« Parle, salaud d'Européen ! »

Le poing frappa encore. Contre toute attente, l'homme répondit en slaviste :

« Je vous… emmerde… »

Aujourd'hui ce n'était pas son interrogateur habituel. Le tortionnaire du jour était moins subtil dans ses questions, soulignant la brutale simplicité de ses méthodes. Constater que la violence seule ne ferait pas craquer son prisonnier faisait tourner son visage à un grotesque pourpre enragé. Il serra davantage les poings et frappa encore, et encore. Petros suivait le mouvement, incapable de lutter, les mains liées. Les mailles d'acier lui mordaient les poignets, sa tête recouverte de plaies et de bleus lui tournait. Un peu plus et il sombrait dans l'inconscience.

« Tu parleras, rugit le Slaviste. Fais-le au moins pour ta patrie ! Tu es Slaviste ! Collabore ! »

Ah, voilà une chose qu'ils étaient heureux de lui avoir tirée du nez, les salauds. Petros laissa un mince filet de sang et de bave s'échapper de sa bouche et rejoindre ceux qui coulaient déjà de son nez. Son corps meurtri le lançait et le brûlait tout à la fois, ses paupières boursouflées par une commotion lui bloquaient la vue du côté gauche. Fusillant son interrogateur de son œil valide, il cracha sur ses bottes et l'interpella avec toute la fierté qu'il lui restait.

« J'emmerde la Slavie, j'emmerde les Slaves et… je… je t'emmerde toi », articula-t-il à nouveau dans sa langue natale.

L'autre n'en put plus. L'insulte en hongrois avait été la provocation de trop. Il se retourna et, brutalement, revint vers Petros pour lui asséner un violent coup de coude dans la mâchoire. Puis son genou se replia et son talon vint s'enfoncer avec un craquement lugubre dans les côtes du prisonnier. Lequel cracha tout son air et beaucoup de sang. Le regard du tortionnaire s'étrécit comme pour l'aider à mieux réfléchir, et ses traits se détendirent. Ses prunelles trahissaient silencieusement un changement de méthodologie.

« Je me lasse de ton humour, sous-race de merde. Petite pute hongroise… Sous-homme ! Si tu continues à te foutre de ma gueule, je fais en sorte que ton copain soit rapatrié chez lui avec une fracture à chaque os et la carte de la Slavie gravée dans son dos à coup de cravache, c'est clair ? »

Greg…

« Très clair, répondit Malovich à regret.

— Bien, ricana l'autre. Tu sais parler Slaviste, on vous l'a bien appris à vous autres animaux hongrois. C'est donc toi que j'interroge. Si tu te tais, je n'aurais d'autre choix que de parler à ton ami. J'espère pour lui qu'il apprendra vite à parler slaviste, ou je risque de le questionner longtemps. »

De sa voix plus froide, le gradé avait été bien plus menaçant qu'en s'emportant. Son collègue lui avait-il donné quelques conseils ? Sa colère devenait glaciale, mécanique, implacable. Il était clair que sa vocation n'était absolument pas d'être professeur de langue, et que pour le bien de Grégory, Petros allait devoir revoir sa stratégie, comme son bourreau venait de revoir la sienne.

« Maintenant, conclut-il, tu vas me dire où en est le projet d'invasion, vos effectifs, vos positions, tout. Et qui dirige quel groupe, où sont basés vos chefs d'opérations, comment faites-vous pour vous coordonner sans passer par votre État-major, tout.

— Je... j'en ai aucune idée... je ne peux pas vous renseigner...

— Oh, ne t'inquiète pas, ça va te revenir. »

Camp de Rivne.

Les cartes virtuelles défilaient sur l'écran. Cinq cartes qui revenaient en boucle pour illustrer l'avancée russe, notamment dans les Régions Baltes et Russe. Eggton soupira et se tourna vers l'envoyé de l'État-major qui restait parfaitement immobile.

« Je vois... Les Russes sont partis de Pskov, mais au lieu de remonter vers Saint-Pétersbourg ils filent tout droit en suivant à peu près la frontière régionale entre les Régions Estonienne et Lettonne. Vous vous demandez pourquoi ?

— Non, ils font ça pour avoir toute la côte sud du Golfe de Finlande en plus de reprendre Saint-Pétersbourg. En fait, nous savons qu'ils sont à mi-chemin de Pärnu, et qu'ils ont déjà pris Võru, Antsla, Valga, Otepää, Räpina, Vastse-Kuuste, Elva, Nuia et Mõisaküla. Les autres villes ne nous ont pas envoyé de rapport. Nous soupçonnons Kilingi-Nõmme de s'être rendue.

— Tout ça ? s'exclama le général incrédule. C'est impossible !

— À croire que la population est consentante, n'est-ce pas ? répondit l'autre d'une voix étrange. C'est là que vous intervenez. Vous devez vous rendre à la nouvelle frontière, à Valka, sans doute, ou peut-être Rüjiena si Valka est déjà assiégée. Là, vous prendrez le commandement de troupes fraîches venues des Régions Espagnole et Portugaise, avec le contingent d'élite E-CROFT de Morrison Felt. »

Eggton leva un sourcil circonspect, sa mine était sombre.

« Le Boucher de Ternopil ?

— Vous connaissez son nouveau surnom ? s'amusa l'envoyé.

— Bien sûr, son haut fait d'armes restera dans l'Histoire comme l'un des plus odieux crimes de guerre de notre siècle. Raser Ternopil, merci, beau boulot... »

L'inconfort de l'envoyé lui fit mordre sa lèvre inférieure. Le général crut même le voir se dandiner très légèrement.

« Qu'y a-t-il ?

— C'est à dire que... Vous devriez garder vos opinions pour vous, elles ne sont pas très appréciées, là-bas, à Oslo.

— Ah, Oslo ! Son académie militaire, son Haut Commandement Suprême aux chambres cinq étoiles... Dites-leur de venir voir les camps de réfugiés que nous avons montés après avoir rattrapé les colonnes de ces pauvres gens fuyant les ruines fumantes de Ternopil !

— N'exagérez pas, général... »

La moutarde lui monta instantanément au nez. William avait décidé il y avait bien longtemps de ne plus fouler au pied sa propre morale, et il lui semblait qu'on lui demandait expressément de refaire la même erreur qu'autrefois...

« Je n'exagère pas. C'est vous qui exagérez en vous plantant la tête dans le sable. »

L'envoyé encaissa la remarque et revint à ses ordres de mission pour couper court au silence.

« Bien... Votre rôle devra être de vérifier si les villes frontalières sont toujours... avec nous, oserais-je dire.

— Et préparer le noyau de la contre-offensive, c'est cela ?

— Tout à fait. »

Après un silence, l'envoyé abandonna son ton neutre pour adopter une voix plus ferme.

« Ils contournent le lac de Vörts pour nous couper de toute la Région Estonienne, général. Après cela, on ne pourra secourir Saint-Pétersbourg que par le nord et la caserne fédérale de Vyborg. Nous la remplissons déjà de plusieurs bataillons de la Région Finlandaise et envoyons déjà des portes-Furies dans le golfe de Finlande. Nos cuirassés mouillent à Helsinki et Kotka, mais nous devons tenter de les arrêter avant qu'ils n'atteignent la côte.

— Nous devrons contre-attaquer demain, pour cela, l'interrompit Eggton. Je ne peux pas le faire.

— Des ordres sont donnés pour que nos troupes cessent de reculer et fassent bloc pour stopper les Russes derrière Kilingi-Nõmme, mais nous ne sommes pas idiots. Nous savons que nous ne pouvons pas les arrêter très longtemps. Vous avez trois jours.

— Le 19 septembre... De combien d'hommes disposerai-je ?

— 5 000, peut-être plus. Pour occuper une bande de 90 kilomètres, cela me semble très amplement suffisant. »

Les deux hommes sortirent du bâtiment préfabriqué après qu'Eggton eut éteint l'écran à plasma et retiré la petite plaquette de silicium. Amplement suffisant... Jusqu'ici, les écrasantes démonstrations de force de l'Eurocorps n'avaient jamais fait montre de glorieux succès. Et pourtant, il semblait évident que le HCS continuait à penser que le nombre et le Kalanium feraient la différence.

« Vous pouvez la garder, dit l'envoyé. Elle contient toutes les informations concernant les mouvements russes, la géographie de la région, les informations globales de la Société Fédérale d'Histoire et de Géographie, si jamais l'âge des cathédrales de Tartu vous intéresse... »

Le général joua un instant de ses doigts avec le petit carré sombre et plat qui pouvait contenir des quantités d'informations astronomiques. Il sortit un étui de plastique semblable à une carte de crédit et y inséra la plaquette de silicium.

« Il y a aussi quelques instructions concernant autre chose, déclara l'envoyé. Ces instructions doivent être transmises au général Peterson qui se trouve selon toute vraisemblance à Zhitomir. Cela le concerne lui, et uniquement lui. Avant de partir, vous devrez donc lui transmettre ces ordres. Que cela reste secret, n'en parlez à personne.

— Qui voulez-vous embrouiller ?

— Vous savez bien, la taupe… Il y a bien des choses qu'elle ne doit absolument pas connaître. Et puisque nous ne savons pas si elle est politique ou militaire, nous ne prenons aucun risque.

— De toute façon, Peterson n'aurait pas décroché son téléphone si le coup de fil venait d'Oslo… Il pense réellement que sa stratégie mouvante et officieuse est la bonne.

— Le fait est qu'il est parvenu de Lviv jusqu'au Mur. En deux jours. »

Incroyable… À croire que cet idiot est enfin parvenu à éblouir les grands pontes !

« Trois, corrigea William en se passant mentalement la main sur son visage pour en effacer la consternation. Il est pratiquement parti dès que Lviv a été déclarée prise.

— Et alors ? C'est tout de même exceptionnel ! » répondit-il en s'approchant de son hélicoptère.

Eggton secoua la tête avec un soupir de dépit.

« Les Russes ont fait mieux. »

Les deux hommes se jaugèrent du regard. La conversation ne menait à rien, et pire encore, Eggton avait le sentiment de se prêter à un concours de cours d'école. Clairement, William n'avait plus rien à dire aux huiles du HCS.

« Adieu, général », répondit sèchement l'envoyé en saluant.

Le visage cramoisi, il embarqua dans son hélicoptère tandis que les pales de l'appareil tournoyaient de plus en plus vite. L'air vibra sourdement et l'hélicoptère décolla, décrivant un large cercle pour se retourner et partir en direction du nord-ouest. Direction Berlin.

Le général Eggton s'engagea d'un pas rapide et assuré sur le pont de la rue Soborna, l'artère principale de Rivne, qui surplombait la rivière Oustia. Dans son prolongement, l'avenue bordée d'immeubles à trois ou quatre étages, où les derniers résistants de la ville avaient lutté durant trois longues heures avant de se rendre, s'offrait à lui. Tout comme le reste de la ville, les trottoirs sales puaient le chaos et la peur. Les rues aux façades rongées par les balles étaient largement désertées par la population, les voitures étaient rares, les passants très épars sur les boulevards. Les rails du tramway restaient déserts et les abris des arrêts accumulaient les vieux papiers noircis amassés par le vent.

William avait décidé de faire une petite reconnaissance à pied, histoire de s'imprégner du lieu et surtout de s'offrir un moment de réflexion. Accompagné pour protection d'un soldat très jeune, le général repensa tout en marchant à ses discussions avec Peterson et même, avant cela, avec Swan, une connaissance de longue date. La Slavie, malgré des chiffres officiels très avantageux, n'était pas réellement riche. Kiev, bien sûr, l'était. Mais Lviv ? Ternopil ? Rivne, certainement pas…

La province située devant le Mur était délaissée par Zwiel. Ce dernier savait que l'Europe risquait de débarquer un jour ou l'autre, et c'était dans ce but qu'il avait placé le Mur en plein centre de la Slavie. Pour garder les richesses Slavistes dans un coffre fort. La Slavie ressemblait décidément à des terres paysannes devant une forteresse de monarque. La misère laissait un parfum indélébile dans les rues de ces villes qui n'avaient pas la chance de se trouver derrière la capitale…

« Général, l'avertit le soldat, un VAB… »

En effet, un blindé à six roues stationnait devant un grand bâtiment décrépi et sinistre. Des hommes en uniformes entassaient des sacs de sable et déroulaient des rouleaux de barbelés devant les longues marches de granit.

Eggton grimaça et constata que l'administration n'avait pas perdu son temps.

C'est l'Hôtel de Ville. Je suppose que le préfet est arrivé...

Berlin.

Erwin, assis sur le bord de son lit impeccablement fait, regardait le bloc de feuilles qu'il avait posé sur la petite table de la chambre. Son regard était bien fixé sur ces papiers, pourtant son esprit divaguait vers toutes ces questions qui résonnaient dans son crâne. Qui l'observait ? Pourquoi le surveillait-on ? Sa première hypothèse était qu'il y avait un rapport avec le passé de son père, mais plus il y pensait et plus il réalisait à quel point ses conférences de presse et ses rendez-vous avaient été contrôlés dans leurs moindres détails. Avait-il vu quelque chose qu'il n'aurait pas dû voir à Lviv ? Voulait-on qu'il garde le silence à propos des ratages de la Technologie Furie ? C'était la seule explication qui lui semblait logique. C'était pourquoi on surveillait tous ses dires : son rôle était de rassurer les gens sur l'efficacité de la nouvelle technologie ; or il avait vu ses premiers couacs... Tout en perdant Cyril Engström de vue. Mais mieux valait ne pas y penser sous peine de subir à nouveau cette impuissance qui le rongeait chaque fois qu'il se posait cinq minutes et repensait au front...

Il se leva donc dans une bouffée d'anxiété et s'approcha des notes photocopiées pour occuper son esprit. Il s'agissait d'un rapport complet sur ses états de service, sur sa famille, toute sa vie, en fait. Et la sensation désagréable que quelqu'un, un inconnu, étudiait tout ceci dans le but de le garder à l'œil ne le quittait plus. C'était comme sentir des doigts étrangers le tripoter dans le noir. L'idée lui arracha un frisson de dégoût. Emma Cardin avait-elle lu ce dossier ? Et la personne influente qui l'avait contacté alors qu'il attendait de rencontrer le président en personne ? Que savait-elle vraiment ? Était-ce un rideau de fumée pour le distraire de tout ce dont il aurait pu parler aux journalistes ? Après tout, ces papiers pouvaient être un coup monté pour le mettre mal à l'aise et l'empêcher de sortir au grand jour, et donc de divulguer certaines choses. Et ces choses devaient être les ratages.

Toute la stratégie européenne reposait sur la Technologie Furie, toute pimpante et encore inutilisée, ainsi qu'Euronet, toujours infaillible. Elle devait apporter la victoire, assurément. Elle était invincible, plus performante que toute autre, et surtout elle avait coûté au contribuable européen des sommes indécentes : on était donc en droit d'attendre des résultats probants. Et pourtant, il y a avait eu des ratages flagrants, des crashs, des retards... Tous ces problèmes remettaient probablement les décisions de l'État-major en question.

Le téléphone qu'il avait laissé sur la table basse s'anima bruyamment.

Erwin hésita. Finalement, il se dirigea lentement vers l'appareil qui sonnait de façon insistante.

Ce devait être important.

« Allô ? ... Oui, c'est moi. C'est à vous que j'ai déjà parlé, n'est-ce pas... et à qui j'ai donné la lettre... D'où appelez-vous ?... Dans deux heures ? Vous pouvez me redonner l'adresse ? D'accord, j'y serai. »

Il raccrocha et relut les papiers. Cet homme savait des choses sur Josch.

« Quel rapport entre toi et la Technologie Furie ? se demanda-t-il à voix haute. Dis-moi, papa, quel est le lien ? »

Naturellement, seul le silence lui répondit.

Il inspecta sa montre une fois de plus. Le kiosque à journaux donnait sur une rue bondée et emplie de la cacophonie urbaine. Toutes sortes de gens se croisaient, une société qui semblait cosmopolite à l'extrême, mais où personne ne se regardait vraiment. Chacun avait sa petite vie à part, et aucun ne prenait le temps d'en détourner le regard l'espace d'un instant. De cette vie grouillante ne se dégageait pas une once d'humanité.

« Je ne vous avais pas reconnu », l'aborda quelqu'un dans son dos.

Erwin se retourna et observa la personne qui se tenait devant lui. Un long manteau à col relevé, un chapeau à large bord, tout dans des couleurs sombres, des chaussures classiques parfaitement cirées, un visage qui commençait à afficher le poids des années.

« C'est bien vous...

— Michael Dalendel. J'ai eu un mal fou à vous rencontrer sans être vu de la surveillance.

— Nous nous sommes croisés au Parlement, se souvint Erwin, plein de questions. Pourquoi ne pas m'avoir dit tout de suite que…

— Elle était là. Je la connais bien, nous avons eu… à travailler ensemble, mais si elle vous accompagnait c'était qu'elle devait vous surveiller. Donc je ne pouvais pas divulguer… enfin, vous savez, tout ça.

— La lettre a eu un retour à l'envoyeur. Quelqu'un m'a prévenu que j'étais surveillé en posant le courrier que vous avez posté sur ma table de chevet.

— Étrange, je n'y suis pour rien... »

Ils marchèrent lentement au milieu de la foule indifférente.

« Personne ne nous surveille, là ? Cela me paraît impossible, si toutes mes paroles étaient vérifiées…

— Je me suis arrangé avec un ami au ministère de la Sécurité intérieure… J'en étais le ministre, il y a de cela très longtemps, et c'est ainsi que j'ai eu connaissance du dossier Josch Helm.

— Je vois. Et qu'avez-vous à me raconter que je ne sache déjà ? Il me faut des preuves, pour le réhabiliter.

— Si je ne fais pas d'erreur, commença Dalendel en gardant une distance entre lui et le jeune homme, on vous a

143

envoyé une médaille. Une croix de guerre, pour récompenser vos efforts et votre persévérance vis-à-vis de votre enquête sur Josch. Cette croix de guerre devait symboliser l'abandon de cette accusation de haute trahison qui pesait sur Josch.

— Mais il est mort, et son nom ne figure pas sur les listes des Pardonnés. Officiellement, il est encore coupable. Et je sais que jamais il n'a trahi. »

Dalendel s'arrêta et le regarda alors fixement. Il se remit en marche pour ne pas trahir leur dialogue et fit à nouveau comme s'ils ne faisaient que marcher l'un à côté de l'autre sans se connaître. Leurs regards fixaient les gens au loin, jamais ils ne se regardaient. Le malaise du jeune soldat grandit à l'idée de tout ce que cette soudaine pause pouvait bien signifier. Était-ce faux ? Impossible ! Son cerveau s'y refusait catégoriquement, ses tripes lui hurlaient que non, son père n'aurait trahi ni l'Europe ni sa famille en leur mentant de la sorte.

Douze ans, c'était l'âge qu'il avait lorsque la sentence fut exécutée. Son père n'avait guère eu le droit de lui parler avec le peloton, mais durant le procès, il avait profité d'une entourloupe astucieuse de son avocat pour obtenir un entretien privé avec son petit Erwin. Le jeune garçon s'en souvenait comme s'il s'agissait de la veille. La petite pièce servait à entreposer des dossiers, et les étagères Ikea débordaient de piles en tous genres, de range-dossiers, de pochettes et de classeurs. La plupart avaient déjà été numérisés et attendaient qu'un stagiaire prenne la peine de les détruire. La lumière filtrait à travers les stores vénitiens déglingués d'une petite fenêtre sans loquet. Le tout respirait la poussière et l'oubli.

Son père portait son uniforme de major de l'Eurocorps, ses bottes étaient très luisantes. Il n'avait pas ses insignes ce jour-là, mais des barrettes de couleur. Tout était clair comme du cristal dans son souvenir, sauf… sauf son visage. C'était peut-être la pire malédiction d'Erwin Helm. Quoi qu'il fasse, il ne parvenait pas à se souvenir du visage de son père. Il avait vu des photos et des vidéos, bien sûr… Mais elles semblaient celles d'un étranger. Dans sa propre mémoire, son père n'avait plus de visage. Il avait suivi une thérapie jusqu'à ses dix-huit ans, après le procès, mais rien n'y faisait. Ni les efforts de sa mère plongeant dans la dépression, ni les compétences psychiatriques de ses psys, ni même les photographies qui lui laissaient une impression d'irréalité : l'homme qui le tenait dans ses bras sur ces clichés lui était parfaitement étranger. Avec le temps, Erwin avait fini par accepter que son père reste à jamais sans visage…

« Les choses seront différentes, maintenant, Erwin. Je compte sur toi pour rester fort et aider maman. Essaye de l'écouter un peu plus, promis ? Je t'aime, Erwin… »

Peut-être avait-il eu les larmes aux yeux, peut-être pas. Impossible de se souvenir si Josch Helm avait pleuré en disant adieu à son fils. Il n'avait plus ni nez, ni bouche, ni yeux pour verser la moindre larme… Erwin se l'imaginait ému, les yeux brillants un peu trop, mais pas pleurant à chaudes larmes. Pourquoi ? Il ne pouvait le dire… C'était comme ça, ça ne collait pas avec son souvenir…

« Mais que savez-vous au juste, lieutenant ? »

Telle une gifle qui l'aurait tiré du sommeil, la question de Dalendel ramena brutalement le soldat à sa promenade citadine dans le Berlin de 2033. Ses propres yeux étaient humides, à présent.

« Josch a été envoyé en Slavie pour maintenir un climat d'entente lors de la construction du Mur, pour empêcher que la situation de crise avec l'Europe ne s'aggrave et que la paix demeure. Apparemment, il aurait travaillé avec l'amiral Benz.

— Oui, Douglas Benz. C'est lui qui a confirmé que votre père avait passé des coups de téléphone suspects.

— Des coups de téléphone provenant du Reichstag !

— Et alors ? Berlin n'était pas la capitale en 2020, c'était

145

Athènes !

— Je ne comprends pas, interrogea Erwin. Vous êtes là pour m'aider ou me descendre en flamme ?

— Vous aider, lieutenant Helm. Mais pour que vous puissiez rétablir la vérité, il faut que vous ayez de bonnes cartes en main. »

Le visage de Dalendel se ferma brusquement et sa tête se baissa subtilement de sorte que son visage fut masqué par le rebord de son Fédora. Erwin remua les lèvres, mais avant qu'il ne demande quoi que ce soit, le délégué européen l'interrompit.

« On nous suit. Je vais maintenant traverser la rue, et vous passerez par le café au coin de la deuxième avenue à votre gauche. Prenez une consommation et retournez à votre hôtel. Perdez du temps, surtout.

— Mais nous n'avons pas encore parlé de…

— Nous n'avons pas le choix. Dites-moi seulement si votre mère a encore le dossier.

— Quel dossier ? De quoi parlez-vous ? »

Mais Dalendel était arrivé au passage clouté et le feu était au vert pour les piétons. Sans un regard, d'un air parfaitement naturel, il s'engagea pour ne pas marquer de temps d'arrêt avec Erwin. Discrètement, Helm jeta un coup d'œil derrière lui et remarqua un homme habillé trop impeccablement pour être réellement naturel. Immédiatement, il accéléra le pas et se dirigea vers ce fameux café, jurant face à cette nouvelle occasion manquée.

Slavie. 22 heures.

« Vraiment ?

— Oui, répondit Eggton en tendant la plaquette de silicium à Peterson. Tout est censé être indiqué là-dedans. »

Le général à l'origine de la tactique implacable et anarchique saisit avidement le petit carré d'informations et l'inséra dans son ordinateur portable personnel. Il l'avait branché à un générateur et une antenne satellite afin d'être connecté en permanence à Internet et Euronet. Le confort intégral, même dans une tente officielle dans un pays en guerre et face à un Mur de 250 mètres de haut qu'il fallait percer dans les jours à venir.

« Voyons ce qu'Oslo a à me dire… »

Des données s'affichèrent pêle-mêle à l'écran.

« Eggton, je vous en prie, ce sont des ordres qui *me* sont destinés, railla-t-il. Veuillez vous retourner. »

Non, il n'osait tout de même pas… Et bien si. Consterné, William inspira profondément et se demanda si ces chamailleries de coqs de basse-cour cesseraient un jour.

« Vous êtes sérieux ?

— Absolument. »

Persuadé d'être la victime d'un humour douteux, il accepta néanmoins et sortit même de la tente d'un pas nerveux. Peterson n'avait à cœur que d'inférioriser les autres généraux dans sa course au pouvoir. Et surtout Eggton. Son rêve était connu de tous : passer amiral et entrer au HCS. Chaque petite joute verbale semblait le rapprocher un peu plus de son rêve d'écrasement et de suprématie. Certains murmuraient qu'il y avait là-dessous une histoire de compétition filiale, mais William ne prêtait guère l'oreille à ce genre de rumeur, quand bien même elle expliquerait cette arrogance et cet orgueil toxiques. Pour lui les choses étaient simples : George Peterson était un sale con, point à la ligne.

Il renifla dédaigneusement. Peterson aurait sans doute sa promotion après la chute de la Montagne, et lui devrait obéir aux ordres que lui donneraient cette outre d'orgueil et tant d'autres fous furieux gratte-papier sans réelle connaissance pratique du terrain.

Brusquement, un grand bruit vint de derrière la toile. Intrigué mais pas affolé, Eggton souleva le pan de la tente pour voir George Peterson affalé dans son fauteuil. Les yeux hagards, il avait perdu son sourire narquois et dominateur.

Dans le ciel obscur et sans étoiles, les Furies grondaient en défilant en masse. Furies d'Assaut, Bombardiers, Transports de troupes… Leurs réacteurs crevaient le silence nocturne d'un pays envahi. Elles survolaient les colonnes de véhicules qui avaient rejoint lentement les camps face à la Montagne. Des chars et des camions qui quittaient les champs de bataille victorieux pour s'amasser sous les balcons de Zwiel, devant le Mur qui les séparait de la capitale : Kiev.

« C'est impressionnant, murmura le pilote Ennio Gayans à Joffrey Fagotier, le médecin du Bataillon Furie.

— Oui… Inquiétant, aussi, mais certes très impressionnant. »

Ennio inspira profondément l'odeur de carburant qui empestait l'air ambiant. Il pouvait se souvenir de ses premières semaines de SO dans une base aérienne de la Région Luxembourgeoise, en proie à de constants maux de tête à cause de ces maudites effluves de kérosène. Aujourd'hui, à force de côtoyer les tarmacs, ce parfum était presque devenu une sorte de drogue. Fagotier semblait bien moins apprécier l'ambiance de station-service qui régnait dans les parages, et le pilote se sentit obligé de prolonger la conversation pour lui rendre l'attente moins pénible.

« Si je ne me plante pas, tu viens aussi de la Région Française ?

— Oui, répondit le médic en clignant des yeux fatigués. Ça nous fait un point commun. D'où ils viennent les autres ? Je sais que Zeus est Grec d'origine… Je ne connais même pas son vrai nom…

— C'est Efthimios Zaratis, je crois, quelque chose comme ça, mais il trouve que Zeus, ça lui va mieux (ils rirent de la mégalomanie du personnage) Petros est Slaviste, je crois… Il n'aime pas en parler. Erwin est Allemand…

— Eh ! Doucement, le reprit l'autre avec une touche

d'ironie. Nous sommes tous Européens… »

N'ayant apparemment pas saisi cette tentative d'humour, Ennio Gayans haussa des épaules.

« Tu te sens Européen avant d'être Français ? Je ne sais pas, moi ça me fait bizarre. On a tous les mêmes lois, les mêmes codes, les mêmes administrations… Mais on n'est toujours pas pareils. On a gardé toutes nos différences, à part la langue. Et même là, on parle encore nos langues respectives comme des "langues régionales" ! »

Ce fut au tour de Joffrey d'être surpris et de hausser les sourcils. Il était rare d'entendre des soldats émettre des doutes ou même de la perplexité à l'égard de l'unité européenne, d'autant plus depuis que ce genre d'opinion était automatiquement rattachée aux défédératistes dans la presse. Fagotier s'attendait presque à voir apparaître des affiches fédéralistes sur les murs des grandes villes : avec nous ou contre nous. Mais ses nouvelles fréquentations semblaient ne pas avoir ce genre de complexe… Ou bien en était-il un ? Ennio était-il un Défé ? À cette idée, le médic se raidit subrepticement. Le pilote essayait-il de le recruter ? Et alors qu'un malaise grandissait dans son esprit, la possibilité qu'il soit en fait testé par un fédéraliste pur et dur lui effleura l'esprit. Il déglutit le plus naturellement possible et décida de répondre avec franchise, tout en ouvrant une porte de sortie.

« Garder nos différences c'était le principe de l'Europe fédérale… Unis dans la diversité. Chez moi, dans mon école de second niveau, on devait apprendre l'européos en première langue, et on devait choisir deux langues régionales.

— T'as pris quoi ?

— Français et espagnol. Et toi ? »

Une Furie passa très bas dans le ciel et Gayans attendit que le vacarme se soit enfin éloigné avant de répondre :

« Le français, bien sûr, et l'allemand. Je voulais faire de l'anglais, mais mon père disait que l'européos et l'anglais étaient tellement semblables que c'était une perte de temps et que mieux valait apprendre quelque chose d'original. Mais j'ai appris aussi une langue étrangère. Enfin, j'ai essayé : le russe moderne ! J'ai arrêté à la fin de ma première année ! »

Ils échangèrent un rire sincère, grisés par les souvenirs de cette période insouciante qui leur semblait si lointaine, comme si tout ça remontait à plusieurs décades. Une nostalgie qui avait le goût des regrets sans en avoir l'amertume. En fait, ils partageaient ce que les Européens appelaient *sœnsurt*[3].

« Tu m'étonnes... J'ai eu de la chance, j'ai pu passer mon Brevet Européen du Travail. Pas besoin de langue étrangère. »

Des pas s'approchèrent et Klaus Bernhardt s'assit en tailleur à leurs côtés dans l'obscurité herbeuse d'un conteneur. Il buvait une boisson énergisante tout en grignotant une barre de céréales. C'était son « casse-croûte des champions », sa façon à lui de rester sur ses deux pieds sans avaler de cachets. Il était l'un des soldats les plus âgés du groupe Furie avec ses 25 ans, et son regard renforçait encore davantage l'impression d'écart d'âge avec certains de ses camarades. Sa peau sombre et ses yeux noirs laissaient deviner des origines ethniques non européennes. Personne n'avait pourtant osé poser la question qui brûlait les lèvres de tout un chacun, ce genre de sujet était généralement glissant. Jusqu'à maintenant.

« Et toi, Klaus, poursuivit Joffrey, tu es quoi ?

— Surprenante question, s'étonna-t-il en mâchonnant une bouchée. »

Une réponse évasive qui ne satisfit pas la curiosité du médic.

_____

[3] Sænsurt : mot Européos adapté de l'allemand *Sehnsucht*, qui exprime à la fois la nostalgie, l'envie ou encore le mal du pays.

« Réponds, c'est juste pour voir d'où on vient tous…

— Quand je suis né, j'étais Iranien, répondit Bernhardt après quelques instants pensifs. Maintenant je suis Européen. Mais pour vous cette question n'a pas lieu d'être, puisque vous êtes nés dans un seul pays unique : les États-Unis d'Europe. Depuis 27 ans, les gars, serait peut-être temps de vous y faire.

— Je crois quand même que ça a été trop vite », rétorqua Ennio du tac au tac.

La suspicion de défédératisme passa à l'échelon supérieur et Fagotier opta pour une tactique radicale : le fédéralisme patriotique. C'était toujours une méthode efficace lorsqu'on entrait dans cette embarrassante zone grise. Soit l'autre était d'accord, et tout se passait bien, soit une bagarre éclatait, auquel cas on était tout de même dans son droit. Voilà au moins une leçon de psychologie que le médic avait apprise durant son Service Obligatoire.

« Dis-toi que si on ne s'était pas bougé les fesses quand ça a été le moment, on serait en ce moment même à la botte des États-Unis d'Asie.

— Mais on ne serait pas en guerre, contra Gayans. »

Réponse sans animosité, et sans déni. Si Ennio était un défé, il avait au moins le bon goût de n'être ni un extrémiste, ni un hystérique.

« Ça, tu n'en sais rien, répliqua Joffrey, content d'avoir écarté le pire scénario du programme. Peut-être même qu'on serait en guerre entre nous. Toi et moi on serait peut-être obligé de tirer sur Erwin. Et vice versa. Moi je pense que même si beaucoup se sentent encore Belges, Italiens ou autre, il ne faut pas oublier que nous formons un tout. Surtout pas maintenant. Nous avons une culture et une histoire communes que nous devons défendre, nos différences nous les avons forgées ensemble, durant des siècles et des siècles de guerre et de paix. Je me sens Européen, parce que je sais que nous n'avons pas qu'un continent en commun.

— Oui mais ça ! » s'écria le pilote alors que Klaus avait hoché de la tête avec approbation.

Gayans s'était levé d'un bond et montrait d'un grand geste du bras la plaine herbeuse qui entourait le camp. La Principauté de Slavie les encerclait sans les accueillir, dans sa nuit froide et humide. Une terre slave dont la capitale, Kiev, avait jadis été le berceau de la Première Russie. Ennio n'y voyait rien d'Européen, rien qu'une autre Russie, et pour être franc, Tukerov pouvait bien l'avoir, quelle différence cela ferait-il avec Zwiel ? Au moins le président russe prétendait-il encore diriger une démocratie…

« C'est européen, maintenant ! continua-t-il les sourcils froncés non pas de colère, mais d'incertitude et, quelque part, de malaise. Mais je n'ai rien à voir avec ça ! Je ne veux pas faire un tout avec ça !

— N'écoute pas la propagande défédératiste, mon ami, rétorqua Klaus d'un ton sévère, presque menaçant. Nous leur rendrons leur indépendance dès que le joug de Zwiel sera aboli. Ça ne deviendra pas une région des États-Unis d'Europe. Ceux qui prétendent que nous venons pour envahir ce pays plutôt que pour le libérer d'un tyran pathétique et narcissique sont des planqués qui sont nés avec une putain de cuiller dorée dans la bouche et se croient plus "éduqués" et "civilisés" en crachant dans la soupe ! »

La tirade jeta un froid bien plus dérangeant que la brise nocturne. Les traits taillés à la serpe de Klaus s'étaient faits sévères comme jamais et ses lèvres tressautaient d'une colère contenue. D'habitude on ne lui connaissait cette attitude que lorsque quelqu'un avait l'inconscience d'évoquer la religion devant lui… Mais Joffrey et Ennio comprirent que quelque chose de bien plus profond et douloureux couvait derrière le masque de tempérance qu'affichait habituellement Klaus Bernhardt. Ses yeux presque noirs lançaient des éclairs de reproches bien difficiles à soutenir… Pourtant, après quelques inspirations profondes il se força à revenir à son calme coutumier, comme s'il comprenait que sa réaction était peut-être un peu exagérée.

« Mais je m'égare, retournons plutôt à nos tentes prendre du repos, conclut-il pour les libérer de l'embarrassant silence qui avait suivi son monologue passionné, on ne sait pas de quoi demain sera fait… Ce qui est sûr, en revanche, c'est qu'on va devoir se taper la Montagne. »

MOUVEMENT 3

Chapitre 7

Cēsis, Région Lettonne. 17 septembre 2033

Le soleil dardait ses rayons au travers des tours de béton, la brume se dissipait rapidement. Les Furies étaient alignées sur un gigantesque parking de supermarché dont les lampadaires avaient été retirés en urgence pour accueillir cette flotte massive et terrifiante. Les camions de ravitaillement venaient à peine d'arriver et les citernes étaient encore pleines. Une forte odeur de carburant flottait dans l'air à en donner la nausée. Partout, des gerbes d'étincelles trahissaient la présence de dizaines de techniciens qui finissaient de réparer les dégâts.

« Général Eggton ! »

Un jeune sergent, casquette vissée sur la tête et chemise trop large, accourait dans sa direction, brandissant un papier bleuté et un stylo. Arrivé à sa hauteur, le sergent salua brièvement et reprit son souffle comme s'il venait d'achever un marathon.

« L'État-major demande un rapport sur cette attaque, dit-il seulement. Il en a besoin pour interpréter les mouvements russes à la frontière. »

Eggton ne prit même pas la peine de regarder le jeune homme et lui arracha la feuille des mains.

« Je vois. Encore leurs pronostics à la con. Dites-moi, sergent, combien de temps faut-il pour rejoindre Valka ?

— Il y a environ 80 kilomètres à vol d'oiseau, général. Disons qu'en Furie faudrait… 15 ou 20 minutes. Je ne suis pas spécialiste. En voiture, malgré les voies rapides, il faudra bien une heure et demie, les axes changent : on fait une boucle par Rauna pour revenir à Valmiera direction

Valka alors que Cësis – Valmiera – Valka ce serait quasiment une ligne droite, mais que voulez-vous, les architectes n'avaient pas pensé qu'on en aurait besoin pour acheminer des troupes.

— Je dois aussi acheminer des chars.

— Oula ! gémit le sergent, comptez bien trois bonnes heures. Et sans compter que certains coins ne sont pas très praticables pour des blindés, sauf si vous tenez à ce qu'aucun véhicule ne puisse plus jamais emprunter la voie. Vous pensez que vous serez victime d'un nouveau raid comme celui que vous venez d'essuyer ?

— Oui, très certainement. Nous sommes arrivés juste à temps pour protéger le porte-Furie de Riga. Si des hélicoptères russes étaient à Riga, ils peuvent être n'importe où.

— Fallait oser pour faire un raid à 200 kilomètres derrière la frontière !

— On peut le dire, répliqua Eggton d'un ton acide. »

Éviter les défenses antiaériennes sur 200 kilomètres était on ne peut plus osé, en effet. Cette fois les inquiétudes sur la taupe se faisaient de plus en plus pressantes. Il ne s'agissait pas que de fuite d'informations, non, il y avait quelque chose de bien plus vaste et bien plus préoccupant à l'œuvre. Une influence de l'ennemi que William n'aurait pas cru possible mais avec laquelle il allait bien devoir compter, désormais.

Quelques heures plus tard, après toute une nuit dans le cockpit d'une Furie d'Assaut, le général Eggton ressentait un besoin inimaginable de repos. Les nuits avaient été courtes depuis une semaine, et les repas plutôt frugaux. Il était temps de se reposer. L'attaque russe qui avait été essuyée lors du voyage n'avait rien arrangé, et le retard cumulé à l'insuffisance de carburant l'avait empêché d'atteindre Valka à l'aube.

Ses quartiers n'étaient ni plus ni moins que l'habitacle

d'une Furie Officielle, celle de l'amiral en poste dans la Région, un nommé Joël Cjesz, originaire de la région polonaise. Un homme austère et froid qui avait cependant proposé à Eggton le confort de son appareil. Réfrigérateur de voyage, banquette moelleuse, lumière reposante, minibar richement orné et rempli. Un luxe contrastant terriblement avec la misère des tentes de combat.

L'étroite ouverture par laquelle on accédait à ce véritable cabinet était située sous la verrière fine et longue qui balafrait la sphère métallique encadrée de deux puissants réacteurs. L'intérieur offrait à première vue le confort incomparable des sous-marins allemands de la Première Guerre mondiale. Une porte en métal à l'allure massive mais étonnamment silencieuse s'ouvrait sur ce petit salon privé et luxueux. Pourtant, ce qui frappa le plus William en pénétrant dans les lieux ne fut pas ce contraste, mais le livre posé sur la petite table jouxtant le sofa, écorné et visiblement régulièrement feuilleté : *La Guerre civile européenne : 1914-1945*. Une multitude de marques-pages improvisés débordaient de l'imposant volume, mais malgré sa grande curiosité, Eggton était trop épuisé pour se lancer dans la lecture d'un tel ouvrage…

« Du repos ! » se lança-t-il à lui-même comme pour se dissuader de tenter l'aventure.

Il s'assit sur la banquette et savoura l'instant de longues minutes, en silence, un sourire flottant sur son visage las. Son esprit sautait d'une idée à l'autre tandis qu'il tentait d'organiser les problèmes qu'il devait impérativement régler dans les prochaines heures, mais harassé par la fatigue il finit par s'endormir, la tête penchée en arrière, la bouche béante. Ce furent les petits coups discrets d'une personne frappant à la porte du sas qui le tirèrent du sommeil.

« Général, je vois que ce local vous convient. »

Eggton s'empressa de se lever et de saluer son supérieur. Ce dernier était un peu plus grand que lui, le regard perçant, le nez busqué et le front dégarni.

« Repos, sourit Cjesz. Vous en avez besoin. La frontière sera bientôt sous votre commandement, je dois repartir pour Oslo, afin de préparer le Conseil du HCS. Vous savez ce que c'est, avec ces menaces des États Arabes Unis, et les rumeurs de mouvements de troupes en Iran... Je ne pense pas que ce soit vraiment sérieux, connaissant leur politique habituelle, mais une réunion importante est organisée pour la semaine prochaine. Le temps que Peterson se calme en Slavie. Vous saviez qu'on l'appelait le Cow-boy ?

— Cela ne m'étonne pas. Vous dites que j'aurai le contrôle de la frontière, reprit-il, mais je dois juste mener les troupes pour fermer l'accès aux côtes du Golfe de Finlande...

— Changement de programme. Demain, comme je l'ai dit, je pars pour Oslo – tenez, vous devrez trouver un nouvel endroit pour vous loger – et c'est vous qui aurez la responsabilité de... eh bien de toute cette merde. Pour vous parler franchement, la population n'a pas l'air de voir la Russie d'un trop mauvais œil, j'en ai peur.

— Ils attendent les Russes ? s'écria Eggton sans oser comprendre. Les Régions Est honnissent la Russie ! Même notre Région Russe se méfie comme de la peste de la Russie Indépendante !

— Certes. Mais ici les gens pensent qu'ils sont lésés par rapport aux aides financières accordées par Berlin. Les vieilles rancœurs du début du siècle, quand Bruxelles était l'Iniquité Incarnée, vous voyez le tableau. C'est un peu votre rôle aussi, si vous ne l'aviez pas compris comme ça. Vous devez fidéliser la population. Pas de retournement de veste, c'est clair ? Comment faire face à la pression mondiale si nos propres concitoyens ne se sentent pas impliqués dans la Fédération ?

— Le parti travailliste russe doit plaire à pas mal de monde... reconnut Eggton.

— Pas uniquement. Les républiques diverses de la

Russie Indépendante sont beaucoup plus libres, enfin, plus autonomes, un peu comme les pays de l'Union européenne jadis. C'est cela que veut la Région Lettone. L'Estonienne aussi. Plus de liberté, plus d'autonomie. Un régime *réellement* fédéral, et non centralisé et uniformisé comme le deviennent les E.U.E. aujourd'hui. »

Eggton eut une révélation.

« Voilà pourquoi ils suivent l'ancienne frontière ! Ils ne traversent pas tout le pays pour ne pas causer trop de dommages et absorber le pays par la suite. La Région Estonienne va rejoindre la Russie Indépendante !

— Je partage les mêmes craintes, soupira Cjesz. Et je suis sûr que les Russes attendront de s'être emparés de nos Régions pour les fusionner comme ils l'ont fait avec l'ex-Biélorussie. Ils retourneront leur veste, j'en suis persuadé. C'est également une raison pour laquelle je dois me rendre à ce conseil. Je dois expliquer en personne la situation, ici. Je crains qu'une fois la sécession consommée, l'exemple n'inspire d'autres voisins impatients de quitter les États-Unis d'Europe. Et qu'ils finissent piégés par la Russie Indépendante. Je suppose que vous avez vu les scores en hausse des défédératistes aux dernières élections régionales...

— Bien sûr, comme... en Région Lituanienne, comprit Eggton, et c'est pour cela que les troupes lettones n'ont pas abattu les hélicoptères, et que les Estoniens reculent sans combattre. C'est une trahison au sein de l'Eurocorps ! Les États-Unis d'Europe vont... éclater ? Nous courrons à la Guerre Civile !

— Vous connaissez maintenant la taupe. »

Sidéré, Eggton retomba sur la banquette. L'exiguïté de la cabine l'oppressait soudainement. Les populations des Régions Est aspiraient à une décentralisation de la fédération par les urnes depuis des années. Elles avaient été pionnières. Le souvenir cuisant de l'Union soviétique était encore vivace, et les vieux slogans anti-Union européenne la qualifiant d'UERSS fleurissaient sur les affiches de propagande des défédératistes locaux… Rien de nouveau sous le soleil de l'opposition politique. Sauf qu'aujourd'hui, un champion s'était dressé à leurs côtés, prêt à leur offrir ce que leurs bulletins de vote ne parvenaient à faire entendre. Et, désabusés, ils répondaient à l'appel…

« Je n'aurais jamais pensé… »

Le piège russe était pourtant si évident ! Comment ne pouvaient-ils pas voir que Moscou les duperait tous ? Qu'avait pu promettre Mikhaïl Tukerov pour les convaincre ? Ou bien… Leur désillusion du Rêve Européen était-elle si profonde ? Cette pensée frappa William comme une balle : et si ce n'était pas la perfidie diplomatique russe qui était parvenue à retourner les Régions Est… mais bien l'incompétence et le mépris des institutions européennes ?

« Gardez tout cela pour vous, ce ne sont que les conclusions non officielles de quelques agents et mon opinion personnelle. Je vous dis ça juste pour que vous compreniez quelle merde se trame ici, près du passage de Saint-Pétersbourg. Voilà, c'est dit, je vais me retirer. »

Il fit mine de sortir puis se retourna une ultime fois.

« N'en dites rien, gardez le silence, mais également l'œil ouvert. Il y a déjà une petite milice résistante qui risquerait de tenter de vous… enfin, de tenter quelque chose. Soyez prudent. »

Trouver le sommeil serait à présent plus difficile. Combien d'hommes avaient volontairement fermé les yeux ? Était-ce quelques miliciens isolés, quelques « résistants » en poste à l'armée ? Ou était-ce tout un groupe ? Un bataillon ? Une caserne ? Était-ce une rébellion populaire ou celle d'une élite ? S'il donnait un ordre, était-il certain qu'il soit exécuté ? Et les responsables civils et politiques ? Il regarda sa montre. Désormais, le temps semblait lui filer entre les doigts. Il devait bloquer les Russes. Que cela plaise aux Estoniens ou non. Et pour William Eggton, il s'agissait d'un fardeau à nul autre pareil.

Pour le peuple, en dépit du peuple ?

Slavie. Camp de Zhitomir.

Les rayons du soleil donnaient l'impression que la brume slaviste n'était qu'un voile brillant dans l'air frais du matin. Les sommets pointus des tentes européennes dépassaient à peine du brouillard blanchâtre et glacé, le silence troublant régnait sur le camp tout entier. Pourtant, il n'était pas inactif. Sous les toiles cirées de *Giat Industrie Européenne*, les soutiers préparaient les caisses de munitions à embarquer dans les Furies, les « briquettes », des poches à munitions pour les tirailleurs lourds et les fantassins d'élite, ou encore les obus de mortier à ranger avant la fin de l'après-midi. L'animation allait bon train sans perturber le repos des troupes. Des sentinelles marchaient lentement et sans bruit le long du camp, la fumée des cuisines de la Croix Rouge s'élevait déjà faiblement dans l'aube claire.

« Ils avaient prévu de la pluie », grinça Simon Tardel en s'étirant.

Klaus était déjà debout, les yeux perdus dans le brouillard matinal.

« Ça peut encore venir. Bien dormi ?

— Si on peut appeler ça dormir, se plaignit le jeune Simon. J'ai pas réussi à fermer l'œil jusqu'à ce qu'ils arrêtent l'avertisseur de marche arrière de ce chariot élévateur. Ensuite il y avait l'autre dans la tente d'à côté qui n'arrêtait pas de déplacer des trucs… Et puis je sais pas. Je dors mal, j'ai l'impression d'être angoissé. Pourtant je me sens bien, ça va, on n'est pas mal, finalement… »

Bernhardt leva les sourcils. « Pas mal » ? Ils étaient parachutés en plein carnage ! Cette guerre était l'une des plus mal préparées de toutes les interventions militaires de l'histoire des États-Unis d'Europe. L'excès de confiance, semblable à celle des équipes sportives qui jouaient à domicile comptait pour beaucoup, mais c'était surtout cette décision incompréhensible et néanmoins évidente d'envoyer un maximum de jeunes soldats. Klaus était sidéré par cette politique : il suffisait d'embrasser le camp du regard pour constater qu'on avait envoyé au front non pas les plus expérimentés, mais la masse de jeunes Européens finissant à peine le Service Obligatoire. Ce n'était bon ni pour le moral ni pour les pronostics de victoire rapide et sans trop de pertes. Devant ce constat navrant, n'importe quel jeune soldat pouvait légitimement se dire dépressif. Mais les mots que Simon avait choisis étaient « pas mal »...

« Tu as peur de l'assaut contre le Mur ? »

La question sembla rebuter le garçon. Il ne souhaitait visiblement pas avouer ce qu'il ressentait vraiment. C'était quelque chose qui avait rapidement frappé Bernhardt avec les Européens : ils combattaient férocement tout signe qui trahirait leur faiblesse. Il était de bon ton de ne pas se vanter, mais il fallait surtout ne jamais tomber dans le misérabilisme. Ceux qui s'infligeaient la victimisation recevaient la compassion auquel le politiquement correct leur donnait droit, et personne ne s'y opposait. Mais les victimes restaient des victimes. À l'inverse, se vanter d'être un dur faisait de vous un *redneck*. « Je ne suis pas riche, Monsieur, mais attention, je ne vis pas non plus des aides sociales ». En Europe, il fallait être fort, mais pas trop...

Étrangement ce concept ne s'appliquait qu'entre Européens. S'il fallait comparer aux autres blocs, il était correct de rappeler qu'en Europe, on était bien moins arrogant et bien mieux développé, et que le Modèle Social Européen était envié par la planète entière, et que son État Providence était un exemple... Bref, qu'ici tout était mieux qu'ailleurs. Tout en s'empressant d'ajouter qu'il y avait encore beaucoup à faire et qu'on n'était pas parfait. Klaus s'en était d'abord agacé, y voyant de la pure hypocrisie. Puis il s'y était habitué et s'en amusait.

Car la vérité c'était que les Européens souffraient d'un énorme complexe de culpabilité. Ils auraient pourtant bien voulu clamer haut et fort qu'ils se sentaient meilleurs, souvent à raison d'ailleurs : les lois internationales contre la pollution, le gaspillage énergétique pour contrer l'accélération des changements climatiques, c'était l'Europe fédérée qui avait pu, par son poids politique et économique, les imposer au reste du monde. Les standards draconiens sur l'hygiène et la sécurité comme norme dans le reste des Grands Blocs, là encore, c'était l'Europe. L'innovation dans les énergies renouvelables et les grands projets de soutien aux pays émergents comme *Green Reborn*, c'était l'Europe. Et malgré tout cela, ils avaient peur qu'on les accuse d'arrogance ou pire, qu'on les renvoie à leur passé colonial centenaire, ce vieux fantôme qui les hanterait probablement à jamais.

« Peur ? répondit Simon en le tirant de ses pensées. Non… J'ai juste une drôle d'impression. Un pressentiment bizarre. »

Klaus approuva de la tête, compréhensif, puis se tourna vers Ludovic, le frère de Simon, toujours endormi et enroulé dans son sac de couchage thermique.

« Apparemment Ludo n'a pas trop de mal à roupiller, lui…

— Il a pris trois cachets de Temesta… C'est un calmant.

— Ah, ria-t-il, je vois. La force tranquille, quoi !

— Tu croyais quoi ? Il était encore plus nerveux que moi, hier, il en avait des sueurs froides. Ça va faire deux jours qu'il ne dort presque plus. Il somnole, tout au plus. Trois jours, avec cette nuit. Alors il a opté pour les grands moyens. »

Voilà qui expliquait bien des choses. Il avait vu passer plusieurs boîtes blanches sous le manteau et avait cru qu'il s'agissait de drogues quelconques. La vérité était plus triste encore… Les deux frères étaient connus pour partager énormément de choses, y compris certains de leurs sentiments. Bernhardt n'y avait pas vraiment cru, au début, mais plus le temps passait et plus il voyait ses deux camarades fonctionner comme des miroirs, même lorsqu'ils étaient séparés. Et si Ludo avait besoin de calmants, cela voulait dire que derrière ses airs faussement détachés et blasés, Simon angoissait bien plus qu'il ne voulait bien l'admettre… sans l'assumer comme son frère. Klaus se promit de garder un œil vigilant sur lui. Après tout, ses camarades étaient ce qui se rapprochait le plus de ses amis, désormais.

« Et Zeus, c'est aussi du Temesta ?

— Non, fit Simon avec un air admiratif. Lui il est *réellement* peinard. »

Et effectivement, leur ami dormait comme un loir.

Pendant ce temps, Gayans était parti chercher le plateau « petit-déj' » à la Croix Rouge. Il traversait la brume, le plateau encombré lui masquant le chemin, tentant d'éviter les fils de tente qui lui barraient la route. Peu à peu, d'autres soldats le croisaient. Alors qu'il s'était levé très tôt pour obtenir du pain frais, il avait eu la surprise de découvrir une file d'attente déjà bien longue.

Le murmure de conversations discrètes, à voix basse, commençait à monter de quelques tentes isolées au milieu du silence pesant. Les hommes se réveillaient petit à petit. Des éclats de voix vite réprimés jaillissaient parfois d'un endroit incertain. Des chuchotements en rejoignaient d'autres. Les bruits de fermetures éclair se répondaient en écho infini, les voix commencèrent à grouiller dans le silence. Même la brume semblait se dissiper au rythme du réveil des soldats. Les hommes en uniformes débraillés se croisaient et se saluaient sans grand enthousiasme dans le cliquetis de trousseaux de clefs, des couverts dans les abris, des chronos-bracelets qui bipaient pour le réveil. Parfois, des amis de longue date se retrouvaient par hasard et les tentes voisines avaient droit à leur tonitruante accolade. Pour la couvrir, les murmures grossirent et montèrent en volume. Les conversations se firent bruyantes, et le camp retrouva peu à peu son tintamarre habituel, avec ses claquements de casseroles et de gamelles en métal, ses grognements, ses appels, ses générateurs électriques, ses moteurs à essence, ses sonneries et sirènes, sa foule grouillante qui circulait en un perpétuel va-et-vient en quête de nourriture, de savon, d'eau potable, de crème à raser…

« Les gars, sifflota Gayans en glissant le plateau à travers les pans de la tente, il est l'heure de se réveiller…

— Va te faire un sac…

— Joffrey, je t'en prie, s'amusa le pilote. Goûte-moi ces tartines beurrées…

— Je crois qu'il a surtout goûté le Valium, hier soir, plaisanta Simon.

— Ton frère n'avait plus de Temesta. »

Échange de regards faussement venimeux, puis de sourires taquins.

« Merci, Gayans, intervint Bernhardt en prenant le plateau. Au fait, c'est quoi ton prénom ? Ça me gêne de t'appeler toujours Gayans.

— Ennio, mais tu peux garder le nom de famille, ça me dérange pas.

— Ennio ? C'est marrant, c'est pas ce que j'imaginais… gloussa Joffrey.

— Tu t'attendais à un prénom plus… français ?

— On s'en fout, coupa Klaus, puisque c'est un nom européen ! Voyez : vos parents avaient pigé qu'on n'était pas obligé de choisir un prénom en fonction de sa Région. Ça s'appelle la mixité, les gars ! Le *multikulti*. »

Sourire sardonique. En fait la famille d'Ennio venait de la Région Espagnole, mais il était vrai qu'après la fédération, la mode des prénoms américains avait cédé la place à celle de l'européanisation. Beaucoup de parents avaient simplement pioché sur Internet puis Euronet les « prénoms les plus populaires en Europe ». Et c'était particulièrement flagrant pour les jeunes de leur génération…

« Ça va, on a compris…

— Ouais, ouais, rétorqua Bernhardt en pointant vers eux un doigt malicieux, je vous ai à l'œil, petits défés.

— Hum, plaisante pas trop fort avec ça, l'avertit Gayans moins enjoué. D'aucuns, en passant, pourraient te prendre au sérieux. Je ne veux pas d'emmerdes. »

La remarque coupa Klaus dans son élan de bonne humeur alors qu'il réalisait que sa remarque pouvait être offensante ou, pire, provoquer des malentendus. Pour rompre la gêne qui venait de s'inviter à leur petit-déjeuner, le médic se passe une main sur son visage fripé par la nuit et se dit tout haut :

« J'ai besoin d'un verre. »

Les Furies avaient décollé dans l'heure qui avait suivi le télex du général Eggton. Le message stipulait qu'une aide d'urgence était requise à la frontière russe, avec des arguments nécessairement convaincants puisque tout un escadron de Furies d'Assaut avait été préparé dans en catastrophe par une foule de techniciens aux gestes rapides et précis. Les engins rugissaient en formation dans le ciel, survolant le sol européen, contournant la Région Polonaise à haute vitesse. Les villes défilaient sous les sphères de métal qui poursuivaient leur route au milieu des nuages laiteux, de la pluie et des grands vents automnaux.

Marc « Balder » Dean sentait dans son dos toutes les vibrations de la carlingue. Engourdi dans les nimbes ténébreux d'un sommeil difficile, il ouvrait les yeux de temps en temps pour jeter un regard à un des soldats qui lui faisait face dans la soute. Il ne se rappelait même plus son prénom. Tout ce qu'il savait, c'était qu'il se baladait encore en Furie, dans le froid pénétrant d'une soute obscure, les mains glacées sur la crosse d'un Famas rutilant. Encore… comme s'il n'avait fait que ça depuis son départ de Hambourg.

Certes, ses premières expériences du combat l'avaient un

peu grisé, mais rapidement les bâillements l'avaient emporté sur l'excitation. Son grand-père, un fier vétéran de l'Afghanistan au service de sa Majesté et à qui il devait son surnom, lui avait vendu la guerre comme passionnante, enrichissante, car elle devait lui donner une dure mais solide expérience de la vie. Résister à la peur, à la mort, courir, ne pas s'arrêter, un perpétuel défi. Marc avaient tenté de s'en persuader, mais il commençait déjà à tomber dans l'ennui et la banalité. À peine Lviv avait-elle été prise que l'avancée s'était déroulée sans grand accroc, et il avait passé son temps à attendre, à traverser le ciel, changeant d'appareil à chaque escale. Il voulait se battre, ressentir à nouveau cette sensation grisante, se surpasser pour les États-Unis d'Europe. Démontrer à tous qu'il ne méritait pas d'avoir été placé dans un groupe faible. Au fond, il souhaitait surtout se prouver à lui-même sa valeur.

Pas pour moi, se corrigea-t-il mentalement, *pour l'Europe*.

Mais pour ça, il lui fallait rencontrer l'ennemi. Or l'Eurocorps semblait faire des pieds et des mains pour l'en tenir à l'écart, au point même qu'il avait demandé à son chef de section s'il n'y avait pas des postes un peu plus actifs qui se seraient… libérés… dernièrement. Après tout, il n'était un secret pour personne que la fédération avait subi de lourdes pertes, quel mal y avait-il à vouloir remplacer les camarades tombés au combat ? Bientôt, peut-être, l'occasion se présenterait, d'ici là, il devrait rattraper le sommeil qui l'avait quitté depuis le massacre de Ternopil. Le stress ? Ou bien ces nausées coupables ? Non, s'imposa-t-il, il ne ressentait pas de remords, non. Plutôt la déception de n'avoir pas été plus efficace. Ce devait être ça, et il ferait mieux la prochaine fois.

« Escale à Lublin », annonça la voix du pilote dans les petits haut-parleurs grésillant.

D'abord Rivne, puis Lublin… combien de fois faudrait-il s'arrêter ? Balder déboucla son harnais et se leva, le visage tiré par la fatigue. Il s'approcha du puits d'accès et s'y laissa glisser le long des barreaux jusqu'à l'ouverture donnant sur le cockpit. Saluant rapidement, il s'agrippa au fauteuil du pilote et se pencha en avant vers la verrière allongée.

« Balder ? s'exclama le copilote, surpris. Qu'est-ce que tu fais là, on va bientôt atterrir.

— Encore ? se contenta-il de dire.

— Encore ? singea le pilote. Balder, tu sais combien ça consomme de carburant, ce machin ?

— Je croyais que le carburant au Kalanium faisait en sorte que l'autonomie était doublée, voire triplée ?

— Ça le sera, répondit le copilote. Lorsque le carburant existera ailleurs qu'en laboratoire. Ils ont dit ça tout en sachant qu'ils n'avaient que des essais et des prototypes, alors pour le moment, nous, on a un mélange fuel et extrait d'huile de soja.

— De soja ?

— Je plaisante, je dis ça comme ça, tout ce que je sais, c'est que c'est une huile végétale, comme pour la plupart des bécanes…

— Du CEV ? Pour des Furies ? »

Le Carburant Écologique Végétal avait remplacé lentement le carburant classique pour les véhicules de petite taille, comme les motos ou les voitures sans permis, et ce pour conserver plus longtemps les réserves de pétrole qui allaient en s'amenuisant. Les spécialistes avaient prévu au début du siècle que la plupart des puits connus seraient vidés dans les années 2040. Toutefois, la crise du Millenium Crash avait rallongé ce délai puisque le pétrole avait été très peu consommé durant les années sombres de déchéance économique mondiale. Mais tout de même, le pétrole ne serait pas éternel, et les carburants écologiques se développaient sous la tutelle d'organismes privés qui engrangeaient chaque année des milliards d'euros de bénéfices. Seuls les véhicules plus lourds utilisaient encore les carburants polluants, mais les choses semblaient évoluer dans le bon sens depuis une dizaine d'années. Le pétrole avait toutefois encore de beaux jours devant lui : plus des trois quarts des véhicules des pays industrialisés possédaient encore des moteurs à explosion traditionnels. Quant aux carburants hybrides mélangeant fuel et CEV, l'Europe menait le marché et de loin grâce aux productions des Régions Écossaise et Norvégienne. Dean se dit que c'était d'ailleurs peut-être pour ne pas miner l'économie de ces Régions que le carburant au Kalanium tardait à sortir des laboratoires…

« Qu'est-ce que tu veux, en Europe, on sait envahir le monde proprement. »

Cette remarque prit Balder au dépourvu. Était-il sérieux ? Ironique ? L'Europe visait-elle le monde ? Mais ses doutes furent vite balayés. Bien sûr que non, l'Europe pacifiait le continent pour plus de sécurité. Ce n'était même pas une invasion, mais une *pacification*. Bien sûr. Pas de doute. Ce n'était qu'une blague, après tout.

« Si tu le dis…

— Allez, va te rasseoir, ça va secouer. »

La Furie perdit de l'altitude et émergea sous la couche nuageuse dense, trempée par la pluie torrentielle. La météo n'était pas clémente, en cette mi-septembre. Le vent rendait l'atterrissage difficile et les pilotes jouaient des pieds et des mains pour garder le contrôle. L'aire délimitée par de hautes bornes lumineuses était assez vaste, mais le carré d'herbe gigantesque ne tarderait pas à se transformer en un immense bourbier gluant. Les premiers engins raclèrent la terre et s'immobilisèrent, suivis par une dizaine d'autres. Les Bombardiers Furie, dont l'autonomie était supérieure, poursuivaient leur route directement jusqu'à Białystok.

Au sol, une équipe attendait déjà, transie par les giboulées. Les véhicules de soutien slalomaient entre les Furies, les camions-citernes formaient un convoi direct depuis la ville, laissant rugir leur moteur d'un râle mécanique. Les sas s'ouvrirent, les pilotes rejoignirent la tente du secteur des affectations et y prirent de nouveaux ordres pour la suite des vols. Apparemment, les Bombardiers et les Furies d'Assaut ne partageaient plus la même destination. Mais personne ne savait rien, toujours cette stratégie du secret.

« Descendez ! » hurla une voix rauque lorsque l'appareil fut enfin posé et que le sas s'ouvrait lentement.

Les hommes débouclèrent leur harnais et récupérèrent leur Famas que la plupart avaient coincé derrière leur siège pendant les cahots de l'atterrissage. Un vent frais s'engouffra dans la soute, la pluie frappa le métal. Balder lança son sac par-dessus l'épaule et s'avança sous la nuée torrentielle. Un temps comme chez lui, sur sa bonne vieille île d'Angleterre. Il avait toujours vécu en bord de mer, sur une petite falaise qui surplombait les rocailles, bien avant cependant qu'une enveloppe bleue n'arrive dans sa boîte aux lettres pour l'inviter à se rendre aux bureaux de recrutement du Service Obligatoire…

« En rang par trois, regroupez-vous ! Je veux trois colonnes ! »

Un sergent petit à la voix puissante vomissait des ordres sur les contingents qui débarquaient des soutes de Furies d'Assaut. Cent mètres plus loin, des Transports Furie ouvraient leurs gueules pour happer les troupes fraîches. Des centaines de soldats piétinaient le terrain, des armes de tous calibres à l'épaule, formant une vague meurtrière qui s'apprêtait à rejoindre la frontière russe.

« Les Russkoffs n'ont qu'à bien se tenir, ricana un homme qui marchait derrière lui. Ça va être un vrai massacre. »

Balder réfléchissait encore à ce qu'avait dit le pilote… Invasion, massacre. Était-il le seul à croire encore à une pacification bénéfique ? Tous se ruaient-ils au combat avec pour seule perspective le droit de tuer pour la nation ? Impossible. Il n'y avait pas que des centaines de milliers de

169

barbares assoiffés de sang dans l'Eurocorps. Ou bien était-ce autre chose ? Cette attitude nonchalante ne trahissait-elle pas un manque de sérieux, une absence de prise sur la réalité ? En lieu et place d'un champ de bataille, ses camarades ne semblaient voir qu'un gigantesque terrain de jeu, et ils s'y lançaient comme on s'amusait au laser-tag ou au *paint ball*.

Et lui ? Marc ne s'y serait pas dérobé, alors pourquoi se sentait-il à sa place malgré tout ? Nonobstant cette stupide histoire de groupe faible, et ce besoin viscéral de leur prouver qu'ils avaient tort de le sous-estimer, il fallait être honnête… S'il avait été avec Erwin, Cyril et Grégory, les choses auraient-elles été si différentes pour lui ? Serait-il allé au feu par sens du devoir ? Par sport ? Par lucidité devant son absence de choix ? Par ennui ? La perspective de ne pas être bien plus noble dans sa motivation que tous ces bourrins autour de lui le fit frissonner. Pourtant il n'aurait jamais voulu l'admettre. Non, lui savait pourquoi il combattait. La situation avec les Russes et les Slavistes devait dégénérer à un moment ou un autre, et mieux valait que les États-Unis d'Europe prennent les devants. Si Marc Dean se battait aujourd'hui, c'était pour la paix en Europe. Et il se répéta cela intérieurement, comme un mantra.

Pourtant, cette réflexion provoqua en lui une nouvelle question qui le frappa d'autant plus qu'elle lui paraissait plus dramatique encore : était-ce lui qui pensait cela ou bien reprenait-il ce que la propagande avait bien voulu lui inculquer ? Erwin lui avait appris à porter un jugement objectif, à ne pas s'arrêter à l'avis des autres, pour ne pas se fourvoyer à leur place. Mais Erwin n'était plus là pour le guider.

« On verra », répondit-il, presque à lui-même.

Les ordres circulaient par feuillets bleus interposés, apportés par des messagers de la poste militaire, couverts de sueur et puant le tabac. Le vacarme des milliers de voix se mêlait au rugissement des moteurs de Furie, des rotors d'hélicoptères, des grincements de chenillettes des blindés qui creusaient une profonde piste boueuse dans l'herbe grasse.

Des Bombardiers Furie étaient passés en transit dans l'après-midi, mais leur départ avait laissé courir des montagnes de rumeurs sur leur hypothétique dissimulation à quelques kilomètres dans une zone inconnue. Mais les ordres avaient été donnés pour que les appareils puissent parcourir une distance d'au moins 500 kilomètres, ce qui enleva tout crédit aux ragots des fantassins.

« Toujours pas de mail de notre cher général Peterson, annonça Gayans, de retour d'un des nombreux postes relais d'informations. Pas de télex non plus, pas de courrier…

— Pas de cartes postales ?

— Même pas, sourit-il en réponse à Joffrey. Je suppose que les ordres ne peuvent pas encore être dévoilés à cause de (il fit de ses mains une imitation de guillemets) qui vous savez…

— Oui, oui, *la Taupe*, ajouta Joffrey d'un ton pompeux. En attendant, on ne sait toujours pas quand il faudra être prêt.

— Tout le temps, cingla une voix faussement autoritaire.

Ennio sursauta et se tourna vers la partie de la tente isolée par un pan de toile.

— Klaus, tu devrais toi aussi tester le Valium, au lieu de me flanquer un arrêt cardiaque. »

Bernhardt marmonna quelque chose et sifflota soudain un air à la mode. Être l'aîné du groupe – après papi Efthimios, bien entendu – lui avait valu les honneurs du leadership. Ce dernier n'avait pas manifesté un grand intérêt pour cette position au sein du groupe, celui du chef de tente qui prenait tous les blâmes, était responsable de tout, mais que tout le monde traitait tout de même comme n'importe quel troufion. Fin de citation, à peu de choses près. Le Grec se contentait de donner son avis éclairé et toujours

171

grandement écouté, mais jamais ne dirigeait le groupe comme un capitaine. Sans aucune discussion à ce sujet, il avait paru évident à tous que « l'autre » plus ancien devait mener les plus jeunes. Bernhardt n'avait pas eu le loisir de décliner. L'offre, si on pouvait l'appeler ainsi, souffrait néanmoins d'une seule condition, proposée par Gayans et approuvée par Zeus et les frères Tardel : qu'Erwin Helm reprenne ce rôle à son retour. Cela convenait parfaitement à Klaus qui, depuis, comptait les jours jusqu'à cette délivrance.

Pour eux, Erwin était un modèle. Il avait persévéré pour traverser le champ de mines, mené ses amis derrière la barricade et fait tomber cette dernière, libérant l'accès à Lviv. Il remontait le moral à tout le monde, sans pourtant se départir de sa mine sombre et inquiète. Et surtout, il ne les critiquait jamais pour leur manque d'enthousiasme ou de courage. Car il l'avait avoué une fois à Greg – mais Gayans était là pour attraper l'aveu au vol – il lui était arrivé de paniquer. Les autres avaient rapidement été au courant, mais personne ne mettait le sujet sur le tapis. Il avait ses faiblesses comme tout le monde, même s'il tentait de dissimuler son talon d'Achille pour conserver son apparence d'increvable et de tête brûlée. Toujours ce besoin de ne pas flancher, de ne montrer aucune faille…

Les combats les avaient certes rapprochés, une amitié en accéléré s'était forgée dans des circonstances exceptionnelles, mais Klaus commençait néanmoins à s'inquiéter de cette constante demi-mesure. Ce tempérament qui les poussait à se recroqueviller dans le « moyen » pour ne pas dépasser du lot sous peine de se faire juger avait conduit plus d'un Européen à cette mollesse de caractère qui les faisait accepter tout et n'importe quoi, simplement pour ne pas se poser en porte-à-faux des idées reçues. Son regard passait de l'un à l'autre de ses camarades, les jaugeant, tentant de deviner si l'un d'eux oserait un jour s'élever contre l'opinion de tous les autres en dépit du

172

politiquement correct. Ou s'ils laisseraient faire pour ne pas choquer les bonnes consciences…

Il se souvenait encore de son arrivée en Région Grecque, des passeurs européens qui avaient réussi à leur faire traverser les remparts de la Forteresse Europe… tout ça pour les abandonner lorsque sa famille avait osé faire une apologie discrète de Mouvement Athée. Quand son père avait commis l'impardonnable crime de mentionner le courage des Européens d'avoir aboli l'influence des religieux de tous poils dans la sphère publique. Les passeurs jusque là bons samaritains leurs avaient alors fait comprendre que si c'était pour soutenir la dictature fasciste qui risquait de s'installer durablement sur le continent, ils pouvaient sans problème repartir en Iran.

Le souvenir de ses parents outragés, abasourdis au point de ne plus savoir quoi répliquer, le hantait encore aujourd'hui. Son lui adulte donnerait tout pour retourner sur cette plage et secouer son père de toute la force de sa honte pour le faire réagir, ne pas se laisser piétiner par cet idéaliste ignorant qui, s'il ne pouvait nier avoir connaissance de la répression brutale de Téhéran face à la vague montante de Mouvement Athée, semblait n'y voir qu'un moindre mal comparé à l'odieuse dictature laïque que le Parlement européen imposait à son peuple. Fut-ce la reconnaissance de ne pas les avoir trahis, volés, et possiblement jetés par-dessus bord qui retint son père ce jour-là ? La peur de se voir refouler ? La lassitude après un tel calvaire, de camions de fret en soutes de bus scolaires, de trains de marchandises en barques piteuses ? Klaus ne lui avait jamais demandé. Il le lui avait reproché, silencieusement, indirectement. Mais sans jamais se risquer à remettre ce sujet sur la table. Sa mère lui avait fait comprendre qu'il agissait en fils indigne, après tous ses sacrifices, et qu'il lui devait au moins la gratitude de lui avoir épargné la terreur journalière, la psychose, la torture et la corde. Le jeune homme, qui découvrait le monde européen, submergé de droits et de liberté, en était trop enivré pour s'en rendre compte. Même aujourd'hui, avec le recul, il continuait de penser que ce jour-là, sur les galets du Péloponnèse, son père avait commis la faute de se coucher face à des ignorants.

Or avec le temps, des commentaires du tonneau de ces passeurs bien-pensants, il en avait entendu plus que son soûl. Bien souvent des jeunes qui n'avaient pas connu le Millenium Crash et se plaignant que cette cuiller en or prenait trop de place entre leurs dents impeccables. Que la soupe n'était pas assez chaude, ni assez épicée, et qui pensaient qu'en y crachant cela relèverait sans doute le goût. Cette même ignorance crasse que celle qui se trouvait au-delà des murailles de leur fameuse Forteresse Europe, celle de ces soi-disant libres penseurs prompts à se dresser contre leur confort parce que finalement, sous des allures de protestataires, ils ne prenaient aucun risque.

Et d'entre tous ses nouveaux camarades, c'était Ennio Gayans que ses deux prunelles scrutaient avec le plus de suspicion.

Košice, Région Slovaque.

Le ciel couleur grisaille était rempli du vrombissement familier des hélicoptères Harpies de l'Euro Air Force. La base aérienne de Košice faisait partie de la grande cuirasse européenne qui longeait les Régions Est, des dizaines et des dizaines de Casernes d'Unités d'Assaut concentrées près des frontières avec les Indépendants, une cotte de mailles protégeant le cœur de l'Europe, barrant tout accès aux velléités hostiles des Russes et des Slavistes. Hambourg était l'une d'elles, la Baltique et la mer du Nord faisant partie des « zones à risque », mais personne ne s'y était jamais senti proche du danger. Cyril en blaguait d'ailleurs souvent avec ses camarades de chambrée : comment être plus éloigné des combats qu'en Région Allemande, en plein centre névralgique de l'économie européenne ? Du coup, il n'avait jamais pris cette fonction de caserne « spéciale » très au sérieux, et les leçons d'Erwin sur la propagande lui avaient même laissé penser que tout cela n'était que du flan, de la poudre aux yeux des médias et des forces russes. Mais aujourd'hui, marchant sur le tarmac d'une des bases militaires de l'Eurocorps situées à quelques kilomètres seulement de la Principauté Slaviste, le jeune Danois voyait les choses d'un autre œil.

Ici, chaque membre du personnel, militaire comme civil, s'était préparé à cette guerre, avec la certitude inébranlable qu'elle aurait lieu, qu'il ne s'agissait que d'une question de temps. L'inévitabilité du conflit, cette résignation pugnace, ces regards lourds de sens qu'il croisait autour de lui giflaient Cyril en plein visage. Il en était presque venu à se reprocher son insouciance passée. Tandis que lui s'amusait à faire le mur à Hambourg, ces hommes et ces femmes se préparaient studieusement avec tout le sérieux de ceux qui savent que les manœuvres ne sont pas là pour rester prêt à tout, mais pour être prêt à *ça*. Peut-être sa nouvelle jambe en plastique intelligente était-elle le prix à payer pour cette insouciance ? Une punition pour n'avoir pas pris tout cela au sérieux ?

Le vent balayait l'interminable plaine d'asphalte sur laquelle décollaient et atterrissaient les Harpies, faisait flotter les vêtements civils que portait Engström. Son sac sur l'épaule, il s'apprêtait à rejoindre une navette qui le conduirait à la gare de Košice. Là il prendrait un EuroExpress direction Prague, Munich, Berlin, Hambourg, et enfin Kolding. L'appréhension et une peur viscérale de repasser le seuil de la maison familiale lui nouaient les tripes comme jamais. Affronter les mitrailleuses slavistes, il était prêt à le refaire. Se présenter devant son père requérait une plus grande forme de courage qui lui manquait encore.

Ses yeux verts repérèrent le bus militaire dans lequel d'autres estropiés comme lui embarquaient pour retourner à

175

la vie civile. Ah, ils étaient beaux les héros de l'Eurocorps. Bras et jambes en plastique, visages à refaire... Les universités européennes seraient leur récompense. Une bonne éducation dans les établissements les plus cotés du monde. Quelque part, n'était-ce pas ce à quoi ils aspiraient tous avant d'être envoyés au Service Obligatoire, n'était-ce pas ce à quoi *lui* devrait aspirer là, en cet instant précis ? Pourtant il ne parvenait pas à s'y résigner. Il lui semblait qu'il abandonnait ses amis à l'enfer en se dédouanant à la première occasion. Cette pensée tordit son visage d'adolescent en une grimace de douleur mêlée de colère. Pas lui ! Il ne serait pas un putain de tire-au-flanc !

Sans s'en rendre compte, il s'était immobilisé à une petite centaine de mètres du bus alors qu'un petit chapelet de wagons électriques transportant des bagages le dépassait. C'était désormais clair comme de l'eau de roche, sa décision était prise.

Chapitre 8

Berlin.

« Comment ça la ville la plus triste ? Avec tous ces arbres ? Vous ne pensez pas vraiment ce que vous dites. »

Grisé par les petites victoires qu'il remportait avec une aisance renouvelée, Erwin se versa un verre d'alcool et revint vers le petit salon de sa chambre d'hôtel, dissimulant tant que possible son amusement.

« Absolument. Vous ne voulez pas un verre, vous êtes sûre ? Ah non ! Pas en service… »

Son interlocutrice assise dans un petit canapé moelleux le dévisageait d'un air grinçant.

« Vous êtes drôle, dit-elle de sa voix qui n'avait rien d'amusé.

— Merci, Mademoiselle Cardin. Et vous, très convaincante. Vous faites du théâtre ? (Levé de sourcils blasés.) Écoutez, je fais un effort surhumain pour détendre l'atmosphère qui est, comment dire… *soviétique* ? C'est vrai que votre façon de me suivre jusque dans ce petit café n'est pas à votre honneur et ne devrait pas m'inciter à employer toute cette courtoisie envers vous… Mais quelque chose me dit que c'était pour le boulot ?

— Pourquoi voulez-vous que ce soit d'autre ? »

Erwin garda le silence, mais se para d'un sourire taquin. Elle comprenait très bien, mais ça ne prenait pas. Emma avait passé toute la nuit après leur rencontre à analyser Erwin et en était arrivée à la conclusion qu'il était dangereux de sympathiser avec un paranoïaque subversif. Et elle comptait bien s'y tenir.

« N'y pensez même pas. Si je vous ai demandé un entretien, ce n'est pas pour que vous m'invitiez à un tête-à-tête dans un resto huppé. Je dois toujours vous accompagner, et ce jusqu'à ce que cette permission supplémentaire qu'on vous a accordée soit passée. »

Trêve de plaisanterie, donc. Helm abandonna l'approche à la Cyril et décida de jouer selon les règles de la demoiselle. Et d'ailleurs, puisqu'elle mettait le sujet de ses propres réflexions sur la table…

« À ce propos, vous pourriez peut-être m'expliquer ce que cela signifie ?

— Un problème administratif que nous n'avons pas résolu à temps. »

Il sourit de plus belle, et cette fois elle dut détourner le regard. Non pas qu'elle soit gênée par un quelconque sentiment, mais parce qu'elle-même ne croyait pas à l'excuse que lui avait fournie Gonzalez. Elle savait par Nicolaj que de curieux coups de téléphone importants semblaient la concerner ces derniers jours… Cardin avait seulement du mal à comprendre pourquoi tant de mystère autour d'un simple soldat en tournée de promotion pour l'Eurocorps. Cette situation grotesque n'avait aucun sens pour elle, et mentir sur le sujet lui était bien plus difficile qu'elle ne l'aurait souhaité.

« Non, ce n'est pas une faveur, c'est un véritable *problème administratif.*

— Bien sûr… opina le lieutenant sans retenir son sarcasme. On fait en sorte que je ne vous échappe pas l'espace d'une seconde et on me permet – par erreur ! – de bénéficier de deux jours supplémentaires ? Ne me prenez pas pour le dernier des cons, Emma.

— Alors, considérez que quelqu'un de très haut placé vous a dans ses bonnes grâces.

— Vraiment ? Et je peux savoir le nom de mon bienfaiteur ?

— C'est plutôt moi qui devrais vous poser cette question, rétorqua-t-elle avec une dureté inattendue. Qu'avez-vous dit à Dalendel l'autre jour ? Qui était l'homme qui marchait avec vous ?

— Nous afons les moyens de fous faire parrrler ! singea-t-il en imitant un officier slaviste à l'accent prononcé. Dites-moi, Emma, je veux dire, Mademoiselle Cardin, depuis quand vous travaillez pour le Docteur Pototrovovitch ? »

Au nom que les militaires donnaient affectueusement au dirigeant secret des services de renseignements slavistes, tiré d'une obscure série télévisée, la jeune femme lâcha un sourire. Mais elle se reprit très vite et reprit son air intransigeant, dont le masque de neutralité se craquelait pourtant de plus en plus. Sous l'effet de son air débonnaire, elle devenait lentement naturelle, ce qui n'était pas pour déplaire à Erwin qui espérait encore rencontrer la véritable Emma Cardin, et non ce robot bureaucrate envoyé par le ministère.

Elle le remarqua certainement, car elle se leva et se planta devant la fenêtre du petit salon. L'avenue en contrebas grouillait de monde, un homme jouait à l'accordéon un petit air faussement français, mais franchement cliché. Le ciel se dévoilait et la chaleur revenait sur l'immense métropole. Erwin avala lentement son verre, debout derrière elle, et tenta de poursuivre dans sa lancée amicale.

« Ça vous dirait une petite balade ?

— Mais très certainement… J'en profiterai pour vous montrer où se trouve la gare, sinon, vous risqueriez d'arriver en retard à la caserne Heydrich, pour votre vol de Furie, demain… »

Son ton chaleureux rendait ses paroles d'autant plus acides. Mais était-ce une volonté de le mettre mal à l'aise ou une tentative pour masquer sa déception ? Erwin secoua la tête.

Laisse tomber, se morigéna-t-il. *On n'est pas du même monde...*

« Je vois… Vous êtes sûre de ne pas vouloir un petit verre ? J'ai à ma disposition un peu d'arsenic, et du bon.

— Vous oseriez ? fit-elle en se retournant, le visage

neutre.

— Votre vision de mon travail c'est bien de tuer des gens, non ? Alors, que ce soit avec un Famas ou un verre d'arsenic, où est la différence ? »

Il se retourna comme un gamin pour dissimuler sa joie de l'avoir enfin prise au dépourvu. Puéril, peut-être, mais amusant. Quitte à passer sa première permission depuis des lustres en compagnie d'un androïde, autant en tirer les seuls petits plaisirs qu'il pouvait.

Ils avançaient lentement au milieu de la foule de touristes agrippés à leurs appareils photo et autres caméras. L'européos était largement dominé par des langues régionales, et l'unité européenne tant glorifiée par le Ministère de l'Information paraissait en cette place dépourvue de tout fondement.

« L'Église du Souvenir, l'informa Emma en montrant une flèche brisée dressée vers le ciel. Elle est restée en état depuis la guerre, enfin presque, il a fallu la restaurer il y a dix ans, maintenant, la structure interne est renforcée par des arcades de métal. En réalité, elle s'effondrerait comme un mille-feuille si on en ôtait ne serait-ce qu'une seule. »

La flèche de l'église était trouée en son sommet, mais conservait une aura imposante et mystique. Sa rosace disparue ne laissait qu'un grand cercle obscur, froid, inquiétant. Elle représentait le danger de la guerre, de ses destructions et ses sévices aux civils. Une leçon apparemment oubliée par le gouvernement européen. Derrière ce monument se dressait le building du siège social de Daimler-Benz, l'étoile emblématique des voitures Mercedes tournant lentement à son sommet pour en claironner toute la gloire. Une leçon bien mieux apprise par les E.U.E.

« Les Berlinois l'appellent la *dent creuse*, sourit-elle. Et les deux bâtiments plus modernes à côté sont le *stick de rouge à lèvres* et le *pot à fard*. Charmant n'est-ce pas ? »

180

Un groupe de Sud-Américains arborant l'enthousiasme bruyant typique des visiteurs de la Ligue d'Amérique Latine se pressait devant une boutique de souvenirs pour s'arracher les T-shirts hideux et bons marchés – à la fabrication, pas à la vente – que tout le monde se sentait obligé de ramener de Berlin. Le bonhomme des feux piétons de la RDA dont plus personne ne se rappelait vraiment les origines, diverses parodies de « Ich bin ein Berliner » et le Parlement européen sur fond des étoiles et de la rose des vents.

« Très, répondit-il distraitement devant ce spectacle désolant.

— La gare n'est pas loin, nous devons nous rendre au Potsdamer Platz, vous allez pouvoir la voir. Ensuite, nous pourrons passer à l'ambassade slaviste pour régler les papiers de votre retour. »

Cette fois, la logorrhée touristique d'Emma parvint à arracher Helm à son évasion mentale.

« La quoi ? Depuis quand la Slavie possède-t-elle une ambassade à Berlin ?

— Huit ans.

— Et depuis quand est-elle ouverte aux ambassadeurs ?

— En fait, cela fait cinq ans qu'il n'y a plus d'ambassadeurs. Ils ont été assassinés dans un attentat, personne ne souhaitait reprendre la relève, ni de leur côté ni du nôtre.

— Je vois. Un attentat slaviste bien sûr ?

— De qui d'autre ? »

Erwin garda le silence et observa pensivement l'église en ruine qui se dressait encore au-dessus de la foule, 88 ans après sa destruction. Y aurait-il pareil monument pour les villes saccagées en Slavie ? Y aurait-il une Église du Souvenir pour Ternopil ?

« Elle a été rouverte pour permettre aux populations sous autorité européenne d'avoir un contact avec les régions fédérées. Certaines parties de la Slavie, comme la Roumanie et la Hongrie, deviendront sans doute de nouvelles Régions Européennes, nous devons préparer les gens à accepter notre administration.

— Nous sommes trop bons. »

Il replongea dans un silence obstiné.

« Ne vous inquiétez pas, je doute que nous ayons à franchir le Mur, dit-elle brusquement.

— Nous ? Vous ne passerez rien du tout, ça c'est clair ! Moi, en revanche...

— Le président a été interpellé par les États Arabes Unis qui menacent presque l'Europe de guerre si nous avançons, poursuivit Emma sans un regard pour lui.

— Je vous rappelle qu'on l'a vu *ensemble* en direct. »

Elle poursuivit sur sa lancée, ignorant complètement la remarque du lieutenant.

« Ils sont complètement paranoïaques, comme si leur pétrole nous intéressait ! L'avenir c'est les Carburants Écologiques Végétaux ! Les énergies renouvelables ! Pas le pétrole...

— Le plus terrible, dans tout ça, c'est que vous croyez probablement à ce que vous dites. »

Après un cours trajet en bus et quelques pas de plus, ils arrivèrent enfin en vue de l'immense place où, perdus dans un bosquet d'immenses griffe-ciel, deux bâtiments incurvés tout de verre et de métal soutenaient un dôme évoquant le Fuji-Yama. Emma fournit poliment un plan annoté au jeune soldat alors qu'ils arrivaient devant l'entrée de la gare ferroviaire souterraine, une série d'escalators et un escalier protégés des intempéries par une structure en verre à l'armature grise et terne qui pour le lieutenant ressemblait plus à une boîte à chaussure géante qu'à une œuvre architecturale. Elle lui confia également un petit ticket de métro. La gare étant enterrée sous la place, des tubes de lentilles surmontés de miroirs jaillissaient du sol pour apporter de la lumière naturelle aux quais en sous-sol, ce qui captait beaucoup plus l'attention du soldat que les consignes rébarbatives de la jeune femme.

« Valable encore trois jours, le rabroua-t-elle en agitant le bout de carton sous son nez pour le forcer à se tourner vers elle. Le point ici c'est la gare, passez-moi la carte voulez-vous ? Bien, l'ambassade c'est cette petite croix. Si jamais vous avez un souci avant le départ, c'est ici que vous devrez vous rendre. Nous irons faire un tour afin que vous voyiez de quoi ça a l'air, vous verrez, c'est gai. Mais à pied on ne va pas s'en sortir, venez. »

Elle bifurqua brusquement et s'engouffra dans l'escalier sale qui menait au métro, toujours signalé par les panneaux rétro « U-Bahn » qui plaisaient tant aux touristes. Le vent tiède et puant qu'exhalait cette entrée du labyrinthe souterrain berlinois réveilla la mauvaise humeur du lieutenant alors qu'il se forçait à la suivre au petit trot, narines retroussées de dégoût.

« Je hais les transports en commun.

— Arrêtez un peu de vous plaindre », le rembarra-t-elle plus gaiement d'une tape amicale sur l'épaule.

Erwin sourit. La besogne achevée, elle était à présent elle-même.

Slavie.

Le colonel Daniel Andersen buvait un café si fort qu'il se prit à se demander s'il n'avait pas oublié de mettre un filtre. Deux sucres et un peu de lait l'avaient rendu à peine buvable. Chaque fois qu'il changeait de cafetière, c'était la même chose. Sa compagne se moquait souvent de sa répugnance au changement de routines, surtout pour un militaire. Hors pour lui, nul paradoxe, car il était évident qu'il existait deux types de routines : celles qu'on bousculait pour optimiser ses forces, surprendre l'ennemi, plier plutôt que rompre, et il y avait ses routines. Qui incluaient généralement du café.

La tasse fumante à la main, le colonel scrutait la tablette tactile de son bureau préfabriqué où défilaient les images satellite des fronts russe et slaviste. Il avait appris avec soulagement que la contre-attaque européenne face aux Russes serait dirigée par le général Eggton. Un sentiment qui se dissipa rapidement en constatant que George Peterson était toujours aux commandes de la première armée en Slavie. Andersen faisait tout son possible pour respecter les règles de l'art en avançant prudemment, logiquement, efficacement. C'était autant l'amour des règles et du travail bien fait qu'une bonne dose de bon sens. Une armée moderne n'avait selon lui pas besoin de brutes épaisses, en tout cas pas au-delà du grade de lieutenant. Il fallait des cerveaux, des gens capables de trouver la faille de l'ennemi, pour ne pas avoir à en créer une à grand renfort de bombes K... Tout le contraire de Peterson, apparemment, puisqu'il avait foncé dans le tas sans réfléchir. Comme on pouvait malheureusement s'y attendre. Bourrin, et aucun respect pour les règles. Un déchet.

Quelqu'un toqua à la porte, l'arrachant à ses réflexions égarées. Daniel remarqua que son visiteur était sec, et donc que la pluie avait enfin cessé.

« Capitaine, s'enquit le colonel.

— Mon colonel, j'ai appris que nos troupes avancent efficacement en ex-Roumanie, les défenses n'y sont guère solides... Mais nos rapports sur l'Ouest hongrois m'inquiètent. Ils y sont aussi féroces qu'au Mur. Notre avancée est lente et coûteuse.

— Que voulez-vous, capitaine, nous avançons où nous le pouvons ! Si nous avançons en ex-Roumanie tant mieux ! Ainsi nous couperons la Slavie en deux.... Et si les politiciens ne faisaient pas des ronds de jambe inutiles avec les Arabes Unis, nous pourrions envoyer nos troupes de Région Grecque en ex-Bulgarie. Les choses iraient bien plus vite...

— Notre priorité n'est-elle pas la Montagne, et Kiev ? insista le capitaine. Le général Peterson nous demande des troupes supplémentaires, c'est la raison de ma venue. Il planifie un assaut massif pour dans deux jours, trois au plus. »

Il lui fallut quelques secondes pour bien intégrer la requête qu'on venait de lui soumettre, instant qu'il mit à profit pour poser sa tasse sur un porte-dossier, posé à distance de bras. Le capitaine devait avoir réalisé que cet instant de calme annonçait une tempête, car il avala sa salive et se raidit. Cette fois la coupe était plus que pleine, un vrai geyser. Andersen inspira profondément pour tenter de se contenir. Les enjeux des différentes approches tactiques de l'occupation de la Slavie s'affrontaient dans son esprit, cherchant à donner une once de crédit au plan du général. Peine perdue. Dans une bouffée de rage incontrôlable, il claqua violemment ses mains sur le bord de la tablette tactile, les veines battant sur son cou tendu.

« Mais bien sûr ! explosa le haut gradé avec un rictus menaçant. Un assaut contre la Montagne ! »

Il bondit du siège planté dans son bureau de campagne et se rua sur le téléphone cellulaire qui gisait sur une petite table d'acier. Il composa un numéro à cinq chiffres et hurla sur un pauvre standardiste certainement fraîchement sorti d'Oslo.

« Général… Qu'est-ce que ça signifie ? On ne peut pas… (Une longue pause) Non ! J'ai autant besoin de 10 000 hommes que vous, Peterson, et si un miracle me les allouait, je serais prêt à envisager l'existence d'un Dieu dans cet univers, mais… Vous avez une idée *concrète* de ce que représentent 10 000 hommes ? Et de ce qu'ils coûtent ? Priorité au Mur, j'entends bien, parfait, vous voulez que je vous les envoie avec une boîte de chocolats aussi ? Hors de question, nous pacifions un pays, pas une capitale ! Prendre Kiev ne vous servira à rien si le peuple se soulève et que nous n'avons aucun contrôle sur la province ! Soyez sérieux, on ne peut pas s'en occuper "après". *Après* ils auront eu le temps de se préparer à notre venue, de piéger les ponts et toutes les routes, d'organiser des unités de guérilla, bref, une véritable résistance. Autant frapper lorsque cela leur fait encore mal, tant qu'ils sont désorganisés et en état de choc ! »

Une nouvelle pause se prolongea, le jeune capitaine n'entendait que vaguement la voix de Peterson qui s'excitait à l'autre bout de la communication. Fraîchement promu officier juste avant le déclenchement du conflit, il se sentait encore très mal à l'aise dans ses fonctions, et la sueur lui venait au front alors qu'il observait le colonel faire les cent pas.

« Avec tout le respect que je vous dois, général, je vous…

— Colonel, tenta de l'apaiser le capitaine.

— Je conserve les troupes de Satu Mare et Baia Mare ! Mieux, je réquisitionne les fantassins de Debrecen qui étaient venus renforcer l'assaut et les prends sous mon commandement dans la minute qui suit. Bien sûr que je peux, et je le fais. »

Il raccrocha, les lèvres écumantes de rage. Le symbole avant la tactique ? Le prestige avant la logique ? Daniel Andersen ne pouvait tolérer cette idée. Pas alors qu'il était censé observer sans mot dire un opportuniste profiter de cette guerre pour plaquer or son blason en cuivre.

« Ce bâtard croit pouvoir prendre Kiev avant que je prenne la Slavie ? cracha-t-il à l'intention du capitaine. Que la course commence et que le meilleur gagne ! »

La perfusion rendait son camarade tellement impuissant dans ses draps immaculés que Youri en vint presque à le plaindre d'être soigné ici. Gary était dans un bloc fermé et crûment éclairé par les mêmes sempiternels néons qui faisaient se ressembler couloirs, salles d'interrogatoire et chambres d'hôpital. Et tous ces murs gris, sales, humides…

« Tu as eu du bol, commenta-t-il pour distraire son ami de ce lieu sinistre. Il paraît que ça guérira vite.

— Tu t'es débrouillé comme un chef… Tu devrais faire

un stage dans la Volga, je suis certain que t'obtiendrais tes premières Marques Vertes d'Engagé ! »

Barotov esquissa un sourire gêné. Passer son temps en compagnie de l'arrogance russe ne l'enchantait guère, mais il ne pouvait nier que s'il souhaitait être formé convenablement, il lui faudrait affronter l'entraînement irremplaçable des Spetsnaz...

« Des Marques Bleues rendraient déjà ma mère vachement fière, répliqua-t-il humblement.

— Ça viendra, ne t'inquiète pas. Au fait, je voulais te demander (il se redressa sur son lit dur et froid.)... Comment t'as fait pour nous sortir de cette merde, dans la colonne européenne ?

— J'ai pris un camion, raconta Barotov, fier de son exploit. Je t'ai amené à un poste-frontière, et j'ai balancé dans le décor une bagnole qui nous coursait... Les trois survivants sont interrogés en ce moment, d'ailleurs. »

L'autre hocha la tête.

« Nous sommes bien où je pense ?

— Malheureusement, gémit Youri. Il va nous falloir deux semaines, au moins, pour avoir les papiers nécessaires pour sortir de là ! Ils gardent un secret absolu sur les entrées et sorties, tout est contrôlé à la seconde près. On dirait, tu sais, quand la préfecture avait été pillée et qu'ils l'ont rouverte, mais avec cinq gars en uniforme devant chaque porte à demander papiers et autorisations !

— Oui... Quand nous devions encore casser des vitrines pour manger, grommela Gary. Quand les Européens nous écrasaient encore avec leurs soi-disant "sanctions" ! Je me souviens, oui. Pas foutus de rabaisser le prix, non, fallait payer cash. Alors que pour les Africains, ils donnent des aides, financent des désaliniseurs d'eau, des puits, des terraformations partielles... Avec ça les pays africains peuvent nous gratter comme ils veulent sur les marchés, maintenant. Je te le dis, c'est un coup monté contre nous, pour qu'ils conservent leur monopole en Europe, on leur faisait trop peur. »

Youri resta pensif.

« Ils ne réussiront pas à passer la Montagne, n'est-ce pas ? »

Gary le jaugea d'un air brusquement autoritaire.

« Tu en doutes ? »

Le silence pesa lourdement, insoutenable.

« Non.

— Bien… Ils ne passeront pas, je te l'assure. S'ils le font… »

Sa phrase flotta mystérieusement dans l'air.

« … c'est qu'ils sont vraiment suicidaires. »

Les cordes lui mordaient les bras et les chevilles, ses yeux rougis par la fatigue n'osaient plus s'ouvrir. Les bras ankylosés, le visage marbré de sang, Petros ne s'époumonait même plus à cracher sa douleur. Il restait silencieux, ballant, sans force. Son corps n'était plus qu'une vaste plaie.

« Je suis vraiment las, annonça froidement l'officier slaviste. Faudrait-il que j'allège tes souffrances ? Et que je passe à tes camarades ? »

Après un battement de cœur résonnant dans le silence figé, Malovich trouva la force de relever la tête et ses yeux furent agressés par la lumière crue. Cela faisait trois fois qu'ils lui répétaient cela. S'ils ne l'avaient pas déjà fait, ils n'oseraient pas.

« Chiche », lâcha-t-il avec un sourire forcé et douloureux.

L'officier devint livide. Ses mains croisées dans le dos reprirent leur place le long du corps et les poings serrés laissaient grincer le cuir des gants. Il fit quelques pas de côté, la mâchoire inférieure tressautant d'irritation. La fureur brûlait dans ses petits yeux mesquins.

« Chiche ? » fit-il en se forçant à conserver un ton calme.

« Chiche », répéta Petros, dissimulant son trouble.

L'officier se retourna et grogna quelque chose au garde. Il revint et s'agenouilla lentement devant le prisonnier. Il le fixa intensément de son regard de braises ardentes et laissa fuser son mépris.

« Chiche. »

Chapitre 9

Berlin.

S'il était une chose sur laquelle tous les parlementaires européens étaient d'accord, c'était que leurs appartements de fonction auraient pu être pires. La plupart des Députés Européens de l'époque du Millenium Crash s'étaient plains du manque de confort, de la promiscuité avec leurs collègues. L'idée d'installer les élus au Parlement européen dans une zone résidentielle réservée aux Députés – puis délégués – n'avait guère enthousiasmé ces hommes et ces femmes qui s'étaient longtemps battus pour ne plus avoir à se déplacer entre Bruxelles et Strasbourg, où les hôtels de luxe manquaient cruellement. Pourtant la ligne forte de Victor Wilem, premier président des E.U.E., demeura inflexible et cette condition resta non négociable. Chaque Parlement européen était désormais doté d'un Hôtel Parlementaire où les délégués pouvaient vivre sans payer de loyer. S'ils désiraient un plus grand standing, ils devaient le payer de leur poche, pas de celle du contribuable.

Avec le temps – et par la force des choses – ce statut s'était imposé dans les esprits et beaucoup de délégués s'enorgueillissaient de vivre leur mandat « à la dure », ce qui était extrêmement relatif. Michael Dalendel s'en moquait même dans l'hémicycle, parfois, alors qu'on parlait de revoir leurs salaires à la hausse. Heureusement, s'il l'on pouvait dire, le Parlement avait plusieurs grosses réformes à gérer pour le moment et cette sempiternelle histoire de hausse des salaires parlementaires restait dans la pile poussiéreuse des dossiers à traiter. Non pas parce que les délégués étaient désintéressés, au contraire, mais parce que le président des États-Unis d'Europe avait mis les points sur les *i* quant aux priorités actuelles. Or au plus grand regret de

Dalendel, Markus Tramper avait dans les faits bien plus d'autorité au Parlement que la Constitution européenne ne lui en accordait.

Travaillant à son bureau à la lumière de sa lampe et du rétroéclairage de son écran, le délégué passait justement en revue les derniers progrès dans les débats de son groupe à l'hémicycle. Trois lois étaient au programme et devaient être votées dans les mois à venir, et non des moindres. La première concernait une réforme des salaires et s'attaquait, une fois de plus, aux domaines de compétences des Régions fédérales. Dalendel n'en était guère surpris, les gouvernements Tramper n'avaient eu de cesse de rogner les prérogatives régionales pour renforcer le rôle du Parlement européen tout en s'assurant de chapeauter celui-ci avec un gouvernement encore plus fort. Beaucoup de délégués, attirés par la perspective de voir leur statut s'améliorer pour de bon, suivaient la carotte sans faire d'histoire. Mais Michael savait que le bâton qui se cachait derrière cela, c'était la vision unitariste de Tramper, l'Europe une et indivisible, le continent-nation. La fin des États-Unis d'Europe.

La seconde loi débattue était la peine de mort par référendum et son alternative encore floue, mais néanmoins tenace, une forme d'ostracisme civique au sein des E.U.E. pour lutter contre l'opposition violente des défédéralistes extrémistes. Bien qu'il n'y ait encore rien de concret présenté au Parlement, l'opinion publique se divisait profondément sur la question et les sondages indiquaient clairement qu'on touchait une grave question de société. Les délégués avaient donc pris les devants.

Enfin, et c'était finalement la mère de toutes les réformes, il y avait cette proposition de Markus Tramper lui-même. La réforme pure et simple de la Constitution. Moderniser les E.U.E., passer à l'étape suivante, comme il le présentait. Cependant il s'agissait de bien plus que cela. On ne modernisait pas le système, on le transformait complètement.

Aux démangeaisons de ses yeux fatigués, le délégué sentit qu'il était temps de faire une pause. Il lisait des rapports et des courriers sur ces projets depuis des heures pour tenter de rester au fait des dernières discussions, mais ses collègues se montraient simplement trop prolixes. Ou bien était-ce parce que son esprit refusait de se concentrer après sa rencontrer mitigée avec le lieutenant Helm ? Quoi qu'il en soit il abandonna sa tablette tactile sur son présentoir et quitta le bureau avec lassitude. Ses jambes le menèrent sans lui demander son avis vers le canapé et sa main s'agita devant l'écran plat géant accroché au mur. L'horloge au bas de l'image affichait 23 h 20. Déjà ?

« Satu Mare est une ville essentielle si nous voulons asseoir l'autorité des États-Unis d'Europe en Slavie, expliquait un homme en costume sobre sur un plateau télévisé. Je ne vous apprends rien en vous disant que le gouvernement préslaviste aidé du parti fusionniste roumain y avait installé un quartier général du parti de Zwiel, avant même la création du pays. La ville est devenue un centre vital pour le gouvernement du Prince, tout autant que Kiev – et je dirais même peut-être plus encore ! Une clef. Un relais obligatoire pour pacifier le pays.

« D'où les défenses majeures autour de la cité, explicita le présentateur au téléspectateur moyen qu'il semblait estimer trop limité pour faire ce rapprochement lui-même. Vous pensez que la chute rapide des autres villes n'est pas le fruit de la nouvelle technologie européenne, mais venait surtout du fait que les militaires slavistes aient préféré les sacrifier afin d'être en mesure de défendre convenablement Satu Mare ? »

Un petit sourire de fouine ultra-blanc et une coupe de cheveux de tombeur, qu'est-ce que ce présentateur pouvait être horripilant. Beaucoup de gens le trouvaient « acide » parce qu'il posait des questions faussement polémiques. Dalendel lui aurait simplement mis une paire de claques s'il le pouvait.

« Tout à fait, confirma l'invité en réajustant ses lunettes à monture fine. Bien sûr, Budapest a une profonde valeur symbolique – et sa reddition est un coup dur pour la propagande du Prince Zwiel – mais elle reste néanmoins bien moindre face à l'une des capitales idéologiques du néo-panslavisme. »

La mention de Budapest arracha un ricanement au délégué. L'Eurocorps avait décidé de prendre, ou du moins encercler, les villes les plus importantes et rapidement, afin d'empêcher au maximum des troupes fraîches de partir défendre Satu Mare. Le Parlement européen avait été informé de ce choix par un mémo écrit sur un coin de table par le ministre de la Défense et de la Guerre Thomas Garibaldi, sans que cela ne choque plus qu'une poignée de parlementaires vieux jeu... Certaines régions slavistes n'avaient donc même pas été pacifiées, à peine traversées, et la résistance devrait être matée par la suite, lorsque les centres nerveux seraient tombés. Cette tactique aléatoire et validée dans l'urgence par quelques généraux ou amiraux dans la pagaille la plus totale, semblait avoir fonctionné, mais laissait un énorme point d'interrogation là où ces messieurs en uniforme auraient dû préparer le futur de l'occupation européenne. Dalendel avait essayé d'obtenir un entretien avec Garibaldi pour lui exprimer ses craintes sur le long terme, sans succès. Le souvenir de ce coup de téléphone écourté avec mépris lui arracha une bouffée de rage mal contenue. Il se força donc à respirer profondément et changea de chaîne d'un geste de la main face à l'écran.

Les publicités offrirent un instant de répit à son cerveau qui erra sans qu'il ne s'en aperçoive dans les méandres des dossiers qu'il croyait avoir abandonnés sur l'écran de sa tablette. Quoi qu'il fasse, il avait l'impression d'assister à un instant charnière de l'histoire de l'Europe sans parvenir à y jouer le moindre rôle. Pourtant il était élu au parlement le plus influent du monde, jouissait d'une réputation qui lui ouvrait des portes inaccessibles à nombre de ses collègues... Alors pourquoi se sentait-il si impuissant ? Une bouffée de plus. Sa poitrine se serrait et son cœur palpitait. Inspirer longuement, il devait s'y forcer. Expirer lentement...

Michael se laissait ronger par le stress et la pression, il le sentait désormais chaque jour physiquement. Douleurs au dos, au ventre, maux de tête, et ces montées d'adrénalines... Les calmants n'y faisaient rien. La boulimie de travail pour compenser ce sentiment grandissant d'inutilité. L'ancien professeur d'études politiques regrettait presque son poste universitaire. Au moins à l'époque avait-il l'impression de faire une différence en éduquant une prometteuse génération d'Européens. De sa Région Polonaise natale à la Région Allemande, il avait enseigné à ses élèves comment devenir les politiciens de demain, dans une Europe fédérale où tout était possible. Il avait observé avec passion comment les programmes d'études européens inspirés d'Erasmus permettaient enfin à une majorité d'étudiants de la fédération de voyager, de rencontrer d'autres gens, de visiter d'autres Régions. Il voyait l'Europe fédérale en action. Puis on lui avait proposé d'accéder à des postes plus... concrets. La politique, la vraie. Celle de Bismarck. D'aussi bien qu'il puisse s'en souvenir, c'était là qu'il avait perdu l'Europe de vue...

La claque des désillusions. La lutte perpétuelle entre ceux qui y croyaient et ceux qui croyaient dans le profit qu'ils en retireraient. Un combat qu'il menait tambour battant depuis lors jusqu'à aujourd'hui, et qu'il avait l'impression de perdre, bataille après bataille. Pourquoi ? Comment ? Le pauvre délégué ne parvenait pas à en discerner la raison. Il retournait la question dans tous les sens sans réussir à trouver l'idée qui lui permettrait de reprendre l'avantage.

Le découragement se faisait toutefois sentir beaucoup plus durement ces temps-ci, mais ça, Michael ne comprenait que trop bien pourquoi. La réforme des salaires le touchait personnellement. Il avait été l'ardent défenseur de la mise en place d'un Revenu Commun versé à chaque eurocitoyen, et c'était le vote de cette loi qui lui avait à l'époque donné de réelles ambitions politiques avec l'espoir qu'il parviendrait à améliorer encore une fédération qui allait dans le bon sens. Le Revenu Commun était son trophée. Seulement ce système ne fonctionnait que par sa souplesse : il était propre à chaque Région, calculé en fonction de facteurs tels que le loyer d'un logement minimum et le prix des aliments de base. La décision de ce que devait contenir la liste de ces aliments de base et le vote final avalisant le montant de ce Revenu Commun était une prérogative purement régionale, où le Parlement européen n'avait un droit de regard qu'en cas d'excès évident. Les disparités entre Régions en matière d'immobilier, de culture culinaire et de salaires étaient si grandes, en Europe, qu'il semblait parfaitement évident qu'il relevait alors du domaine de compétence régionale.

Mais pas pour ces idiots d'unitaristes à la Tramper. Ces fanatiques de l'unité absolue envers et contre tout voulaient chambouler ce système, car ils estimaient que le Revenu Commun devait être égal à travers toutes les Régions. L'unité dans l'égalité, l'égalité dans l'unité. Pour compenser les différences dans les Régions les plus modestes, ces bonnes gens proposaient de créer une aide sociale financière spéciale directement puisée dans le Fond Social Européen… Quelle absurdité ! Non seulement ils foulaient au pied leur propre excuse d'« harmonisation », mais ils retiraient le sens même du Revenu Commun qui permettait à tout eurocitoyen, même sans emploi, d'avoir les moyens de subsister sans avoir recours à aucune aide particulière du FSE ! Certes, sans luxe et dans les conditions minimum, mais avec un toit, de l'eau chaude, à manger et Euronet. Désormais les unitaristes voulaient revoir le Revenu Commun à la baisse dans une « harmonisation » à l'échelle du continent qu'ils compenseraient par des hausses de salaire.

Laissant les plus démunis dans un désarroi encore plus grand et favorisant les eurocitoyens salariés.

On revenait deux décennies en arrière ! Et tout cela sous prétexte de motiver les Européens à trouver un emploi... Dalendel ne pouvait le tolérer et menait une campagne très active contre cette réforme. Pour lui les Bourses Européennes à l'Emploi, qui finançaient chaque année des millions de demandeurs d'emploi dans leur déménagement d'une Région à une autre afin de leur permettre d'accepter une offre dans leur qualification, faisaient déjà un travail admirable. Stigmatiser ceux qui ne trouvaient toujours pas d'emploi n'était pas la solution. C'était refuser de voir la réalité en face : le miracle européen et le boom économique post Millenium Crash n'était simplement pas appelé à durer éternellement. Les États-Unis d'Europe se stabilisaient. Mais cela, Tramper et ses proches refusaient de l'admettre. Pour eux la solution était l'unité absolue, l'intégration totale. Folie ! Ce qui avait fait la pérennité du succès européen était son unité face aux défis extérieurs et sa souplesse dans ses différences intérieures.

Je devrais la noter celle-là ! se dit Michael sortant de la poche de sa chemise son petit carnet de notes. Chaque instant éveillé, son esprit retournait les arguments de ses adversaires sous chaque angle pour trouver toutes les failles et y opposer une verve solide, convaincante, et au final, victorieuse. L'arène parlementaire lui dérobait toute son énergie, tout son temps et tout son appétit... Ce qui n'était peut-être pas un mal, se faisait-il souvent remarquer. L'embonpoint avait fini par le gagner dans sa nouvelle carrière en dépit des efforts de son compagnon pour l'encourager à faire plus d'exercice... Le pauvre, il fallait d'ailleurs qu'il réponde enfin à son coup de téléphone qu'il n'avait pas pu prendre en pleine réunion. Les joies du célibat géographique... Miska enseignait depuis la rentrée à l'université de Lisbonne et avait la fâcheuse tendance à oublier cette maudite heure de décalage horaire. Quelle tête en l'air, c'en était presque agaçant. Mais le soutien indécrottable de son mari était peut-être la dernière chose qui le retenait de tout plaquer quand s'insinuait en lui ce sentiment d'échec de plus en plus prégnant.

« Tu seras impuissant le jour où tu abandonneras, pas l'inverse. » lui répétait-il à l'envi. Michael aurait aimé le croire... Mais les événements semblaient s'obstiner à s'acharner contre lui. L'affaiblissement du Mouvement Fédéral face aux unitaristes du Parti Fédéraliste, la guerre en Slavie et les douloureux souvenirs qu'elle réveillait... Et ce fantôme surgi du passé. Erwin Helm, les traits si odieusement familiers que le délégué osait à peine le regarder en face. Oui, ce jeune homme était bien le fils de son père. Et il semblait bien déterminé à remuer les circonstances troubles de l'exécution de ce dernier, au risque de découvrir une vérité qu'il préférerait ne pas apprendre. Comment le lui dire ? Comment l'aider dans son appétit de justice sans fouler au pied son idéalisme, sa fougue, sa droiture ? Ces qualités étaient devenues si rares que les piétiner eût été criminel.

Mais s'il veut la vérité, il finira bien par la trouver... Que fera-t-il alors ?

Au moins était-il entre de bonnes mains en la présence d'Emma... son ancienne élève, son amie. Elle l'avait appelé après leur courte rencontre au Parlement et ils avaient eu une longue conversation, comme au bon vieux temps... Qu'elle avait pu grandir, la petite Emma ! Et pourtant toujours aussi consciencieuse... Ses questions détournées sur ce qu'il avait bien pu glisser à l'oreille du lieutenant Helm ne lui avaient pas échappé, il s'était seulement montré suffisamment gentleman pour feindre ne pas s'en rendre compte. Un sourire éclaira le visage épuisé de Michael Dalendel alors qu'il jetait un œil nostalgique à ce petit arbre en pierres et fil d'étain qu'elle lui avait offert, des années auparavant, pour son mariage.

« Mon père m'en avait fait plusieurs lorsqu'il était à l'hôpital », avait-elle expliqué avec un sourire reconnaissant. « S'il pouvait voir ce que vous avez fait pour moi depuis qu'il est… parti… je pense qu'il souhaiterait vous en offrir un. » Et c'était un bien bel arbre ! Ses racines s'agrippaient fermement à une pierre de quartz, ses branches de fils dorés torsadés portaient un feuillage de minuscules améthystes… Michael avait accepté le cadeau avec émotion et ce simple souvenir réveilla les larmes enfouies. Cette simplicité lui manquait tellement aujourd'hui…

Son téléphone bipa pour l'avertir qu'il était temps de quitter l'appartement. La séance nocturne allait commencer.

Berlin étincelait dans la nuit derrière la fenêtre de l'hôtel. Il ne pleuvait plus et les nuages se permettaient même quelques trouées disparates. Bien entendu la pollution lumineuse empêcherait quiconque de voir la moindre étoile, mais l'air frais qui soufflait sur la capitale restait agréable. À quelques kilomètres de l'appartement où Michael Dalendel pensait à elle, Emma lisait assidûment, enfoncée dans la pile de coussins du sofa de la chambre d'hôtel du lieutenant Helm, face à une table basse couverte des magazines et journaux pour lesquels Helm avait donné des interviews. Pourtant, elle ne passait pas ces articles en revue pour traquer les interprétations libres et ajouts trop personnels des journalistes comme elle aurait dû le faire. Le claquement des portes de placards dans la salle de bain l'avertit que son protégé en avait fini avec sa douche et qu'il n'allait pas tarder à la rejoindre. Elle remit alors précipitamment une revue sur la feuille comme avant qu'elle n'y jette un coup d'œil.

Dans la chambre voisine, Helm venait de sortir de la douche et enfilait rapidement un pantalon. Ce fut torse nu qu'il retrouva la jeune femme dans le salon, se frottant la tête de sa serviette. Cardin s'apprêtait à lui faire un commentaire lorsqu'elle remarqua les nombreux bleus et commotions qui meurtrissaient le corps du soldat. Erwin saisit son regard horrifié et s'empressa de retourner dans sa chambre pour enfiler une chemise.

« Désolé, je n'avais pas pensé à ça.

— C'est moi qui suis désolée, répondit-elle la voix plus douce que d'ordinaire.

— C'est moins douloureux que ça n'en a l'air », mentit-il pour ne pas l'alarmer.

Il avait rougi. L'idée qu'elle prenne cela comme une invitation à la pitié ou pire, comme une fanfaronnade, une démonstration virile, l'embarrassait profondément. En fait il était tellement pris dans ses pensées qu'il l'avait presque oubliée. Et ce regard qu'elle avait eu… ce dégoût… Lui qui se sentait comme un bout de viande martelé par le boucher, visiblement, c'était également à ça qu'il ressemblait.

Cardin avait rougi aussi. La pudeur d'Erwin l'avait prise au dépourvu et elle se mit à espérer qu'il n'avait pas mal interprété sa surprise. La simple vue de ces marques violacées lui avait tiré un frisson.

Déterminé à changer rapidement de sujet, Erwin s'inclina alors lentement vers le magazine, un sourire canaille au coin des lèvres.

« Vous avez trouvé à vous occuper pendant que je me décrassais ? »

Il récupéra le papier écrit à la main qu'Emma avait tenté de remettre à sa place. Voyant qu'il l'avait surprise en flagrant délit, elle eut du mal à se retenir de rougir de honte. Elle bossait dans les bureaux, pas dans les renseignements ! Agacée par sa maladresse elle regretta Nicolaj, Gonzalez et sa machine à café.

« Petite curieuse, ajouta-t-il en retournant dans sa chambre, agitant d'abord le papier sous le nez de la jeune femme. Ça vous a plu au moins ?

— Vous racontez quoi au juste ? fit-elle, choisissant une

posture offensive pour sauver la face. Votre version de la guerre ? »

Il mit quelques instants à revenir. Elle se tordit le cou pour tenter d'apercevoir quelque chose dans la petite chambre luxueuse. Elle abandonna finalement, voyant à son ombre qu'Erwin revenait vers elle. Inutile de rajouter au malaise de tout à l'heure.

« Quelle version ? Il n'y a que dans votre ministère que la guerre comporte plusieurs versions. Moi j'écris ce que je vis.

— Vraiment ? Vous utilisez pourtant ce qu'il y a dans la presse. Vous ne craignez pas d'employer des sources erronées ou falsifiées par *mon* ministère ?

— C'est le risque, répondit-il, ignorant le sarcasme. Mais voyez-vous, pour moi la presse c'est comme le recyclage : il ne faut jamais oublier le tri sélectif. »

Emma prit subitement une jolie couleur pivoine. Ce garçon avait un tel dédain, pire, un tel mépris pour son travail qu'elle peinait à rester courtoise. L'aurait-il prié à genou de le détester qu'elle n'aurait pas trouvé l'effet plus efficace.

« Allons, ne faites pas cette tête, venez regarder la télé avec moi, je suis sûr que vous apprécierez le boulot de vos collègues. On parle de Satu Mare, je crois ! »

Il se jeta littéralement dans l'un des fauteuils moelleux du salon et de la télécommande alluma l'écran. Les images des manifestations et des arrestations brutales passaient en boucle, commentées par la voix d'un journaliste pompeux qui donnait l'impression de décrire la bataille de la Somme.

« Ah, j'y étais presque : les émeutes berlinoises ! Admettez que la nuance est subtile. Écoutez-le (il prit une voix théâtrale) : les blessés, traînés comme du bétail par les forces de l'ordre ! Le chaos de l'anarchie !

— C'est bien ce qui se passe, pourtant, commenta Emma avec un regard triste vers l'écran plasma. Tous ces jeunes gens en quête de rébellion contre tout ce qui leur paraît assimilable à leurs parents – autorité, discipline, rigueur – ils saccagent tout en brandissant les drapeaux des partis défédératistes, lesquels profitent largement de leur naïveté pour doper leurs sondages. Vous parlez d'une jeunesse ! Des décérébrés qui ne voient pas que s'ils peuvent se permettre de manifester oisivement dans les rues, c'est parce qu'à la sueur du front de leurs parents l'Europe s'est sortie du Millenium Crash en appliquant cette même politique qu'ils critiquent aujourd'hui ! Ils crachent sur ce qui leur permet maintenant de vivre décemment…

— Venez donc voir en Slavie à quel point nous vivons décemment.

— C'est la guerre !

— *Précisément*. C'est bien pour cela qu'ils manifestent ! Parce que c'est la guerre, et ce n'est certes pas avec ce genre de méthode que l'Europe s'est reconstruite, très chère. Au contraire, dès que la situation diplomatique s'est envenimée avec nos voisins, nous perdions sensiblement de notre cohésion. »

En réalité, et il le savait, l'Europe fédérée avait largement profité des microconflits mondiaux pour tirer son épingle du jeu, mais les souvenirs de la guerre civile ethnique aux USA, ou l'opposition Iran contre Grande Inde, ne servaient guère son propos à cet instant. Sachant pertinemment que la jeune femme était loin d'être sotte et réalisant qu'il avait prononcé une énormité, il préféra enchaîner pour lui ôter l'occasion de démonter son argument fallacieux.

« Vous sentez-vous Européenne, Mademoiselle Cardin ?

— Bien entendu, quelle question !

— Et bien pas eux. »

Il désignait l'écran de sa main, les yeux plantés dans ceux d'Emma.

« Il y a des Européens qui vivent à des milliers de kilomètres de Lviv, savez-vous ! Des citoyens européens comme les autres qui ne se sentent pas concernés par la

Slavie, et qui par conséquent n'ont aucun désir de payer le tribut d'une guerre dont ils ne voient pas le besoin ! Des volontaires de la Région Belge sont venus nous remplacer à Hambourg. Belge ! Croyez-vous réellement que les Belges – la population belge – aient quelque chose à foutre des trois bombes que lâchent les kamikazes slavistes de temps à autre en Région Slovaque ? Croyez-vous que les Espagnols voient d'un bon œil que des troupes soient réquisitionnées pour la Russie alors que les Régions Polonaises et Allemandes comptent au moins un million de troupes dormantes ?

— Vous les aurez bientôt vos troupes dormantes ! s'emporta Emma, hors d'elle de se voir donner des leçons de politique européenne par un lieutenant de pacotille. Trois cent mille gars vont y aller, en Slavie et en Russie, d'ici la fin du mois ! »

Son propre ton la choqua dès qu'elle eut prononcé ces mots. La fatigue, la nervosité constamment titillée par cet agaçant soldat et la pression de sa hiérarchie et des décisions obscures qui se prenaient dans son dos... tout cela la poussait lentement à bout et sa langue lui échappait. Pourquoi insistait-il autant à parler de politique alors qu'il devait bien avoir compris, depuis le temps, qu'ils ne parviendraient pas à s'entendre ? Le sport ? L'ennui ? L'aigreur ?

« Avec les derniers engagés, cela fera trois millions d'hommes mobilisés au début de l'année prochaine, s'affligea Erwin tandis qu'elle ruminait son écart. Et toujours pas de mobilisation générale des soldats de carrière. Vous vous rendez compte ? Markus Tramper envoie la jeunesse à l'abattoir, et vous ne comprenez pas pourquoi ces mêmes jeunes crachent sur les E.U.E. ? Pour eux la fédération ce n'est plus seulement la mobilité et le protectionnisme social, c'est aussi *ça*. »

Cette fois, il fallait bien admettre que le lieutenant frappait juste. Nicolaj lui avait fait la même réflexion à peine deux jours auparavant, et Emma n'avait alors pas su quoi rétorquer. La décision de Markus Tramper lui paraissait inconsidérée, au mieux, absurde, plus honnêtement. Aujourd'hui encore, elle se sentait prise au dépourvu.

« Vous exagérez, hésita-t-elle, pas trois millions… Deux millions à tout casser. Et puis vous aurez le char Furie et la Furie marine.

— Les Furies ! Vous ne jurez que par ça ! »

Ses épaules se crispèrent et il fit quelques pas, indécis, la tête entre les mains. Les images du carnage dans les tranchées de Lviv revenaient le hanter, le sang, l'odeur de chair brûlée… la mort… Ces impressions remontèrent en lui comme le magma d'un volcan et déclenchèrent dans sa tête une véritable explosion de rage.

« Je crois que vous devriez rentrer chez vous pour ce soir, dit-il avec un calme visiblement forcé. Je pense que ce serait mieux. »

La jeune femme ne savait pas exactement pourquoi il s'était soudain refermé comme une huître, mais l'impression tenace qu'il refoulait quelque chose qu'il valait mieux ne pas creuser transpirait tellement de sa posture et de son ton nasillard qu'elle n'insista pas. Emma venait de s'aventurer dans un territoire qu'elle ne souhaitait guère explorer, autant battre en retraite. Elle se leva donc sans un mot et, arrivée à la porte, se retourna pour faire face à Erwin avec tout le professionnalisme qu'il lui restait à cette heure de la nuit.

« Je vous vois demain, bonne nuit lieutenant. »

La porte se referma sur elle. Erwin, debout et immobile écouta les pas d'Emma s'éloigner dans le couloir. Le jeune homme secoua sa tête, assailli par le remords. La pauvre n'y était pour rien, mais la simple évocation de cet enfer le mettait hors de lui. Il s'assit sur le sofa et se pinça le haut du nez, l'esprit vagabondant en Slavie auprès de ses camarades, puis revenant dans les rues de la capitale pour revivre sa rencontre inespérée mais frustrante de l'après-midi. Une chose était désormais certaine : il connaissait une nouvelle source. Problème : cette source était quasiment inaccessible.

Comment revoir Dalendel ? Question cruciale. Le déroulement de leur entretien d'agents secrets en disait plus long qu'il n'y paraissait : l'élu savait des choses sur Josch, il savait peut-être même des choses essentielles. Pourtant, il devait rester discret. Même son poste de délégué au Parlement ne le protégeait pas complètement. Protéger de quoi, au juste ? De qui ? Et Emma Cardin qui l'avait suivi pour le rejoindre jusque dans ce petit bar… Évidemment, elle ne lui avait pas épargné les allusions douteuses quant aux lieux qu'il aimait à fréquenter. Comme cette fille savait être irritante ! Mais elle se rattrapait bien dès qu'elle laissait entrevoir sa véritable personnalité, et pas cette façade rigide qu'elle prenait pour son travail. Elle était... intéressante, complexe. Erwin se dit qu'il aurait préféré la rencontrer dans des circonstances moins professionnelles.

Mais à quoi tu penses, là ? C'est Dalendel la priorité !

« Bon, déclara-t-il à haute voix pour se forcer au calme et revenir à ses réflexions. Je suppose que sortir me balader est hors de question… »

Le cerveau fatigué après deux heures de ruminations, il jeta un vague coup d'œil au téléphone, posé sur une commode.

« Oublie. »

Il se leva pourtant quelques instants après pour s'en saisir et ricana sombrement.

« Je suis au beau milieu de la capitale de l'État le plus puissant du monde et *je n'ai pas de réseau* ! »

Erwin resta coi. Il ferma les yeux et soupira, élaborant un plan. D'un coup d'œil alerte hors de sa chambre, il observa l'armoire à glace en costume irréprochable et lunettes noires qui gardait l'escalier et l'ascenseur. Le type se leva dès qu'il le vit sortir. Emma avait donc laissé derrière elle un autre genre de chaperon.

Compte-rendu de la situation : un gardien devant les deux seuls moyens d'accès au rez-de-chaussée... Comment faire ? Il jeta un regard par la fenêtre : il se trouvait au quatrième étage d'une façade aussi lisse qu'un bloc de glace. Et puis se défenestrer au milieu d'une rue bondée n'était pas le moyen le plus discret d'échapper à une surveillance. De plus, il fallait pouvoir revenir à temps pour partir à la gare. Départ du train à 7 heures 20. Heure actuelle : 23 heures passées. Il fallait jouer serré.

Son hôtel était suffisamment éloigné de tout bâtiment officiel pour qu'il ne puisse pas rejoindre Dalendel là où il se trouverait probablement s'il voulait le rencontrer. Malheureux hasard ou sécurité supplémentaire ? Voilà qu'il redevenait paranoïaque...

Mais où pouvait-il revoir Michael Dalendel, bon sang ? Le Parlement avait été endommagé par l'émeute, le Centre de la Culture Commune de Berlin était placé sous très haute sécurité, pour ce qu'en disaient les informations télévisées... L'ancien Reichstag, siège du Bundestag ? Depuis la fédération des pays de l'Union Européenne et la régionalisation de chaque pays, le Bundestag allemand n'était plus considéré que comme une autorité régionale, mais tout de même, il restait un monument au passé prestigieux qui avait abrité durant de longues années le gouvernement allemand. C'était également en son hémicycle que le Bundespräsident[4] avait signé le consentement du peuple allemand à la Fédération. Un lieu hautement symbolique. Les ambassades des différentes Régions étaient sous haute surveillance également, en prévision de manifestations défédératistes, elles semblaient donc exclues. Il n'y avait que le Reichstag...

Mais si Dalendel ne pensait pas à un lieu administratif ? Et si le délégué n'avait pas envie de le revoir ? Absurde, il

---

[4] Président de la République Fédérale d'Allemagne

n'aurait pas pris tous ces risques pour lâcher Erwin de but en blanc. Mais alors où ? Avant toute chose, il fallait sortir. Et si l'escalier et sa fenêtre ne convenaient pas, il restait toujours…

Tous les sens en alerte, Erwin sautait par-dessus les rambardes de sécurité et glissait le long des échelons comme si son escapade berlinoise n'avait jamais eu lieu et qu'il était de retour en Slavie, la mort aux trousses. Sa descente était rythmée par la cavalcade du planton, moins agile, qui dévalait les marches d'acier à sa suite. La respiration haletante, il tentait d'oublier la douleur lancinante à son épaule. Il avait cru déceler une faille dans leur sécurité, mais la fenêtre au bout du couloir, donnant sur l'escalier de secours, avait été verrouillée. Il avait fallu passer en force… Au temps pour la discrétion, en fin de compte.

Helm atteignit le bitume sans grande grâce et ne s'offrit pas le luxe de reprendre son souffle. Il courut comme un dératé jusqu'au bout de la ruelle de service et jaillit au milieu de la circulation. Derrière lui, le garde le talonnait déjà. À sa droite, un autre garde semblablement accoutré accourait dans sa direction. Quel choix ? Dans le doute, il intercepta un taxi en se plantant au milieu de la route, une Mercedes beige dans le plus pur style berlinois.

« N'importe où, mais ailleurs et vite ! »

Le chauffeur se tourna vers lui avec nonchalance, et Erwin constata la présence d'un homme à petites lunettes cerclées d'acier qui n'avait pas l'air aimable.

« J'ai déjà une commission, bougonna le chauffeur. Dégagez de mon taxi ! »

Erwin n'avait plus le choix. Il saisit l'homme à lunettes par le col et l'éjecta rudement du véhicule. Le garde n'était plus qu'à cinq mètres.

« Démarre ou je t'explose ! » cria-t-il en dégainant son bâton électrifié.

Dans un crissement de gomme, la voiture partit en trombe, doublant les autres véhicules en file d'attente au feu rouge. Le garde sprintait derrière eux.

« Le feu est rouge, l'informa le taxi mal à l'aise.

— Je le vois bien !

— Donc je dois m'arrêter ! »

Erwin jeta un coup d'œil en arrière. Dans son rétroviseur, le conducteur fit de même.

« Je vois. »

Le taxi accéléra soudain et passa le carrefour au milieu du flot de voitures qui glissa autour de lui presque par miracle. Bien entendu, leur poursuivant fut largement distancé. Après quelques virages suicidaires, le taxi retourna dans les aléas paisibles de la circulation berlinoise. Erwin reconnut rapidement le pont aux sculptures d'inspiration grecque. Il se trouvait sur l'avenue Unter den Linden ! Comment diable ce type avait-il réussi à couper la voie à tant de monde sans causer le moindre carambolage ? En tout cas cela l'arrangeait bien, il n'était pas loin.

« Porte de Brandebourg ! »

Silencieux, le conducteur hocha la tête. La tension redescendant enfin, et son cœur retrouvant un rythme moins violent, Erwin rangea son arme, un peu honteux.

« Merci pour votre aide... bredouilla-t-il.

— Oh... Vous savez, vous n'êtes pas le premier gamin que je sauve in extremis de la police ou des CMO... »

Conscient que le conducteur se méprenait sur lui, Helm joua le jeu.

« Vraiment ? »

L'homme, la cinquantaine, le double menton bien développé, sourit dans son rétroviseur.

« Ouais. Quand de jeunes défés se font courser après les manifs, je les aide à se barrer, pour pas qu'ils se fassent tabasser par ces sales flics et militaires ! Putains de POG...

— Ah, hésita alors Erwin, réalisant avec appréhension que son portrait de militaire avait paru dans la presse.

« — C'est clair que les gamins ont le droit de s'exprimer ! Mais dès qu'ils ouvrent leur gueule sur la politique de Tramper, bing, voilà messieurs les CMO qui débarquent ! Pire que des militaires, ces gars-là ! On les envoie au casse-pipe pour que les eurocrates s'en foutent encore plus dans les poches, mais on leur demande pas leur avis. Et leur guerre réclamée par quelques politiciens pourris des Régions Est, pourquoi est-elle payée avec les impôts des autres Régions ? Et le sang des autres Régions ? »

Le chauffeur s'alluma une cigarette et en proposa une à Erwin. Ce dernier refusa poliment et observa avec un sourire la figurine d'Elvis Presley qui dansait sur le tableau de bord au rythme des secousses.

« Vous êtes défé aussi alors, s'aventura le lieutenant d'un ton amical pour détourner l'attention de lui.

— Bof. Je sais pas trop, les défédératistes sont un peu trop anarchistes à mon goût, encore. Mais ce n'est que mon avis, gamin, je veux pas te vexer ! T'es défé, t'es défé, je veux pas t'emmerder…

— Oh pas de risques ! Je ne me vexerai pas là-dessus !

— D'habitude, j'évite de parler de ça, j'ai pas confiance en la majorité de mes clients. La moitié bosse pour le Parlement, la moitié de l'autre moitié pour le Gouvernement. Alors le défédératisme, motus. On peut se faire arrêter pour ça, de nos jours. Ou bien ils mettent les portables sur écoute s'ils ont un doute… Mais là, j'ai vu que t'étais un jeune gars et que le flic te coursait, j'ai tout de suite compris ! »

Il fit un clin d'œil taquin dans le rétro. Il avait la peau marquée par les années, mais gardait un visage sincère et amène. Son regard malicieux pétillait après sa petite virée, il semblait y avoir pris un plaisir fou. Et à voir ses vêtements, il ne gagnait que moyennement sa vie. Un homme simple.

« Oui, j'ai eu quelques soucis. On ne s'entendait pas trop bien, eux et moi, ricana Erwin, jouant son rôle. Vous savez ce que c'est ! D'ailleurs, il faudrait que je voie quelqu'un discrètement, et j'aimerais ne pas me faire rattraper par ces gars… »

C'était risqué, mais il pouvait tenter cette carte.

« Tu veux que je t'amène où, alors, la Porte ou pas ?

— Oui, ce serait surtout pour revenir… Faudrait que je sois à la gare demain, pour sept heures vingt, j'ai un train vital… Mais je ne pourrais pas retourner à l'hôtel…

— Ouais, tu me donnes une heure pour que je te cherche à la Porte, et pas de problème, mon gars. Par contre, évite de sortir ton Taser comme ça, il y a des flics partout en ce moment, c'est vachement surveillé, si tu vois ce que je veux dire ! Si tu te fais caler avec ça… Adieu la gare !

— Merci du conseil ! »

Le taxi longeait l'avenue sous les lumières apaisantes des lampadaires. De nombreux groupes de touristes s'ébahissaient encore à cette heure tardive devant les façades illuminées plus somptueuses les unes que les autres, rappelant les grandes heures du style impérial allemand où colonnes, frontons et sculptures d'inspiration grecque régnaient en maîtres. Puis la voiture passa devant les rangées d'ambassades… L'ambassade asiatique, au coin d'une des rues qui croisaient l'avenue, était taguée sur tous ses murs de slogans anti-Fédérations. La haine des grands états frappait tous les Blocs…

« Des amis à toi ? »

Erwin secoua la tête, tentant de déchiffrer les tags souvent violemment antimilitaristes. Il frissonna.

« Je ne crois pas que ce soit mes amis… »

Après avoir remonté entièrement l'avenue mythique Unter den Linden, ils atteignirent finalement la Pariser Platz. Erwin Helm descendit du taxi et fit un signe de la main pour saluer le conducteur. Ce dernier fit une boucle devant la Porte de Brandebourg puis repartit dans l'autre sens, prenant au loin un nouveau client. Erwin sourit. Il lui avait même fait un prix, par sympathie.

Il se tourna vers le monument et contempla ses colonnes

et le quadrille de la victoire, dressé à son sommet. Les lumières de projecteurs rendaient la scène surréaliste. C'était tout simplement beau. Il s'ébaudit quelques instants avant de se forcer à se rappeler qu'il n'avait pas de temps à perdre. Il franchit les colonnades et fendit la foule de touristes pour rejoindre l'immense parc qui s'étendait derrière la Porte. À quelques centaines de mètres, la Terrasse de l'Europe qui séparait le Parlement européen du Reichstag. Helm se rapprochait de celui-ci d'un bon pas, évitant soigneusement les policiers qui aidaient les nombreux véhicules à se garer aux abords du bâtiment.

Bizarrement, il y avait du monde pour une heure si tardive. Des hommes en costumes se croisaient et se saluaient sombrement. La police veillait sereinement, mais en nombre. Les lumières vertes et bleues des gyrophares des forces de l'ordre donnaient à la scène des airs fantasmagoriques. Magnifiques, le Reichstag et son dôme de verre étincelant émergeaient de cette nuée colorée. Pour trouver Dalendel, si jamais il était là, ce ne serait pas une partie de plaisir. La vue de cette ruche en effervescence lui fit enfin réaliser à quel point son coup de tête n'était qu'un pari basé sur rien d'autre qu'une intuition. Sur rien, donc.

Erwin observa soigneusement les alentours. Dans l'air frais de la nuit, les drapeaux européens flottaient devant le monument, de même que les petits fanions bleus aux étoiles jaunes et à la rose des vents accrochés aux voitures des officiels. Il se passait quelque chose d'important. La police semblait contrôler principalement les véhicules banalisés, d'autant plus si les conducteurs avaient la vingtaine. Avec les nombreuses émeutes, ce n'était pas étonnant.

Maintenant, Dalendel...

Un peu plus loin, un VAB de CMO stationnait en bordure du parking. Le véhicule blindé et trapu aux deux grandes vitres avant était identique à ceux qu'Erwin côtoyait en tant que militaire. Doté de six roues, l'engin était autorisé à circuler en ville, contrairement aux chars dont les chenilles abîmaient la chaussée – ce qui était assez ironique puisque les véhicules à chenilles étaient beaucoup plus efficaces que ceux à roues dans les combats urbains. Idéal pour intervenir au milieu d'une foule hystérique : blindage résistant, grande mobilité, possibilité d'installer un fusil mitrailleur sur la lucarne du toit. Ou un canon à eau…

Autour de l'engin trônant entre deux voitures à l'allure sportive, les CMO se concertaient et contrôlaient minutieusement les alentours, communiquant avec d'autres policiers par talkie-walkie. Erwin se glissa au milieu de la foule de badauds et des photographes de presse, rentrant la tête dans les épaules pour passer le plus discrètement possible. Ils étaient tous là, à l'affût : le *Federal Post*, l'*Europœn Tribune*, le *Bulletin Régional*… Il arriva à un cordon de sécurité et jura pour lui-même :

« Mais qu'est-ce que c'est que tout ce bazar ?

— Les délégués prennent leurs nouveaux quartiers pour la première séance nocturne depuis l'émeute, lui répondit sans même le regarder un journaliste. Le Parlement a été dégradé, alors ils viennent officier au Reichstag, y a pas de place ailleurs !

— Et le Centre de la Culture Commune ? Il y a un amphithéâtre plus vaste que l'hémicycle du Reichstag, non ?

— Évacué par précaution. Il y a eu plusieurs alertes à la bombe ! Hé ! Je ne vous ai pas déjà vu quelque part ? »

Surpris par cette question, Erwin fut brusquement assailli par la peur.

« J'en doute ! »

Il s'éclipsa et fendit la foule rapidement, désireux de fuir les journalistes et éventuels photographes. Mais il savait désormais que les délégués européens siégeaient provisoirement au Reichstag. Donc Dalendel était au Reichstag. Excellent ! Finalement, son plan plus que bancal se révélait bien moins… Oh non. Son sang se glaça tout à coup.

À vingt mètres devant lui, émergeant d'une berline noire mate, les deux hommes de la sécurité de l'hôtel scrutaient les alentours. Emma n'était pas stupide. Avait-elle deviné qu'il cherchait Dalendel, l'avait-elle reconnu cet après-midi ? En avait-elle conclu qu'il se rendrait au Reichstag ? Bon sang, elle avait vraiment oublié d'être conne !

Justement, Emma Cardin sortit elle aussi de la voiture, ses cheveux blonds flamboyant sous l'effet des spots, les yeux gonflés de fatigue. Et l'air passablement furieux.

Erwin tourna sur lui-même. La FedPol, la sécurité ou les journalistes qui le reconnaîtraient ne manqueraient-ils pas d'attirer l'attention sur lui en le matraquant de flash ? Plus d'options… Ils venaient dans sa direction… Le soldat en fuite leur tourna le dos, le visage crispé par l'angoisse. S'il courait, il était pris. Ils arrivaient, il croyait entendre leurs pas… juste derrière. Et il était le seul à ne pas porter de veste, mais uniquement son costume très cher acheté pour les rendez-vous de la propagande…

Ils passèrent à côté de lui. Aussi surprenant que cela paraisse, ils ne l'avaient pas vu et fendirent la foule, le bousculant même sans le remarquer. Emma, explosive, suivait les deux hommes en invectivant la foule. Erwin, quant à lui, baissa la tête et évita de montrer son visage… Et ses trois poursuivants disparurent dans la foule.

« Laissez-moi passer, je fais partie du ministère de l'Information ! l'entendit-il rugir. Quoi ? Tu veux que je te retire ta carte de presse ? Dégage le chemin, alors ! Allez, pousse-toi ! »

Erwin réfléchit alors. Il avait sur lui le multipass du ministère, uniquement valable en présence d'Emma. Cette dernière le lui avait passé à leur retour à l'hôtel en lui précisant que cela devait lui éviter les inconvénients qu'il venait de subir. Emma venait de passer. Avec un peu de chance, il pourrait passer derrière, prétextant un retard. Mais s'ils appelaient la jeune femme pour demander confirmation…

« Laissez-moi passer, dit-il à son tour. Excusez-moi ! »

Qui ne tentait rien n'avait rien. Déterminé à ne pas laisser passer cette chance, il atteignit le cordon de sécurité après une longue minute d'injures et de coups de coude.

« Bonsoir, commença-t-il devant le policier. Je suis un peu en retard, je… Je devais passer avec Emma, enfin, je veux dire, la jeune femme, là-bas. »

D'un clin d'œil taquin, il désigna le trio qui fonçait vers les marches du Reichstag.

« Elle est du Ministère de l'Information, je dois l'accompagner, vous voyez, je fais de la promo pour l'Eurocorps, vous m'avez peut-être vu dans les journaux ? »

Le point de non-retour. Il jouait une carte *très* dangereuse. L'homme pouvait le reconnaître et donc le laisser passer, concluant qu'il était bien avec Emma. Ou bien il y avait déjà un mandat d'arrêt à son encontre, et dans ce cas… Helm transpirait abondamment. Il tenta de se contrôler, ses mains tremblaient légèrement. Le sergent de la FedPol, un homme ventripotent à la lourde veste bleue bardée de bandes réfléchissantes leva un sourcil suspicieux et appela un collègue. Ils discutèrent hors de portée de voix du soldat, hochant la tête de temps à autre.

« Elle n'a rien dit… » marmonna le garde.

Erwin sentit sa nuque se raidir. Il entendait précisément les battements de son cœur qui s'accéléraient. Le policier était méfiant.

« Elle est un peu furax, grinça-t-il. Elle devait penser à autre chose, vous savez, son boulot la stresse énormément. »

Le policier hocha la tête, mais porta tout de même la main à son talkie.

« Si je perds trop de temps, elle va m'incendier, le poussa Helm en lui mettant le pass sous le nez. Il faut que je passe, c'est urgent. »

Le second policier se campa au côté de son collègue et

fixa Erwin longuement. L'autre parlait en langue régionale, de l'allemand, dans son talkie-walkie. Deux interminables minutes passèrent.

« C'est bon, on vous a reconnu. »

Le poil d'Erwin se hérissa.

« Vous étiez dans le journal, Erwin Helm hein, vous êtes bien avec le ministère. Avec tous ces saboteurs et ces poseurs de bombes, on n'est jamais trop prudent. »

Helm se retint de pousser un soupir de soulagement alors que le policier ouvrait la barrière et d'une main à l'épaule l'introduisait dans la zone sécurisée. Mais le sergent de la FedPol fronça encore les sourcils et le héla une nouvelle fois.

« Dites, j'ai vu votre avis de recherche, mais mon collègue me dit qu'il est annulé… C'est curieux, non ? »

Le soldat lui adressa son sourire le plus nonchalant pour dissimuler son angoisse et les palpitations de son cœur.

« Un malentendu, tout est réglé, sergent ! »

Il les remercia rapidement et fit mine de rejoindre les marches d'une allure décontractée. Mais bien entendu, il se garda bien de passer sous le feu des spots lumineux. Il longea les bords de l'escalier immense, le cœur battant à tout rompre. Autour de lui, de nombreux politiciens montaient lentement les marches, débattant déjà d'une réforme de la Constitution et des opportunités que cela offrirait pour introduire de nouvelles méthodes de répression face à la violence des mouvements défédératistes. L'émeute au Parlement en avait choqué plus d'un et les tentations sécuritaires se faisaient plus mielleuses… Helm fit profil bas à leurs côtés. Il fallait faire vite : retrouver Dalendel.

« Michael ! »

Emma était dans la zone d'attente vitrée par laquelle tous devaient passer aux rayons X avant de pénétrer réellement dans l'hémicycle. Elle avait repéré le délégué en conversation soutenue avec un autre délégué européen aux traits méditerranéens. Les mots « Constitution » et « République européenne » semblaient être les clefs de l'entretien.

Dalendel se tourna sur lui-même et prit poliment congé de son interlocuteur. Il s'approcha et rejoignit la jeune femme alors qu'elle passait le portique de sécurité. Elle le traversa naturellement sans aucun problème.

« Il faut que je vous parle, dit-elle sans préambule. Vous vous rappelez le soldat que je devais escorter durant sa période d'interview ?

— Bien sûr, répondit-il impassible.

— Il s'est échappé. »

Cette fois, la nouvelle parut l'interpeller. Les yeux éberlués il se passa une main nerveuse sur ses cheveux grisonnants.

« Il a fait quoi ?

— Il s'est barré, cassé, taillé, tout ce que vous voulez, il est dans la nature en plein Berlin !

— Calme-toi, ne te mets pas à pleurer pour ça...

— Je ne pleure pas ! J'enrage ! Ce petit... Ouh ! Si je ne me retenais pas, je lancerais un avis de recherche pour qu'on me le ramène plus mort que vif ! »

Les yeux du délégué se plissèrent avec malice. Elle se mettait rarement dans ce genre d'états, et jamais pour des tracas purement liés à son travail, fût-il surchargé. La dernière fois que cela s'était produit...

« Il doit sacrément te plaire pour te mettre dans cet état.

— Je t'en prie, réfuta-t-elle sans se rendre compte qu'elle était passée à la forme de tutoiement en européos, je suis professionnelle... Mais le ministère vient à peine de me remettre en selle et voilà que j'échoue dans une simple mission de routine... J'ai eu trop de mal à restaurer la confiance de mes supérieurs pour me laisser gâcher cette chance par un hystérique paranoïaque imbu de lui-même ! »

Dalendel l'invita à baisser le ton d'une main apaisante. Il

comprenait qu'après tous ses sacrifices, les agissements de tête brûlée du lieutenant ne faisaient que lui compliquer la vie inutilement. Elle avait besoin de soutien, elle avait besoin de retrouver ses rails. Comme du temps de son master.

« Il n'a pas d'endroit où aller, non ? Tu as un dossier sur lui ! »

Elle respira à fond, retrouvant en Michael son cher professeur de fac.

« Oui, il ne connaît personne ici.

— Voilà. Donc il n'a personne chez qui se cacher.

— De toute façon, s'il n'est pas demain à la gare à sept heures vingt, c'est un homme mort. Désertion ! »

Une oreille inattentive aurait pris ce haussement de ton pour de la colère. Dalendel y sentit une pointe d'inquiétude. Avait-elle peur des conséquences qu'aurait pour elle et sa carrière un tel échec ? Ou bien craignait-elle pour la vie du lieutenant ? Quoi qu'il en soit, il la sentait bien trop émotionnellement impliquée pour la laisser en plan avec seulement un bon conseil. Il la prit à l'épaule pour l'entraîner vers l'hémicycle.

« D'accord, je vais voir ce que je peux faire, j'ai… »

Il resta bloqué dans son mouvement. Pétrifié, il regardait quelqu'un, derrière la vitre.

« Viens, Emma, poursuivit-il pour masquer son embarras, vite, ne restons pas là, une séance va commencer, et cela me ferait très plaisir que tu m'accompagnes… »

Tu as un sacré cran, Erwin Helm. Ou alors tu es fou à lier.

« Mais c'est interdit, lui rappela-t-elle, je devrais me rendre de l'autre côté de l'amphi ! Et puis, je dois retrouver Helm avant que…

— Tu n'as aucun moyen de savoir où il se trouve et aucun moyen d'organiser une battue dans les règles, Emma. Écoute, tu ne peux pas le trouver, laisse faire les chiens de garde de l'Eurocorps… »

Ils s'éloignaient vers les places assises moelleuses des balcons immenses en arc de cercle.

« Et quant à l'autorisation, je vais m'arranger… Tu verras, l'ordre du jour risque de t'intéresser. »

Manqué. Il était là. Et elle était là aussi. Erwin, dépité, resta prostré derrière la grande vitre, les bras ballants. Le politicien avait eu l'intelligence de l'éloigner avant qu'elle ne le voie à son tour, mais ce faisant, Erwin n'avait plus aucune chance de lui parler. À moins que… Brusquement, sa respiration se bloqua et ses plans à peine fomentés s'évanouirent aussitôt. Les deux gardes étaient toujours près du portique de sécurité, discutant avec les policiers en uniformes de la sécurité du Reichstag. Donnaient-ils son signalement ? Était-ce le moment de fuir discrètement ?

En dépit des circonstances et du risque grandissant de se faire prendre, Erwin resta maître de lui et joua les hommes politiques irrités par un quelconque retard. Par chance, son costume impeccable, quelques plis mis à part, ne permettait pas de le confondre trop facilement. Mais l'habit ne faisait pas le moine, il ne devait surtout pas se laisser aborder par quiconque.

« Nous nous sommes déjà vus quelque part, demanda justement un vieillard bedonnant.

— J'en doute, répliqua Helm une fois de plus en faisant un pas de côté.

— Vous êtes également délégué ? Je ne suis pas sûr de vous avoir vu aux précédentes séances, pourtant.

— Comme c'est étrange, fit le soldat irrité. Vraiment je ne vois pas comment cela se fait, mais veuillez m'excuser, j'attends quelqu'un. »

Le vieux délégué ouvrit des yeux ronds, et Erwin se mordit la joue pour ne pas rejeter l'homme davantage. Son irritation était de plus en plus visible, il prenait une couleur rougeâtre.

« Je vois, fit le délégué outré. Vous êtes encore novice

dans cet hémicycle, on ne vous a pas encore inculqué l'étiquette. Nous nous reverrons, jeune homme !

— J'en doute », répéta-t-il pour lui-même une fois le vieux parlementaire parti en quête d'un autre collègue.

Il se détourna et retourna lentement vers la grande porte vitrée. Il fit mine de sortir, décontracté.

« Helm ! »

Les deux gardes en costume venaient de le repérer.

Il dévala les marches du bâtiment. Les délégués se retournèrent sur lui, il ne détourna pas les yeux. Il fallait fuir. Derrière lui, les deux hommes de la sécurité, tout près. La foule rassemblée devant l'édifice était impressionnante, il allait se faire prendre, c'était désormais acquis. Le cordon de sécurité, les lumières des lampadaires, des spots, des gyrophares. Aucune chance de se fondre dans l'ombre.

« Arrêtez ce type ! »

Les CMO se retournèrent, deux cents mètres en avant. Les boucliers en plexiglas se dressèrent, les bâtons électriques crépitèrent.

Les flashs des appareils photo. La foule qui pousse un cri d'excitation. Les policiers qui hurlent et le montrent du doigt. Les politiciens stupéfaits.

Il allait marcher dans les traces de son père...

« Section ! Par deux ! »

Hors d'haleine, il fonçait comme un dératé avec l'énergie du désespoir. Les CMO firent un arc de cercle, ils étaient rapides. Il voyait les lumières, il fallait briser la foule, couper le cordon de sécurité, il fallait courir, il devait traverser tout le monde, il devait s'échapper, il fallait éviter les CMO !

« Section ! Action ! »

Il courait toujours. Son cœur battait la chamade, il allait atteindre le cordon. Un choc ! Il fut plaqué contre le sol avant même d'atteindre les barrières de métal. Il heurta le bitume, les bras et les jambes retenues par les CMO. La foule regardait la scène, silencieuse. Un bâton électrique. Il tenta de se débattre, il devait échapper à la sentence.

Haute trahison, pour désertion.

Il voulut attraper son arme, mais un choc électrique le fit se tordre de douleur. Il était traîné par les pieds vers un fourgon, les deux gardes étaient là, ils communiquaient par téléphones cellulaires. D'autres policiers arrivèrent, il était fouillé, suspendu par les bras et les jambes. Il eut peur, quelques secondes, puis un second choc électrique lui fit perdre conscience. Ses yeux se révulsèrent, sa tête bascula en arrière.

Chapitre 10

L'aurore s'éveilla lentement. Les nuages de la nuit se dissipaient en lambeaux laiteux. Les rayons dorés frôlaient la cime herbeuse pour glisser dans la vallée, réchauffant doucement la plaine.

Le matin du 18 septembre 2033.

La Montagne.

Le calme de l'aube fut brutalement déchiré par les rotors d'une multitude d'hélicoptères. Dans le ciel qui reprenait lentement sa clarté après l'oppressante obscurité de la nuit, les engins en formation étaient semblables à des prédateurs, disciplinés et à l'affût. Ils descendirent avec grâce jusqu'au sol, à quelques kilomètres de la Montagne Artificielle. Le gigantesque campement européen fut alors baigné de la lueur dorée du soleil matinal. Il faisait beau, la première fois depuis des jours. C'était certainement un signe. Mais puisque la religion était prohibée aux États-Unis d'Europe, personne n'osait s'en faire la réflexion à haute voix.

Dès que les hélicoptères Harpies furent sur le tarmac de fortune, les portes latérales coulissantes s'ouvrirent en grand, laissant s'échapper un flot de fantassins de choc en plastrons et coques de protection. Les lunettes de vision améliorée standard étaient remplacées par des binoculaires à obturateur, avec un témoin laser qui permettait d'améliorer de 30 % la précision du tir. Pourtant, ces hommes faisaient déjà partie de l'élite qui, à l'œil nu avec une simple lunette de visée parvenait à abattre la plus impossible des cibles sans sourciller. Ces hommes, recouverts de plaques en matières plastiques composites bleu sombre ressemblaient vaguement à des robots, ne laissant paraître que leurs visages fermés, leurs bouches plissées, sans pour autant dévoiler leur regard, énigmatique derrière cet appareillage numérique. Leur combinaison était une variante de l'uniforme de fantassin, doté de plus de poches pour transporter plus de munitions, et aux épaulettes protège-nuque moins volumineuses. Dans leurs bras, des modèles de Famas M4, plus précis que le Famas M3 standard, et qui ne pouvaient tirer que des balles au Kalanium. Un matériel très cher, mais de haute précision. Et de forte puissance.

La plupart étaient issus de l'Académie des Jeunes Militaires, où des adolescents de douze ans commençaient un entraînement intensif en vue de créer la crème de l'armée. Évidemment le maniement des armes était enseigné tardivement, mais très jeunes ces « privilégiés » bénéficiaient de la meilleure formation intellectuelle et physique dans des cursus à faire pâlir d'envie les établissements privés. Toutefois, les adolescents en question étaient bien souvent des enfants d'officiers qui subissaient l'orgueilleux caprice de leurs parents. Peu importait pour l'Eurocorps, car en fin de compte les chiffres parlaient d'eux-mêmes : la grande majorité des diplômés de cette académie finissait par choisir la carrière militaire, dans les commandos de l'E-CROFT ou dans le HCS. Et ils en étaient l'élite.

Le chef de groupe marcha tranquillement vers la haie d'honneur présente pour les accueillir, deux pas en avant de ses hommes. Tout dans sa démarche rayonnait de cette confiance inculquée, presque intégrée à son ADN.

« Général Peterson, fit-il en tendant son bras. Besoin d'aide ? »

Le général, habillé de son plus bel uniforme de parade, retira ses lunettes de soleil et les fourra dans la poche de son veston. Lui non plus n'avait pas oublié de la jouer sereine.

« Vous êtes enfin arrivés, répondit-il. Nous devons agir vite. J'ai… eu quelques nouvelles déplaisantes, il faut passer rapidement à l'action si nous voulons Kiev, vous saisissez. Je compte sur vous pour une opération d'infiltration dans le Mur et…

— Général, le coupa le soldat d'élite. J'ai lu votre Télex.

Je suis venu de Satu Mare pour vous. Je sais de quoi il retourne. J'aurai juste besoin des renseignements tactiques habituels.

— Un sous-officier est chargé de vous livrer ces informations. »

Il regarda en arrière. Les moteurs des appareils refroidissaient maintenant dans le craquement du métal dilaté. Les tuyères fumaient encore, l'air tremblait sous l'effet de la chaleur.

« Jolis appareils.

— Les roquettes sont au Kalanium. Il faut être sûr que nous rentrerons dans le Mur. »

Sur ce, le chef de groupe se tourna après un salut et conduisit son groupe vers les tentes du campement, avec l'assurance de celui qui a déjà tout connu dans sa vie, mené tous les combats. Cet homme partait à l'assaut de Kiev sans plus d'anxiété que s'il devait patrouiller les rues de la capitale. Réalisait-il seulement ce à quoi ils risquaient d'être confrontés ?

« Briefing dans deux heures », se sentit obligé d'ajouter le général, mal à l'aise.

Il les regarda disparaître dans le méandre de l'immense camp de toiles tendues, de petits locaux préfabriqués et de véhicules stationnant pêle-mêle. Il regarda sa montre. Six heures et vingt minutes. Il avait tant de choses à planifier avant sa conquête de la capitale. Le regard impérieux, il observa la monstrueuse élévation de terrain, à quelques kilomètres de là. Le Mur mesurait 250 mètres de haut, mais pour l'intégrer dans le paysage il avait été recouvert d'une colossale couche de terre et de roche, retirée du sol pour les fondations profondes de la Montagne Artificielle. Cet éboulis formait une pente très raide sur laquelle poussaient quelques petits arbres, encore très jeunes, des buissons, de l'herbe...

Pour que ce monument au gabarit impressionnant ne divise pas le peuple slaviste, les architectes avaient pensé à percer le Mur de plusieurs tunnels. Bien entendu, ces derniers étaient sécurisés, avec des portes blindées coupe-feu, des sas de sécurité à chaque passage de service. L'endroit le plus fin qui séparait les deux zones était une paroi bétonnée renforcée d'une plaque d'acier intermédiaire qui atteignait une épaisseur totale de sept mètres... Les Européens ne pouvaient espérer franchir le Mur de force par ces tunnels, à moins de parvenir à s'infiltrer dans l'un des bunkers de contrôles qui, selon les rapports du Renseignement, permettraient d'ouvrir – et surtout de garder ouverts – tous ces tunnels d'accès, déroulant la voie royale aux colonnes de chars et au ravitaillement.

Heureusement, étant donné que les ouvertures des nombreux tunnels se trouvaient à la base de la montagne artificielle, l'éboulis s'interrompait à ces endroits précis et laissait la paroi de béton à nu. Et sur ces zones dépourvues de couche de terre bouclier, le Mur offrait l'aspect d'une immense façade semblable à un barrage, derrière laquelle, toujours selon le Renseignement, se trouvaient les postes de contrôle. George avait donc décidé d'attaquer la paroi grisâtre juste au-dessus du grand Tunnel de Kiev, où le dénivelé était d'une soixantaine de mètres. Le commando de l'E-CROFT percerait la muraille à coup de Kalanium et ouvrirait la voie.

Il faudra lancer toute notre puissance de feu sur un petit rectangle de 250 mètres sur 60, avait-il dit à ses aides de camp. *Préparez tout le matériel lourd possible, nous avons 70 mètres à percer.*

Dix heures plus tôt, il avait reçu confirmation que ses troupes étaient prêtes à la manœuvre... Dès que le Mur serait percé et le contrôle des tunnels sécurisé, il pourrait se jeter au travers de la faille avec une couverture des hélicoptères en rase-mottes pour éviter les missiles antiaériens dissimulés dans le pan terreux de la Montagne. Puis les transports Furie pourraient survoler le Mur, et les troupes iraient sécuriser la banlieue de Kiev. Un bombardement en règle paralyserait la défense de la ville, le gouvernement devrait capituler ou fuir, laissant quoi qu'il en soit le symbole de son règne aux mains européennes. C'était aussi clair et net que cela. De plus, la Taupe n'avait plus aucun moyen de connaître les mouvements précis de l'Eurocorps, et Zwiel ne pourrait jamais estimer le nombre de soldats et d'équipements qui foncerait sur lui. Il serait totalement dépassé.

La seule chose qui le contrariait était de recevoir des doléances ou de subir les nombreux questionnements des autres généraux à l'esprit étriqué : pourquoi percer le Mur plutôt que de l'enjamber ? Il leur avait rappelé que survoler l'obstacle et prendre Kiev par un raid aérien était une chose, mais tenir la ville en était une autre. Qu'il fallait contrôler ce barrage gigantesque qui neutralisait les voies d'accès à l'Est du pays s'ils ne souhaitaient pas se retrouver coupés du ravitaillement une fois de plus, comme à Lviv. Et même si cela en avait convaincu suffisamment pour pouvoir organiser cet assaut, George ne leur avait pas *exactement* tout dit.

Les pauvres fous, pensa-t-il. *S'ils savaient pourquoi je dois* vraiment *briser la Montagne...*

Son téléphone portable vibra dans sa poche. Il le saisit prestement.

« Peterson à l'appareil.

— C'est le lieutenant Gomez du camp de Lviv, mes respects, mon général.

— Parlez plus fort, avec ce réseau de merde, on n'arrive pas à capter ici !

— Je sais général, leurs antennes n'arrivent pas à nous relayer correctement. C'est un peu pour cela que je vous appelle, ce matin les gars de la Croix Rouge ont amené avec eux les techniciens de la Communication européenne. Ils veulent commencer à monter le réseau européen pour mettre en place des liaisons permanentes par cellulaires. Mais leur tracé passe par les hangars, et nous n'avons pas fini d'évacuer les cadavres d'animaux. Si on veut empêcher une épidémie importante de je ne sais quelle maladie, il faudrait peut-être éviter qu'ils y mettent les pieds.

— Je vois, qui est responsable du camp de Lviv ?

— Vous, mon général.

— Ah… Et le responsable sur place ?

— Un colonel, je ne sais pas comment il s'appelle, il est arrivé ce matin par Furie Officielle. »

Allons bon ! Un colonel se déplaçait pour prendre le contrôle de Lviv et il était le dernier à le savoir ?

« Que se passe-t-il là-bas ?

— Nous recevons du matériel et des effectifs administratifs importants pour appliquer la Constitution européenne en Slavie, donc les préfets et tout ça se la ramènent pour monter une gestion provisoire. Ça a été décidé hier soir en urgence par les délégués du Parlement à Berlin, pour éviter des pillages éventuels ou une rébellion populaire.

— Lviv fait le relais ? s'informa Peterson.

— Tout à fait, général, répondit Gomez, la voix distante dans l'appareil. Tout le monde passe par ici, et comme en plus les blessés sont tous rapatriés ici avant de partir vers Lublin, Radom ou Varsovie… C'est devenu difficilement gérable, avec Lviv qui joue un rôle de plaque tournante, général. J'appelle pour vous demander un soutien logistique, il nous faut des tentes, des groupes électrogènes, des isolateurs… Nous manquons de tout, ici !

— Ne vous inquiétez pas lieutenant Gomez, demain, la guerre touchera à sa fin. »

Il raccrocha, le front plissé par la réflexion.

Ce qu'il allait faire allait contre les ordres. Cet ordre incroyable qu'il avait reçu, par grand malheur devant cet abruti d'Eggton. Mais s'il ne le faisait pas, les États-Unis d'Europe courraient au-devant d'un danger inimaginable. S'il obéissait, les E.U.E. tomberaient, il le savait, emportant peut-être le monde avec eux.

Et il ne serait jamais amiral.

États-Unis d'Europe. Région Polonaise.

Balder descendit de la Furie d'Assaut sous une pluie fine et fraîche. Le tarmac malmené par les années était parsemé de nids-de-poule et de cratères en tous genres. Les peintures de sécurité s'écaillaient sur les baraquements de l'aérodrome de Białystok. Les Bombardiers Furie étaient déjà repartis, laissant dans le ciel des traces visibles causées par le feu des réacteurs. Il embrassa les alentours d'un regard fatigué : de l'huile, des caisses de munitions vides… Y avait-il eu du grabuge et avait-il fallu recharger les canons d'autodéfense ? Impossible à dire. Pourtant, les Furies d'Assaut elles-mêmes avaient repéré un hélicoptère russe au-dessus du sol européen. Un appareil d'attaque de type indéterminé, un nouveau modèle sans doute en exercice. Balder en avait déduit que l'engin disposait d'un système de brouillage radar, puisque seul un contact visuel avait permis de le confondre. Mais très véloce, l'appareil avait fui pour éviter le duel perdu d'avance. Les rumeurs allaient bon train sur l'hélicoptère fantôme…

Famas à l'épaule, Balder se dirigea vers une roulotte à café qui semblait faite exclusivement de tôle ondulée. Il fouilla sa poche de poitrine, y récupérant ses dernières pièces d'euros.

« 60 centimes, ils s'embêtent pas ! »

Le vendeur, blouse militaire de l'aviation sur le dos, lui tendit un gobelet fumant.

« Qu'est-ce que tu veux mon gars ! Depuis le début de la guerre, l'Euro baisse, alors tu parles, les prix montent ! J'ai entendu à la radio qu'on allait atteindre le taux le plus bas depuis dix ans, quand les autres monnaies se mettaient à reprendre du poil de la bête et qu'on avait chuté à mort !

— Je ne m'intéressais pas trop à l'économie, y a dix ans, plaisanta Balder.

— T'as quel âge toi, vingt ans ?

— Vingt et un.

— Ouais, je vois… Tu vois, j'étais déjà à l'armée, moi… J'étais volontaire ! Et regarde ce que je fais aujourd'hui ! Ils voulaient mettre que des jeunes aux bons postes, histoire de tous les former et de leur inculquer la droiture ou je ne sais quelle autre connerie ! Et moi, tu vois, je suis champion de tir de la Région Polonaise, j'ai gagné trois fois le trophée du tir 600 mètres lunette à focus. 2011, 2012 et 2014 ! Ouais, j'ai été battu par un gars de la capitale, un gradé, en 2013. Treize, fallait s'en douter que je n'aurais pas de bol, ajouta-t-il avec un sourire. Dis-moi, tu as déjà été au combat, où tu sors fraîchement d'Oslo ?

— J'ai fait Ternopil », soupira fièrement Balder, une lueur d'orgueil dans les yeux.

Après tout, il pouvait bien se vanter d'avoir survécu au massacre dont tout le monde parlait !

« Ola, ouais, respect mon vieux… Ça a bien cartonné à ce qu'on dit ! »

L'homme se passa une main sur sa barbe mal rasée et se servit un gobelet de vin chaud.

« La ville est en miettes, rapporta Balder. Il reste quelques tours carbonisées qui tiennent debout, le reste on dirait un mille-feuille. J'ai tout vu, j'en croyais pas mes yeux…

— J'ai vu ce que les Bombardiers ont fait au Mur, à la télé, ça m'a suffi. Et quand tu penses qu'avec tout ce qu'ils ont largué dessus la Montagne n'a même pas un trou !

— Je ne sais pas, j'ai pas vu de photo récente…

— Tiens ! (Il lui tendit un journal écrit en polonais.) C'est une gazette régionale, mais ils ont des bonnes images…

— Tu lis le polonais ?

— Bah oui, je suis Polonais !

— Tu es Européen, le reprit sévèrement Balder en saisissant rudement le journal.

— Oui, bien sûr, mais tout de suite après je suis Polonais… M'a l'air bien patriote, toi ! »

Cette phrase, Balder la reçut comme un coup de couteau. Erwin avait dit la même chose à Cyril Engström. Ce souvenir ne lui paraissait pas si mauvais que ça, et se remémorer la chambrée du bâtiment E de Hambourg lui allégea le cœur.

« C'est en page spéciale guerre slavo-russe… ajouta le Polonais.

— Ça a quand même fait un joli cratère », constata-t-il en découvrant l'image en question.

La photographie montrait l'endroit de la Montagne Artificielle qui avait été bombardé en représailles à l'assassinat d'Edmund Trovich, montrant la puissance de l'Europe comme un avertissement. La terre recouvrant la muraille avait été soufflée sur des centaines de mètres et le cratère révélait à présent le béton carbonisé. Les arbustes plantés avaient complètement disparu, l'herbe était annihilée.

« Peut-être, contra le vendeur de café, mais le Mur n'est pas brisé… pourtant ils ont largué plusieurs bombes. Il faudra plus que trois boules de Kalanium pour percer la montagne artificielle.

— Il n'y rien de plus puissant et destructeur, même pas la Bombe A ! Tu prendrais quelle arme toi ?

— La plus puissante de toutes, gamin… La stratégie. »

Les heures passèrent. Tandis que les Furies et les hélicoptères faisaient le plein de carburant, Balder était parti à la recherche de connaissances, mais ici, il ne reconnaissait personne. Les transports Furie décollaient à présent par demi-douzaines, rugissant dans le ciel grisâtre. La pluie tombait dru, désormais. L'uniforme trempé, Balder était avachi sous une aile repliée de Furie d'Assaut pour s'abriter des trombes torrentielles. Il écoutait distraitement la pluie tambouriner sur la carlingue, les pensées vagues. Il était

228

persuadé de perdre du temps. Il était dans des groupes de faibles, ceux qui n'avaient pas de mission importante parce qu'on ne les en croyait pas capables, ceux qui n'étaient envoyés que là où les bons s'ennuyaient ou mouraient. C'était son lot.

« On ne va pas tarder à décoller », annonça un pilote en lui tapotant l'épaule, le casque à la main.

Il sursauta.

« Oui, je sais, on m'avait dit qu'on partirait après les bataillons d'infanterie en transport... Combien d'escales encore avant la frontière ?

— Aucune, ça sera la dernière maintenant. Elle sera longue, je te conseille d'aller te dégourdir les jambes et de pisser un coup avant de retourner t'enfermer là-dedans. »

Il désigna du casque la Furie, puis disparut dans la trappe d'accès arrière. Balder se redressa et partit, la tête basse, ses cheveux courts gouttant sur son visage. Une bourrasque lui envoya la pluie à la face, il grimaça. Le jeune homme en avait assez de ce temps, de cette campagne, de cette région... Il voulait retourner chez lui, en Région Anglaise. Ici, il n'était pas chez lui.

Berlin. 8 h 30.

La foule se pressait encore devant le Reichstag. Les séances se succédaient à une vitesse incroyable. Le plus souvent, les délégués ne quittaient pas leurs sièges lorsqu'un nouveau sujet était débattu dans l'hémicycle. La salle était en temps normal dominée par un aigle qui formait un vague disque comme un soleil gigantesque, au-dessus du siège du chancelier régional de la Région Allemande. Mais depuis que le Parlement européen avait été transféré dans cet hémicycle à importance habituellement régionale, l'aigle, symbole de la Région Allemande, avait été remplacé par la Rose des Vents des États-Unis, celle-là même qui ornait quelques jours auparavant la salle immense du

Parlement, actuellement en restauration.

Markus Tramper s'épongea rapidement le front de son mouchoir. Il jeta un dernier coup d'œil fatigué à ses papiers, et bâilla. Il était exténué, mais devait continuer à présider ces séances extraordinaires. Après avoir réussi le tour de force de remplacer le président du Parlement dans des situations exceptionnelles pour fragiliser sa position, Tramper ne pouvait se permettre d'abandonner cette prise. Le Parlement avait appris sa leçon et devait désormais l'écouter lui. Et cette nuit il allait mettre un frein à la guerre, et s'attendait à de vives réactions dans chacun des partis politiques représentés.

Cette déclaration irait contre ses idées clamées haut et fort jusqu'ici. Mais la démocratie était d'écouter la majorité. Et après un long discours passionné de Michael Dalendel, la majorité des délégués des différentes Régions avait voté. Les préfets régionaux avaient été informés, puis avaient pris leur décision. Et lui, Markus Tramper, président des États-Unis d'Europe, allait devoir déclarer l'arrêt de la pacification en Slavie. Une situation délicate puisque les troupes étaient coupées de leur État Major pour ne pas alerter la Taupe. Il faudrait agir vite, et le plus médiatiquement possible pour que les plus fougueux comme ce général Peterson calment leurs ardeurs en entendant son message. D'un autre côté, cette surmédiatisation serait un coup dur à la politique de Tramper. Tout partait à vau-l'eau.

« Monsieur le président, appela un officiel en costume impeccable. La séance va commencer.

— Oui, j'arrive. »

Il perçut le brouhaha de l'hémicycle aux couleurs bleues – comme le drapeau européen – avant d'y pénétrer. Il croisa plusieurs conseillers présidentiels qui le saluèrent ou lui souhaitèrent bonne chance. Traversant les groupes de techniciens de la lumière et du son, évitant les officiels aux mains pleines de papiers en tous genres, Markus s'avança jusqu'à la petite porte qui menait au pupitre surélevé réservé au président et ses plus proches collaborateurs. Le bruit des discussions diminua lors de son apparition, quelqu'un demanda le silence dans les haut-parleurs. Peu habitué à la sonorisation de cette salle, le président fronça les sourcils. Il était vraiment mal à l'aise. Tramper s'assit devant son bureau lustré, vérifia son micro et jeta un coup d'œil à sa droite. Tout le monde autour de lui se raclait la gorge ou rassemblait ses papiers. À présent, c'était à lui de jouer.

« Mesdames messieurs les délégués, bonjour. Je vous remercie d'être restés jusqu'à présent après toutes ces réunions à répétition, mais je peux vous affirmer que la situation quelque peu chaotique en ce moment va sensiblement s'améliorer. »

À ses côtés, un des officiels hocha discrètement la tête, conforté par la prestance de Tramper.

« Comme vous le savez, il y a exactement dix jours, l'Europe a déclaré la guerre à la Russie Indépendante et la Slavie, deux menaces pour la paix du continent, et j'ajouterais même du monde. Cependant... »

Les huées succédant à sa déclaration l'obligèrent à suspendre sa phrase. Il attendit patiemment que le silence revînt pour poursuivre.

« Cependant, les États-Unis d'Europe sont une Fédération démocratique. Je ne peux ignorer les appels populaires qui résonnent dans nos grandes villes. Je condamne fermement les manifestations émeutières de ces derniers jours, mais je comprends la volonté de mes concitoyens. La guerre vous touche tous, et c'est un sacrifice important que je vous ai demandé, afin de rendre sa paix à l'Europe. (Il marque une pause) Vous le savez certainement, la décision d'un assaut global a été prise dans la précipitation pour prendre les pays incriminés par surprise, et éviter au continent européen une situation de crise de longue haleine. Mais cette guerre éclair a échoué, je l'admets. »

D'autres huées se mêlèrent à des acclamations satisfaites.

« Seulement voilà, cela ne signifie pas que les États-Unis d'Europe ont perdu de leur détermination. À l'heure où je vous parle, nos troupes avancent encore et toujours, prenant les plus grandes villes. Je peux presque affirmer que nous tenons la Slavie de l'ouest. L'Eurocorps n'a été arrêté que par la Montagne Artificielle, et je ne peux qu'en conclure à une réussite militaire. Néanmoins, j'ai été informé en séance par l'ambassadeur des États Arabes Unis que ces deniers considéreraient une avancée derrière le Mur comme une agression, et donneraient leur soutien à la Slavie dans pareille situation. Ils craignent pour leurs puits de pétrole, leur ressource élémentaire, et je peux comprendre leur appréhension.

« Ces menaces n'auront pas été ignorées. Nous sommes déjà arrivés au Mur, tenant donc la majorité de la Slavie, nous pouvons arrêter là notre avancée, et conserver la partie déjà pacifiée comme une zone tampon entre l'Europe et la Slavie. Le Mur formera ainsi une frontière naturelle, comme devait l'être sa fonction première. Quant à la Russie, nous poursuivrons notre offensive jusqu'à ce que nous obligions Moscou à changer sa politique de conquête et cesser ses tentatives de récupération du Passage de Saint-Pétersbourg. Je pense respecter ainsi la volonté de tous, de ceux qui désirent maintenir l'ordre démocratique en Europe et de ceux qui souhaitent voir cette guerre cesser au plus vite. De même, je veux rassurer l'Émir Mohamed Al'Darbi des États Arabes Unis sur nos intentions. Nous souhaitons conserver une relation diplomatique des meilleures avec eux, et poursuivre dans notre perspective de marché pétrolier commun. Les États Arabes Unis sont des alliés, que personne n'en doute. Nous serions attristés d'en faire des adversaires, et ferons tout pour l'éviter.

« Nous sommes le 18 septembre 2033, une date qui restera dans l'Histoire comme le jour où la Paix triompha en Europe ! Nous avons mis à présent fin aux vagues terroristes à la frontière, et aurons la possibilité de maintenir l'ordre et la quiétude sur le continent. Je suis fier de constater que la nation européenne a consenti à ces sacrifices journaliers – que vous avez tous subis. Et je peux vous rassurer, la conjoncture économique ne tardera pas à reprendre vigueur. Cette mauvaise passe sera bientôt derrière nous. Dans quelques heures, tous les corps d'armée de l'Eurocorps cesseront leur avancée, à midi pile. Seuls les contingents de pacification du sud slaviste achèveront la libération de ce pays.

« Je vous remercie d'avoir écouté avec attention ce message de paix et de fraternité que je souhaite dédier au monde entier. Qu'il se rassure, cette petite guerre frontalière n'aura pas de conséquences graves. Au contraire, j'estime avoir apporté une fois de plus une preuve de nos intentions pacifistes. »

Un tonnerre d'applaudissements gronda sous la coupole de verre. Les flashs des appareils photo crépitèrent comme les éclairs de ce terrible orage qui rugissait dans le Reichstag. Les explosions de voix se répercutaient de tous côtés. Les pacifistes tenaient une grande victoire politique, les autres approuvaient de modérer la position face aux États Arabes Unis. Presque tous étaient satisfaits tout en regrettant la tournure que prenaient les choses. Presque tous. Markus, lui, ruminait intérieurement ce premier véritable échec. Cette joie qui faisait vibrer l'hémicycle dissimulait mal le sentiment d'un travail inachevé.

« Vous avez été parfait, le félicita le Premier ministre Agota en se glissant derrière lui.

— Merci, souffla Tramper, coupant son micro. Un peu trop Victor Wilem, peut-être ?

— Je vous assure, appuya David Agota en lui rendant son sourire, vous avez été parfait.

— Oui, maintenant, il faut prévenir immédiatement les groupes d'armées un à cinq qui stationnent devant le Mur.

— Ils ont déjà eu le message de ne plus avancer la dernière fois, avec les justifications qui s'imposaient. Jusque là, pas de problème, ils sont restés immobiles, même Peterson. Bien qu'il soit clair que ça ne lui fait pas plaisir.

— Appelez-le en priorité ! S'il doit y avoir un problème dans mes négociations avec Al'Darbi, ce sera lui. Immobilisez-le, et si possible, rapatriez-le à Oslo. Il est trop dangereux à la frontière.

— Je suis d'accord… Et pour Erwin Helm ?

— Je n'ai pas besoin d'avoir de ses nouvelles en ce moment, ça va déjà assez mal comme ça ! »

Devant eux, les délégués exposaient déjà leurs oppositions entre eux, débattant d'un bord de l'hémicycle à l'autre. Dire qu'il pensait les avoir suffisamment travaillés au corps… Markus devait bien admettre qu'il avait sous-estimé l'opposition au sein même des fédéralistes. Le retournement opéré par Dalendel la veille au soir ne faisait pas partie de ses pronostics. Tant pis, cela prendrait simplement plus de temps que prévu, mais à n'en pas douter, les délégués finiraient par lui manger dans la main.

« Vous êtes au courant pour hier soir ?

— Oui, on m'a dit… Comment a-t-il franchi le périmètre de sécurité ?

— Je ne sais pas, on m'informera dès que l'enquête interne aura résolu cette question.

— Et lui, où est-il ? s'informa Tramper en baissant le ton malgré le brouhaha.

— En route pour Satu Mare. Il devrait arriver à Lviv dans une heure, tous les transports transitent par là-bas.

— Elle est avec lui ?

— Bien sûr. Elle ne le lâchera pas d'une semelle.

— Parfait… »

Le ministre se redressa et fit mine de repartir saluer un délégué à la mine affable.

« David ! »

Agota se retourna et s'inclina. Tramper se pencha par-dessus son petit pupitre et articula méticuleusement chaque syllabe.

« À la prochaine connerie qu'il fait, pas d'excuse. Haute Trahison. C'est clair ?

— Très clair », monsieur le président.

Slavie. Camp de Lviv.

Erwin ouvrit un œil. La lumière lui arracha une grimace. Il cligna des paupières et se redressa douloureusement sur la banquette dure et trop étroite. Les 65 centimètres réglementaires des lits de camp de la Croix Rouge Militaire. Ses pieds dépassaient et sa tête était restée longtemps dans une position qui lui meurtrissait à présent la nuque. Il avait mal au crâne, les yeux gonflés et la langue pâteuse. Ses jambes endolories étaient engourdies. Ses bras très faibles semblaient ne plus lui obéir.

« Alors, lieutenant Helm, on veut jouer les héros ? »

Cette voix, ce ton. Cette remarque.

« Emma, qu'est-ce que vous foutez là ! beugla-t-il, en se massant les tempes.

— Où ça, là ? Vous ne savez même pas où vous êtes », ricana-t-elle, narquoise.

Erwin, déboussolé, prit quelques secondes pour remettre les choses au clair. Que s'était-il passé ? Il avait couru, il se rappelait avoir été plaqué au sol puis frappé par les bâtons électriques. Il repensa à Wallace, à Lviv… Où était-il à présent ? Une caserne, à ce qu'il pouvait entendre. Il se trouvait dans une tente qui luisait de l'éclat d'une lampe halogène médicale. Des camions circulaient en grand nombre, à une centaine de mètres de là. La clameur militaire lui revint dans la peau, il se sentit à nouveau dans son élément.

« Laissez-moi deviner, nous ne sommes pas à la caserne Heydrich…

— Pas tout à fait. »

Elle avait une gourde à la main, marquée du blason de l'Eurocorps. Elle portait également un uniforme qui lui seyait étrangement bien, cependant dépourvu de tout signe de reconnaissance, une simple combinaison de mécanicien. Ses cheveux blonds étaient attachés derrière la tête en un petit chignon qui laissait harmonieusement échapper quelques cheveux. De façon assez surprenante, elle semblait même très à l'aise dans un costume habituellement loin de mettre les femmes en valeur…

« Ces bâtons électriques c'est pire qu'un lendemain de cuite… Je crois que j'ai mérité un joker, plaisanta Erwin en basculant ses jambes sur le rebord pour s'asseoir.

— D'accord. Vous en connaissez bien les quartiers chics.

— Super, grommela le soldat en se pinçant le haut du nez. Retour à Lviv, c'est ça ? Ne dites rien, je sais que c'est ça… Pourquoi ne suis-je pas sous les verrous pour désertion ?

— Vous avez franchi illégalement le cordon de sécurité durant votre permission. Si vous n'aviez pas déjoué la sécurité pour je ne sais quelle raison, vous seriez rentré en Slavie en pleine possession de vos moyens. L'important c'est que vous ne causiez plus de dégâts médiatiques à Berlin.

— C'est une réprimande ? Vous êtes venue pour me chaperonner même dans l'armée ? »

Il tenta de se relever, mais une bouffée de fatigue le rassit aussitôt. Il secoua la tête et chercha du regard une bouteille d'eau ou quoi que ce soit de buvable. Sa gorge était désespérément sèche.

« Vous avez soif ? dit-elle en lui tendant la gourde. C'est normal après les chocs électriques que vous avez pris. Tenez, c'est du sirop énergétique.

— Je connais. J'en bois tous les jours en manœuvre ou en mission. C'est infect. »

Il but de longues rasades.

« Mais qu'est-ce que ça soulage, conclut-il après une

bruyante démonstration de sa satisfaction. Alors, Mademoiselle Cardin, pourquoi n'êtes vous pas repartie à Berlin en compagnie de vos deux charmants gorilles ?

— J'ai un message à transmettre personnellement à un général près de la nouvelle frontière.

— Non. »

Emma ouvrit de grands yeux.

« Comment, non ? Vous croyez quoi ? Que c'est un complot contre vous, qu'on veut vous surveiller sept jours sur sept ? Vous n'êtes pas le centre du monde, lieutenant Helm !

— On n'envoie pas un membre du ministère de l'Information livrer un message à un général, ça ne tient pas la route. »

L'espace d'une seconde, les yeux bleus de la jeune femme trahirent un sentiment similaire, mais elle ne se laissa pas aller à exprimer son opinion personnelle. Elle se cantonna à ce qu'on lui avait dit, comme on le lui avait dit.

« Le général Peterson a pour ordre de rentrer à Berlin immédiatement avant de rejoindre Oslo. Je dois l'emmener à bord de l'avion du ministère parce que les autres liaisons sont déjà retardées ou en difficulté. Le blocage dû à l'arrêt des troupes a provoqué une paralysie des convois et Peterson doit être à Oslo le plus vite possible.

— Voilà, vous m'auriez dit tout de suite que vous étiez taxi j'aurai compris. Mais c'est quoi cette histoire d'arrêt des troupes ? J'ai loupé quelque chose, là ! »

Cardin soupira et leva les yeux au ciel.

« Le président a ordonné l'arrêt de l'avancée européenne, tout à l'heure. J'ai été informée en dernière minute de ma fonction de "taxi", j'étais venue vérifier que vous étiez bien réveillé avant de partir.

— Vous êtes venue me dire adieu, s'ébahit-il, ironique. Je n'en reviens pas. »

En réalité il en était plus que flatté, mais ne voulait le lui montrer à aucun prix. Ce serait comme admettre qu'elle remportait leur éternelle joute verbale. Et elle l'avait parfaitement compris, puisqu'elle décida de renvoyer la balle.

« Non, pas du tout, rétorqua-t-elle avec malice. J'étais venue m'assurer que vous seriez capable d'aller au combat prochainement, histoire d'être certaine que vous y restiez une bonne fois pour toutes ! »

Ils rirent ensemble, pour la première fois depuis leur rencontre.

« Contrairement à ce que vous pensez, j'ai conscience du prix que vous devez payer, lieutenant. Alors oui, je suis venue vous souhaiter au moins bonne chance. »

Le souvenir de son expression horrifiée en découvrant son corps meurtri s'imposa à Erwin. Elle paraissait sincèrement désolée de le voir retourner au casse-pipe.

« Ne vous faites pas de bile, on ne m'enverra probablement nulle part, dit-il, un sourire forcé sur le visage. (Il prit un air faussement dramatique, ne laissant qu'une lueur dans les yeux trahir son ironie) Sauf si vous arrivez trop tard pour arrêter Peterson ! Vous savez, il serait encore capable de déclarer la guerre tout seul à un autre pays…

— Vous ne croyez pas si bien dire. »

Elle jeta un regard vers l'entrée de la tente.

« Si Peterson passe le Mur, les États Arabes Unis soutiendront militairement la Slavie. Vous saisissez ?

— Les Arabes Unis entrant en guerre contre l'Europe ? Avec tout le respect que je vous dois, j'ai du mal à envisager un truc pareil…. Cela fait très longtemps qu'ils ne sont plus des va-t-en-guerre, bien au contraire !

— Et pourtant, leurs troupes sont en mouvement depuis deux jours, ils rassemblent leurs chars à la frontière, près des ports, et des avions-cargos sont affrétés, prêts à décoller avec du matériel antipersonnel.

— Les Arabes Unis n'ont que du matériel dépassé, murmura Erwin. Comment veulent-ils soutenir une contre-offensive slaviste ?

— Erwin ? » s'insurgea soudainement la jeune femme.

Helm sursauta et regarda autour de lui.

« Quoi ?

— Seriez-vous en train de prétendre que l'Europe domine la situation, railla-t-elle alors. Cela ne vous ressemble pas !

— Au contraire, je pense que l'Europe a un problème. Si les États Arabes Unis ont rassemblé suffisamment de matériel pour une contre-offensive, avec leur logistique attardée, cela signifierait qu'ils s'attendent à passer à l'action depuis un moment.

— Naturellement, répliqua-t-elle, laissant échapper son mépris, ils se préparent depuis vingt ans à l'éventualité qu'un pays veuille s'emparer de leur précieux pétrole !

— Quoiqu'il en soit, je doute qu'ils puissent soutenir quoi que ce soit. C'est ça qui m'inquiète, je ne comprends pas leur assurance.

— Ce n'est pas de l'assurance, c'est du bluff. Ils veulent nous faire croire qu'ils ont les moyens de soutenir Zwiel. Mais de toute façon, je compte bien prévenir ce Peterson avant que la situation ne dérape.

— Ne dérape ? Effectivement, très chère, si Peterson veut passer le Mur, la situation risque fort de *déraper*. Je suppose qu'il a des bombes K ?

— Celles qui équipent les bombardiers Mjölnir. Faible puissance. »

Erwin qui avait reporté le goulot à ses lèvres manqua de s'étouffer.

« Faible puissance ? Vous rigolez ? Il vous faut quoi, un holocauste nucléaire ?

— Ne dites pas des choses pareilles... »

Voyant que sa mine était devenue plus sévère, il fronça ses sourcils en bataille.

« Quoi ? Vous êtes superstitieuse ? »

Emma ne répondit que par son silence. Erwin se leva

douloureusement, réveillant les plaintes de ses brûlures. Les bâtons électriques n'étaient vraiment pas des armes commodes. Helm constata qu'il portait toujours son costume élégant, fripé et sentant la transpiration, toutefois. Il vit son sac de voyage kaki repoussé au bout du brancard. Il l'ouvrit et vérifia ses affaires. Puis les petites poches du sac. Puis il s'agita et chercha sa veste du regard. Lorsqu'il la trouva, suspendu à une perfusion, il la fouilla aussitôt. Emma le regardait, le visage neutre.

« Il manque des choses, cracha Erwin en se retournant vers elle.

— Oui. Toutes les affaires retrouvées sur votre table de nuit qui vous ont été envoyées par votre mystérieux ami. Ami que vous êtes sans doute venu voir à Berlin, nous sommes donc en train de chercher qui pouvait être au Reichstag et avoir l'écriture que nous avons retrouvée sur le mot. Ne vous inquiétez pas l'enquête sur votre escapade sera bien menée. »

Son ton mécanique fut comme une douche glacée, et il réalisa à quel point elle faisait complètement partie du système. Dès qu'il s'agissait de son travail, elle ne jouait plus. Erwin fouilla toutes ses affaires et une boule grossit dans sa gorge.

« Il manque autre chose, fit-il, le regard en feu. Qui m'appartient !

— Votre carnet. C'est moi qui l'ai. Je dois le lire avant de vous le restituer, et j'ai été très intéressée par le début, dans l'avion. »

Helm se tourna vers elle et lui adressa un regard noir qui la fit frissonner.

« Qu'est-ce qui vous a intéressée ? Mon entraînement à l'Eurocorps ou comment mon père a été fusillé en catimini alors qu'il était innocent ? »

Prise de court, le visage rougissant, Emma baissa les yeux. Ce détail morbide, elle n'en avait jamais entendu parler. Comment un fait aussi important avait bien pu être omis dans le rapport qu'on lui avait donné sur Helm ?

« Tout ce que j'ai pu apprendre durant mon enquête est là, expliqua-t-il d'un air distant. Mais je ne comprends pas tout, il me manque des clefs…

— Qu'est-ce que… vous voulez faire… je veux dire, avec ce carnet ?

— Racheter la mémoire de mon père en prouvant qu'il est innocent. »

Elle comprit enfin pourquoi il tenait autant à ce carnet, mais aussi d'autant mieux pourquoi on lui avait demandé de le lire. Erwin serrait les poings et faisait face à l'entrée de la tente, la mâchoire serrée.

« Mais c'est sans espoir, dès que je me rapproche de pistes solides tout s'effondre comme un château de cartes, et je recommence à zéro… »

Helm leva lentement ses bras, calmant ses nerfs intérieurement, tentant de garder le contrôle. Il ne devait pas faire de vague. Surtout pas avec elle.

« Écoutez, Emma, je sais que vous ne faites que votre boulot, comme je fais le mien en combattant pour les États-Unis d'Europe… mais ce carnet c'est ma vie, mon histoire, l'objectif pour lequel je me lève le matin. Je vous le demande, Emma… Rendez-moi le carnet. »

Elle lut la sincérité dans le regard du jeune homme, et avec la mauvaise surprise de cette « omission » dans son dossier, elle était complètement prise de court. Que pouvait-elle faire sans échouer dans sa mission… à nouveau ? Jusqu'ici Erwin Helm était plus un boulet qu'autre chose, et il serait peut-être la cause de son renvoi dans les cartons du Ministère de l'Information. Mais d'un autre côté, son but était si noble, et son acharnement démontrait une telle preuve d'amour…

« Je… Je suis désolée, Erwin, *vraiment* désolée. Je ne peux pas. »

Le lieutenant inspira profondément, mais se maîtrisa pour éviter qu'Emma le prenne trop personnellement. Après tout, elle ne faisait effectivement que son travail, et comme il l'avait répété maintes fois à ses amis : il ne fallait pas désobéir quand l'ordre ne nous plaisait pas, mais quand il n'était plus sensé. Emma était face à ce dilemme, et elle avait choisi l'option la plus logique. Il ne pouvait pas lui en vouloir.

« Je comprends, dit-il calmement. Faites votre boulot, je ferai le mien. »

Sans un regard ni une hésitation il attrapa son sac, le jeta sur son épaule et quitta la tente. Fixant le pan de toile qui flotta un instant, Emma Cardin hésita à courir après lui et lui rendre sa vie, son histoire… Mais elle n'en avait pas la force. Elle restait seule avec ses remords, sa tristesse et sa honte.

Erwin marchait à présent hors de la tente médicale. Il avait reconnu le décor tout de suite. La petite plaine couverte de champs avec les collines herbeuses au loin. Et devant le camp, une ville à la banlieue dévastée, un paysage d'apocalypse sur tout le pourtour de la cité.

Il déambula, les yeux perdus, sans s'éloigner du secteur de la Croix Rouge Militaire. Il avait du mal à réaliser ce qui venait de se passer. Était-ce un mauvais rêve ? Il se repassa toute la scène dans sa tête, mais elle semblait complètement irréelle. Il venait d'abandonner des années de recherches comme un vulgaire agenda. Tout ça pour quoi ? Parce qu'il n'avait pas le cran de le lui prendre de force. Évidemment avec un pistolet sur le front elle aurait coopéré. Mais il avait déjà commis cette erreur, il comptait bien en tirer les leçons.

Perdu dans ses ruminations, Erwin rechercha vaguement quelqu'un qui pourrait le renseigner sur le moyen avec lequel il devrait partir. Et où il partirait. Mais aucun chef de section n'était disponible, ni aucun gratte-papier avec leurs listes interminables. Ces gens-là ne servaient à rien, selon Erwin, de pauvres porte-paperasses incompétents, à l'image de sa hiérarchie. Les infirmiers de garde n'avaient naturellement aucune information, et personne ne semblait savoir qui était au sommet de la pyramide administrative. Ou plutôt personne ne savait où se trouvait le général Peterson, censé tenir ce rôle.

« Excusez-moi, madame, demanda-t-il, accostant une infirmière. Vous savez où les listes de réaffec…

— Voyez ça avec l'inspecteur de sécurité médicale… »

Son ton sec et désinvolte faillit empourprer le soldat tellement il ruminait sa colère.

« Je lui ai déjà demandé ! rugit-il, les bras au ciel. Bon, écoutez, je ne vais pas palabrer pendant des heures avec tout le personnel soignant, je veux savoir qui tient les listes des réaffectations !

— Elles sont accrochées aux panneaux en bois, là-bas ! » le rabroua-t-elle, la voix coupante.

Ce disant, elle tourna les talons et, les bras chargés de linge propre, disparut entre deux tentes. Penaud et refroidi, Erwin se dirigea vers les panneaux indiqués, la tête basse. Une foule de malades ou blessés en tenues dépareillées traînait déjà devant les listes, lissant les papiers punaisés de leur index.

Il se fraya un chemin à travers la masse compacte et joua des coudes pour se retrouver juste devant les fameuses listes. Le brouhaha n'arrangeait rien à son mal de crâne, et les douleurs des chocs électriques des bâtons lui revenaient tandis que chacun s'empressait de récupérer l'espace libre derrière lui. Erwin se concentra et chercha dans la série des H. Tout le monde était collé épaule contre épaule, les haleines se mêlaient à un entêtant parfum de paraffine. Le temps s'éternisait, pas de Helm… Plus bas, plus bas. Helm ! Helm Damien… Ce n'était pas encore cela… Malcolm Helm, Jonathan Helm. Et plus d'autres Helm. Pas d'Erwin. Emma l'avait donc amené ici dans la plus grande précipitation, et personne n'avait réellement préparé son retour. Typique.

Puis soudain, devant cette masse de blessés qu'on allait

remettre dans les rangs, il eut l'idée de chercher un autre nom. Il lança son index sur les noms inconnus et parfois étranges et s'empressa de remonter le panneau, un subit espoir lui gonflant le cœur. Sa respiration s'accéléra. Il savait que la grande majorité des blessés aptes à retourner au combat étaient listés ici, avec leurs nouvelles affectations après les pertes lourdes de certains bataillons. Il avait donc une chance de *le* trouver... La lecture de l'affichage fut infructueuse, celui-ci n'allant que jusqu'à G. Il se déplaça en crabe jusqu'au panneau suivant, sous les remarques désobligeantes des bousculés.

Le doigt d'Erwin glissa encore, encore, F... Et E. Son index accéléra sa course jusqu'à heurter subitement un autre index. Juste sur un nom bien précis.

Engström Cyril.

Quelques secondes durant, Cyril ne réalisa pas ce qui lui arrivait. Son regard croisa celui d'Erwin, lui aussi paralysé par la surprise, tandis que la masse grouillant autour d'eux les ignorait dans sa frénésie. Leurs lèvres esquissèrent d'abord deux sourires incrédules, puis ils se lancèrent dans les bras l'un de l'autre en riant. La scène n'était pas rare en ce moment, mais beaucoup s'arrêtèrent pour les voir se retrouver. Quand tant de frères d'armes avaient laissé leur peau devant Lviv, il était toujours bon de se rappeler que parfois la chance leur souriait. L'accolade fraternelle fut écourtée pour laisser la place à ceux qui s'intéressaient encore à leur réaffectation, et Erwin se décida à parler le premier.

« Tu peux pas savoir comme je suis heureux de te voir, j'ai cru qu'on te retrouverait jamais !

— Je suis plus coriace que ça, tu n'en doutais pas j'espère ?

— Je n'oserais pas !

— Et quand je t'ai vu récolter seul toute la gloire et tous les honneurs à Berlin, sans moi, je me suis dit qu'il était temps de revenir réclamer mon dû. D'ailleurs, je ne vous ai pas salué... *mon lieutenant* ! Félicitations, ajouta-t-il pour ne pas donner l'impression de n'être *que* sarcastique.

— Ne m'en parle pas, se rembrunit son ami avec une moue exaspérée. Ils m'ont trimballé devant les journaleux comme une marionnette... Et ça ne m'a même pas permis d'obtenir ce que j'espérais...

— On t'a choisi *toi* pour faire la belle gueule plutôt que *moi* ? C'est un scandale !

— Ha, que veux-tu, tu étais indisponible, ils se sont rabattus sur le second choix... À ce propos... »

L'euphorie des retrouvailles se dissipa bien vite quand les yeux de Helm se plantèrent dans ceux d'Engström avec le plus grand sérieux. Il n'était pas idiot, si Cyril avait disparu si longtemps, quelque chose avait bien dû arriver, quelque chose de plus grave que les plaies cicatrisées sur ses pommettes ne le laissaient suggérer. Erwin n'eut même pas à poser la question, son regard en disait suffisamment long. Répondant à son interrogation muette, le Danois remonta la jambe droite de son treillis pour révéler la prothèse. Son visage s'était empourpré de gêne, presque de honte, ses yeux fixaient le sol.

« Je... je suis désolé...

— T'inquiète pas, c'est bon...

— Ils t'ont quand même renvoyé ici ? s'indigna Erwin. Ils auraient dû te laisser rentrer, tu l'as mérité !

— C'est moi qui ai demandé, répondit-il un peu trop sèchement. Ils voulaient me renvoyer chez mes parents, j'ai refusé... j'ai préféré revenir vers vous. »

L'émotion enrayait sa voix, il préféra se taire. De toute façon, Erwin n'avait pas besoin de savoir qu'on lui avait très fortement déconseillé de repartir au combat avant une rémission complète. Les risques de complications étaient importants. Le chirurgien lui avait même dit qu'après un tel succès, gâcher cette opération en se relançant dans les combats serait « du gâchis ». Comment pouvaient-ils comprendre ? Il connaissait le prix de sa décision, mais c'était un sacrifice librement consenti. Pour autant, devait-il imposer à ses camarades le poids d'une certaine culpabilité en leur révélant cela ? Hors de question. C'était son sacrifice, pas le leur.

« T'inquiète pas, insista-t-il pour se convaincre lui-même autant qu'Erwin. Je suis apte.

— Je comprends… »

Le lieutenant n'était pas complètement dupe, Cyril ne lui racontait pas tout. Mais il ne pouvait imaginer les souffrances que son ami avait endurées et le malaise qu'il devait ressentir à se déplacer sur une prothèse… Inutile d'en rajouter à cette honte qu'il réprimait déjà difficilement. Le mieux restait de reprendre les choses là où ils les avaient laissées, comme avant. Mais avant, il y avait une chose qu'il se devait de faire, et il ne lui restait que peu de temps.

« Écoutes, Cyril, j'ai un… service… à te demander. Ça me gêne de te demander ça comme ça, alors qu'on vient juste de se retrouver, mais c'est important… »

Ce nouveau mystère fit se lever un sourcil sur le visage curieux d'Engström. Quelque chose lui soufflait qu'il avait pris la bonne décision, et que la dynamique de la chambrée s'apprêtait à être relancée. Et c'était exactement ce qu'il avait espéré du fond du cœur. Son fameux sourire taquin s'étira au coin de sa bouche lorsqu'il répondit :

« Dis toujours… »

« Non, expliqua Emma en changeant le combiné d'oreille. Non, il n'a rien fait. Je ne l'ai jamais vu comme ça… Non, vraiment, aucune menace ! »

Emma Cardin était au téléphone, dans la petite tente médicale. De l'intérieur, la croix rouge peinte sur la toile prenait des couleurs sanguines. Elle conversait avec une personne de la première importance.

« Oui, Monsieur le ministre, je veille au grain. Il ne se passera rien… Oui, bien sûr, je vous appelle s'il y a un problème. Bien sûr… (Son visage se décomposa soudain) Pardon ? Sans vous offenser, je dois déjà m'occuper du général Peterson, je ne peux pas l'emmener, il est réfractaire à toute autorité, il est incontrôlable… Oui, d'accord, Helm n'est pas un cow-boy, mais… non, je n'ai pas eu de souci, je vous le répète ! Oui, j'ai lu son dossier. Calme, meneur d'hommes, discipliné. Mais tout ça, c'est dans une caserne, pas pendant une guerre, je crois qu'il est devenu un peu nerveux, vous avez bien vu ce qui est arrivé hier, et… Bien. Oui, je n'avais pas l'intention de contredire un ordre du président, Monsieur le Premier ministre. Je le ferai, mais transporter le lieutenant Helm un peu partout serait hautement improductif. Son carnet ? Oui, un peu, dans l'avion. J'ai lu les premières pages, mais honnêtement, je n'y comprends strictement rien, c'est totalement dénué de logique. Le texte n'est même pas écrit toujours dans le même sens ! Il y a plein de photocopies pliées et je ne sais combien de disquettes de silicium glissées entre les pages, il me faudra vraiment longtemps pour le lire, ce document. Que voulez-vous ? J'entends assez mal, Monsieur Agota, la liaison n'est pas très claire ! Comment ça, un dossier ? Non, je pense qu'il s'agit plutôt d'un carnet de guerre… Entendu, au revoir Monsieur le Premier ministre, j'arrive aussi vite que possible. »

Elle raccrocha enfin, poussant un long soupir de soulagement. Emma qui avait tant aspiré à revenir dans le circuit commençait vraiment à le regretter. D'abord se coltiner Helm, puis cette discussion dont l'effronterie lui colorait vivement les joues… Persuadée d'avoir suicidé sa carrière en deux minutes téléphoniques, elle resta un moment debout au milieu de la tente, perdue dans ses pensées, jusqu'à ce que quelqu'un se racle la gorge pour signaler sa présence, devant la tente. Emma découvrit un pan de toile et observa l'inconnu, un jeune homme, blond s'il n'avait pas eu les cheveux presque rasés à blanc, une blouse de blessé sur les épaules, une béquille coincée sous l'épaule droite. Son genou semblait avoir subi un fameux traumatisme, tout violacé qu'il était, et la jeune femme évita à tout prix d'y poser son regard. Une prothèse de couleur mate remplaçait sa jambe droite, agissant sur la conscience de la jeune femme de façon hypnotique. Ce genre de prothèse intelligente permettait aux soldats de continuer à se battre pendant un certain temps malgré des blessures handicapantes quand la situation l'exigeait, tout en promettant à ces héros malgré eux des douleurs articulaires jusqu'à la fin de leurs jours. À l'aube de sa vie, ce garçon portait un écriteau qui affichait clairement « futur drogué aux antidouleurs ». Le visage du blessé était recouvert d'un bandage étroit d'où s'échappait une désagréable odeur de pommade pour grands brûlés. Décidément, celui-ci n'avait guère eu de chance…

« Vous désirez ? demanda-t-elle en se forçant de ne pas laisser échapper son dégoût.

— Je… hésita le jeune homme. Je suis désolé de vous déranger, mais on m'envoie vous chercher. Le médecin-chef m'a demandé de vous quérir.

— Comment ça ? s'exclama Emma avec une irritation quasi chronique. C'est quoi ce bazar encore !

— Il a précisé que c'était urgent. Ça a un rapport avec une personne qui vous accompagne », poursuivit le blessé, la voix étrangement rauque.

Helm… Qu'avait-il encore inventé pour la mettre à bout, cette fois ?

« Il est incontrôlable, c'est bien ce que je disais, grogna-t-elle entre ses dents… Bien, un instant. »

Elle s'engouffra dans la tente pour récupérer sa carte d'identité magnétique et se passa une main sur le visage. Le miroir de poche lui renvoya un visage tendu aux yeux cernés, la fatigue creusant ses joues. Elle saisit la gourde de sirop qu'avait entamée Erwin et but de grandes rasades pour se rafraîchir avant de sortir. Mais elle le regretta aussitôt. Le lieutenant avait raison, c'était infect.

« Ce que je ne comprends pas, dit-elle d'un ton suspicieux, c'est pourquoi il m'envoie un malade et pas un membre du personnel…

— Ils sont débordés, Madame. Je suis désolé, répéta le jeune homme. Au bout du camp, la grande tente avec les drapeaux européens et Croix Rouge. »

Emma pesta et disparut à vive allure avant de s'arrêter pour se retourner. Le blessé repartait dans l'autre direction, claudiquant. Sourcils froncés, elle s'en alla à grandes enjambées. Était-ce encore une entourloupe ? Alors que cette question lui venait à l'esprit, elle réalisa à quel point Helm avait déteint sur elle : elle devenait complètement paranoïaque.

Le jeune homme blond attendit quelques instants. Il se retourna lui aussi et revint vers la tente. La jeune femme était hors de vue. Il s'engouffra sous la tente et de longues minutes passèrent. Puis il ressortit, observant les alentours avec méfiance et disparut.

Chapitre 11

Emma Cardin était folle de rage. Son regard nimbé de flammes foudroyait quiconque posait les yeux sur elle tandis qu'elle fulminait, de retour vers sa tente. Elle bouscula tout le monde possible, le plus souvent volontairement, histoire de se défouler avant de devoir reprendre son masque de servilité et de partir donner ses instructions à Peterson. Elle avait déjà perdu beaucoup de temps. Si elle remettait la main sur ce brûlé, elle...

« Emma ? »

La jeune femme se braqua instantanément, le rouge lui vint aux joues. Lui. Ici, maintenant. À croire qu'il l'avait fait exprès.

« Lieutenant Helm, que me voulez-vous, *encore* ?

— En fait, fit alors Erwin en se glissant derrière elle, personne n'a été capable de me dire où aller et que faire, j'espérais que vous me donneriez une affectation quelconque...

— En fait, vous tombez bien, grommela-t-elle. Je dois vous emmener avec moi. »

Devant son visage sincèrement consterné, Emma se sentit presque offensée.

« Vous n'êtes pas sérieuse... ou bien ?

— Vous venez avec moi chez Peterson, vous stationnerez sans doute devant le Mur.

— Trop aimable... En fait, j'espérais rester ici encore un peu. »

Il y eut une sorte de blanc, un silence entre eux. Elle repensa au carnet et se demanda si elle ne devait pas le ménager plutôt que de se conduire avec un complet détachement. Mais après l'incident de la douche, elle risquait de le vexer s'il y voyait de la pitié, ce à quoi elle ne tenait pas du tout. Elle opta donc pour l'assaut frontal, comme d'habitude. Cela finissait par devenir une routine entre eux.

« Tiens donc ? se força-t-elle à dire sur un ton cynique. Vos vacances à Berlin ne vous ont pas suffi ? »

Le visage d'Erwin aurait dû se tordre, comme s'y attendait Emma, pourtant il n'en fut rien.

« En réalité, cingla-t-il, je trouvais le service plutôt froid et incompétent. Non, si je souhaite rester ici, c'est que j'ai retrouvé quelqu'un que je cherchais depuis longtemps et…

— Lieutenant, ne me racontez pas votre vie, vous venez avec moi, point à la ligne ! Vos paquets sont encore faits, vous avez quinze minutes pour dire au revoir à votre ami ! »

Erwin, les bras ballants, la regarda repartir à grandes enjambées. Son visage semblait exprimer la surprise et la déception, mais l'ombre d'un sourire flottait sur ses lèvres.

À quelques kilomètres de la Montagne Artificielle.

Floyd avançait d'un pas ferme, la feuille de fax froissée dans ses mains moites. Il traversait le campement en effervescence. Tout le monde savait que quelque chose se préparait, il fallait se tenir prêt à agir en quelques heures, avait prévenu Peterson. Les armes devaient être chargées, déjà les blindés et les Hagglunds s'étaient vus refaire leur plein de carburant. Les modules cubiques de ces véhicules chenillés avaient été assemblés en véritables trains que des fantassins s'évertuaient à remplir de matériel et de munitions. Des troupes certainement mieux informées étaient déjà en rassemblement, les briefings mystérieux se multipliaient. L'heure de frapper fort approchait…

D'ailleurs, Floyd se sentait étrangement soulagé de bouger enfin. Rester devant le Mur, à la merci des troupes éventuelles cachées derrière la Montagne n'était pas pour lui plaire. Mais on y était, il faudrait passer le gros bloc de béton qui coupait la Slavie en deux… Il en était persuadé. Dans sa main, un ordre de Peterson. Floyd avait déjà dû le

251

transmettre à Joffrey, Klaus, Gayans, Yoann et quelques autres, désignés par Zeus. Puis il avait réussi à croiser Ludovic Tardel et lui montrer également le fax. Il ne manquait plus que Simon Tardel.

Le jeune Européen avait attendu dans la tente du petit groupe de camarades le retour de Joffrey pour lui emprunter une lampe, et avait réceptionné malgré lui le petit fax d'un messager nerveux et visiblement au travail depuis l'aube. Il l'avait lu avec surprise pour apprendre que Peterson demandait expressément aux soldats concernés de reformer le Bataillon Furie. Le Bataillon Furie ! Le groupe de têtes brûlées dont le nom circulait dans la presse militaire pour désigner ceux qui avaient percé les défenses de Lviv et permis l'entrée des blindés européens, puis contribué à la découverte des réfugiés de la centrale, sauvant ainsi des centaines de milliers de personnes ! C'était à peine croyable, lui et ses amis étaient devenus légendaires, ils étaient le Bataillon Furie ! Personne ne connaissait leurs noms, excepté celui d'Erwin Helm, le lieutenant fougueux dont la photo circulait dans la presse européenne comme le symbole d'une armée jeune et vigoureuse ! N'en revenant pas, mais empreint d'un désir d'humilité, il leur avait transmis l'ordre sans commenter leurs prestigieuses actions. Après tout, ils n'étaient que des inconnus, car Helm seul était réputé.

L'ordre était clair. Il fallait remettre une couche de patriotisme. Telle fut en tout cas la conclusion de Zaratis qui semblait savoir quelque chose que les autres ignoraient. Mais Floyd le trouvait trop méfiant. Pour lui, il était évident que Peterson reconnaissait leur talent et leur hardiesse et qu'il lui importait de remporter la bataille avec les éléments les plus efficaces qui lui assureraient une réussite complète.

Le Bataillon Furie… Avec Floyd et les autres, ils n'étaient qu'une poignée. Une vingtaine au maximum. Il manquait encore trois de leurs amis, trois hommes faits prisonniers par les Slavistes alors qu'ils tentaient d'empêcher une évasion de prisonniers ennemis. Greg et l'autre à moitié d'origine slaviste, pour ce qu'en avait retenu Floyd. Mais cette poignée pouvait faire la différence dans le combat, il en était persuadé. Klaus, ses yeux noisette plus sombres qu'à l'habitude avait pourtant eu ce commentaire énigmatique : il manque la tête et le bras droit...

Un camion manqua de le renverser dans ses pensées. Il fit un large pas en arrière et observa les alentours. Le camp gigantesque était en effervescence. L'heure tournait. Mais il arrivait déjà au poste de contrôle où le deuxième des frères Tardel était en faction. Il était le dernier qu'il connaissait à qui il pouvait transmettre l'ordre, les autres s'occuperaient de ceux qui lui étaient inconnus.

« Arrêtez ! »

L'odeur de carburant empestait l'air, et le vrombissement des moteurs tournant au ralenti finissait par vous donner des acouphènes. Au milieu du brouhaha des gens s'envoyant des noms d'oiseau et des ordres beuglés à la volée, les deux bergers allemands du poste de sécurité aboyaient en direction d'un véhicule qui paraissait suspect. Et les chiens se trompaient rarement.

« Ça fait le troisième », se plaignit Simon Tardel en refermant les yeux.

Ses pas lourds l'amenèrent à redescendre la colonne de voiture qui attendait de passer le check-point. Le poste de contrôle qui barrait la route était la source d'une gigantesque file de véhicules civils en tous genres. Camionnettes, voitures, motos, tout ce qui roulait attendait derrière la barrière de métal blanche où pendait un pitoyable panneau STOP, rafistolé et fixé par du ruban adhésif de déménagement. Simon s'était étonné de voir une unité de Finlandais réparer tout et n'importe quoi avec ce ruban adhésif argenté qu'ils surnommaient « Jeesusteipi », le scotch qui faisait des miracles. « Si ça ne tient pas avec du

Jeesusteipi, c'est que t'en as pas assez mis. » lui avaient-ils rétorqué en riant. Et force était d'admettre que malgré une tentative de passage en force et un échange de tirs, le panneau STOP tenait toujours aussi bien.

« S'il est suspect, mieux vaut vérifier, se justifia son collègue en marchant fermement vers la voiture grise qui laissait ronronner son moteur. On a déjà pris du retard, faut déboucher tout ça et vite… »

Le poste de contrôle était un petit cabanon de bois et de tôle consolidé de sacs de sable et entouré de barbelés. Ces derniers étaient retenus par des pieux de bois peints de stries rouges et blanches. Au bord de la route, les sacs formaient un monticule plus haut derrière lequel les soldats en faction pouvaient s'abriter. Au besoin, un obstacle de bois et barbelé pouvait être placé en travers de la route, mais il était vaguement rangé contre le cabanon.

« Coupez le moteur », ordonna Joona, le soldat qui surveillait la route avec Simon.

Il s'approcha de la portière et toqua à la vitre. Elle s'abaissa.

« Coupez le moteur, répéta-t-il plus fort. Vous parlez européos ?

— Si Petros était là, soupira Simon en s'approchant à son tour. Faure ! Faure, on a besoin de toi ! »

Après un instant qui lui parut durer des heures, un autre soldat européen accourut du cabanon et vint à la fenêtre de la voiture. Son bouc rasé de près autour de sa bouche lui conférait cet air sévère des affiches de recrutement.

« Coupez le moteur, descendez du véhicule et montrez vos papiers, s'il vous plaît, ordonna en slaviste le traducteur, Gabriel Faure.

— Merci mon Adjudant.

— C'est bon, approuva-t-il en leur faisant un signe de la main, prenez les papiers du véhicule suivant, je m'occupe de celui-là.

— J'habite à Kiev, j'étais allé voir ma famille, expliqua

l'homme en descendant de la voiture. Je veux juste passer par le tunnel pour rentrer chez moi !

— Ah, mais le tunnel est fermé, Monsieur. Vous êtes ici en secteur européen, montrez-moi vos papiers, s'il vous plaît ! »

L'homme se mordillait la lèvre inférieure, jetant des regards aux alentours. Il tendit ses papiers d'identité de la Principauté Slaviste. Il était employé et avait de la famille. Faure aurait pu en savoir plus si la carte d'identité avait été magnétique comme les cartes européennes, mais il n'avait pas mieux sous la main. En général, les pères de famille travailleurs étaient considérés comme honnêtes et obtenaient le droit de passage, afin de se rendre dans les petits villages où ils vivaient d'habitude. Mais pour cet homme, Kiev était une destination impossible à atteindre, il devrait, quoi qu'il arrive, rester devant le Mur.

« Fouillez ma voiture, j'ai rien, je veux juste rentrer chez moi !

— Tardel ! Venez là et pratiquez la fouille, je vérifie le bas de caisse. »

Tardel s'exécuta tandis que l'homme, levant les mains au ciel, déblatérait toujours en slaviste.

« Qu'est-ce qu'il dit, mon adjudant ?

— Il dit qu'on peut fouiller sa voiture. Ne vous inquiétez pas, ça sera fait, ajouta-t-il en slaviste.

— Il n'a pas d'arme », informa Tardel en se redressant après une fouille minutieuse.

Un camion s'arrêta de l'autre côté des barrières. Simon alla vérifier les papiers. Un simple transport de médicaments qui venait d'acheminer sa livraison et repartait vers le dépôt. Tout était en ordre, encore une vérification inutile. Il leva la barrière dans le sens sortant, observant du coin de l'œil le jeune Floyd arriver au loin en uniforme débraillé. Mais il devait reprendre le véhicule gris dont le pilote s'égosillait déjà en slaviste, proférant sans doute des injures locales.

Le bruit oppressait Simon de plus en plus. Après qu'il eut décliné ses offres de pilules en tous genres, son frère lui avait recommandé de se trouver au moins des choses à faire pour s'occuper l'esprit. Se porter volontaire pour les postes de garde leur avait semblé une bonne idée : c'était un travail qui nécessitait toute son attention et sa concentration. Pourtant la cacophonie incessante, cumulée à l'aspect routinier de sa mission, répétitive au possible, lui tapait sur les nerfs. À la fin de son service, il demanderait à être relevé et tenterait de se rendre utile ailleurs. Les cuisines, peut-être ? Au moins l'odeur ne serait pas aussi écœurante…

Derrière lui, Joona s'énervait face au conducteur du véhicule suivant la voiture grise.

« Comment ça : "Pourquoi papiers ?" Vous ne savez pas lire l'européos ? Y a écrit CHECK-POINT ! Donc papiers s'il vous plaît ! »

Dans un soupir de lassitude, Simon leva les yeux au ciel et se retourna vers son affaire. Il poussa le conducteur du bout de son Famas M3 et le guida vers le capot. Par précaution, pour éviter les pièges, on faisait toujours ouvrir les véhicules par les conducteurs eux-mêmes. Ils ouvrirent le capot et Simon inspecta minutieusement le compartiment moteur, puis ils passèrent aux portières, et la fouille se poursuivit sous les sièges et la banquette arrière. Le soleil les écrasait de son ardeur, et tout le monde transpirait comme des bœufs. Tardel grimaçait sous son casque – une vraie étuve – espérant qu'un nuage vienne bientôt les soulager. Alors qu'il emmenait le conducteur au coffre, ce dernier changea brusquement d'allure. Il secoua la tête en répétant sans cesse la même phrase. Il bafouillait visiblement.

« Il dit que toutes ses affaires de travail vont tomber, et que ça prendrait du temps à tout remettre », traduisit l'adjudant, perplexe.

Il relut les papiers. Il était maçon. Un type comme lui

devrait conduire une camionnette, pas une voiture telle que celle-ci… Mais après tout, on était en Principauté de Slavie, peut-être n'avaient-ils pas les moyens de se payer un utilitaire ?

Allons bon, c'est pas non plus le Tiers-Monde ! se reprocha l'adjudant, un peu honteux de céder si facilement à un de ces clichés habituels sur les Slavistes.

« J'ai un doute. Ouvre.

— Au moins on sera fixé, acquiesça Simon déjà énervé par les braillements du conducteur et la chaleur de four. Allez, ouvre ton coffre ! »

L'autre émit encore une protestation incompréhensible, comme s'il protestait contre un abus de pouvoir. Sous la pression de l'arme dans son dos, il appliqua ses doigts sur la poignée.

« Simon, l'interpella Floyd en arrivant, dix mètres en avant, j'ai quelque chose à t'annoncer, c'est urgent !

— Plus tard, j'ai un contrôle, cria Tardel en retour.

À vrai dire, Simon mourait d'envie de faire une pause en saisissant ce prétexte qui tombait à point, mais la file de véhicules s'allongeait et il leur fallait vraiment accélérer le mouvement s'ils ne voulaient pas recevoir un appel du Service Général du Trafic qui ne manquerait pas de leur passer un savon bien senti.

— Mon adjudant ! Venez voir, je crois que j'ai trouvé quelque chose ! »

Joona posa la perche à miroir qu'il avait utilisée pour inspecter le bas de caisse et s'allongea sur le sol à moitié sous la voiture derrière eux, les mains dans la poussière. L'adjudant devint pâle et sa bouche se tordit.

« Faites-le sortir de sa… »

Une main armée passa par la fenêtre et tira trois coups vers le malheureux soldat couché, la tête sous la voiture. Son corps se détendit et le tireur tourna son arme vers l'adjudant. Celui-ci dégaina son arme de poing et deux autres coups de feu résonnèrent encore. L'adjudant s'écroula, les mains portées à son épaule touchée. Le tireur n'avait plus de munitions, mais Simon, lui, si. D'un coup de canon dans les côtes, il précipita son conducteur au sol et, le champ de tir dégagé, transperça le pare-brise de la voiture du tireur. L'homme qui jaillissait du véhicule pour s'enfuir fut fauché par la rafale. Des renforts arrivaient, mais il était déjà mort. Le Slaviste couché au sol se redressa péniblement et s'agrippa à Simon comme pour se relever. Tardel l'attrapa à l'épaule et l'aida à se redresser. L'homme le fixa alors haineusement, et Simon comprit ; trop tard. L'Européen fit tout pour se dégager, le visage horrifié, la peur dans les yeux. Le Slaviste saisit la poignée du coffre et l'ouvrit en grand.

Floyd avait vu toute la scène et se précipitait déjà vers son ami menacé par le Slaviste dont il avait découvert le piège. Il lâcha son papier froissé pour se jeter vers Tardel, qui tentait désespérément de délier les doigts du civil de son uniforme. Un regard échangé entre les deux, paniqué. Un regard qui savait.

La voiture explosa comme une grenade, projetant des morceaux de carlingue et de chair dans toutes les directions. Une fumée noire s'éleva devant le poste de contrôle. Les flammes léchaient les sacs de sable alors que les renforts pointaient leurs armes sur les véhicules suivants et dégageaient l'adjudant blessé pour l'éloigner du brasier.

Une sirène hurlait au loin, Floyd resta là, les bras ballants. Son regard vide, fixé là où, quelques secondes plus tôt, Simon lui avait envoyé un ultime regard de détresse. Le vent se levait maintenant. Les nuages lourds qui s'étaient amassés toute la journée à l'horizon glissaient enfin vers le soleil. Bientôt, la clarté diminuerait. Le vent se rafraîchissait tandis que la fumée noire montait vers le ciel. Il restait là. Sa bouche entrouverte tressautait spasmodiquement, ses yeux hagards scrutaient les flammes et la ferraille.

La feuille froissée voletait, poussée par la brise montante. Elle tourbillonna un instant, glissant dans la poussière qui s'élevait, elle aussi, comme de minuscules tornades. Les brancardiers ne savaient où donner de la tête et transportaient les blessés comme ils pouvaient au milieu des hurlements et des gémissements. Le papier s'immobilisa contre un débris fumant. Il noircit et les noms disparurent ainsi un à un. Puis les cendres de la feuille s'envolèrent une dernière fois au gré du vent.

Mais Floyd restait debout, les yeux sur le brasier. Un nom était définitivement effacé...

Une heure plus tard.

« Comment va-t-il ? s'enquit Joffrey, le visage fermé.

— Comme quelqu'un qui vient de perdre son frère jumeau... »

Gayans se leva de son fauteuil de campagne pour rejoindre Zeus, debout à l'entrebâillement de la tente. Il lui tapota amicalement l'épaule et retourna à la glacière peinte en bleu sombre pour en tirer une canette d'eau minérale. La toile claquait au rythme des bourrasques. Le mauvais temps s'était levé subitement. Mais une oppressante langueur traînait sur la plaine, annonciatrice d'un orage. Ennio n'en pouvait plus. Il voulait parler d'autre chose. Penser à autre chose. Mais ils venaient de perdre un ami, il leur était impossible de parler d'autre chose. L'ambiance était pesante, alourdie encore par l'air humide. Les hommes du Bataillon Furie étaient à cran. Il envoya la canette à son camarade et soupira pour tenter de changer le sujet de la conversation :

« Un orage ce soir... »

Joffrey comprit la manœuvre et enchaîna par politesse, mais sans grande conviction.

« Y a plus de saisons.

— Ça fait vingt ans qu'il n'y a plus de saisons, rétorqua laconiquement leur aîné. »

Dans la tente voisine, Klaus Bernhardt serrait dans ses

bras le corps recroquevillé de Ludovic Tardel. Tantôt crispé comme une boule de nerfs, tantôt flasque comme un cadavre, son ami passait des sanglots aux crises de rage, sans parvenir à se contrôler. Tandis qu'il tentait de le réconforter avec quelques propos maladroits, Klaus se demanda ce qui pouvait bien passer par la tête d'un homme qui apprenait la mort de son frère, jumeau de surcroît. Lui-même était fils unique, et ses deux parents vivaient encore… Il n'arrivait pas à s'imaginer la douleur atroce qui devait arracher le cœur de son camarade en cet instant. Toutes les choses qui lui venaient à l'esprit semblaient n'être que de fades platitudes, comme si rien de ce qu'il disait ne pouvait atténuer le chaos intérieur de Ludovic. Et c'était probablement le cas.

Il se rappelait cependant la mort de son grand-père, en Iran, bien qu'il ait été très jeune à l'époque. Il se souvenait de sa grand-mère lui racontant quelque chose à propos du paradis et d'un monde meilleur, et comment cela l'avait réconforté malgré la colère de son père qui ne voulait pas entendre de telles sornettes aux funérailles de son propre père. La douleur parlait fort, ce jour-là. Klaus savait aujourd'hui qu'il n'y avait pas de monde meilleur que celui qu'ils créaient eux-mêmes, à la sueur de leur front, ici et maintenant. Pourtant, une part de lui-même devait admettre que cette perspective devait être la plus terrifiante de toutes pour Ludovic Tardel.

Et pour la première fois depuis sa jeune enfance, il comprenait qu'un paradis puisse réconforter, en fin de compte…

Comparé aux mastodontes militaires qu'Erwin avait l'habitude de côtoyer ces derniers temps, l'avion était relativement petit. Blanc et effilé, il portait le drapeau européen sur ses ailes. L'insigne du ministère de l'Information ornait les portières de l'appareil. Tant à l'extérieur qu'à l'intérieur…

« Au fait, avez-vous eu le temps de retrouver votre ami ? »

Erwin leva les yeux du hublot derrière lequel défilait le paysage slaviste, immense plaine vallonnée recouverte de champs cultivés au sein desquels s'étendaient les villes à présent sous autorité européenne. Mais pas de traces de combats. Les villes avaient capitulé sans laisser la guerre anéantir leurs trésors architecturaux et culturels.

« Vous vous demandez si j'ai pu lui dire au revoir ? Je ne pensais pas que ça vous intéresserait.

— Pourquoi vos certitudes ne m'étonnent-elles plus ? Oui, lieutenant Helm, ça m'intéresse. Je ne partage pas forcément vos convictions, mais je suis un être humain. Vous savez encore ce que ça veut dire, rassurez-moi ? »

Il y eut un silence durant lequel Erwin fixa à nouveau le hublot, évitant ainsi de lui montrer qu'il souriait. Elle le remarqua quand même, trahi par son reflet.

« Plus sérieusement, je crois que nous devrions arrêter de nous prendre le bec comme ça, si nous devons prolonger notre... collaboration.

— D'accord, alors rendez-moi mes affaires !

— Hors de question ! s'emporta-t-elle. Ce sont des... pièces à conviction. Attendez, vous croyez que vous pouvez nous semer, vous introduire au Reichstag et repartir comme un touriste alors que vous êtes censé montrer une image de parfait petit soldat ?

— Je ne suis pas un slogan ! ragea Erwin en frappant l'accoudoir moelleux. Ou le logo tape-à-l'œil d'une marque de soda !

— Je sais que vous êtes bien plus que cela. »

La phrase le prit au dépourvu. Il resta coi, la bouche entrouverte. Elle-même détourna le regard. Ses joues avaient rosi.

« S'il vous plaît, ne compliquez pas les choses... fit-elle d'un ton conciliant. Désolée, je ne voulais pas dire ça comme ça... Vous enquêtez juste sur quelque chose d'important, et vous devez comprendre que votre attitude n'est pas en faveur des États-Unis d'Europe. »

Elle cherche à dévier le sujet...

« J'enquête sur une bavure militaire.

— Un conseil amical : lâchez le poisson. Je ne suis pas sûre de connaître tous les tenants et les aboutissants, mais ils savent que vous enquêtez toujours, c'est pour cela qu'ils vous surveillent. Je ne trahis pas un secret : votre ami inconnu vous a prévenu... Mais je peux vous dire ceci : ce n'est pas moi qui vous surveille. Je dois juste vérifier que ce que vous dites publiquement est en accord avec l'image que nous souhaitons faire passer. C'est peut-être un peu cru, mais je vous présente les choses telles qu'elles sont. Ne vous imaginez pas que je cache quoi que ce soit. Je ne sais rien de ce que vous reprochez à l'Armée dans cette histoire, je ne sais rien de vos motivations. Je sais juste que je dois modérer vos paroles trop souvent ambiguës. Je ne suis vraiment pas là pour autre chose, croyez-moi ! »

Sa voix s'était faite légèrement suppliante. Et la sincérité transpirait de chaque mot. Erwin eut un pincement au cœur en se demandant pour la première fois dans quelle position intenable la jeune femme devait se trouver à cause de lui, imaginant parfaitement les consignes obscures et les mystères de ses supérieurs cumulés aux attaques continuelles d'un lieutenant immature et égocentrique...

« Vous n'avez pas lu mon carnet ? demanda-t-il, un peu honteux.

— Je l'ai feuilleté, comme je vous l'ai dit, juste quelques pages.

— Vous n'avez pas lu les preuves que j'ai réussi à rassembler ?

— Je ne sais pas quoi chercher dans ce fatras, je me suis surtout intéressée à votre journal de guerre, vos amis à Hambourg...

— Oui, mes écrits ont fini par devenir un carnet de guerre. Mais les preuves sont le cœur de tout ça...

— Elles ne peuvent pas être acceptées, lieutenant, ce n'est pas une enquête officielle.

— Mais l'enquête officielle a tout bâclé pour le faire accuser !

— Ne tombez pas dans la paranoïa, lieutenant. C'est votre père qui a été condamné, pas vous. Ne vous sentez pas accablé par cette trahison, n'en faites pas une affaire personnelle. »

Erwin eut un sourire d'étonnement. Mais il riait jaune.

« On a assassiné mon père, et je ne dois pas en faire une affaire personnelle ?

— Ce que je veux dire, c'est que l'on ne vous juge pas par rapport à lui. Ce qui est fait est fait, ce n'est pas votre faute.

— Vous croyez que je veux réhabiliter Josch pour laver l'honneur familial ? s'exclama alors Erwin. Mais vous n'avez rien compris ! Je fais ça pour lui. Pas pour moi. Il n'a plus de statut, il n'est même pas sur la liste des Pardonnés ! J'ai reçu une médaille pour me féliciter de ma persévérance dans la contre-enquête officielle, mais toutes les preuves que j'ai apportées cette contre-enquête ont été négligées, et le dossier n'a pas été modifié d'un iota. Josch Helm est toujours considéré coupable, et moi j'ai une Croix de Guerre pour acheter mon silence. C'est clair, non ? Ils me refilent un truc pour que je m'estime heureux et que mon propre prestige me fasse oublier que celui de Josch a été plongé dans le mensonge et les accusations douteuses qui l'ont fait fusiller ! J'ai cette médaille, mais je n'ai même pas rétabli la vérité ! Alors vous voyez, Emma, mon honneur personnel n'a que très peu d'importance. Si j'accepte encore de jouer votre jeu de propagande ridicule, c'est parce que j'espère encore pouvoir mener à bien cette enquête.

— Vous prenez des risques certes honorables, mais inutiles. Vos efforts seront vains, personne ne prendra le risque de toucher au dossier Josch Helm.

— Moi je le prends.

— Justement, c'est parce que vous ne connaissez pas les enjeux.

— Vous vous trahissez, remarqua Erwin. Vous disiez ne rien savoir.

— Le Premier ministre Agota lui-même m'a prévenue des risques encourus afin que je ne néglige pas ma surveillance, expliqua-t-elle. Ça vous va ?

— Et quels sont ces risques ?

— Si je vous le disais, vous mettriez toute l'Europe en difficulté. Dans la situation présente, vous risquez la vie de tous vos amis, de votre famille, et de tous les concitoyens du continent. Vous êtes prêt à payer ce prix pour une affaire déjà bouclée depuis des années ? »

Erwin avait la gorge sèche. Toutes ces informations venaient trop vite. Emma avait résolument en tête de renouer un contact entre eux, mais ses révélations étaient abasourdissantes. Elle voulait récupérer sa confiance et lui prouver qu'elle n'était pas une ennemie. Mais si ce qu'elle disait était vrai, l'affaire Josch Helm risquait de secouer sacrément les éléments hauts placés du gouvernement, et envenimer la guerre qui était en passe de s'arrêter. Comment Josch pouvait-il compromettre autant de personnes importantes ? Que savait-il ? Ses fameuses relations avec le délégué slaviste Zatovsk avaient-elles une importance suffisante pour relancer le conflit avec la Slavie ? Dalendel était-il au courant parce qu'il était lui-même un ancien très haut fonctionnaire ?

Vous êtes surveillé.

Par qui ? Pourquoi ? Qu'avait-il découvert qui le rapprochait tant de la solution pour que soudainement tous se mettent à vouloir le faire taire ? Cette découverte avait eu lieu après ses interviews, c'était évident, ils n'auraient pas pris le risque de le matraquer de flashs s'ils avaient su qu'il s'approchait de la vérité. Et s'ils avaient découvert pour Dalendel ? Après tout, si Emma n'était que vaguement au courant, elle pouvait ignorer le niveau de sécurité qui pesait sur lui et l'avancée de l'enquête sur ses découvertes…

« Non, répondit Erwin, la voix cassée. J'aimerais savoir, mais pas à ce prix-là…

— Alors, laissez tomber vos questions et vos recherches. C'est un conseil à prendre ou à laisser, mais j'espère vous avoir convaincu de ma sympathie. »

Il leva sur elle des yeux hébétés. Avait-il bien entendu ?

« Oui, lieutenant Helm, sourit-elle, presque chaleureusement. Vous avez un caractère de cochon, mais au fond, vous êtes un type bien. »

Il sourit malgré lui, maugréant de ne pas pouvoir dissimuler sa satisfaction. Un contact humain, enfin. Voilà qui réchaufferait l'atmosphère. Il n'avait plus besoin de se sentir si mal à l'aise.

« Oui, répondit-il alors, prenant une position plus confortable dans le siège. J'ai pu dire au revoir à mon ami. »

Il sourit énigmatiquement.

« Au fait, les hélicoptères qui sont partis juste avant nous de l'aéroport de Lviv, ils allaient où ?

— C'est ce qui m'inquiète, dit-elle en plissant le front, l'air moins distant qu'auparavant. J'ai peur que ce soit Peterson dans une de ses idées de grandeur ! Devinez…

— Ils partaient pour le Mur ? Pour Kiev ?

— Bien sûr ! À l'heure qu'il est, ils doivent déjà y être arrivés ! »

Erwin réfléchit. Ils avaient décollé de Zhitomir, leur étape intermédiaire entre Lviv et le camp situé devant Kiev depuis environ une vingtaine de minutes. Ils arriveraient à destination dans une petite demi-heure, étant donné le mauvais temps qui dominait la région de Kiev depuis une heure. Le général aurait-il le temps de briefer ses troupes fraîchement arrivées et partir à l'assaut avant qu'Emma ne le rencontre ? Si seulement cet idiot daignait bien recevoir les messages officiels… Mais cet homme prétendait vouloir éviter toute interception par la taupe. Sa paranoïa risquait de provoquer une situation bien inconfortable pour le président Tramper, s'il décidait de partir à l'assaut du Mur alors que dans moins de deux heures les troupes européennes étaient censées stopper leur avance.

« S'il passe le Mur, qu'arrivera-t-il ? »

Cette question lui brûlait les lèvres depuis qu'Emma lui avait annoncé les événements de la nuit, alors qu'il était encore sonné par son arrestation. Il avait très vite compris que les États Arabes Unis ne plaisantaient pas, mais quant à deviner leur réaction…

« Je ne sais pas vraiment, avoua Emma dépitée. Ils ont déclaré vouloir soutenir la Slavie afin qu'elle protège ce qui peut être considéré comme une zone tampon entre les puits de pétrole arabes et l'Eurocorps.

— Autant dire de suite qu'ils paieront le matériel de Zwiel, grommela Erwin en plissant le front. Si ça se trouve, ils enverront même leurs fantassins et leur fameuse cavalerie lourde…

— Je doute qu'ils fassent plus. Je ne pense pas qu'ils aient les moyens d'envoyer des troupes sur le front. Et leurs chars ne sont pas de la dernière génération, ils datent encore de la période post-crise, ils ont au moins dix ans !

— Mais rien que la perspective de voir Zwiel enrichi de nouveaux capitaux et bénéficiant de nouveaux alliés suffit à m'inquiéter… Vous imaginez le tableau ? Zwiel menant une contre-offensive avec l'appui du pétrole et de l'argent des États Arabes Unis…

— En fait, réfléchit Emma à haute voix, si nous passons le Mur, les États Arabes Unis seront effectivement contre nous dans cette guerre, comme une bonne partie de l'opinion publique mondiale… Mais ils n'auront plus personne à financer, puisque Zwiel n'aura même plus sa capitale. Le régime tombera avec Kiev…

— Dans ce cas les États Arabes Unis auraient peut-être une raison suffisante pour mobiliser eux-mêmes leurs troupes, s'inquiéta Erwin. Imaginez que la Coalition Saharienne ou l'Iran en profitent pour nouer une alliance !

— Très peu probable. La Coalition Saharienne ne sortira jamais de sa neutralité. La guerre s'arrêtera si nous bloquons Zwiel. Les troupes n'avanceraient plus !

— Mais à ce moment-là nous aurions déjà rompu notre promesse d'immobiliser l'Eurocorps. Qui voudra garder foi en une déclaration de ce type ?

— De toute façon, Peterson ne passera pas la Montagne Artificielle. Il ne peut pas : il a déjà reçu des ordres sur silicium lui intimant de camper sur ses positions avec une raison secrète, mais néanmoins décisive – ce qu'il a fait jusque là – et d'attendre de nouvelles instructions en vue d'un repli imminent pour laisser la place à un gouvernement provisoire civil, et non militaire. Ça n'avait pas l'air de l'enchanter, mais il a respecté l'ordre à la lettre. Il respectera le mien. Il vient du Premier ministre lui-même !

— S'il n'est pas déjà en chemin au moment où vous vous arriverez, marmonna Erwin.

— Un messager est parti avec les hélicoptères de troupes, l'informa Emma. Il saura retenir le général jusqu'à mon arrivée, et là, c'est aller simple vers Oslo pour lui. »

Les deux jeunes gens se placèrent plus confortablement dans leurs sièges et regardèrent par les hublots, face à face. Le silence se prolongea jusqu'à ce qu'Erwin se décide à parler.

« Et moi ? Je ferai quoi ?

— Je ne sais pas, dit-elle avec un regard incertain. Nous verrons cela plus tard… »

Erwin ne pouvait détacher ses yeux du disque de verre qui lui ouvrait l'esprit sur ce paysage étrange. Il suivait inconsciemment le train de marchandises du regard, ils volaient assez bas pour cela, le temps était trop mauvais. Le train…

« Comment font-ils ? Je veux dire, ce train ne peut pas passer de l'autre côté de la Montagne ? »

Emma sembla étonnée de cette question et haussa les épaules.

« Les tunnels. »

La salle n'était qu'un regroupement de murs plastifiés et d'un toit en tôle. Préfabriqué totalement fonctionnel, mais très moyennement esthétique, le local était garni d'une table et de bancs de brasserie militaires. Des tabourets avaient été ajoutés dans l'urgence.

« Messieurs bonjour, salua le général Peterson. Je n'irai pas par quatre chemins, j'ai déjà fait trop de briefings identiques aujourd'hui. Et je sais que pour vous aussi, la journée a été éprouvante. Mes sincères condoléances à vous, Tardel. »

Sa voix rapide et froide exprimait tout sauf une hypothétique émotion. Il était bien trop obnubilé par les préparatifs pour se soucier de la perte d'un seul homme dans un contrôle de routine. Les hommes le prirent avec frustration, mais avalèrent la pilule. Ludovic, lui, répondit machinalement, sans vraiment réfléchir à ce que son supérieur aurait dû ressentir ou non. Il n'était pas vraiment là.

« Merci, général.

— Bon... Vous n'êtes pas des idiots, si nous sommes restés sur place devant ce Mur, ce n'était que pour nous rassembler en vue d'un passage en force. Cela doit vous sembler clair, tout comme cela me paraît évident. Il faut prendre Kiev. Nous sommes devant Kiev, me direz-vous, et les Slavistes ne sont pas plus idiots que nous. Ils nous auront sans doute préparé un sympathique buffet chaud de l'autre côté pour nous accueillir. Qu'à cela ne tienne, nous allons répartir les couverts.

— Que devrons-nous faire ? » demanda Klaus, heureux de parler enfin *businœss*.

Autour de la table, dix-sept hommes en uniforme étaient concentrés sur le général, debout dans ses habits d'apparat bardés de médailles. Ils avaient le regard usé après l'annonce du décès de Simon, mais tous tentaient d'être le plus réceptif possible aux informations qui feraient peut-être la différence entre leur survie et une gloire posthume. Leur attention restait braquée sur leur supérieur.

« En fait, vous qui étiez dispersés dans diverses unités, vous n'avez peut-être pas encore envisagé de rester groupés... Moi je l'ai fait. Je compte officialiser le Bataillon Furie. »

L'assistance échangea des œillades indécises. Si l'idée n'était pas pour leur déplaire, la réalisation d'un tel projet semblait tenir de l'utopie.

« Où comptez-vous recruter 300 personnes ? s'exclama Joffrey en calculant mentalement les effectifs. Environ trois compagnies, ça fera beaucoup de monde à rassembler en quelques heures !

— Certes, confirma Peterson. En fait, nous attendrons le retour d'Erwin Helm, qui devra se charger du recrutement comme il l'a fait pour ce groupe. Il vous a choisi dans l'urgence à Lviv, il aura tout le loisir de former un groupe plus grand dès que Kiev sera tombée... Mais pour le moment, vous serez un "bataillon" de vingt personnes. Ne vous y trompez pas, ce n'est toujours que votre nom de code. »

Un nom ronflant clairement destiné à la presse et aux médias, tous l'avaient bien saisi. Le haut gradé se tourna vers un tableau magnétique blanc et y afficha par rétroprojecteur une carte de la zone de Kiev.

« Il y a plus d'une centaine de tunnels ouverts aux véhicules routes et rails qui traversent le Mur dans sa partie slaviste, naturellement. En ces temps de guerre, les systèmes de verrouillages ont été appliqués. C'est une procédure élémentaire de sécurité, également prévue en cas d'incendie dans l'une des voies. Nous pouvons survoler le Mur et vous larguer sur Kiev sans problème, mais sans le contrôle de ces tunnels, ce sera le blocus de Lviv bis. Et je

269

ne veux pas répéter cette erreur. Je veux être certain de maîtriser toutes les voies de ravitaillement. »

Ennio Gayans se dandinait sur le banc, mal à l'aise devant les images de cette muraille de béton gigantesque dans laquelle on pouvait distinguer les entrées des tunnels, minuscules semblait-il. Il avait beau savoir que leur objectif mesurait 250 mètres de haut, il lui avait toujours semblé que ce surnom de Montagne Artificielle était surévalué. Seulement il y avait une différence entre savoir et voir, et maintenant qu'il voyait le Mur tel qu'il devrait le conquérir, 250 mètres de hauteur ne lui paraissaient plus aussi négligeables.

« Un assaut frontal massif frappera les entrées de tunnels de l'autoroute Zhitomir – Kiev, poursuivit le haut gradé. Le Mur y est largement dégagé de ses pans de terre, un lieu de frappe idéal. Mais cet assaut général et massif ne sera pas celui qui nous fera passer de l'autre côté. Sans être tout à fait une diversion, il obligera les défenses situées derrière la Montagne à se regrouper aux bretelles de l'autoroute qui mènent à Kiev. Votre mission sera de passer par un autre endroit dégagé, les tunnels ferroviaires. Ce passage-là est beaucoup moins large que l'autre. »

Il changea d'image pour montrer le tunnel en question.

« Voici l'entrée, vous devrez traverser le béton au-dessus de ce passage. Sur cette vue, le tunnel est ouvert, mais en réalité il sera fermé par un plot de béton de dix mètres d'épaisseur renforcé de plaques internes en acier. Une rafale de Kalanium ricocherait dessus… »

Un frisson parcourut l'assistance. Devaient-ils vraiment foncer tête baissée dans le Mur lui-même ?

« Vous aurez pour vous soutenir le groupe de soldats d'élite arrivé ce matin. Il dispose de très bons appareils et son matériel est très performant. Vous devrez trouer le mur et le traverser à cet endroit. Quelque part dans ces 70 mètres d'épaisseur il y a un poste de contrôle des portes des tunnels. Prenez-en le contrôle. »

Les membres du Bataillon Furie se jetèrent des regards interrogateurs. C'était dangereux, et vraisemblablement compliqué. Pas le genre de mission à confier à des bleus. Et ils avaient beau se targuer d'avoir bien réussi à Lviv, cette mission était d'un tout autre niveau. Clairement, l'E-CROFT ferait tout le boulot, leur laissant le soin de poser sur les photos souvenirs. N'est-ce pas ?

« On peut estimer l'épaisseur réelle de béton à forer pour atteindre cette fameuse salle de contrôle ?

— Environ 30 mètres de béton, dans une structure en nid d'abeille probablement. Personne ne sait cela réellement, pour des raisons stratégiques, la Slavie a décidé de bâtir toute la section située devant Kiev par ses propres ingénieurs. Tout comme les Russes l'ont fait pour leur section. Nous ne connaissons pas exactement la structure interne du Mur devant Kiev.

— Quelle puissance de feu aurons-nous ?

— Bonne question, Bernhardt. En fait, les hélicoptères transporteront des lance-roquettes type Granger Furie, semblables aux Granger portatifs. Des bombes à fragmentation seront largables par les Furies : vous les lâchez et commandez la mise à feu des roquettes qui les guideront vers le Mur. Elles sont très efficaces pour détruire des couches épaisses de blindage.

— Les deux tunnels sont séparés de combien de kilomètres ?

— Treize.

— Tiens donc, ricana quelqu'un, la tête basse.

— Ne soyez pas superstitieux.

— Et combien de temps avons-nous pour préparer le matériel ? »

Peterson regarda Gayans avec une sorte de malice malsaine. Il se tourna vers son rétroprojecteur et l'éteignit, plongeant la salle dans une semi-obscurité. Il ramassa sa casquette sur la table et la vissa soigneusement sur son crâne.

« Il est déjà prêt. Vous avez quarante minutes pour vous préparer, *vous*. Le plus gradé d'entre vous prend le commandement du groupe. Caporal Zaratis, vous menez le Bataillon Furie. »

Zeus eut soudain le malaise de sentir une vingtaine de paires d'yeux braqués sur lui.

Les réacteurs de l'avion éclatant gémissaient encore tandis que la petite passerelle était amenée à la portière. La rose des vents et les étoiles du drapeau européen disparurent quand la porte s'ouvrit en grand, révélant un garde du corps en uniforme de CMO, puis Emma Cardin, toujours en tenue de mécanicienne de Furie. Erwin suivit, en uniforme lui aussi, de lieutenant de l'Eurocorps toutefois. Ils dégringolèrent les marches de la passerelle et se retrouvèrent sur le tarmac, trempés par la pluie.

La piste était une série de plaques de béton précoulées alignées en une bande d'une trentaine de mètres. Le matériel de fortune de l'armée lorsqu'il s'agissait de bâtir des points de ravitaillement au milieu de la brousse… Erwin regarda autour de lui : il était à nouveau dans son élément. Un gradé attendait au milieu de l'herbe battue par la pluie, au bord de la piste.

« Capitaine Marchal, madame. Le général Peterson m'a demandé de vous accueillir. »

Ils rejoignirent un 4X4 Wrangler similaire à celui qui avait amené Erwin à sa Furie officielle, lorsqu'il avait quitté Lviv. L'homme semblait courtois et propre sur lui. Impeccablement rasé, le casque ne parvenant cependant pas à cacher une mèche qui lui barrait le front. Juste au-dessus des sourcils. Étrange cette petite fantaisie non réglementaire…

« Il a reçu très tardivement votre message…

— C'est un reproche ? demanda Erwin.

— Écoutez, asséna Emma pour appuyer la question du lieutenant, il a refusé trois fax de ma part parce que j'appartiens à un organisme ministériel ! S'il voulait des informations rapides, il n'avait qu'à écouter la radio !

— La Taupe lui cause pas mal de soucis, en convint le capitaine. Mais il a réussi à conserver les troupes de la région en relative coordination. Vous pouvez lui accorder cela...

— Oui, poursuivit Erwin avec un sourire feint. Quel génie militaire !

— Lieutenant », le rabroua Emma avec un coup de coude dans les côtes.

Ils embarquèrent dans la jeep et Erwin se délesta enfin de sa veste de treillis trempée. Assis à l'arrière aux côtés du garde du corps d'Emma, il écoutait distraitement la jeune femme communiquer des instructions au capitaine visiblement blasé par ces ordres provenant du ministère de l'Information. Ce ministère, depuis l'accession au pouvoir de Tramper, était d'ailleurs le seul avec le Ministère de la Défense et de la Guerre à pouvoir donner des instructions à des corps d'armée. Cela permettait à la propagande du régime de garder la mainmise sur l'image de l'Eurocorps, d'après Erwin. Cette autorité n'était d'ailleurs que très peu révélée dans les médias, et nombre d'Européens ignoraient ces manigances politiques.

Emma avait des mèches de cheveux ruisselantes qui lui tombaient sur le visage. Son visage rose restait fixé sur la petite route départementale qui la menait à Peterson. L'enjeu était important, et ce borné de général qui n'acceptait de recevoir des ordres que directement...

Les moteurs émirent une plainte grave qui monta crescendo. L'air s'embrasa derrière les tuyères, les sphères de métal vibraient sous l'effort des réacteurs à l'allumage. La pluie ruisselait sur les carlingues, des volutes de vapeurs montaient vers le ciel. Le sol semblait fumer comme la croûte d'un volcan, et les ombres furtives des signaleurs disparaissaient dans les traînées blanchâtres, ne laissant entrevoir que le ballet aérien de leurs bâtons lumineux qui dirigeaient les pilotes…

Sur l'aire des Furies, l'agitation atteignait son paroxysme. Les troupes en rangs par dix formaient des motifs variés, avançant vers les soutes grandes ouvertes. Famas M3 à l'épaule, ils s'enfonçaient en cadence dans les portes béantes. En pénétrant à l'arrière de l'engin, certains levaient les yeux vers la bulle d'artilleur qui les surplombait, et d'où le canonnier leur adressait parfois un signe du pouce, l'air sûr de lui. Une dizaine de Furies étaient là, posées au beau milieu d'une masse grouillante d'hommes en armes, avec en fond, portées par le vent, les notes de la 9ème symphonie de Beethoven. L'hymne européen.

Efthimios était profondément troublé. Menant un groupe de vingt personnes vers une zone à l'écart, il s'apprêtait à les disperser dans les Furies d'Assaut. Tout allait si vite… Il n'avait pas le charisme d'Erwin et ne se sentait pas de taille à endosser ses responsabilités. Sur le tarmac principal, les rotors d'hélicoptères tranchaient les trombes d'eau de plus en plus vite en vrombissant crescendo. Un groupe de soldats, arme au poing, passa devant lui. Il embrassa la scène du regard…

Des milliers d'êtres humains affairés à préparer l'un des assauts les plus spectaculaires de l'histoire… Dans sa jeunesse, il avait souvent regardé des films de guerre en s'imaginant héros d'un jour, et le débarquement des Alliés en Normandie avait toujours été l'une des batailles qui n'avait jamais cessé de l'impressionner, de le fasciner. Aujourd'hui, il lui semblait qu'il savait très exactement ce que ces hommes avaient ressenti en embarquant dans des barges par un temps exécrable. Oui, aujourd'hui il n'avait plus besoin d'imaginer…

« Il faut y aller, dit alors Joffrey en surgissant derrière lui pour lui poser une main fraternelle sur l'épaule.

— Oui, sursauta Zeus. Bien sûr… »

Ils arrivaient en effet devant une soute béante, trempés de pluie. Les autres membres du groupe étaient silencieux, le regard vide. Beaucoup pensaient à Simon. Zeus se plaça sur le côté de la colonne et vérifia les noms des soldats, puis compta soigneusement le nombre d'embarqués. Les fantassins avançaient lentement jusque dans les tréfonds de la Furie.

« C'est bon, se dit-il à lui-même. Gayans, chauffe les moteurs.

— À vos ordres. »

Zaratis restait silencieux, mais il ressentait tout de même un certain malaise devant tant de formalité. À présent, quoi qu'il arrive, il ne devrait pas oublier que ces hommes étaient avant tout des soldats sous ses ordres avant d'être ses amis. Ennio l'avait bien saisi, mais les autres ? Et lui-même ?

Comme c'était à son tour de rentrer, il jeta un ultime regard sur les autres groupes qui prenaient place. Les troupes d'élite embarquaient dans leurs appareils, certains achevaient une dernière vérification des roquettes Granger. Cette vision parfaitement professionnelle et efficace ramena Zeus à la réalité. Le départ était imminent.

La jeep s'arrêta à un check-point dont les abords étaient calcinés et encore fumants. Une file de voitures était d'ores et déjà bloquée, certaines étaient même déjà vides, leurs conducteurs ayant préféré terminer leur trajet à pied. La foule hors des véhicules était compacte, et à la vue de ce barrage, Emma poussa un soupir désespéré.

« C'est un complot, ragea-t-elle, une main sur le visage. C'est pas possible autrement.

— Chez nous, on appelle ça la poisse.

— Je m'en souviendrai, lieutenant Helm…

— Je vais essayer de trouver une solution, dit alors le capitaine Marchal.

— N'essayez pas, trouvez-en une ! »

Erwin regarda l'homme sortir de la voiture, claquer la

portière et trottiner jusqu'à la rangée de gardes à la mine mauvaise. Devant les dégâts et l'étendue des projections, l'incident au check-point avait dû être d'une extrême violence, et des flaques de sang se diluaient désormais dans l'eau de pluie... Le temps passait, Emma jetait de nombreux coups d'œil frénétiques à sa montre.

« Relax, intima Erwin. Il va vite revenir.

— Je vous parie dix euros que ce type a juste comme boulot de me faire perdre mon temps... »

Helm laissait transparaître une image sereine, mais son inquiétude grandissait également. Ils verraient Peterson, oui. Mais à temps ?

« Hé ! lança-t-il pour tromper sa propre anxiété. Je croyais que ce devait être moi le grand parano de service ! Détendez-vous, on va bien finir par le rencontrer, votre général... (Il y eut un silence à peine plus long qu'un battement de cœur.) J'y vais. »

Il jaillit de la Wrangler et se précipita dans la même direction que Marchal. Hors de question de se laisser blouser par une manœuvre sournoise de ce genre. Dans la voiture, Cardin ouvrait de grands yeux surpris. Agréablement étonnée par l'initiative d'Erwin, elle ne s'autorisa cependant aucun sourire, trop obnubilée par la perspective d'atteindre Peterson trop tard, et les conséquences d'un tel échec. Cette pensée était sans cesse ressassée dans son esprit, jusqu'à ce qu'à son tour, étouffée par l'angoisse, elle sorte de la jeep pour s'aventurer sur la route battue par la pluie.

La porte de la soute s'élevait pour former à nouveau une sphère lisse et homogène avec la coque. L'éclairage de service s'enclencha dans une rafale de flashs rouge orangé. Une lampe rotative lançait ses rayons pourpres dans toute la soute pour signaler qu'il était temps de boucler les harnais. Zcus, debout dans la lumière, l'observait avec appréhension se refléter sur le métal. Il s'engagea sur les échelons qui se présentaient devant lui, puis atteignit la section des troupes, où quatre des cinq sièges étaient déjà occupés. Quelques échelons de plus l'auraient mené à la bulle d'artilleur où le tireur chargeait déjà une bande de munitions au Kalanium. Son sac harnaché sur le dos, le Grec s'assit comme les autres dans le siège conçu suffisamment large et profond pour que le paquetage puisse être conservé sur le dos. Lorsqu'il en donnerait l'ordre, ils n'auraient qu'à se lever et saisir le Famas M3 glissé dans l'interstice prévu à cet effet derrière le siège.

« C'est parti », dit-il en bouclant son harnais.

Il déploya le micro de son casque et enclencha un petit bouton rouge d'une main agitée.

« Gayans, préviens-moi quand toutes les Furies seront prêtes et quand les appareils du vol de diversion seront en phase de décollage.

— Bien compris. Pour le vol de diversion, certains hélicoptères ont déjà décollé, caporal. »

Caporal… Devait-on le lui rappeler ? Entendre un de ses amis le nommer par son grade creusait un fossé relationnel inattendu. D'habitude, dans les casernes, il n'avait pas eu d'amis à proprement parler. Des camarades, sans plus. Bien que ce problème se retrouvât dans tous les milieux des États-Unis d'Europe, il n'en restait pas moins que se retrouver brusquement avec des personnes si proches dans un moment où l'impartialité ne devait être entachée d'aucune faiblesse était pour Zeus quelque chose de nouveau… Nouveau et désagréable.

« Furies d'Assaut parées, hélicoptères Harpies parés. Nous sommes prêts. »

Le sursaut causé par cet appel de Gayans était un signe de plus. Il n'était pas assez concentré. Il se fustigea et les plis de la réflexion barrèrent son front. Il secoua la tête et se reprit. Cet ordre était des plus éprouvants, puisque ses conséquences pouvaient avoir des répercussions bien au-delà de la frontière européenne. Mais un ordre était un ordre. Avait-il les qualifications nécessaires pour juger du bien-fondé d'un ordre, lui, pauvre petit caporal, minuscule dans la pyramide hiérarchique de l'Eurocorps ? Certainement pas. Et s'il était improbable qu'il puisse à lui seul en englober tous les tenants et aboutissants, il n'en avait quoi qu'il en soit aucun droit. Il était soldat, alors il obéissait.

« Décollage. »

Les tuyères crachèrent le feu.

Emma courait sous la pluie, suivant difficilement le lieutenant Helm qui se frayait un chemin dans la foule avec l'habitude du militaire aiguillé par la tension. Un bruit perturbait la jeune femme. Un bruit sourd, grondant et répétitif. L'orage ?

« Erwin ! appela-t-elle à bout de souffle, réalisant la facilité avec laquelle elle avait fini par se familiariser au jeune soldat. Erwin ! »

Le grondement n'en finissait pas de monter en puissance, là-bas, derrière les hautes tentes, les miradors et les blocs d'habitations préfabriqués. Un rythme régulier. Elle atteignit Erwin qui cherchait désespérément le capitaine du regard.

« Je crois que j'avais tort, avoua le jeune soldat.

— Il nous a semés ?

— Il n'y a pas de temps à perdre », ajouta-t-il en tendant l'oreille.

Toujours ce bourdonnement à présent accompagné de crissements aigus et de plaintes saccadées. Emma leva les yeux vers la source du bruit et aperçut à cet instant précis les pales d'hélicoptères qui vrombissaient au-dessus de l'horizon de toile. Tels des prédateurs, avec une effroyable lenteur, les appareils s'élevèrent en ligne droite vers le ciel. Un, puis deux, cinq, dix…

« Non ! hurla Emma avec un masque d'effroi sur le visage. Il ne doit pas !

— Je suis d'accord, grogna Erwin en laissant échapper sa panique croissante. Il faut le trouver… »

Les Furies s'élevaient maintenant à leur tour, remplissant le ciel de leur rugissement caractéristique. Emma était devenue blême, d'une pâleur presque morbide.

« Dites-moi que je rêve ! »

Erwin s'était précipité comme un dératé au milieu de la foule, hagard, cherchant désespérément le moyen de stopper la folie de Peterson.

Dans les Furies d'Assaut, le silence régnait entre les fantassins qui se regardaient comme s'ils n'espéraient même plus se revoir plus tard. Pour les membres du Bataillon Furie, il était communément accepté que s'attaquer en petit comité à une paroi de 70 mètres de large en béton armé n'était pas une idée ingénieuse, mais plutôt un suicide collectif. Certains murmuraient même que la véritable diversion, c'était eux.

Les regards las se croisaient de temps à autre, les visages se crispaient lorsque les turbulences faisaient vibrer les parois de Kalanium. La peur croissait. La tension montait. Bientôt, dans quelques minutes, ils attaqueraient la Montagne Artificielle.

« C'est du suicide », grommela alors quelqu'un dans la soute.

Mais personne ne se sentit le courage de le contredire

« Ici ! » appela Emma en faisant de larges signes à Erwin.

Ce dernier accourut et s'abattit littéralement sur la porte plastifiée d'un petit bloc préfabriqué. Une petite plaquette dorée et gravée indiquait que ceci tenait lieu de bureau au général Peterson. Mais la porte était fermée à clef. Collant son oreille contre la porte ruisselante de pluie, Erwin grogna un juron.

« Il y a quand même quelqu'un. »

Ils se tournèrent vers la petite vitre de plexiglas qui trouait le pan de mur en matériau composite. Ils s'y agglutinèrent et, les mains au-dessus des yeux pour ne pas être gênés par la lumière extérieure, jetèrent un coup d'œil et y virent Peterson lui-même, portant fièrement l'uniforme des grands jours, bardé de ses décorations, en discussion avec une personne au visage familier.

« Dès que le capitaine Marchal sort, je le tue, cracha Erwin.

— Non. »

Erwin la regarda, se questionnant sur ce ton énigmatique.

« Avec moi, il sera mort avant. »

Elle tapa du poing sur le plexiglas, tandis que Helm optait pour la solution des coups de rangers dans la porte. Leur frénésie augmentait au fur et à mesure que le bruit des réacteurs et des rotors disparaissait, marquant le départ des troupes d'assaut, droit en direction du Mur…

Derrière son bureau d'un noir d'ébène, décalant son visage pour pouvoir observer la vitre derrière le capitaine Marchal, Peterson put à loisir toiser Emma Cardin. Ses lèvres formulèrent une question, le capitaine hocha la tête. Marchal se décala pour permettre au général de voir Emma en face. Il se retenait de sourire et se contenta de hocher la tête. Peterson croisa ses mains et secoua lentement la tête pour indiquer à la jeune femme qu'il ne la recevrait pas. Son regard trahissait une incertitude. Il allait à l'encontre des ordres, il savait ce que pourrait avoir pour conséquences cette grave insubordination. Mais il semblait animé d'un but qu'il faisait passer avant toute chose. Il avait une priorité.

« Il ne nous écoutera pas, gémit Emma. Bon sang, que fait-il ? Il faut qu'il arrête tout ça ! »

Erwin s'approcha d'elle et regarda par la fenêtre. La douce chaleur du visage de la jeune femme avait laissé une légère buée sur la vitre de plexiglas. Le lieutenant la poussa gentiment et se plaça devant la vitre. De son doigt, il se mit à tracer d'étranges signes de droite à gauche, et il ne fallut pas longtemps à Emma pour comprendre qu'il écrivait à l'envers comme devant un miroir afin que Peterson puisse lire le message.

« Qu'écrivez-vous ? » murmura-t-elle, plissant le front.

Elle déchiffra difficilement l'écriture inversée et malhabile d'Erwin.

« World War », comprit-elle.

Guerre mondiale... Erwin acheva les deux mots en européos puis fit quelques pas en arrière, le visage fermé, et s'en alla, dépité, erratique, sans but précis. Ils avaient manqué le moyen d'empêcher quelque chose de dramatique, un désastre aussi bien dans un futur immédiat qu'à long terme... La propagation de la guerre. Emma le regarda, les mêmes reproches dans le regard. Elle avait échoué. Elle fusilla Peterson du regard au travers de la plaque transparente. Puis, de son doigt, elle ajouta devant les mots d'Erwin un dernier qui cristallisait toute la peur que lui inspirait l'attaque qui venait de débuter.

Peterson, le visage impassible, lut ce qu'ajouta Emma.

« *Ultimæ World War*...

— Et s'ils avaient raison ? s'inquiéta Marchal. Si l'opération échoue, vous porterez une responsabilité conséquente dans...

— Elle n'échouera pas ! trancha Peterson. Et je n'aurai pas à me rendre à Canossa devant le Haut Commandement Suprême ou même le président ou qui que ce soit ! Dans quelques heures je serai un héros, vous m'entendez ? J'aurai réussi à m'élever seul jusqu'au plus haut échelon de la Défense fédérale ! J'aurai sauvé les États-Unis d'Europe de cette *Ultimæ World War*, qui arrivera fatalement si nous ne brisons pas le Mur... vous réalisez l'importance de cette désobéissance ? L'apogée d'une carrière vouée à ce but : réussir à entrer dans l'Histoire ! N'oubliez pas cela, capitaine. On n'a rien sans rien, et je me suis battu toute ma vie pour atteindre ce moment, pour vivre ces instants cruciaux. Je m'y suis préparé des années durant ! Je suis un battant, hors de question de douter maintenant, est-ce clair ? Il faut être fort, je l'ai toujours été. Mon honneur en dépend... Je me dois de réussir, c'est le but final que la vie m'a imposé. Je ne cherche pas la gloire, capitaine. Je cherche l'accomplissement de moi-même. Je veux faire quelque chose de grand qui aura valu la peine. Mais rien de grand ne s'obtient sans effort. Comprenez-vous cela ?

— Oui, général, répondit le capitaine sans trop savoir quoi répondre. Parfaitement. »

Sans vraiment écouter la réponse, le général reprit son soliloque avec la même emphase. Marchal se demanda même si son supérieur avait bu quelque alcool pour fêter ça. Mais l'ivresse de George Peterson était toute autre, en cet instant.

« Dans ce cas vous comprenez également pourquoi je ne peux faire marche arrière. Il est facile d'être craint, lorsqu'on a un grade élevé dans l'armée... Mais aujourd'hui, je vais être respecté pour tout ceci. Respecté. Je ne serai pas un supérieur qu'on écoute par peur de sa tyrannie, non, je serai bien plus. Un idéal militaire, comprenez-vous ? J'aurai accompli ma vie. Et rien que pour cela, effectuer une seule tâche qui apportera plus à la communauté que tout ce qui est déjà fait par les autres, effectuer cette action essentielle, *rien que pour cela*, je pense qu'il faut déployer tout ce qui est en son pouvoir. C'est l'occasion de rentrer dans l'Histoire, capitaine. Soyez prêt ! »

Le capitaine hocha la tête, pensif. Le général n'avait jamais laissé transparaître une telle verve. Il était arrivé à un moment auquel il avait aspiré toute sa vie. Au-delà des médailles et des cérémonies, il voulait que son nom soit gravé dans le marbre. Peu importait le titre, c'était l'honneur qu'il recherchait, le respect que n'acquièrent que les héros. Son regard brillait et les veines de son cou battaient la chamade au rythme emballé de son cœur.

Marchal laissa son regard se reporter sur la vitre embuée. Oui, ils rentreraient dans l'Histoire. *Ultimæ World War…*

« Maintenant, faites-moi évacuer ces deux gêneurs, nous rejoignons le camion de commandement. »

« Contact à portée de feu dans une minute, annonça Gayans, la voix neutre dans son micro.

— Tenez-vous prêts, *Malakas*. Ils comptent sur nous.

— Contact dans 40 secondes.

— Rappelez-vous, ils ont des mitrailleuses lourdes automatiques. Évitez les dômes qui vous semblent suspects à la surface du tumulus de la Montagne.

— Contact dans 20 secondes.

— Gardez toujours une boîte de munitions au Kalanium de côté. Ne gaspillez pas les balles K. C'est important.

— Contact dans 10 secondes, égrena alors Gayans. Neuf. Huit.

— Serrez les dents, ne débouclez votre harnais que lorsque les lumières passeront au bleu !

— Quatre. Trois. Deux. Un. Contact ! »

Chapitre 12

La Montagne Artificielle. Tunnel autoroutier de Kiev.

Les obus fusaient dans toutes les directions. Les appareils européens fondaient sur la Montagne avec avidité, tandis que, surgies de nulle part, des batteries de DCA fleurissaient sur ses flancs pour déchaîner leur barrage de feu. Les détonations se succédaient à un rythme effréné, les engins fonçaient à pleins gaz pour déchirer le ciel pluvieux.

Les hélicoptères furent les premiers à tirer. Des roquettes filèrent en direction de la section de béton dégagée qui surplombait les entrées du tunnel routier. Des fleurs de flammes s'épanouirent sur la surface grise et terne et les brasiers se muèrent en tumulte noir et or. La rage des missiles de Furie accompagna la symphonie des détonations pour faire vibrer chaque brin d'herbe de la Montagne Artificielle.

La scène devant l'entrée du tunnel était épique. Sur plusieurs kilomètres, un front d'appareils se rassemblait et déchaînait toute sa puissance de feu sur une zone de béton de 70 mètres de large pour 250 de haut. Cette colossale arabesque d'explosions formait un époustouflant tableau : la mort et la destruction dans leur plus bel apparat. L'autoroute était jonchée de carcasses qui finissaient de se consumer en colonnes de fumée âcre sous la pluie fine.

Les hélicoptères slavistes ne tardèrent pas à répliquer. Il était parfaitement évident que si Zwiel n'avait pas lancé d'offensive contre le camp européen, ce n'était que pour gagner le temps de rassembler suffisamment de troupes et de les amasser derrière le Mur, afin d'accueillir l'Eurocorps comme il se devait. Mais le nombre d'appareils ennemis que rencontraient les Européens devenait inquiétant. D'où Zwiel, après toutes les pertes industrielles telles que Lviv,

Ternopil ou Oradea, d'où diable avait-il pu rassembler une telle force de réplique ?

Les Furies eurent également à contrer l'arrivée massive d'avions de chasse slavistes, au tout nouveau design de la gamme Sukhoï. Les combats d'une rare violence laissaient des marques profondes dans le béton dont des blocs fendus venaient parfois à s'écrouler en contrebas, sur la route à présent martelée de cratères. Pourtant, la Montagne tenait bon. Les marques creusées dans le béton étaient ridicules comparées aux dizaines de mètres d'épaisseur du monument. Il fallait poursuivre, bombarder, tirer, mutiler cette paroi arrogante et d'apparence indestructible, tout en louvoyant entre les dangereux appareils ennemis. Les forces supérieures des Européens étaient rattrapées par les renforts slavistes. La balance s'équilibrait petit à petit, et le ciel se transformait en une titanesque nuée mortelle.

La Montagne Artificielle. Tunnel ferroviaire de Kiev.

La ligne d'horizon boisée était bien trop parfaite pour être naturelle. Les arbres qui y poussaient trop régulièrement espacés, l'herbe trop tendre. Tout jurait sur les arpents du Mur. L'effort d'intégrer ce mastodonte architectural dans le paysage était certain, mais maladroit, presque médical, digne des plus grands ingénieurs, mais qui mortifierait n'importe quel paysagiste. Les ravages de cet assaut semblaient étrangement donner plus de vie à la Montagne plutôt que de la saccager.

Hurlant telles des vouivres, les Furies achevaient par une large boucle leur second passage. Leurs missiles tracèrent une multitude de traînées de feu parallèles dont les impacts furent presque simultanés, et les cratères rongèrent encore plus le béton. Deux ridicules batteries antiaériennes tentaient vainement de les intercepter, mais les hélicoptères des soldats d'élite les mirent hors d'état de nuire en quelques minutes, à peine le temps de les repérer au scanner infrarouge. Autour des points d'impact, les arbres brisés fumaient laborieusement, relevant encore le pathétisme des défenses ennemies. Les choses étaient bien trop faciles.

« Défense plutôt moyenne », constata Gayans avec un sourire de prédateur.

Apparemment, leur petit tour tactique vieux comme le monde avait réussi : les Slavistes ne s'attendaient pas du tout à un assaut à cet endroit, certainement parce qu'une fois de l'autre côté, les Européens seraient désavantagés : aucune route, uniquement une double voie ferrée qui limiterait l'arrivée des chars à des convois ferroviaires. Pourtant, il y aurait bien percée, s'ils n'activaient pas leurs renforts dans l'heure à venir, et avec les soucis que devaient leur poser les forces d'assaut au tunnel autoroutier, les appareils de défense slavistes prendraient un retard qui leur serait peut-être fatal.

La formation de quatre Furies se rejoignit après la boucle et entama un troisième passage. Une nouvelle bordée de missiles frappa de plein fouet la muraille lentement dévorée par le Kalanium. Une fois le feu et la fumée dissipés, les impressions échangées sur les canaux restaient mitigées.

« On creuse, dit Gayans dans son micro, et pas encore d'hélico en vue, mais à ce rythme-là, dans un siècle on tirera encore ! Il reste encore deux missiles par Furie les gars, le Kalanium a peut-être creusé sur dix mètres, quinze grand max....

— Les bombes à fragmentations, ordonna Efthimios. Dans les failles creusées par les missiles ! »

Dans le cockpit de sa Furie, et malgré l'incertitude grandissante face au monument qui s'étalait derrière la verrière, Zeus faisait tout pour conserver une voix assurée. Il devait mener l'assaut, c'était sa responsabilité. Il aimait mener, c'était un fait, et son âge lui conférait une certaine autorité. Mais jusqu'ici il avait toujours fui cette responsabilité, car il ne se sentait pas prêt à assumer les aspects moins reluisants du statut de chef. Comme avoir à prendre le blâme pour tout ce qui irait de travers. Or sa philosophie était que si l'on n'avait pas les épaules assez larges pour les conséquences du leadership, on ne méritait pas non plus les couronnes de laurier. C'était un art de vivre qu'il s'était forgé à la dure dans les émeutes athéniennes du Millenium Crash où bien trop de ses supérieurs s'étaient lavés les mains du sang de manifestants en se contentant de répéter à l'envi « J'ai simplement fait ce qu'on nous disait de faire, je n'ai pas le pouvoir de décider quoi que ce soit ».

Cette pensée lui arracha un sourire. Malgré ses craintes, il menait un groupe, désormais ! Il avait le pouvoir de prouver que les Européens, comme il l'entendait, étaient capables du meilleur. Et larguer les bombes, puis les actionner pour qu'elles tracent leur chemin jusqu'aux impacts ne serait pas chose aisée. S'ils y arrivaient, il serait encore plus fier de son groupe. *Son* groupe… Tant que tout se passait bien, il se disait qu'il y avait certes de lourdes responsabilités, mais il y avait aussi le reste. La chance de faire la différence au bon moment.

Imagine si à l'époque tu avais été chef de char… *Imagine que tu aies pu refuser d'avancer.*

Après une nouvelle boucle, les Furies se placèrent en position d'assaut, quand brusquement, un appel retentit dans les micros.

« Hélicoptères slavistes type Skot ! Contact dans deux minutes !

— Attention au sol ! »

Une détonation fulgurante résonna dans toute la carlingue. Une conduite d'alimentation en oxygène du système de filtration d'air éjecta de la vapeur dans le compartiment d'accès entre l'entrée de la soute et les sièges des fantassins, un étage plus haut. La panique monta.

« Dégâts ? demanda Zeus.

— Légèrement touchés, annonça Gayans, la voix cassée. Des roquettes sol-air, à la base du Mur, caporal ! »

Faillir à cause de simples… roquettes ?

287

« En piqué, on mitraille ! »

Fin de la rigolade. Comme si la gravité avait brusquement repris ses droits, les Furies plongèrent avec la grâce de rapaces fondant sur leur proie. Pourtant, pour leurs passagers, cette manœuvre provoquait à s'y méprendre le haut-le-cœur insupportable d'une manœuvre de Newton. À voir certains visages du Bataillon Furie, il comprit que certains avaient déjà vécu ce genre de technique pas encore vraiment éprouvée.

Frôlant l'asphalte de la route de service, les quatre Furies mitraillèrent droit devant elles, déchiquetant les batteries de lance-roquettes et leurs servants. Une caisse de munitions explosa au passage, laissant monter une épaisse fumée noire. Mais tandis que les sphères de Kalanium remontaient en chandelle, la nuée d'hélicoptères slavistes fraîchement débarquée vomit ses roquettes. Tels des insectes paniqués, les Furies se dispersèrent alors dans toutes les directions, au prix de quelques acrobaties périlleuses. Trop tard. Un des missiles percuta l'une d'elles et la projeta hors course dans un tourbillon incontrôlable à soulever l'estomac. En catastrophe, elle alla percuter la voie de service qui longeait les rails, racla le macadam trempé par la pluie avant de s'arrêter finalement, non sans avoir emporté la glissière de sécurité dans un déluge d'étincelles, ainsi qu'une bonne partie du goudron de la route.

Sans perdre un instant, un hélicoptère slaviste plongea pour achever sa proie tandis que les soutes de la Furie s'ouvraient déjà et que les Européens se précipitaient en désordre loin de l'épave. Le gémissement du réacteur droit se mua rapidement en une plainte aiguë annonciatrice du pire… avant d'exploser dans une gerbe de débris embrasés. L'onde bleue implacable dévora le kérosène répandu aux alentours pour transformer la scène en nappe de flammes. Sans hésitation, la mitrailleuse de l'appareil ennemi faucha les torches humaines qui n'avaient pas encore réussi à fuir la Furie, l'hélicoptère restant en vol stationnaire pour achever sans se presser sa besogne. Les malheureux se jetaient au sol et tentaient d'éteindre le feu qui les consumait en se roulant dans l'herbe trempée, mais c'était peine perdue... ils étaient imbibés de carburant, et mourraient brûlés vifs sans aucune chance de salut.

Abasourdi, Klaus était debout au milieu de la route défoncée, l'uniforme détrempé de pluie et de sueur. Comment avait-il échappé à ce carnage ? Encore cette chance de cocue ? Son regard vide scruta la carcasse consumée par l'enfer et, par-delà le rideau de flammes, les restes grotesques de ses camarades d'infortune, rabougris... et cette odeur de viande...

L'équipe slaviste, de son côté, prenait visiblement son pied. L'hélicoptère tournait lentement sur lui-même, la pétarade de la mitrailleuse fauchant les autres fuyards dans des éclaboussures qui maculaient l'herbe tendre... Klaus était le seul à ne pas avoir fui en direction du Mur, et il se trouvait maintenant isolé derrière ce peloton d'exécution volant, tandis que les autres étaient abattus comme des pipes à la foire.

Ce fut à cet instant que le déclic s'opéra.

Il ne se l'expliquait pas. La toute première fois qu'il s'était découvert cela, c'était à la frontière des actuels États Arabes Unis, sans pouvoir être plus précis. Une embuscade sur le trajet, coupe-gorge classique pour les réfugiés qui fuyaient vers l'ouest. Les passeurs arabes avaient une telle habitude de ces attaques qu'ils s'équipaient comme des mercenaires – voire faisaient appel à eux – pour ne pas laisser le business péricliter. Qui voulait voir l'argent de ces pauvres diables désespérés emprunter une autre voie ?

Les rafales claquaient, on leur hurlait de s'abriter derrière la camionnette, le nez dans la poussière. Klaus avait déjà vu son lot de sang et de tripes, mais rien ce jour-là ne s'était passé comme d'habitude. Lorsqu'il avait vu s'écrouler sur la roche, à quelques mètres de lui, l'un des passeurs criblés de balles, il avait ressenti ce besoin irrépressible de s'emparer de son fusil d'assaut beaucoup trop lourd pour lui. Les griffes implorantes de sa mère n'avaient pas été de taille à le maintenir sous couvert, il s'était dégagé sans effort et avait rampé jusqu'à l'arme ensanglantée. Le claquement des tirs autour de lui faisait effet de drogue dans son sang, l'excitation, la rage et la frustration battaient furieusement dans ses tempes juvéniles.

Et il participa au massacre.

Chance, talent inné ? Il s'en était sorti « par miracle », avait dit le passeur. Klaus, lui, ne croyait à aucun ami imaginaire et sa seule explication était qu'il en avait déjà trop vu pour ne pas apprendre. Bien des années plus tard, à l'exercice dans la Caserne d'Unité d'Assaut d'Ostrava, en Région Tchèque, cette qualité en sommeil se réveilla dans ses tripes comme un dragon millénaire. Un réflexe, comme un programme sur lequel il n'aurait aucun contrôle, mais qui le servait bien.

Retour à l'instant présent. L'appareil slaviste vrombissait au-dessus de l'herbe ondulante. Les douilles recrachées par la mitrailleuse formaient un arc miroitant au ralenti sous ses yeux réduits à deux meurtrières. Ses poumons se remplirent lentement de l'air humide, ses épaules se délassèrent en craquant. Klaus, face à la mort, était prêt à remporter une fois de plus le duel.

Il saisit machinalement une grenade, les yeux fixés sur l'hélicoptère qui effectuait une rotation minutieuse à quelques mètres au-dessus du sol. Il dégoupilla la grenade et sprinta. Le pilote de l'appareil le repéra et fit immédiatement tourner son engin. Toujours dans sa course, Bernhardt vit apparaître la mitrailleuse encore fumante fixée côté droit de l'engin. Mais il était déjà à moins d'une vingtaine de mètres du monstre aux pales furieuses, et il ne lui restait que quelques secondes. La Mort et lui échangèrent cette œillade qu'ils se connaissaient si bien, à présent. Il lança la grenade, le canon surchauffé cracha son venin de métal, et alors que l'Européen se jetait sur le côté, elle rebondit dans l'habitacle de la mitrailleuse. Ce fut en roulant dans la terre grasse pour éviter les balles qu'il réalisa avec un sourire carnassier qu'il venait d'envoyer une grenade au Kalanium. Et l'hélicoptère explosa dans une sublime boule de feu.

« C'était quoi ces bruits ? demanda faiblement Gary Targatov en slaviste. Pourquoi est-ce que tu prépares mon sac ? »

Inquiet, Gary tenta de se redresser dans le lit d'hôpital. Les perfusions qui lui sortaient des bras lui faisaient mal, et les accès de vertige lui firent rapidement comprendre qu'il valait mieux abandonner l'idée de se relever. Il ferma donc les yeux pour se concentrer et reprendre des forces. Les exercices de stimulation et de méditation de ses entraînements intensifs lui prodiguaient habituellement toute la science dont il avait besoin pour repartir de plus belle. Mais pas aujourd'hui... Il était épuisé, et les lumières de cette salle perdue au milieu du complexe lui faisaient souffrir le martyre.

« Ils attaquent, répondit fébrilement Youri Barotov tout en achevant frénétiquement le paquetage de son ami. Les Européens ! Vite, il faut que je te sorte d'ici !

— Nous sommes... à l'abri, ici...

— Non, infirma Youri en débranchant les appareils, retirant les cathéters et fermant les canules. L'attaque a lieu à quelques centaines de mètres d'ici. S'ils balancent une bombe K comme la dernière fois, la fête sera finie pour tout le monde ! Allez, fais un effort, essaye de te relever !

— Je suis fatigué, leurs médicaments me tuent... »

Comme pour répondre à cette accusation, un médecin pénétra alors la petite pièce et hocha de la tête.

« Je vois, vous avez pris les devants... J'étais venu vous informer que tout le secteur Bahφo doit être évacué d'urgence. Soldat Targatov, vous avez demandé ceci pour vos promenades dans les couloirs, cela va vous être plus utile que vous ne pensiez... »

Deux infirmiers aux bras dignes d'éloges l'aidèrent à le relever de son lit et le sortirent de la pièce, là où l'attendait un fauteuil roulant.

« Barotov, vous vous chargez de lui ? »

Le médecin, les cheveux ébouriffés et la blouse froissée, l'observa de son regard terne, dans l'espérance de se voir déchargé de toutes responsabilités. Le gris délavé de ses iris n'augurait rien de bon quant à la suite des événements. Les Européens étaient-ils déjà infiltrés ? Ou, dépités, préfèreraient-ils la solution de facilité et leur nouvelle monstruosité technologique ? Le jeune slaviste repoussa ces scénarios faute d'avoir le moindre élément. Ce qu'il devait faire, c'était se concentrer sur l'instant présent et faire sortir son ami de cette boucherie annoncée.

« Oui, répondit Youri en fronçant les sourcils, bien sûr.

— Dépêchez-vous, conclut le médecin, prenez les ascenseurs Est. »

Aussi soudainement qu'il était apparu, le médecin disparut vers une nouvelle chambre, suivi de ses deux infirmiers militaires en uniforme kaki. Dans les couloirs sombres et froids, les soldats et le personnel soignant se croisaient sans se voir. Tous affichaient des mines prostrées et inquiètes.

« Ça a l'air plus grave que prévu », exprima Youri à haute voix.

Il poussa son ami à toute allure, les lanières de son sac et celui de Gary lui mordaient les épaules. Il atteignit les portes des ascenseurs où se bousculait déjà une foule anxieuse.

« Ça le fait pas », remarqua Gary.

Les cris et invectives des hommes qui tentaient de pénétrer les habitacles de l'ascenseur devenaient insupportables.

« L'escalier !

— Avec le fauteuil ? s'exclama alors Youri. Je ne suis

pas Monsieur Univers ! »

Gary se redressa péniblement et s'appuya comme un mort-vivant contre le mur de béton.

« Nous n'avons… pas le choix. »

Bras dessus bras dessous, les deux hommes se dirigèrent vers les escaliers que personne n'empruntait… Titillé par ce détail curieux, Youri n'y réfléchit pourtant pas et se précipita tant bien que mal avec son ami le long des marches poussiéreuses.

« Tu sais où on va ? fit la voix grelottante de Gary.

— Non, avoua l'autre, sondant la semi-obscurité du passage humide. Pas du tout. »

Klaus courait sous la pluie, l'eau ruisselant sur son casque. Le Famas à la main, lanière autour du cou, il sprintait en direction des deux hommes qui avaient pu éviter la mitraille. Il reconnut les deux visages pour avoir combattu avec eux à Lviv, mais leurs noms lui étaient inconnus.

« On n'a nulle part où se mettre à couvert ! hurla l'un tandis que l'autre prévenait un des hélicoptères des forces d'élite par talkie-walkie.

— On se place en terrain dégagé, pour permettre à l'appareil de manœuvrer, dit l'autre. On s'éloigne donc des poteaux câblés de la voie ferrée ! »

Les trois hommes observèrent le ballet mortel qui se jouait entre les hélicoptères slavistes et les Furies d'Assaut. L'une d'elles lâcha une sorte de sphère qui tomba d'abord lourdement telle une masse inerte, puis qui prit la tangente pour adopter une trajectoire directe vers le Mur. La sphère alla percuter le béton dans l'une des failles creusées par les missiles et explosa. Le sol en vibra, tellement la détonation fut puissante. Un énorme pan de béton tourna lentement sur lui-même à deux cents mètres au-dessus du sol et se détacha pour venir s'écraser sur les rails en contrebas. Le choc fut violent et assourdissant. Un trou titanesque perçait à présent le Mur sur vingt bons mètres de profondeur, mais la voie ferrée venait d'être pulvérisée, de simples barres de métal tordues et projetées aux alentours.

« Les bombes à fragmentation ! » réalisa l'homme au talkie-walkie.

Efthimios s'était détaché pour rejoindre le cockpit de la Furie. Cramponné aux sièges de pilote et copilote, il suait abondamment. Il tremblait légèrement sous le coup du stress, abandonnant l'idée de dresser une muraille d'impassibilité. L'angoisse pouvait également être un bon carburant, lui avait un jour affirmé son père…

« Efficacité ?

— Vingt mètres, un vrai miracle, s'ébahit Gayans à ses côtés. Oh ! Merde ! »

Il dut opter pour une manœuvre acrobatique pour éviter de percuter un appareil slaviste qui venait en face de lui et semblait tout aussi surpris. Mais lorsqu'il fut juste derrière la Furie, l'artilleur à l'arrière put l'abattre à loisir.

« Un de moins ! » Entonna quelqu'un d'un air joyeux.

Ils repérèrent l'hélicoptère européen qui l'avait forcé à plonger sur bâbord, et donc à se placer sur la trajectoire de la Furie. L'hélicoptère européen semblait entamer une procédure de descente, vraisemblablement pour récupérer les trois hommes qui faisaient de grands signes en bas, sous la pluie.

« C'était l'appareil de Klaus, marmonna Zaratis en espérant que le grenadier serait l'un des trois.

— C'était l'appareil de sept autres gars, Zeus… ne l'oublie pas ! Bon, second passage pour les bombes ! La Furie 2 est déjà à l'office ! »

Effectivement, une terrible explosion fit s'affaisser le sommet de la Montagne, au-dessus de l'immense cratère qui barrait la paroi de béton. L'ouvrage colossal tremblait sur ses bases.

« Lâchez tout ! »

Les trois Furies firent chacune encore un passage, mais l'une des bombes heurta le Mur légèrement trop haut. Le sommet de la Montagne fut alors pulvérisé sur une demi-douzaine de mètres, créant un creux au milieu de la régularité de l'horizon artificiel. Cet affaissement rendait plus visibles encore les dégradations causées par les bombes à fragmentation.

Mais soudain, la Furie de Gayans fit une embardée et faillit se renverser. Une sirène stridente et rapide indiquait des dégâts majeurs. Paniqués, Gayans et son copilote tentaient de reprendre le contrôle, tandis que Zeus ne pouvait retenir un haut-le-cœur et vomissait honteusement derrière un siège. Cette fois, tout honneur allait aux orties.

« Touché ! » hurla Gayans dans son micro, revivant les pires moments de sa vie, l'atterrissage du transport à Lviv, le champ de mines…

« Harnachez-vous ! » beugla le copilote.

Les hommes obéirent. Joffrey se redressa et agrippa maladroitement son Famas, tentant de conserver l'équilibre malgré les tangages de l'appareil. Les autres peinaient tout autant.

« Attention au largage, les gars ! », cria encore Gayans dans son casque.

Le sas situé au fond du puits d'accès central de la Furie s'ouvrit et les hommes purent apercevoir le sol défiler à vive allure, une centaine de mètres plus bas. Un nouveau choc se répercuta dans toute la carlingue. Un des soldats dérapa et tomba dans le puits, au milieu de l'horreur générale. In extremis, il parvint à s'agripper d'une main aux échelons qui jalonnaient le puits d'accès. Il pendait là, les pieds dans le vide. C'était Joffrey.

La Montagne grossissait, imposante et monstrueusement menaçante. Immense, elle prenait déjà toute la verrière. La Furie allait s'y écraser.

« On va trop vite, gémit le copilote, le manche à balai

entre ses mains serrées si fort que les phalanges en blanchissaient. On ne peut pas redescendre, directions… non opérationnelles ! »

Efthimios, la bouche acide, tenta de se relever, les yeux vides, la peur au ventre, désespéré.

« On va mourir ? »

Sa question était si simple qu'aucun des trois hommes n'osa y répondre. Hébétés, ils s'agrippaient aux commandes. Zeus sortit vivement du cockpit et tendit sa tête dans le puits. Au-dessus de lui, les hommes qui tendaient des bras vers lui. En dessous de lui, plus bas dans le puits, un homme qui n'allait pas tarder à lâcher prise et tomber dans le vide. Joffrey !

« J'arrive ! »

N'écoutant que son instinct et son amitié profonde pour le jeune homme, Zeus descendit avec précaution les échelons pour rejoindre son ami qui gémissait de douleur pour son bras. En haut, tous retenaient leur souffle. Le caporal appela de l'aide et demanda à ce qu'on amène le câble du treuil. Les autres se précipitèrent pour obéir, sachant que si l'homme à la barbe blanche l'aidait, Joffrey pourrait s'attacher, ce qu'il n'aurait pu faire seul. Le câble descendit à son tour dans le puits, terminé par une boucle renforcée d'une soudure au Kalanium.

Les doigts de Joffrey desserraient lentement mais sûrement leur pression autour du barreau.

« Tiens bon, Joffrey, j'y suis presque. »

Zeus s'arma du mousqueton de sécurité qui pendait à sa ceinture au niveau de la cuisse droite, comme le stipulait le règlement pour être capable d'hélitreuiller un homme en toute situation. Il vit les doigts de Joffrey glisser toujours un peu plus.

Comme s'il avait eu une vision prophétique, Efthimios ne réfléchit plus et d'un coup sec attacha le câble à son propre uniforme par le mousqueton et se laissa plonger. Simultanément, Joffrey avait lâché l'échelon et chutait dans le vide. Zaratis lança ses deux bras en avant et lui saisit les avant-bras de justesse. Agrippés l'un l'autre, ils tombèrent à toute vitesse tandis que le câble se déroulait comme un serpent. La chute sembla incroyablement rapide, le paysage défila, le sol se rapprochait… Et Zeus, terrifié, espéra que ses jambes ne s'étaient pas prises dans le câble… ou elles risquaient bien d'être sectionnées nettes !

Brusquement, le câble se tendit, Zeus en eut le souffle coupé. Son harnais auquel tenait le mousqueton, ce même harnais qui retenait les plastrons antichocs de tous les soldats de l'Eurocorps, le tira violemment en arrière. Il fut comme propulsé vers le haut, tracté par la Furie en perdition qui chargeait furieusement en direction du Mur. Un peu plus et les deux hommes se seraient lâchés sous le choc, mais ils tinrent bon. Leurs casques, par contre, tombèrent dans le vide profond.

« Ne me lâche pas ! supplia Joffrey, les larmes aux yeux, terrifié.

— Jamais ! »

Oui, Zeus avait été égoïste. Il avait toujours pensé à ses amis en priorité, mais négligé les pertes de ceux qu'il ne connaissait pas. Jusque là, il avait estimé que seuls comptaient ceux qui avaient une personnalité… Mais au fond, tous ceux qui mourraient étaient les amis de quelqu'un. Chacun avait sûrement été un camarade honorable, même si Zeus ne l'avait jamais su. Et si l'homme qui avait glissé dans le sas n'avait pas été Joffrey mais un anonyme, l'aurait-il secouru avec tant d'efforts, de précipitation – de courage ! – risquant ainsi sa vie ? Ou bien aurait-il simplement laissé un autre descendre à sa place, se contentant de donner un ordre… Avec le poids de son ami tiraillant ses bras, la pluie battant son visage, et les larmes aux yeux, Efthimios Zaratis se jura intérieurement que ce qu'il faisait pour Joffrey, il le ferait pour les autres. S'il survivait.

Gayans vit la faille arriver, droit devant, toujours plus

vite. Il ne pouvait rien faire, le temps qu'il avait réussi à gagner en réduisant considérablement la vitesse aurait été le maximum qu'il eut pu tenter. Tant pis. Au moins avait-il pu lâcher le carburant en plein vol, certains survivraient peut-être ?

« Adieu, les gars. »

La Furie percuta le fond de la faille creusée par les missiles à la vitesse d'une roquette. Le métal fut déchiqueté dans un crissement abominable, mais n'ayant plus de missiles ni de carburant, elle n'explosa pas et s'incrusta seulement dans la faille de béton, totalement difforme.

Le câble formait un arc derrière la Furie, et Joffrey eut juste le temps de crier qu'à leur tour ils percutèrent la paroi. Hurlant leur douleur, crispant tous les muscles et canalisant toute leur énergie dans le seul but de se retenir l'un l'autre, ils se tassèrent violemment contre la paroi de béton. Les plastrons étaient conçus pour s'imbriquer en cas de choc et éviter que les os ne subissent trop de dégâts. Pourtant le Famas de Joffrey, toujours attaché par la lanière autour du cou, leur frappa le visage comme pour les punir de leur réussite jusqu'ici. Leur corps fut complètement secoué et ankylosé, leur vue se brouilla…

« Il faut… tenir ! »

Zeus regardait vers Joffrey qu'il retenait de ses bras meurtris. Il voyait ce que son ami ne voyait pas, le sol, cent cinquante mètres en contrebas. Le câble restait suspendu dans le vide. La Furie n'explosait pas. Il fallait y croire. Attendre un miracle.

« On ne pourra jamais remonter ! »

N'ayant d'autre choix que de réussir ou mourir, le caporal Zaratis sentit une force nouvelle l'habiter. Il réalisait que l'important n'était pas de se donner une image sereine en toute circonstance, mais de garder réellement son sang-froid lorsqu'il le fallait. Deux vies étaient en jeu, la sienne et celle d'un ami cher, et tricher ne servait plus à rien, il fallait agir.

« Si, nous remonterons ! »

À cet instant, le bruit insistant d'un rotor attira leur attention. Un appareil slaviste était en position d'attente, droit devant eux, sans doute les pilotes cherchaient-ils à trouver si ces deux hommes suspendus représentaient une menace. Ce devait être l'hélicoptère qui avait touché la Furie à mort et cherchait à inspecter son œuvre.

« Balance-toi, de droite à gauche ! » hurla alors Zeus.

Leur mouvement fut saccadé et lent au départ, mais peu à peu, ils gagnaient en vitesse et régularité. Au loin, les hélicoptères slavistes menaient la vie dure aux appareils européens qui n'avaient plus de temps à consacrer directement à la Montagne. Trop de renforts, la diversion avait, semblait-il, échoué.

« J'ai mal ! Gémit Joffrey. Je vais lâcher ! »

Le caporal aussi souffrait comme jamais encore. Il aurait pu croire que ses bras allaient lâcher et tomber avec Joffrey en contrebas.

« Essaye de remonter ! »

Utilisant leur mouvement de va et vient latéral, à quelques centimètres de la paroi verticale, Joffrey grimpa lourdement le long de son ami qui, de ses bras forts, le retenait du mieux qu'il pouvait. Après deux tentatives infructueuses, ils parvinrent à rapprocher le mousqueton de Joffrey de celui de Zeus et ils se relièrent ensemble. Enfin, ils purent laisser se détendre leurs bras meurtris, mais de leurs jambes, ils se repoussèrent du béton pour créer un mouvement de balancier plus efficace et perturber au maximum l'appareil ennemi qui décida finalement de tirer après une longue et étrange observation. S'ils avaient réussi l'exploit de rester attachés, peut-être étaient-ils dangereux, après tout ?

Les balles sifflèrent derrière eux, criblant le Mur d'impacts légers. Joffrey, les mains enfin libres, fit glisser discrètement une lanière le long de sa tête penchée sur le côté, et dissimula son atout entre lui et Efthimios, tout en se balançant. Leur mouvement s'acheva, et ils repartirent logiquement vers leur point de départ, mais l'appareil restait immobile en tirant. Ils passeraient forcément par la mitraille, pas de temps à perdre, Joffrey joua le tout pour le tout.

Il dégaina son Famas le plus maladroitement qui soit et déchaîna sa rafale le long de la coque de l'appareil, cherchant un point faible. Les pilotes eurent alors un air terrifié et lâchèrent un missile en pleine panique, juste avant que l'engin n'explose, réservoir touché par balle.

Ils avaient déjà commencé la boucle du retour, serrant les dents, voyant le missile filer vers eux en vitesse lente puisqu'il venait à peine d'être tiré. Ils allaient être pulvérisés !

« Aide-toi des pieds, accélère le mouvement ! »

Les deux hommes se propulsèrent du mur et achevèrent leur boucle à toute vitesse, frôlant le béton glissant par la pluie qui leur érafla le visage. Le missile frappa juste derrière eux, les repoussant encore plus de la paroi. Ils valsèrent dans les airs, retombant lourdement au milieu de la fumée de l'explosion du missile, les cheveux brûlés. Mais vivants. L'hélicoptère avait pour sa part déjà atteint le sol et se consumait comme un bûcher funéraire.

Les deux dernières Furies, 2 et 4, achevaient juste leur duel avec des appareils slavistes que déjà l'un des hélicoptères des troupes d'élite annonçait que deux hommes étaient suspendus dans le vide contre la Montagne. Pouvait-on prendre le risque de les récupérer avant de poursuivre la mission, laissant ainsi le temps aux Slavistes de rameuter plus de renforts encore ? Ou bien fallait-il continuer à tirer, les sacrifiant à la réussite de la mission ?

« Le Caporal ne répond plus. Qu'est-ce qu'on fait ?

— Nous, rien, répondit le pilote. Faut demander aux troupes d'élite !

— Bombes à fragmentation, ordonna le chef de section

des troupes en question. Il faut pouvoir infiltrer ce Mur et prendre la salle de contrôle du tunnel. Nous n'avons pas le choix. »

Un gambit comme un autre, ce ne sont que deux inconnus...

« Ils viennent nous sauver », dit soudainement Joffrey en voyant les autres arriver au loin.

La joie fut de courte durée. Lorsque les hélicoptères se mirent en position d'attente et que les Furies poursuivaient sans ralentir sur leur trajectoire, Zeus perdit tout espoir. L'optimisme fit place à l'incrédulité.

« Balancier, vite, vite ! »

Tunnel autoroutier de Kiev.

Les Furies étaient tombées en nombre raisonnable. De quoi être fier de l'opération. Les hélicoptères Traqueurs, eux, avaient subi des pertes plus conséquentes. Les avions de chasse slavistes, des Sukhoï qui accusaient déjà la quinzaine d'années, étant trop prévisibles pour des Furies, l'équilibre des pertes était maintenu. Pourtant, l'avantage allait à l'Eurocorps, et ce pour une raison simple : les fantassins se déployaient déjà sur les flancs de la Montagne, débusquant les mortiers sol-air et les batteries de DCA couvertes par des toiles de camouflage. Et surtout, les Européens parvenaient à se coordonner à un niveau bien supérieur à celui des Slavistes grâce aux informations du réseau Euronet qui transmettait à chaque véhicule les informations des autres. L'Eurocorps agissait comme un seul élément, grâce à Euronet. Et Peterson s'en félicitait grandement.

Il avait rejoint les troupes au sol grâce à son camion de contrôle personnel, à un minuscule kilomètre de la Montagne, soit directement sous le duel aérien. Une des plus belles batailles aériennes qu'il n'y ait jamais eu,

George Peterson devait bien l'admettre. Le grand air qui accompagnait sa joie : il y était presque !

« Où en sont les troupes à Satu Mare ? »

Le capitaine Marchal s'avança d'un pas, demeurant cependant en retrait, et l'informa :

« L'encerclement se prolonge, aucun coup de feu inutile, la ville sera prise proprement. D'autant plus que le président... »

Son hésitation fut immédiatement relevée par Peterson.

Décidément, ce capitaine réfléchit de trop...

« Le président ? »

Il hésita, visiblement désireux de ne pas outrer son supérieur.

« Il a déclaré que les troupes situées devant le Mur devaient stopper leur avancée. À midi, heure de Berlin.

— Il l'a déclaré officiellement ? marmonna Peterson. J'espérais qu'il se contenterait de quelques ordres sur silicium... Je vois. »

Il regarda son chrono-bracelet et sourit.

« Il nous reste quarante minutes. »

Au-dehors, les engins se déchaînaient encore et toujours. Le carnage se calculait au nombre de carcasses flambantes qui recouvraient le pied de la Montagne Artificielle. Les hélicoptères croisaient les Furies dans des danses mortelles qui conduisirent de nombreux pilotes à la mort en une poignée de minutes. La lutte s'éternisait... Mais si c'était le seul moyen de protéger tout un peuple, Peterson pouvait bien endosser la responsabilité de tout cela.

Comment pouvait-il encore supporter la lacération dans ses muscles ? Comment parvenait-il à se cramponner à la vie alors que ses bras paraissaient vouloir se disloquer d'un instant à l'autre sous la tension ? La face déformée par une douleur insoutenable, Efthimios sentait ses forces l'abandonner. La pluie lui fouettait le corps tandis qu'il se balançait de gauche à droite. Au-dessus de lui, les bombes à fragmentation creusaient le béton et les débris pleuvaient en même temps que les gouttes énormes. Les cheveux dégoulinants d'eau, les bras battant l'air, Joffrey faisait tout ce qu'il pouvait, mais ce n'était pas encore suffisant. À chaque mouvement de balancier, ils remontaient un petit peu, profitant de leur vitesse pour lover le câble autour du Famas, lequel était fermement retenu entre leurs deux corps. Lentement mais sûrement, ils remontaient la paroi de béton détrempée. Mais si l'un d'eux flanchait, ou desserrait ne serait-ce que d'un iota son emprise sur le fusil d'assaut... le câble se déroulerait à une telle vitesse que l'arme leur briserait certainement toutes les côtes.

Les bombes et roquettes fusaient vers la partie la plus profonde du cratère vertical, laissant entière la Furie solidement encastrée dans une faille du bord de la crevasse de béton. Pourtant, les deux hommes sentaient que l'engin frémissait un peu plus à chaque nouvelle explosion, ils l'entendaient pousser une plainte de métal semblable à un dernier soupir. Ils levaient parfois les yeux au ciel, prenant une giboulée de pluie en pleine face. L'effort était intense, surhumain. Leurs bras, crispés sur le câble à lover, n'y tenaient presque plus. Ses lèvres tirées par la souffrance, Fagotier ouvrait grand la bouche, ses mâchoires tressautant de spasmes. Bientôt, Joffrey lâcherait, Zeus en était certain.

« Tiens bon... »

La Furie grinça alors et glissa légèrement.

D'abord il y eut l'odeur de plastique fondu dans l'obscurité. Puis le goût métallique dans toute sa bouche. Les coulures poisseuses sur son visage et dans sa gorge, chaudes et répugnantes. Les yeux noyés de sang, le visage tuméfié, Gayans redressa douloureusement la tête de sa console. Le sang avait maculé tout le poste de pilotage. La verrière avait implosé, l'engin gisait sur la face, présentant son dessous au vide. Hébété, il fallut plusieurs tentatives au survivant pour se relever enfin. Et alors la carcasse grinça.

Gayans s'immobilisa, paralysé par la peur. Les jambes douloureuses et flageolantes, les bras pis encore, il écouta la pluie tomber. La Furie n'était pas assez encastrée pour ne plus dépasser, et l'eau ruisselait tout de même sur une partie du fuselage. Ce son... presque comme le clapotis de l'eau dans la Petite France. Strasbourg... chez lui... Loin.

Tap. Tap. Un autre goutte à goutte, mais pas dehors sous le déluge. Le copilote était mort, le crâne fendu contre une console. Gayans loucha de dégoût, retenant à peine la vague brûlante qui lui remontait déjà la trachée, et se dirigea en titubant vers le puits d'accès. Le sas se trouvait à présent au-dessus de lui, l'angle bizarre de la Furie achevait de le désorienter complètement. Il se hissa sur les sièges et put ainsi atteindre le puits à tâtons pour s'y glisser. Ce dernier était à présent à l'horizontale, et un câble le traversait, tendu à l'extrême.

La pression lancinante dans sa poitrine le força à faire une pause, la respiration irrégulière. Ennio n'en revenait pas d'être encore en vie, même si les douleurs insupportables qui le lançaient dans les jambes lui rappelaient la réalité. Il s'approcha de l'ouverture et se risqua à passer la tête par le sas. Une terrible explosion secoua la Furie, il fut projeté en arrière. La Furie grinça et glissa légèrement en avant, inclinant le puits vers la sortie, vers le vide. Par réflexe, Gayans se cramponna aux échelons. Il jeta un regard vers le haut de la Furie et y discerna de vagues corps entassés pêle-mêle comme des poupées macabres. Le bruit de réacteurs de Furie était intense à l'extérieur. Gayans regarda à nouveau ce qui pendait au câble, la main droite fermement soudée au barreau.

« Zeus ? Joffrey ! »

Sa joie de les voir sains et saufs fut très vite dissipée par la vision terrifiante de ces deux hommes suspendus à plus de cent mètres de haut, sous la pluie, balançant désespérément. Et souffrant encore plus que lui pour se maintenir en vie.

« Attendez, tenez bon ! »

Il se précipita au fond du puits, les bras loin du corps pour rester debout malgré les tangages de l'engin qui glissait irrémédiablement vers le ravin. En fait, la Furie se redressait de plus en plus à mesure qu'elle roulait hors de son écrin de béton, rendant les déplacements de Gayans difficiles. Il atteignit tout de même la soute des fantassins où gisaient leurs cadavres flasques. La verrière d'artilleur était brisée, le tireur répandait son sang, affalé sur sa mitrailleuse. L'odeur de pluie régnait dans la Furie, mêlée à celle du sang. Et du carburant.

Sans perdre une seconde, le pilote se rua sur les commandes du treuil et actionna l'enrouleur. Le câble frémit une seconde tandis que le mécanisme grinçait faiblement, mais rien de plus ne se produisit. Gayans inspira profondément, les yeux clos, le cœur battant à tout rompre. De toute l'énergie du désespoir, il envoya un puissant coup de botte rageur dans le boîtier. Le treuil toussota sourdement puis le filin d'acier s'enroula lentement au son de l'engrenage puissant. L'odeur de carburant flottait de façon entêtante. Il était pourtant certain d'avoir vidé tous les réservoirs !

Le treuil tractait les deux hommes, rendant à Ennio une certaine assurance. Il devait pourtant se reposer, ses jambes lui faisaient souffrir le martyre. En l'inspectant, il vit que la jambe droite de son treillis était imbibée de sang. Et sa tête lui tournait.

Efthimios et Joffrey auraient souri si leurs visages n'étaient pas durcis par le froid, la pluie et les crampes. Le vent leur sifflait aux oreilles, le câble remontait lentement. En voyant Gayans, les deux hommes avaient repris espoir. Mais la Furie glissait de plus en plus, et les autres appareils finissaient leur boucle au loin et s'apprêtaient à revenir. Leurs prochaines bombes feraient tomber la Furie, c'était évident.

« Laissez-nous une chance, répéta Joffrey entre ses dents serrées. Laissez-nous une chance, bon sang… »

La remontée leur parut interminable, et leurs yeux se fixaient sur les engins de mort qui revenaient à vive allure dans leur direction. Les hélicoptères suivaient. Le câble remontait, les Furies approchaient, les deux hommes arrivaient presque à hauteur du sas, les Furies étaient quasiment à portée de tir… Yeux grands ouverts, cœurs battants.

Le caporal agrippa le rebord du sas d'une main et de l'autre aida Joffrey à se hisser à bord. Le médic se détacha en exultant un râle de soulagement et aida Zeus à son tour, tentant d'oublier qu'il se penchait au-dessus de presque deux cents mètres de vide…

« Venez vite à l'arrière ! » hurla Gayans.

Sans perdre une seconde, ils se traînèrent à l'arrière, exténués après leur effort tandis que la Furie se redressait de plus en plus. Elle glissait maintenant à tel point qu'il leur fallut utiliser les échelons pour rejoindre Gayans, tant la gîte était devenue forte. Sa carcasse crissait sur le béton et commençait à réellement basculer vers le vide. Presque d'un bond, ils se précipitèrent vers Gayans. La Furie allait tomber, ils devaient sortir, et, d'un geste de la tête, le pilote leur indiqua la bulle d'artilleur brisée. Dans une ultime bouffée d'énergie, ils lancèrent leurs dernières forces dans un saut depuis la verrière explosée située derrière l'engin et se tassèrent sur le côté pour éviter d'être broyés par le fuselage sphérique qui roula là où ils se trouvaient une seconde auparavant. Puis l'épave poussa un dernier cri d'agonie terrifiant pour plonger dans le vide. Elle siffla jusqu'à percuter avec fracas le sol en contrebas.

Mais une autre explosion allait suivre, les bombes avaient déjà été lâchées par les Furies.

Les trois hommes meurtris étaient collés contre les bords déchiquetés du cratère qui balafrait sur dix bons mètres la façade du Mur. Ils virent les bombes arriver et se calfeutrèrent du mieux qu'ils pouvaient dans les interstices de béton détruit où ils s'étaient réfugiés, peinant à ne pas déraper sur les lèvres de cette plaie qui s'inclinait dangereusement vers la plaine. À deux mètres seulement de leur position, le cratère s'arrêtait net pour laisser place au vide, et s'ils se rapprochaient de la partie la plus profonde, ils seraient tués par les bombes à fragmentation. Ils ne pouvaient qu'attendre, blottis l'un contre l'autre, agrippés aux tiges de métal tordues qui jaillissaient du béton, impitoyablement fouettés par la pluie. Rendu friable et ruisselant de pluie, leur promontoire de fortune était glissant et traître. Par deux fois ils faillirent rejoindre la Furie. Pas le temps de réfléchir, les bombes étaient arrivées…

Une formidable explosion creusa la paroi, les trois hommes hurlèrent de terreur, attendant le souffle et les shrapnels… qui ne vinrent pas. Un bruit sourd s'amplifia dans le béton, et les débris furent peu nombreux à jaillir de l'impact. Zeus fut le premier à jeter un regard vers le fond du cratère, plusieurs mètres plus profonds dans la Montagne. Un trou noir et insondable ouvrait le fond du cratère, une fumée capiteuse s'en échappait. Ils venaient de percer une entrée vers un tunnel…

Youri fut pétrifié. Le couloir venait d'exploser, une vingtaine de mètres devant lui. Ils avaient poursuivi sa fuite malgré la fumée et les éclats qui encombraient le corridor, espérant toujours pouvoir franchir l'espace jusqu'à un élévateur. Mais il lui fallait se rendre à l'évidence, les gravats l'empêcheraient de traverser le tunnel, il faudrait retourner en arrière. Il fut néanmoins soulagé de revoir la lumière de l'extérieur pour la première fois depuis bien trop longtemps.

« Oh non », grogna Gary en se cramponnant aux bras de son fauteuil.

Trois hommes se glissaient lourdement à travers la brèche, s'aidant des tiges de métal qui saillaient des décombres. Dès qu'ils furent bien ancrés sur le sol, ils observèrent le tas de gravats, puis quelque chose attira leur attention, dehors, de l'autre côté de la faille. Et ils sprintèrent dans leur direction.

« Qu'est-ce que ça veut dire ? s'écria Youri en slaviste.

— Dégagez ! hurlait l'un des hommes en européos. Barrez-vous ! »

Sans réfléchir, Efthimios entraîna avec lui le slaviste qui boitait aussi vite qu'il put, tandis que tous se ruaient le plus loin possible de la brèche.

Qui qu'ils soient, ils ne méritent pas de crever comme ça, songeait le vieux soldat en lui tenant fermement le bassin. Ils méritaient un coup de pouce. Son compagnon courait en haletant à côté de lui. Puis il y eut un souffle brûlant, le vacarme d'une explosion titanesque, et tous furent projetés au sol. La fumée s'épaissit dans le couloir. Cette fois, les Européens pouvaient pénétrer les coursives de la Montagne Artificielle. La voie était libre. Mais Zeus, lui, ne vit plus rien. Il sombra dans l'inconscience. Combien de temps son esprit flotta-t-il ainsi dans les limbes ? Impossible à dire. Lorsqu'il rouvrit péniblement les yeux, cela semblait avoir duré une éternité. Le Grec suffoquait dans la fumée et la poussière qui lui arrachaient de violentes quintes de toux. Quelqu'un l'avait traîné contre un mur afin qu'il ne bloque pas le passage. Il se redressa et vit Joffrey, le Famas pointé sur les deux Slavistes. Des troupes d'élite européennes portant le blason de l'E-CROFT pénétraient dans la faille et prenaient le relais. L'un d'eux parlait slaviste, le dialogue put donc se faire. Les deux hommes prisonniers souhaitaient négocier leur vie contre des informations, notamment la présence de prisonniers européens dans la Montagne. Le plus jeune des deux, apparemment réprimandé par celui qui boitait, leur indiqua un endroit avec force gesticulations.

Sans souffrir le moins du monde du chaos environnant, le traducteur semblait noter le moindre mot sur un petit calepin. Joffrey écoutait, hochant la tête de temps en temps. Zeus se rapprocha d'eux tandis que le groupe de dix soldats d'élite préparait les charges explosives.

« Zeus, fit Joffrey dès qu'il arriva à sa hauteur, on a peut-être retrouvé Greg, Petros et Maxime. Pas loin d'ici.

— D'accord, donnez-moi ce plan, on y va de suite ! »

Il s'apprêta à partir, mais se retourna vers les Slavistes.

« Et n'oubliez pas de laisser une bonne avance à ces types.

— Un *deal* est un *deal*, caporal. Pas d'inquiétude, ils auront leur liberté, même si personnellement ça ne m'enchante pas. On les retrouvera dans trois semaines et…

— Alors vous les tuerez dans trois semaines, le rabroua-t-il la voix chargée de menace. Mais pas aujourd'hui, pas ici.

— Pas ici, confirma l'un des commandos. Vous partez chercher votre ami, vous revenez ici, il y a un câble sur la corniche du cratère, utilisez-le pour remonter, notre hélicoptère est posé au-dessus. Nous on s'occupe du centre de contrôle du tunnel. Bonne chance ! »

Le Grec saisit un fusil-mitrailleur chez les soldats d'élite qui s'enfoncèrent après cela dans les entrailles du Mur, transportant des caisses de Kalanium. L'arme sembla encore plus lourde qu'à l'accoutumée dans ses bras ankylosés. Tout son corps le faisait souffrir, et à la tête que faisaient ses camarades, aucun ne cracherait sur une permission au plus vite. Longue. Définitive.

Ennio Gayans avait pris son pistolet, celui qui ne le quittait plus depuis Lviv, tandis que Joffrey se contentait d'un Famas. Ils étaient vraiment tous mal en point, et claudiquèrent dans les passages désertés, sombres et glacés. Maudissant tout ce qui leur passait à l'esprit, ils suivirent le plan, descendant plusieurs volées de marches. Les couloirs obscurs étaient balisés par des petites lumières de secours orange, des panneaux rouillés indiquaient des directions en slaviste.

« Par là ! » dit Zeus qui avait le plan en main.

Les échos distordus dans le couloir l'avertirent avant même que la porte de la cellule ne s'ouvrit qu'il avait à nouveau de la visite. Persuadé d'être bon pour une nouvelle séance de tabassage en règle, Greg porta machinalement les mains à son visage, comme pour se protéger d'une bête sauvage. C'en était trop. Pourquoi s'acharner à ce point ? Lui déverser un torrent d'eau sur le visage couvert d'une serviette n'avait rien fait, les décharges électriques non plus… Qu'allaient-ils inventer cette fois ? Dans l'expectative du pire, le pauvre Grégory tremblait, du sang maculait les murs et le sol de la pièce, par petites éclaboussures. Des voix bourdonnèrent dans sa tête, il leva alors les yeux vers ce qu'il pensait être son tortionnaire, mais son visage s'adoucit lorsqu'il vit des hommes en uniformes de l'Eurocorps.

« Greg, c'est nous ! »

L'Européen tenta de se redresser sur ses genoux, mais la douleur de ses muscles et sa grande faiblesse le firent s'affaler complètement, désarticulé comme un pantin. Il n'arriva pas à articuler le moindre mot tant sa mâchoire était contusionnée. Une croûte de sang séché balafrait son front jusqu'à l'arête nasale.

« Il a l'air HS, crut-il entendre Joffrey dire à ses compagnons, aidez-moi, on va le relever... Et trouver les deux autres. »

Au tunnel autoroutier, la situation tournait franchement à l'avantage des forces européennes. Les hélicoptères slavistes avaient vraisemblablement reçu l'ordre de combattre jusqu'à destruction du dernier appareil. Et c'était en effet le cas, les engins ennemis tombaient les uns après les autres. Bien sûr, les Furies subissaient des pertes, mais il fallait savoir faire des choix dans la vie. Et Peterson avait fait son choix. Il devait passer le Mur. Il lui restait dix petites minutes avant de devoir stopper et de ce fait respecter les engagements européens face aux Arabes Unis. Les Slavistes étaient certes en déroute, mais ils tiendraient bien dix minutes de plus. Il fallait accélérer les choses.

« Capitaine Marchal, dit-il. Appelez les Bombardiers. »

Malgré la présence de tous les ingénieurs militaires et affiliés qui scrutaient chaque mouvement de la bataille sur leurs écrans, Marchal se sentit tout à coup seul au milieu d'un désert aride. Hésitant un instant, il revit dans son esprit les images qui avaient filtré sur Euronet de la destruction de Ternopil. Bien que filmées avec des téléphones portables pour la plupart, les vidéos en disaient plus long que toutes les présentations techniques du HCS. Sa bouche s'entrouvrit l'espace d'un battement de cœur comme pour l'inviter à reconsidérer cet ordre. Mais dès que ses yeux osèrent se tourner vers la stature déterminée du général, son émoi se ratatina misérablement pour retourner d'où il venait. S'il se permettait de donner son avis, son supérieur le congédierait et le remplacerait par quelqu'un de plus docile qui appuierait sur les boutons qu'on lui ordonnerait de presser, alors que lui se retrouverait aux tâches ingrates, jetant sa carrière aux orties sans avoir fait la moindre différence. Un gâchis, totalement inutile. Non, protester n'était pas de son ressort, il laisserait ça au Parlement européen. Se sentant à nouveau dans son droit, Marchal s'en retourna donc à son poste et se munit d'un communicateur pour transmettre l'ordre. C'était le choix de son supérieur, après tout, il ne faisait que relayer sa décision.

Peterson, quant à lui, demeurait de glace devant la vitre de la remorque du camion de commandement. On le blâmerait pour avoir abusé de ce pouvoir de destruction, mais Zwiel ne lui laissait plus le choix. Bientôt…

Il fallut trois interminables minutes avant que, dans le ciel rempli des tirs continus de la bataille, le grondement sourd et menaçant des Bombardiers Furie ne résonnât enfin. Le sourire de prédateur de George Peterson s'accentua encore. Leur véhicule entier frémit au passage des monstres de Kalanium, un vacarme de tonnerre qui faisait même trembler la terre. Il n'était guère surprenant que l'Euro Air Force les ait baptisés Mjölnir, le Marteau de Thor. Une arme invincible forgée pour fracasser les géants qui menaçaient les hommes… Quel nom parfait ! Alors que les engins les dépassaient, le général put enfin les observer de ses propres yeux, survolant l'autoroute ravagée pour s'approcher de la Montagne avec leur escorte de Furies. Les Skot ennemis tentèrent de les atteindre, mais sans succès. Deux minutes de plus, les Bombardiers Furie étaient arrivés au-dessus du Mur.

« Je ne comptais pas les utiliser, crut-il important de préciser, comme à regret. Je ne pensais pas devoir en arriver là... Mais maintenant que l'instant est imminent, je me dis que nous aurions pu les utiliser bien plus tôt. D'un autre côté... il y aurait eu trop de risques qu'ils soient abattus par le grand nombre d'appareils ennemis... »

Il laissa sa phrase en suspens lorsqu'il réalisa que, d'une certaine manière, il était en train de se justifier. Encore et encore se justifier. Était-ce devenu un réflexe ? Pire, une seconde nature ? Pourquoi devait-il toujours montrer patte blanche quand d'autres se contentaient d'afficher des ambitions bien moins nobles sans même chercher à s'en cacher ? Comme le fraîchement promu « amiral » Huban à qui personne ne demandait la moindre explication. Il était décidément grand temps que cela change !

La vitre s'opacifia automatiquement alors qu'une lumière intense jaillissait du flanc de la Montagne. Puis le grondement d'explosions colossales et la vision orangée de nuées enflammées et sombres qui léchaient le béton. L'onde de choc balaya la plaine, soufflant les épaves éparpillées par centaines. Les appareils qui volaient toujours s'éparpillèrent comme des insectes, le ciel lui-même sembla s'assombrir. Puis presque aussitôt une nouvelle vague de bombardier remplit à nouveau l'horizon de lumières sauvages et destructrices. Au sol, les carcasses encore fumantes de la première explosion furent finalement disloquées et emportées au loin, et en dépit d'une conséquente distance de sécurité, le camion de commandement lui-même oscilla sensiblement.

« Impacts ?

— Six, mon général.

— Bien… »

Amplement satisfait, il se retourna avec théâtralité et s'apprêta à sortir pour savourer son triomphe.

« Ce qu'il y a de bien avec le Kalanium, laissa-t-il échapper sous l'effet euphorisant de l'adrénaline, c'est les radiations.

— Mais le Kalanium n'en produit pas ? s'étonna Marchal.

— Précisément… »

Il sortit, laissant Marchal seul avec les techniciens du camion affairés à leurs consoles. L'ivresse de sa victoire imminente lui rappela une mélodie de sa jeunesse qu'il sifflota pour savourer l'instant.

Le sang est le prix de la gloire…

La silhouette assurée de George Peterson avançait d'un air grave au milieu de la pluie qui tombait dru. Au sol, la terre était battue continuellement, et ses bottes encore impeccables voici deux minutes étaient à présent maculées de boue. Il déambula en observant le champ de ruine qui s'étendait devant ses yeux, et le duel aérien qui s'y déroulait dans un vacarme de tous les diables. Hélicoptères et Furies formaient des tas de tôle et de Kalanium carbonisés et tordus. La fumée qui s'élevait du champ de bataille était dense, mais rien n'égalait le spectacle stupéfiant du kilomètre embrasé de la Montagne. Une phénoménale colonne de fumée et de débris montait à l'assaut du ciel, à peine gênée par le vent. Le souffle avait tout balayé, et les cendres retombaient comme une pluie de boue sur la plaine

313

désolée. La vapeur d'eau constituait en grande partie ce drap, ce linceul qui dissimulait les dégâts causés à la Montagne. Les Bombardiers Mjölnir, quant à eux, s'en étaient retournés au tarmac à vitesse de croisière, sans être inquiétés.

Son téléphone portable vibra, il le dégagea rapidement.

« Peterson. Oui, mademoiselle. Je suis au courant, mais mon camion de commandement est à l'abri, je suis à couvert. J'ai une vue imprenable sur la bataille... Midi, oui, je sais. Mais vous savez, le Mur est déjà percé. Prévenez Monsieur le président que Kiev peut tomber dans une demi-heure. Écoutez, Mademoiselle Cardin, je me fous de ce qui a été dit ce matin, j'ai attendu devant le Mur tout ce temps, ce n'est pas pour revenir la queue entre les jambes à Oslo, est-ce clair ? J'ai fait la seule chose qui était à faire, et je nous ai peut-être même sauvés ! Vous devriez me remercier au lieu de me saouler avec vos sermons ! Parfait, dans ce cas, au plaisir de ne plus jamais croiser votre chemin ! »

Il raccrocha, furieux. Elle en avait, du culot, cette femme ! Que savait-elle des enjeux réels de cet assaut, de cette lutte à mort avec la Principauté de Slavie ? Un jour, on lui rendrait les honneurs que l'Europe lui devait, et lorsque cela arriverait, il ne manquerait pas de lui envoyer un carton d'invitation.

« Repli, songea-t-il. Vous ne savez pas ce que vous me demandez, Mademoiselle Cardin. »

« Il ne m'a pas écouté, dit tout simplement Emma en tournant son visage dépité vers Erwin, tout aussi abattu.

— Vous croyez que l'on puisse l'obliger avec un canon derrière la nuque ?

— Honnêtement, je crois que ce serait la meilleure solution, mais nous n'aurions de toute façon pas le temps de le rejoindre et le contraindre à stopper ses troupes. »

Erwin reçut un message électronique sur son téléphone personnel.

« Qui peut bien vous envoyer des messages, à vous ? s'étonna Emma.

— Un ami… Oui, ricana-t-il en voyant son sourire, aussi incroyable que cela puisse vous paraître, Mademoiselle Cardin, j'ai des amis, des vrais… (Il lut le message en silence.) Bon sang. Ils ont largué des bombes K. Directement sur la Montagne. »

Elle désapprouva de la tête.

« J'aurais dû m'en douter : il a déclaré que le Mur était percé.

— Il n'y est pas allé de main morte : six bombes sur un seul point… Vous avez vu ce qu'avaient fait les bombes de représailles après l'assassinat d'Edmund Trovich ? »

Elle hocha la tête. Et frissonna. Oh, elle se souvenait fort bien. Pétrifiée sur son sofa, elle avait appelé Nicolaj pour lui demander si, par chance, il n'était pas au courant d'une mystification pour la propagande de l'Eurocorps. Elle avait espéré secrètement que les images étaient trafiquées. Mais le pouvoir du Kalanium était malheureusement bel et bien réel.

« Imaginez cette puissance concentrée en un seul point. Le Mur est non seulement percé, mais la guerre de destruction massive est peut-être déclarée. Ce qu'oublie notre ami le général Boum Boum, c'est que la Slavie a une puissance de réplique non négligeable.

— La Slavie possède trois bombes atomiques, mais elle ne peut pas les utiliser, répliqua Emma, sûre d'elle. Elle y est tenue par le traité de New York sur les armes de destruction massive. Elle ne peut répliquer que si l'attaque est de même nature ; or le Kalanium n'est pas comparable avec une bombe nucléaire ou à hydrogène.

— Exact, le Kalanium est bien pire que ça. Et si on continue à balancer nos bombes K sur la Slavie, je ne vois pas Zwiel se tapoter le front en se disant "Mince, le traité de New York !".

— Il ne le fera pas, s'entêta Emma, non pas à cause du

traité, mais parce qu'il sait que nous avons un bouclier antimissile infranchissable et un stock mille fois plus important de missiles dans notre arsenal.

— Et si leurs vieux copains russes s'invitent à la fête, qu'est-ce qu'on fait ? répliqua nerveusement Helm. Il y a quelques heures le président des États-Unis d'Europe déclarait que ses troupes n'avanceraient plus, et elles ont avancé. La donne change, vous ne croyez pas ?

— S'ils tirent, c'est une réponse massive qu'ils encourent. Zwiel est peut-être mégalomane, mais je doute que son souhait le plus cher soit de quitter ce monde dans un holocauste nucléaire. »

Un nouveau message parvint à Erwin.

« Ils ont fini la bataille aérienne, lut-il à voix haute. Ils lancent les troupes au sol pour investir la section du Mur qui a été percée. (Il releva les yeux de son portable) Mais les Slavistes ont amené des troupes par hélicoptère… Mon ami est dans la merde. »

Cyril sortit de la soute et n'eut pas un regard pour la plaine qui s'étalait autour de lui. Ses yeux étaient fixés sur un point imaginaire, droit devant lui. Derrière lui, les autres soldats descendaient du Transport Furie, en cadence. Les bottes martelaient le plan incliné, l'ouverture de la sphère. Dans le ciel, très haut, les missiles striaient le ciel et les survolaient en sifflant. Les Furies d'Assaut rugissaient dans le sens opposé et les dépassaient pour foncer en avant. Il avait eu juste le temps de prévenir Erwin. Quelle ironie, le retrouver si vite et risquer à présent de ne plus jamais le revoir, ni lui ni les autres.

Tu l'as voulu, tu l'as eu.

Il chassa le doute aux aguets pour se concentrer sur le champ de bataille qui s'offrait à lui, aussi engageant que l'escabeau menant au gibet. Il ne pouvait se permettre de ressasser ses choix, il devait les assumer en s'engageant dans cet enfer : l'horizon constellé d'éclairs, de flammes, de volutes noires, le tout sur fond de hurlements d'agonie ou de rage et du vacarme assourdissant des détonations. L'impression de n'avoir aucune chance d'en revenir vivant se faisait plus pressante, et les mains moites du Danois se mirent à trembler. Des flashs de ses délires revenaient le hanter : le crash de l'hélicoptère, le mollet dans la boue... Était-il vraiment aussi prêt à revenir qu'il l'avait naïvement pensé ?

Les hommes autour de lui se regroupaient peu, préférant avancer comme une gigantesque vague. Plus de marche au pas. On avançait, et c'était tout. Le bruit montait en intensité à chaque pas, mais la bataille était en avant. Il fallait y marcher, sans ralentir, suivre le mouvement, lentement. Les regards fiévreux ne se croisaient plus. Les mains frissonnaient sur les Famas et la pluie fouettait les visages anxieux. Cette cadence de promenade accentuait son malaise. Pourtant ils avançaient tous vers la zone de feu, la peur nouant leur estomac. Les Furies qui traversaient le ciel, tandis que les fantassins contournaient les épaves incendiées dans les fumeroles noires, les rangers s'enfonçant dans la terre grasse remuée par les atterrissages de Transports.

À la recherche d'une bouffée d'air, Cyril finit par lever les yeux. Tellement de missiles passaient au-dessus de sa tête... Alors qu'il était en train de la fixer du regard, une Furie fut percutée de plein fouet et explosa dans une boule de feu terrifiante. La carcasse disloquée suivit un arc vers le sol pour s'écraser sur la masse de soldats fuyant le météore. Mais il fallait avancer. Ne pas stopper. Ignorer les spasmes qui secouaient tout son corps et les larmes qui lui montaient aux yeux. Tenir son arme droite, avancer toujours, attendre d'arriver à portée de l'ennemi. Les balles sifflaient maintenant autour de lui. Tuer. Il faudrait tuer. Les armes étaient prêtes à tirer. Les lunettes de vision améliorée étaient rabattues devant les yeux rougis. Tous devenaient quelconques, on ne pouvait plus les différencier, comme des

317

robots. Tous semblables, sans visage. Cette vision obscène provoqua en lui une bouffée de terreur panique. Comment pouvait-il encore marcher ? Pourquoi ne tournait-il pas les talons pour courir loin, très loin, fuir cette mort grotesque ! Engström ne se l'expliquait pas, il marchait ! Mû par l'entraînement plus que le courage, il forçait même légèrement l'allure.

Plus vite !

Le bruit devenait insoutenable, comme s'il se trouvait sans s'en rendre compte dans la mêlée effrayante. Mais rien. Pas un geste, juste cette lenteur. Comme une vache à l'abattoir, avancer sans se presser. Chercher un ennemi dans la mélasse du brouillard de guerre dans lequel on s'enfonçait. Les fumeroles glissant d'abord le long des jambes, puis absorbant le torse, gobant la tête, et déjà on disparaissait dans une brume artificielle. Le bruit, des cris autour de soi. Des silhouettes à peine humaines. Certains couraient, bien que ce soit inutile. Une rafale, un tir par réflexe.

« Mitrailleuse lourde ! »

Le cri déchirant le tira de sa torpeur. Il se jeta soudain en avant, tirant encore et encore. La tête baissée comme un taureau à la charge, c'était courir qu'il fallait désormais. Courir ! Zigzaguer, éviter les tirs ennemis, les corps amis qui s'écroulaient.

« Char ! »

La situation lui apparaissait brusquement dans toute son extrême horreur. Les Furies ne voyaient pas plus que les soldats dans le nuage de débris qui subsistait de l'explosion colossale contre le Mur et tiraient au hasard, des traits de lumière zébrant le ciel assombri de cendres. Les missiles explosaient au milieu de nulle part et partout à la fois. C'était un carnage. Un char ennemi tirait lui aussi, sorti de nulle part.

Puis brusquement, un sifflement suraigu. Le blindé s'illumine d'un blanc éblouissant et l'air est aspiré vers la boule de gaz incandescente qui avale tout sur son passage et se rétracte soudain avant qu'une onde de choc brutale ne fracasse ce qui reste du véhicule et ne projette des milliers de shrapnels aux alentours.

Cyril ne ressentit aucune douleur, seulement la sensation d'être soulevé du sol et jeté au loin par une puissante main invisible. Étourdi, il comprit qu'il gisait désormais sur le dos au milieu d'un monceau de cadavres. Il n'entendait plus grand-chose d'autre que le sifflement d'un acouphène. Il lui fallut un moment pour reprendre son souffle et se redresser sur son séant, la tête pulsant au moins aussi fort que son cœur. Alors, son regard se porta sur son propre corps, et l'horreur le défigura.

Sa prothèse était partiellement arrachée et le plastique sur sa hanche avait fondu, le métal tordu et les câbles semblaient fusionner avec la chair et les os dans un amas de viande brûlée. Quant à son autre jambe, sa jambe valide… Son regard fou scruta les environs avec frénésie. Où était-elle ? Où était sa putain de jambe ? Terrorisé il ne pouvait que constater un moignon sanguinolent. Il voyait ses os brisés émerger de la masse de chair sans ressentir la moindre douleur. Était-ce seulement réel ? Revivait-il une version encore plus hallucinée de ses cauchemars ? Peut-être même se trouvait-il encore à Košice, peut-être n'avait-il jamais quitté son lit d'hôpital, jamais revu Erwin. Peut-être était-il déjà mort depuis longtemps.

Non. Il était probablement sur sa couchette, à l'hôpital. La doctoresse à l'accent est européen allait le réveiller. Ou mieux, s'il se mettait à hurler, il se réveillerait, et on lui redonnerait des calmants. Il allait se forcer à rouvrir les yeux, maintenant !

« Un médecin ! »

Estomaqué, il se laissa retomber en arrière, les larmes jaillissant de ses yeux verts comme des torrents. Des balles ricochaient dans la boue, à quelques centimètres de son visage, mais il s'en moquait. La peur panique qui s'était insinuée dans ses pensées glissa lentement dans son esprit jusqu'à en occuper la place centrale. Non pas la peur de mourir, mais la peur de souffrir. Jusqu'ici, son cerveau niait en bloc cette nouvelle amputation barbare. Comment était-ce possible ? Pourquoi lui, pourquoi sa seconde jambe ? C'était insupportablement injuste ! Et encore, il ne sentait rien... Mais que se passerait-il dès que les nerfs reprendraient leur tâche et que son corps réaliserait... ?

« Un médecin ! » Hurla-t-il à s'en arracher les poumons, la tête à peine relevée du sol.

Dans le vacarme ambiant, aucune réponse ne lui parvint. Il se laissa complètement aller en arrière et son casque heurta le sol. La poussière de débris rendue collante par la pluie qui dégoulinait sur son visage, il scrutait chaque aspérité des dix centimètres carrés de terre que lui révélait son champ de vision. Le visage à ras du sol, il rampa, lentement, tentant d'échapper à ce carnage. Des cris résonnaient étrangement autour de lui, mêlés au rugissement d'un char ennemi. Quelqu'un tomba juste à côté de lui, face contre terre.

Finalement, terrassé par l'effort et la douleur, il s'affala complètement. La poitrine compressée par son paquetage, il resta ainsi allongé sur le torse, les bras serrés près de son visage comme pour le protéger du cauchemar dont il ne souhaitait que se réveiller, immédiatement. Mais si ses mains le protégeaient de cette vision d'horreur, les horribles hurlements de ses camarades n'épargnaient pas ses oreilles. À peine levait-il les yeux que quelqu'un d'autre posait le pied sur une mine et disparaissait dans une déflagration. Il devait se relever.

Dans un ultime effort, il se redressa à nouveau sur ses fesses en s'aidant de son Famas. Grâce à ses lunettes de vision améliorée, il parvint à discerner, à travers la fumée et la pluie, les hélicoptères de transport de troupes qui vidaient leur soute des fantassins slavistes. Il vit alors un Slaviste qui courrait face de lui. Il ne réfléchit pas. Les deux hommes épaulèrent en même temps, mais il fut le plus rapide. Il fit feu sans hésiter. L'autre fut touché en plein ventre et s'écroula en arrière. Tandis qu'il courait toujours, son ennemi se redressa péniblement, noyé par la pluie, le visage incrédule. La main portée au ventre rougissait déjà. Il tenta de se relever, mais retomba sur les genoux. Ses yeux étaient livides, et ils seraient bientôt assez proches pour se toucher. Arrivé à portée de son adversaire, dans un moment de terreur partagée, Cyril ne put que lui asséner un formidable coup de crosse en pleine face pour l'obliger à se courber. Le Slaviste s'écroula, le crâne fracassé et couvert de sang. La boue prenait une nette couleur pourpre, mais l'Européen ne s'en rendit pas compte. Engström perdait son sang, sa vision tourbillonnait et une sueur froide suintait de son front pâle.

Épuisé, les larmes aux yeux, il s'effondra sur lui-même.

« Je ne veux plus, implora-t-il. Plus comme ça. »

Cyril Engström n'espérait plus qu'une fin rapide, désormais. En face de lui, à dix mètres, un Slaviste accourait dans sa direction, crosse levée. Il allait faire comme lui, frapper sans hésiter. Malgré toute la reconnaissance qu'il aurait eu pour cet inconnu de le délivrer de ce calvaire interminable, l'Européen leva son Famas fumant par réflexe et lui tira une balle qui le frappa en plein genou. Le sang explosa dans une fleur vermeille, il s'écroula. Une deuxième balle vint se loger dans sa gorge, mettant fin à ses souffrances dans un gargouillis infâme. Finalement, la déflagration d'une grenade fut la dernière chose qu'il ressentit avant de sombrer dans l'inconscience.

Épilogue

Efthimios Zaratis était nu. L'eau lui décrassait le corps comme jamais auparavant. Il repensait sans cesse à la sortie de cet enfer jusqu'à l'hélicoptère, les troupes d'élite remontant Maxime, Greg et Petros, plus deux de leurs gars blessés au court de l'évasion... Leur rapport était mitigé, entre la résistance et la désertion des coursives... Les Slavistes avaient grosso modo évacué les tunnels avant la percée, ils avaient prévu le coup... Mais les trois prisonniers européens étaient dans un état critique. Ils nécessitaient des soins d'urgence, visiblement après des séances d'interrogatoires poussées. Maxime n'avait été que peu interrogé, sans doute les Slavistes pensaient-ils qu'il ne tiendrait pas le choc, ou bien attendaient-ils d'avoir épuisé Mertti ? Toujours est-il qu'il ne risquait pas d'en garder un grand traumatisme. Pour les deux torturés, en revanche, ils étaient marqués à vie.

L'eau brûlante de la douche lui faisait un bien fou. Il insista sur les cheveux en un long massage relaxant. Ses membres endoloris acceptaient le jet avec délice. Mais ses pensées tournaient toujours autour du bref instant où il avait pu voir le visage des deux amis, encore choqués, avant qu'ils ne soient embarqués dans un des hélicoptères pour être emportés d'urgence à Zhitomir. Leurs visages creusés et épuisés. Après cela, il avait fallu fuir en vitesse, afin que les sapeurs du groupe d'élite fassent péter les défenses de cette satanée barrière de béton. Le poste de contrôle du tunnel avait été sécurisé dans la foulée, mission accomplie.

« Zeus, demanda une voix faible derrière la toile de la douche. Je peux t'emprunter un caleçon ? »

C'était le toubib. Joffrey était à bout de nerfs. Il avait à peine supporté de voir les bombes exploser et faire s'effondrer une section entière de la Montagne. Le moindre

322

bruit suspect le faisait trembler comme une feuille morte. Il avait été fragilisé plutôt qu'endurci par sa séance de haute voltige. Mais ils avaient réussi à sauver Greg, Maxime et Petros dans toute cette histoire, c'était l'essentiel. Et puis, avec le temps, Joffrey se remettrait de ses émotions. Efthimios, lui, en avait vu d'autres, durant le Millenium Crash. Pour lui, tous ces petits jeunes n'étaient finalement que des bleus. Mais ils apprendraient vite. Trop vite, peut-être.

« Vas-y, ne te gène pas, Jo.

— Merci. »

Quelque part, Efthimios se sentait coupable de pouvoir se relaxer alors que, au tunnel autoroutier, les choses se poursuivaient encore. Les troupes slavistes s'étaient fait balayer par les Furies d'Assaut et les hommes de l'Eurocorps avaient commencé à traverser les décombres d'un pan de Mur bombardé. La voie était à présent ouverte en deux points, et les troupes slavistes se ruaient sur Kiev pour en assurer la protection. Les combats avaient cessé… Pour le moment. Une chose était certaine : les États-Unis d'Europe avaient passé la Montagne. Dans la brèche creusée par le groupe de Zeus, des Transports Furie amenaient déjà des troupes dans les tréfonds du Mur ainsi que de l'autre côté pour monter un relais d'invasion sur Kiev. La capitale serait bientôt complètement assiégée, et Zwiel tomberait. Les Russes ne pourraient pas tenir le front seuls, ils devraient négocier, faire revenir les diplomates sur le devant de la scène. Quant à eux, l'infanterie, leur job était terminé.

Néanmoins, une chose lui mettait du baume au cœur. En revenant, descendant meurtri de l'hélicoptère, il l'avait vu. L'incrédulité avait soudain laissé place à la profusion de joie, il lui avait sauté dans les bras malgré ses douleurs intenses. Erwin Helm, sur le tarmac, en train d'essayer vainement de trouver un transport pour rejoindre Peterson. Dès qu'ils s'étaient vus, ils s'étaient étreints comme deux frères. Efthimios en avait même pleuré.

Une autre nouvelle, apportée par Erwin, remontait le moral à Zeus : l'ami de ceux qui avaient combattu avec Helm avant la barricade – que lui-même n'avait donc pas connu – un certain Cyril Engström avait été retrouvé. Efthimios en était heureux, le moral du groupe serait meilleur après la diffusion de cette nouvelle. Encore un inconnu sauvé, mais qui ne tarderait certainement pas à devenir un proche à son tour. Tout semblait finir plus ou moins bien. Si l'on oubliait Simon... Et personne ne voulait l'oublier.

Il saisit une serviette et sortit de la douche pour se sécher. Il espérait que Greg et Petros s'en remettraient rapidement. Lui-même souhaitait perdre ses crampes et courbatures avant de rentrer chez lui. Oui, prendre une permission et rentrer en Région Grecque pour retrouver sa petite maison à Xylokastro. Savourer la fin de cette guerre courte mais terrible. Même à cette période de l'année, le ciel serait encore bleu et les températures agréables. La mer commencerait certes à s'agiter, mais qu'importe ! Il se voyait déjà achetant une pita gyros et s'installer sur les rochers brise-lames, près du port, pour regarder le soleil se coucher à côté de la montagne conique qui surplombait la ville. Cela lui rendit le sourire.

La petite chambre de douche préfabriquée était agréablement chauffée. Il se rhabilla et attendit que Joffrey, qui mettait plus de temps à enfiler son uniforme propre, soit prêt. Puis ils sortirent tous deux et se retrouvèrent sous une gigantesque toile de tente prévue pour une cinquantaine de personnes, et sous laquelle se trouvaient la plupart des douches qui ressemblaient à des caravanes. L'ensemble évoquait plus un camping touristique qu'un campement militaire.

À quelques pas de là, Erwin discutait avec une jeune femme blonde au visage doux mais fatigué et visiblement soucieux. Pour la protéger du temps de chien, Helm lui avait prêté une veste de treillis de l'Eurocorps un peu trop grande pour elle, pourtant elle semblait avoir un peu froid.

« Zeus, Joffrey ! les accueillit Erwin à bras ouverts lorsqu'ils arrivèrent à leur hauteur. Ça me fait vraiment plaisir de vous revoir, vous ne pouvez pas savoir ! Voici Emma Cardin, vous n'y avez peut-être pas prêté attention tout à l'heure, elle appartient au Ministère de l'Information, elle doit me chaperonner un peu… (Un regard de la jeune femme rabroua le lieutenant.) Disons plutôt qu'elle surveille ce que je dis dans les médias… Mais venez, allons manger quelque chose, je meurs de faim ! Vous aussi, mademoiselle Cardin. Vous verrez que nos rations peuvent être pires que mon sarcasme. »

Emma se contenta d'une moue amusée et d'une bourrade à l'épaule de son « protégé », tandis que Zeus et Joffrey renchérissaient dans la bonne humeur.

Fagotier déchanta rapidement lorsqu'il ouvrit sa minuscule barquette individuelle en plastique blanc préchauffée. Ses camarades fronçaient les narines, Cardin comprenant que le lieutenant n'avait pas parlé à la légère.

« C'est pas juste », bougonna Joffrey, déçu.

Zeus marmonna quelque chose du même genre.

« Ça va te changer des hôtels de la capitale, hein, dit Joffrey en montrant Erwin du couvert. On t'a tous vu sur Euromédia !

— Certes, mais je n'avais pas votre compagnie, *à la capitale* ! Vous m'avez vraiment manqué.

— Tu as profité pour chercher à propos de… »

Erwin leva brusquement la tête et jeta un coup d'œil à Emma qui, plongée dans l'observation d'une manœuvre d'un engin à chenillette, ne leur prêtait pas attention. Helm secoua la tête.

« Je vois… Elle surveille ça aussi, ajouta-t-il à voix basse.

— Oui… Elle surveille ça *surtout*, en fait. Tu as lu mon

Carnet de Guerre, n'est-ce pas. »

Le caporal savait qu'il ne fallait pas mentir.

« Quelques lignes, tu le sais. Pas grand-chose. »

Le silence devint trop lourd. Emma était trop captivée ailleurs pour s'immiscer dans ce blanc.

« Je suis désolé, je ne savais pas que c'était si important pour toi...

— Ce n'est pas pour moi que c'est gênant. Tu ne sais pas quelle merde tu as fouillée, ce dossier est apparemment très important. Mais à vrai dire, je suis heureux de pouvoir partager ce secret avec quelqu'un. Et j'ai confiance en toi, tu resteras muet comme une tombe, poursuivit Erwin la voix toute basse. Mais nous en parlerons ailleurs, plus tard... »

Joffrey les regardait du coin de l'œil, n'en manquant pas une miette, mais il fit comme s'il n'y prêtait pas attention. Zeus, lui, hocha la tête, entendu.

« D'ac » !

— J'ai eu un message de Cyril, clama Erwin afin de détourner la conversation. Il a l'air... abattu. Je n'en sais pas plus. J'ai envoyé Klaus le chercher, sous prétexte de reformer le Bataillon Furie.

— Klaus ? demanda Fagotier qui sembla soudain sortir de ses pensées. Où était-il passé ?

— Au pied de la Montagne, pendant que toi tu te balançais au bout d'un câble... Il a été récupéré in extremis avant que le Mur ne pète. Il était avec deux gars qui conviendront très bien au groupe, je pense, je vais rapidement m'occuper de leur affectation.

— Vous recréez le Bataillon Furie ? s'étonna Emma, brusquement de retour à la conversation. Intéressant.

— J'essaye. Ce soir, je ferais un regroupement des survivants, nous en discuterons. Le général Peterson a décidé de la reformation, mais il risque de ne plus être général très longtemps, je ne sais donc pas si ce groupe sera officialisé. Mais en attendant, ça sera déjà ça de fait. La guerre sera sans doute bientôt finie, mais en tant que rien n'est signé, je préfère être entouré des meilleurs.

— Bien dit, appuya Efthimios. J'ai hâte de rencontrer Cyril Engström. Il a l'air d'être un type bien, pour ce que Greg en a dit.

— C'en est un. »

Ils mangèrent leur barquette au goût de désinfectant avec une mine pourtant réjouie. Ils étaient à nouveau rassemblés, du moins allaient-ils bientôt l'être. Zeus aimait cette franche camaraderie, il appréciait cette ambiance. Ce qui lui donnait confiance en l'avenir était que la guerre étant finie, ils n'auraient plus qu'à tous profiter de leur service militaire pour rester une bande d'amis. Et seulement cela.

La paix avait du bon.

C'était sans compter sur l'arrivée soudaine d'Ennio Gayans qui tenait une tablette tactile dans ses mains fébriles. À voir son pantalon d'uniforme de pilote déboutonné et son maillot de corps taché, on devinait qu'il revenait en catastrophe de la file d'attente des douches où, pour tuer le temps en attendant son tour, il s'était dégoté une connexion Euronet.

« Écoutez ça ! lança-t-il en posant la tablette sur la table en bois.

— C'est Euromédia ? Ils parlent de l'attaque ? » s'enquit Joffrey.

L'air sombre et abattu, le pilote se contenta de hocher de la tête.

Valka. Région Lettone, nouvelle frontière russo-européenne.

Lorsque son escadron avait enfin atteint sa destination, Marc « Balder » Dean avait cru qu'enfin il pourrait se reposer sur une vraie couchette, et non engoncé dans le siège de soute d'une Furie. Pourtant, à peine débarqué sur le tarmac fumant, son chef de section était venu le voir avec un petit sourire aux lèvres. Sans perdre de temps, il lui annonça que ses vœux étaient exaucés : il allait remplacer au pied levé un malheureux qui s'était trouvé au mauvais moment, au mauvais endroit. L'adrénaline redonna de l'énergie à un Balder exténué qui saisit son ordre de mission d'une main tremblante.

Dès qu'il lut la feuille, cependant, le sourire naissant qu'il arborait disparut. Son regard foudroya son chef de section dont les dents se révélaient de plus en plus.

« Tu te fous de moi ? Je voulais aller au front !

— Je savais que tu ferais la gueule, espèce d'ingrat, plaisanta l'autre. Mais crois-moi, ce que je t'ai trouvé est bien mieux pour ta carrière. Je t'ai observé à Ternopil. Tu as de l'avenir dans l'Eurocorps, pourquoi le gâcher ? »

Sur ce, son supérieur lui avait souhaité bonne chance, salué et s'en était retourné à son devoir, laissant Marc confus dans ses pensées. Il repensa à ses amis de Hambourg tentant de lui remonter le moral, mais leurs compliments sur son habileté au tir sonnaient creux, même aujourd'hui. Ceux de son chef, en revanche, même vagues et servis entre la poire et le fromage, comme sortis de nulle part, le gonflaient d'orgueil. Il relut son ordre de mission. « Aide de camps ». Certes, ça ne semblait pas très glamour, mais au service d'un général ? C'était un honneur ! Un honneur qu'on ne pouvait pas décemment refuser, son chef avait raison, ce serait non seulement ingrat ; ce serait stupide. Et il n'était ni l'un ni l'autre.

Dans son bureau remplis de cartons qu'il lui restait à déballer, Eggton soupira de dépit. Il avait osé. Cet imbécile heureux avait osé ! D'après les dernières informations qui lui étaient parvenues, Peterson avait contredit un ordre du président et passé la Montagne. Il ne pouvait pas avoir réalisé l'ampleur de sa catastrophe. C'était impensable.

William réfléchit un instant, perdu devant la fenêtre de la préfecture qu'il occupait. Tout cela compliquait les choses.

Il avait un tas d'appels à passer, une tonne de choses à régler… L'arrivée de son nouvel aide de camps tombait à pic. Et s'il était bien qui il croyait, d'après son dossier militaire, ce jeune homme était peut-être la seule bonne nouvelle de la journée.

En espérant que celui-ci ne trouverait pas le moyen de se rompre le bassin stupidement, comme le précédent.

« Quel est votre nom ? demanda-t-il tout en sachant déjà la réponse.

— Marc Dean mon général.

— Vous venez d'arriver ?

— Oui. Dès ma descente de Furie on m'a donné ma nouvelle affectation.

— Pourquoi vous ?

— Parce-que les autres préfèrent se battre, je suppose ? »

Le gradé ricana à la plaisanterie.

« Bien, Marc, bienvenue à bord. Allez prendre vos quartiers. Vous pouvez disposer. »

Une fois seul, Eggton faillit tomber à la renverse. Il n'en croyait pas ses oreilles. Comment ce diable de Peterson avait-il bien pu commettre une erreur aussi grave ? Cela dépassait l'entendement. Il devait contacter Joël Cjesz. Il ne savait plus du tout comment gérer la situation, car elle déraperait. C'était à présent inévitable. Le haut gradé était pragmatique et avait visiblement déjà envisagé bien plus de cas de figure que lui. Il saurait le conseiller.

William s'approcha de la radio installée sur une petite table, près de la télévision. Il l'enclencha et écouta le canal info qui débitait les nouvelles fraîches en boucle toute la journée. Et naturellement, l'ordre du jour était l'attaque allant à l'encontre des ordres du président, qui en cela venait de prendre une véritable gifle devant l'opinion internationale.

« … état de siège, le président n'a laissé filtrer aucun commentaire, quoi qu'il en soit les retombées politiques

seront lourdes pour le parti de Markus Tramper qui n'a eu de cesse de baisser dans les sondages pour frôler aujourd'hui la catastrophe électorale lors des prochaines élections régionales. Après l'incident de ce matin, le porte-parole en Europe des États Arabes Unis a quitté le pays dans l'urgence à la suite d'émeutes devant l'ambassade, sans laisser de commentaire également. Il y a fort à parier que les Arabes Unis ne failliront pas à leur parole, quant à la manière dont ils souhaitent s'opposer aux E.U.E., nous n'aurons de retranscription que dans quelques instants, ah, je crois que ça y est, écoutons ensemble, c'est l'Émir des États Arabes Unis en duplex de Riyad » :

« Nous avions prévenu les États-Unis d'Europe d'un message limpide. Les Européens n'ont pas tenu parole, mais nous, nous respecterons ce qui a été dit. Il a été décidé que les États Arabes Unis s'opposeraient à la dictature européenne sur l'Eurasie, et ce de manière claire et unilatérale. Nous soutiendrons financièrement la Slavie et la Russie, nous boycotterons les produits européens, et nous nous engageons à maintenir une zone tampon sous autorité arabe entre nous et les États-Unis d'Europe, dans le but de préserver notre sécurité. Toutes les régions frontalières ou proches seront annexées de gré ou de force à la zone tampon. Nous allons également faire la chasse aux terroristes et pacifier des Régions dissidentes, Monsieur Tramper. Mais cette fois vous allez découvrir ce que cela fait de voir ses villes bombardées et anéanties.

Nous soutenons le peuple russe, ainsi que le peuple slaviste. Nous combattrons de leur côté, car nous voulons combattre auprès des justes. Vous vouliez la guerre, Européens. Vous l'aurez. »

À suivre...

REMERCIEMENTS

Une nouvelle fois je me dois de remercier tous ceux qui soutiennent *Pax Europæ*, certain(e)s depuis bien avant que l'univers ne s'appelle ainsi, et spécialement Kevin, Arnaud et Nicolas. Merci à Ludovic pour les corrections, une fois de plus, et merci à Lucille pour sa bêta express plus que bienvenue !

Merci à Céleste qui doit supporter mes phases d'enthousiasme vis-à-vis de mes projets d'écriture, et qui continue à me pousser à sortir la suite plus vite.

Grand merci également à Karoline qui a encore fait un travail de folle pour la couverture.

Et surtout merci à tous ceux et celles qui ont acheté (et peut-être même lu !) le tome 1, Certitudes. J'espère que cette suite ne vous aura pas déçus et me mets déjà à la tâche pour vous offrir un tome 3 encore meilleur !

Couverture par Karoline Juzanx

La carte des États-Unis d'Europe en 2033 a été créée à partir du fond de cartes de *english.freemap.jp*, en accord avec sa licence Creative Commons. La carte originale a été modifiée.

Fond de carte original :
http://english.freemap.jp/item/europe/europe.html

ISBN 978-952-7164-06-8 (pour la version epub)

ISBN 978-952-7164-07-5 (pour la version kindle)

ISBN 978-952-7164-05-1 (pour la version papier)

Contact : florent.lenhardt@hotmail.fr

En savoir plus : http://europaen-tribune.blogspot.fr

www.ingramcontent.com/pod-product-compliance
Lightning Source LLC
Chambersburg PA
CBHW070642180626
46817CB00006B/2209